환각의 칼날

김수이(金壽伊)

1968년 충북 제천 출생. 경희대학교 국어국문학과 및 동대학원 졸업. 문학평론가, 문학박사, 경희대 강사. 1997년 『문학동네』 문예공모에 평론 「타자와 만나는 두 가지 방식—기형도, 남진우 시에 대하여」가 당선되어 작품활동 시작. 주요 논문에 「서정주 시의 변천과정 연구」, 「김춘수와 김수영의 비교 연구」 등이 있음.

이 시론집은 한국문화예술진흥원으로부터
문예진흥기금을 지원받아 발간되었습니다.

청동거울 문화점검 ⓫

환각의 칼날

2000년 4월 2일 1판 1쇄 인쇄 / 2000년 4월 10일 1판 1쇄 발행

지은이 김수이 / 펴낸이 임은주 / 펴낸곳 도서출판 청동거울 / 출판등록 1998년 5월 14일 제13-532호
주소 (135-080) 서울 강남구 역삼동 832-52 상봉빌딩 301호 / 전화 564-1091~2
팩스 569-9889 / 하이텔I.D. 청동 / 전자우편 cheong21@netsgo.com

편집장 조태림 / 편집 박정화 / 표지디자인 박윤정 / 영업관리 정덕호

값 11,000원

잘못된 책은 바꾸어 드립니다.

First published in Korea in 2000 by CHEONGDONGKEOWOOL Publishing Co.
Printed in Korea.

ISBN 89-88286-25-1

청동거울 문화점검 ⑪

환각의 칼날

김수이 시론집

청동거울

문학의 가능성, 가능성의 문학

문학의 심지는 현실이지만, 그 심지는 인간이 꿈꾸는 가능성의 불꽃으로 인해 타오른다. 문학은 현실의 몸체를 조금씩 연소시키면서 다른 세계로의 차원 이동을 은밀히 권유하고 독려한다. 이 가능성의 불꽃 중에서도 가장 빛나는 불꽃심을 이루는 것은 집중의 양식인 시(詩)일 터이다. 불꽃심은 가장 뜨거우면서도 내밀한, 불의 뼈이며 불의 내장이다. 시인은 이 뜨거운 불의 뼈와 내장을 자신의 내부로부터 꺼내 현실의 도처에 크고 작은 승화의 불을 당긴다. 그는 불의 운명을 지니고 태어났으며, 몸 속에 수직의 운동성을 내장하고 있다.

문학이라는 '불꽃'의 가능성과, 그 가능성이 현실화될 수 있는 가능성은 사실상 별개의 문제이다. 현실의 심지가 모두 활활 타오르는 가연체(可燃體)로만 이루어진 것은 아니기 때문이다. 현실은 오히려 불 속에서도 잘 타지 않는 불연체(不燃體)의 속성을 더 많이 지니고 있다. 이로 인해 현실을 정화하려는 시의 열망은 부동의 현실 앞에서 때로 '주술적'인 것이 되기도 한다. 하지만 시의 행로에는, 불의 형질을 바꿈으로써 잘 타지 않는 것까지도 태울 수 있는 또 다른 가능성이 펼쳐져 있다. 시는 태워야 할 것과 보존해야 할 것을 구분하는 혜안을 통해 이 가능성을 다시 점화할 수 있다.

문학이 지닌 가능성은 '환각'이라는 말로 바꾸어 표현될 수 있다. 근원의 세계에 도달하고자 하는 꿈이 문학이 만들어낸 환각이라면, 이 생산적인 환각에는 '가치있고 유효한, 살아 숨쉬는' 이라는 수식어를 붙일 수 있다. 환각은 또한 우리를 둘러싼 현실의 내부에도 존재한다. 자아와 타자, 언어와 사유, 기억과 욕망, 권력과 제도, 사회와 역사 등 현실의 갖가지 층위에는 무형의, 혹은 무정형의 환각이 범람하고 있다. 현실을 뒤덮은 환각은 인간을 길들이고 통제하려는 '음모'에 기반하고 있다는 점에서 '뒤틀린, 부패의 냄새를 풍기는, 죽은' 환각이라고 명명할 수 있다. 문학은 이 죽음의 환각으로부터 탈출하여 살아 숨쉬는 환각의 세계로 가기 위한 여정의 산물이다. 현실이 강요하는 환각에서 벗어나 인간 본원의 자유롭고 아름다운 환각을 성취하기 위한 꿈은 억압당할수록 강하게 살아난다.

다른 세계의 입구에서, 문학이 창출한 환각은 현실의 부정성을 난자하는 칼이 된다. 시인은 정형화된 현실을 향해 보이지 않는 환각의 칼날을 휘두르는 자이며, 그 칼날 앞에 먼저 자신의 몸을 제물로 바치는 자이다. 살아 있는 환각으로 죽은 환각을 베어내는 것, 그리하여 황폐한 현실에 생명의 환각을 불어넣고자 하는 것, 이것이야말로 시인들이 자청하는 숭고한 임무인 것이다. 그러나 시인들이 지닌 환각의 칼은 현실의 몸체에 비해 너무 작거나 또는 너무 거대하여 난투극을 유발하기도 한다. 비평은 시인들이 창조한 환각의 효용성과 가치를 검증함으로써 이 난투극에 동참하는 일이 아닐까. 그리하여 그들이 더 강하고 예리한 환각의 칼을 만들 수 있도록 고무하는 일이 아닐까.

비판에 앞서 따뜻하게 공감하고자 했지만, 한 편의 시를 섣불리 내 것으로 만들고자 한 욕심이 시의 푸른 잎을 많이 상하게 한 듯하다. 하지만 이 또한 내가 만든 환각일 터이니, 미진하나마 이 환각이 하나의 칼이 될 수 있기를 바랄 뿐이다. 1부 〈접점의 사유〉에는 죽음, 여성, 집, 자아, 환멸과 환상, 몸 등을 대상으로 한 주제 비평을 실었다. 기형도, 남진우, 김승희, 김혜순, 함성호, 김신용, 최승호 등의 시인들이 타자와 세계와의 접점에서 어떻게 분투하고 자신의 존재성을 확보했는가를 초점에 두고 논의를 전개하였다. 2부 〈존재와 시간의 궤적〉은 작가론으로, 김수영, 황지우, 오세영, 김용택, 최문자 등의 시인을 탐구의 대상으로 삼았다. 북한의 대표적 시인인 백인준에 대한 논의도 함께 덧붙여 놓았다. 3부 〈불꽃의 행로〉는 주로 90년대 후반에 나온 시집과 시에 대한 작품론의 모음으로 되어 있다. 문단의 원로인 신경림에서부터 신진 시인인 김참에 이르기까지 다양한 시인들의 작품을 분석하였다.

만들어 놓은 것은 어설픈데, 감사를 드려야 할 분들은 많다. 문학의 큰 길로 이끌어 주신 박이도 선생님과 김재홍 선생님, 항상 따뜻하게 격려해 주시는 김진영 선생님과 여러 존경하는 선생님들께 진심으로 감사드린다. 또한 어려울 때마다 용기를 잃지 않게 해 준 많은 선배님과 친구, 후배들에게도 깊은 고마움을 전하고 싶다. 부족한 글을 한 권의 책으로 엮어 주신 출판사 '청동거울'의 노고에 대해서도 감사를 드린다.

무엇보다 극진한 사랑과 헌신으로 보살펴 주신 부모님의 은혜를 잊을 수는 없다. 마음을 다해 큰절을 올린다.

2000년, 봄의 대기 속에서
김수이

차례

2부 존재와 시간의 궤적

3부 불꽃의 행로

제1부

접점의 사유

타자와 만나는 두 가지 방식

—기형도, 남진우 시에 대하여

1. 매장, 기억, 그리고 탈환

시인이란 망각의 유혹을 뿌리치는 자들, 기억하는 자들이다. 그들의 기억은 이성과 정신에 앞서 육체와 감각 깊숙이 각인되는 것이어서 본능적이며 생생하다. 이 살아 있는 기억의 소유자 앞에서 세계는 자신의 과거와 배후를, 본래의 얼굴을 완전히 감추지 못한다. 기억은, 프루스트가 보여주었듯이, 과자 한 조각의 맛과 향기에서도 사라진 것들의 실체를 복원해낼 수 있는 무한한 가능성이다. 과거를 향해 열려 있는 이 가능성은 스스로의 힘에 의해 돌발적으로 계기적 필연성 없이 작동한다. 그것은 주체의 의지나 욕망에 복속당하지 않은 순결하고 자연적인 영토이다. 시인들은 기억의 땅에 머무르지 않고 기억을 다시 현재화함으로써 과거와 현재를 동시에 살아간다. 시간을 해체하고, 일정한 의미 아래 재구성하며, 재연될 수 없는 일회적인 시간의 한계를 넘어서게 하는 것, 그것은 바로 기억의 힘이다.

한 세기의 소멸과 근대의 종언이 맞물리는 가운데, 근대의 지층을 탐사하는 고고학적 작업이 가속화되고 있다. 발굴된 지층의 중심부에는 인간 주체, 이성, 진보에의 믿음 등 근대의 가동에 사용된 핵심 자원이 밀집해 있고, 이들의 절대적 효용성을 위해 버려진 육체, 감각, 죽음 등의 파편이 주변에 산재해 있다. 이 같은 발굴과 은닉의 작업은 은밀하면서도 교묘하게 추진되어 왔다. 근대의 성채가 더욱 견고해지는 동안, 그 아래 매몰된 것들은 몇몇 사람들의 기억 속에서만 흔적을 유지해 올 수 있었다. 이로 인해 근대의 인간이 자신의 세계에서 누락된 타자의 존재를 깨닫기까지는 많은 시간이 소모되어야 했다.

소멸되어 가는 것들에 집착하며, 기억하고, 억압된 타자들의 귀환 통로로 자신을 내어 주려는 자들. 이제 그들의 입을 빌어 근대의 묘지에 매장된 주검들이 말하기 시작한다. 코기토의 이성이 관념의 형이상학과 근대적 환각의 황홀경 속에 인간을 감금해 놓은 동안 훼손된 '육체'들이, 계몽의 찬연한 빛을 위해 악마성의 표상으로 부정되고 탄핵된 '어둠'과 '죽음'들이, 현실의 경계 바깥으로 축출당한 '실재'들이, 그 속에서 뒤틀리고 마비된 '본능'과 '감각'들이, 그리하여 이 세계로부터 추방 선고를 받은 무수한 타자들이 말하기 시작하는 것이다.

기형도와 남진우, 그들은 타자의 두려운 실체를 목격한 자들이다. 검고 딱딱한 예감과 붉은 피로 물든 그들의 눈빛은 경계의 저 너머를 향한다. 공포에 짓눌리면서도 그들은 타자에 대한 응시를 멈추지 않는다. 타자의 심연을 향한 그들의 비명과 응시는 육체의 곳곳으로부터 흘러나온다. 육체 전체가 하나의 응시의 눈이 되는 가운데 그들에게 삶과 죽음은 나뉘어지지 않고 하나로 섞여든다. 육체란, 삶과 죽음의 상반되는 기의를 지닌 이중적인 기표, 또한 결코 분리될 수 없는 하나의 기표라고 할 수 있다. 하나의 육체에 깃든 서로 다른 방향성, 그 벌어진 틈새에서 기형도와 남진우는 홀연 타자와 정면으로 마주친다. 단절된 타자와의 만남은 근대적 인식의 장벽을 넘는 위반의 행위 및 주체와 타자의 관계를 재정립하는 일과 연계된다. 이 위반과 재정립은 타자의 복원으로, 나아가 타자와 주체의 동시적 탈환으로 이어질 수 있을 것인가? 이 질문과 더불어 기형도와 남진우의 시를 읽는 일은 우리에게 타자와 만나는 다양한 방식과 이 세계의 구도를 함께 사유하는 다층적인 지적 모험을 선사해 줄 것이다.

2. 타자와의 투명한 경계, 그 안과 밖

기형도와 남진우의 시는 서로 마주 보고 있는 두 개의 거울과도 같다. 하나의 거울을 들여다보면 마주 선 거울 속의 세계가 반영되고, 그 역도 그러하듯이, 그들의 시는 서로의 세계를 반영하면서 각자 자신들의 소실점 속으로 무한히 수렴되어 간다. 두 개의 거울 속의 풍경은 각기 독특한 색채와 형태를 지니고 있으면서도 어딘가 낯익은 모습을 연출한다. 같은 해(1960년)에 출생한 이들의 시는 죽음에의 응시와 육체적 상상력, 기억과 추억의 시적 형식, 삶/죽음·희망/절망·빛/어둠 등의 이원적 논리 차원을 넘어서는 포괄적인 '바깥의 사유', 안개·구름·비·피 등으로 변주되는 '물'의 지배적 심상, 로고스적 세계관 등의 많은 시적 특성을 공유하고 있다. 이 중 두 시인이 공통적으로 보여주는 선명한 특징으로 이들에게 세계가 로고스적 의미와 방식으로 체현된다는 점을 들 수 있다.

기형도와 남진우의 로고스적 세계관은 언어에 대한 숭배나 언어 중심주의와는 다소 거리를 갖고 있다. 그들의 시각은 이 세계에 존재하는 모든 사물을 로고스적 해석의 대상으로서 본다는 점에서만 로고스적이다. 실제로 그들이 인식하는 언어는 일정한 의미를 담지해내지 못하는 언어이고, 해석의 주체를 배제하고 소외시키는 언어이며, 세계의 언어적 의미망으로부터 탈각된 언어들이다. 그들이 읽으려는 문장이 억압되고 축출당한, 세계의 외곽에 존재하는 '타자'로부터 전송된 것이기 때문이다.

밤 세시, 길 밖으로 모두 흘러간다 나는 금지된다
장마비 빈 빌딩에 퍼붓는다
물 위를 읽을 수 없는 문장들이 지나가고
나는 더 이상 인기척을 내지 않는다

유리창, 푸른 옥수수잎 흘러내린다
무정한 옥수수나무…… 나는 천천히 발음해본다
석탄가루를 뒤집어쓴 흰 개는
그 해 장마통에 집을 버렸다

(……)

장마비, 아버지 얼굴 떠내려오신다
유리창에 잠시 붙어 입을 벌린다
나는 헛것을 살았다, 살아서 헛것이었다
우수수 아버지 지워진다, 빗줄기와 몸을 바꾼다

아버지, 비에 묻는다 내 단단한 각오들은 어디로 갔을까?
번들거리는 검은 유리창, 와이셔츠 흰 빛은 터진다
미친 듯이 소리친다, 빌딩 속은 악몽조차 젖지 못한다

물들은 집을 버렸다! 내 눈 속에는 물들이 살지 않는다

—기형도, 「물 속의 사막」에서(밑줄 강조 인용자)

매일 밤 익사체가 떠내려온다
어둠을 타고 흘러내려오는 저 길 잃은 영혼들
눈을 뜨고 죽은 사람도 눈을 감고 죽은 사람도
잠시 우리집 창가에 머물렀다 떠난다

깊은 밤 전등을 끈 채
창가에서 담배를 피고 있노라면 그들은
뭔가 내게 들려줄 말이 있다는 듯이
유리창에 붙어 입술을 달싹거린다
그 어떤 위안도 희망도 소용 없어진 내게
그들은 읽을 수 없는 문장을 전해주고 간다

간혹 창문을 두드리며
방 안으로 들어오고 싶다는 이도 있지만
팔짱을 낀 나는 조용히 고개를 가로저을 뿐
익사체는 덧없이 먼 어둠 속으로 헤엄쳐 가고
다시 또 다른 시체가 떠밀려 온다

때로는 비에 젖어 때로는 흰 눈사람이 되어
끊임없이 내 집 창문을 기웃대는 그들
그 어떤 땅이 그들에게 영원한 안식을 가져다 줄 수 있을까
그 어떤 기도 그 어떤 아름다운 노랫소리가

별똥별 하나 내 이마에 금을 그으며 떨어지는 밤
나는 다시 잠자리에 든다 흔들리는 방 흔들리는 거리를 지나
죽은 자들에게 이끌려 나는 한없이 어두운
밤의 밑바닥을 정처없이 떠내려간다

……누군가 창문 저편에서 나를 지켜보고 있다

—남진우, 「우리 시대의 표류물」 전문(밑줄 강조 인용자)

두 시의 시적 자아는 깊은 밤 유리창에 비친 '읽을 수 없는 문장'을 보고 있다. 정체 불명의 문장들은 '유리창 밖'의 외부 세계로부터 '유리창 안'의 세계로 일방적으로 전송된다. 유리라는 단절의 매개에 의해 내부에 유폐된 '나'는 이질적인 의미 구조의 지평 위에 떠오르는 그 문장들을 읽을 수 없다. 그것은 불가해한 세계로부터 오는 기이한 상형 문자의 집적물에 불과하다. 그러나 기형도와 남진우는 그 문장의 발신자를 이미 알고 있다. 그들은 한때 이 세계 안에 존재했던, 이제는 세계의 바깥으로 쫓겨난 가엾은 타자들, '죽은 자'들이다.

죽은 자들과 소통 불가능한 언어로나마 교신할 수 있는 때는 밤이다. 이 시간이 되면 근대의 화려한 성채도 원초적인 자연의 어둠으로 뒤덮인다. 기형도에 의하면 그 시간은 '밤 세시'이다. 이때를 기점으로 "길 밖으로 모두 흘러가"는 경계의 와해와 유동이, 안과 밖의 교류가 시작된다. 그것은 타자와의 만남을 통해 이룩하는 존재의 전환이고, 세계의 수정이며, 실재와 만나는 머나먼 도정이다. 불행하게도 이 '흐름'의 대열로부터 "나는 금지된다". 유리창(이 세계의 상징적 경계)이 나의 이탈을 막고 있기 때문이다. 존재 · 세계 · 실재의 전환과 수정, 회복으로부터 금지된 '나'는 빈 빌딩의 유리창에 흘러내리는 빗줄기를 통해 현시되는 '세계 외적' 흐름의 의미를 알 수 없다. 그러니 '나'는 "푸른 옥

수수잎", "무정한 옥수수나무" 따위의 무의미한 말의 리듬에, 그 발음의 무용한 반복에 산란하는 정신의 추를 잠시 고정시켜 볼 따름이다.

잠시 후 빗줄기에 섞여 '아버지'의 얼굴이 떠내려온다. 불행한 삶을 살았던 아버지[1]가 "유리창에 잠시 붙어 입을 벌리"고, 유일하게 알아들을 수 있는 한마디를 던진다. "나는 헛것을 살았다, 살아서 헛것이었다". 아버지는 다시 빗줄기의 흐름에, 타자들의 대열에 합류한다. 기형도 시에서 죽은 아버지는 "불쌍한 내 장난감", "내가 그린, 물그림 아버지"(「너무 큰 등받이의자—겨울 版畵·7」) 등의 사물적이고 즉물적인 이미지로 형상화된다. 이 시에서 유리가 단절의 장벽에서 소통의 매개로 바뀌면서 아버지와 나는 일체감을 형성하게 된다. 주체의 시선이 견고한 유리를 뚫고 타자에게 이르자, 읽을 수 '없는' 문장은 읽을 수 '있는' 문장이 된다. 타자들의 상형 문자는 유리창 안의 언어로 번역된다. "나는 헛것을 살았다, 살아서 헛것이었다". 그런데 이 발화의 주체는 매우 모호하게 설정되어 있다. '나'는 아버지이기도 하며, 시인 자신이기도 하다. 이 같은 언어적 소통을 통해 죽은 자와 산 자의 경계는 잠시나마 무화되어 버린다.

"빗줄기와 몸을 바꾼" 아버지는 다시 "비에 묻는다". "내 단단한 각오들은 어디로 갔을까?" 비를 향한 아버지의 물음은 나에게도 들려온다. 이제 '나'는 타자가 보내는 전언을 넘어 타자들 사이의 대화까지도 포착한다. 이는 '헛것'으로 압축되는 기형도의 허무주의적 세계관, "어디로 갔을까?"를 묻는 상실 의식이 삶의 내부에서 얻어진 것이 아님을 보여준다. 기형도의 비극적인 결론은 철저히 타자의 자리로 옮겨간 상태에서 얻어진다. 그의 의식은 세계의 바깥으로 뻗어나가 좀처럼 귀환하지 않는다. 그러니 진공 유리병 같은 빌딩에 감금된 시인의 몸을 감

---

1) 기형도의 시 「위험한 家系·1969」, 「폭풍의 언덕」, 「너무 큰 등받이의자」 등에는 병으로 일찍 세상을 떠난 아버지의 불행했던 삶이 시인의 유년 시절의 삽화 속에 잘 드러나 있다.

싼 "와이셔츠 흰 빛은 터질" 수밖에! 타자와 소통할 수는 있지만 합치될 수는 없는 시인은 '타자의 타자'로 남겨진다. 타자에게로 흘러감을 '금지'당한 시인의 "눈 속에는 물들이 살지 않"으며, 황량한 '사막'만이 펼쳐진다. 그러므로 '물 속의 사막'(시인의 내부)으로 끝끝내 스며들 수 없는, 유리창의 표면만을 쉬임없이 적셔대는 빗줄기의 유려한 이미지는 얼마나 파국적인가. 그것은 결코 합치될 수 없는 단절과 결핍의 흐름, 채워질 수 없는 빈 구멍의 흐름인 것이다.

남진우의 시에서 "읽을 수 없는 문장을 전해주고 가"는 타자는 '익사체'와 '길 잃은 영혼들'이다. 그들은 '죽은 자'임이 명시된다. '그들'에 대한 남진우의 의식은 냉혹하리만큼 타자적이다. "간혹 창문을 두드리며/방 안으로 들어오고 싶다는 이도 있지만" 그 요청은 거절된다. 그렇다면 삶의 "그 어떤 위안도 희망도 소용없어진 내"가 그들이 전하는 문장을 읽을 수도, 그들의 틈입을 허용할 수도 없는 이유는 무엇인가? 삶과의 거리가 멀어진 만큼 왜 죽은 자들과의 거리를 좁히지 못하는가? 남진우는 질문의 형식을 빌어 이렇게 대답한다. "그 어떤 땅이 그들에게 영원한 안식을 가져다 줄 수 있을까/그 어떤 기도 그 어떤 아름다운 노랫소리가"라고. 밤마다 표류하는 죽은 자들의 영혼을 거두어 들일 어떠한 방법도 그는 알지 못한다고.

죽은 자들이 전하는 '읽을 수 없는 문장'은 산 자들의 세계를 향한 귀환의 열망으로 채워져 있음이 분명하다. 그것은 고통의 호소문인 동시에 영원한 안식의 기도와 노래를 구하기 위한 간청서일 것이다. 죽은 자들의 호소와 간청은 "사방에서 시체들이 속살거리는 소리"(「살아있는 기체들의 밤」), "어서 파내달라는" "매장된 아이의 노래" 소리(「매장된아이」), "소름끼치는 한밤의 전화벨 소리"(「목소리—심야통화」) 등의 갖가지 형태로 변주된다. 매일 밤 죽은 자들의 목소리를 들으며 남진우는 고통 속에 자문한다. "죽은 자에게 내가 건네줄 말은 무엇인가"?(「검은 돛배」) 그러나 그 답은 쉽게 발견되지 않는다. 고뇌에 찬 시인은 그저 "조용히 고개를 가로저을 뿐", 죽은 자들의 틈입을 허용할 수는 없다.

남진우는 "덧없이 먼 어둠 속으로 헤엄쳐 가고/다시 또 다른 시체가 떠밀려 오"는 죽은 자들의 헛된 방황을, 그 끊임없는 귀환의 열망을 조용히 응시한다. 하지만 죽은 자들은 산 자들의 침묵을 허용하지 않는다. 잠자리에 들면 "죽은 자들에게 이끌려 나는 한없이 어두운/밤의 밑바닥을 정처 없이 떠내려가"야 한다. 남진우는 타자와의 불화를 자신의 시선 속에 또 다른 시선을 증식시킴으로써 극복하고자 한다. 그는 타자의 시선을 주시함으로써 그들의 자리로 옮겨 가며, 다시 그 바깥의 시선들을 겹겹이 만들어낸다. 타자를 응시함과 동시에 타자의 시선으로 자신을 응시하는 것. 이 같은 지속적인 객관화 과정 속에서 남진우는 부단히 자신의 외곽에 거주하는 타자와의 교류를 시도한다.

남진우가 타자와 맺는 관계는 '나를 바라보는 그를 보는 나의 시선'과 '그를 바라보는 나를 보는 그의 시선', 이 두 개의 시선이 길항하면서 만들어내는 시선의 두터운 층 가운데 존재한다. 두 개의 시선을 지닌 남진우는 '보는 자'이며 동시에 '보여지는 자'이다. 두 시선의 접점은 한 곳에 고정되지 않고 끊임없이 움직인다. 남진우의 시에서 반영의 매체인 '거울'이 "복도의 끝 벽에 걸"려 있으며, 아무리 걸어도 "조금도 가까워지지 않는"(「복도의 끝, 거울이 걸린」) 것은 이 때문이다. 시선의 초점이 이동하므로 거울의 반영도 유보될 수밖에 없다. 반영할 수 없는 것이 아니라 거울이 반영을 계속 지연시키므로, "아득한 거울 속 희미한 영상에 이르기 위"한 길은 멀기만 하다. 그것은 거의 무한한 여정이다. 그 무한의 여정은 '네'가 "서서히 쪼그라들어 한낱 실뭉치로 변하"게 할 수도 있는, 소멸의, 소멸에로의 여정이다.

남진우가 기획하는 시선의 (무한) 증식이 초점의 이동에 따라 어떻게 미세하게 달라지는가는 다음의 시에서도 확인된다.

검은 물
나는 마셨네 웅덩이에 고인 검은 물을
두 손을 모아 검게 빛나는 물을 떠올렸네
검은 물은 피처럼 끈적거리고 한량없이 어두웠네

그 누구의 심장에서 흘러나온 물인지
검은 물 속에 그 물을 마시려 몸을 굽힌 내가 비치고
저무는 숲을 헤매다닌 바람의 갈피도 엿보였네

검은 물 검은 물 속에
달빛도 녹지 않고 엉겨붙어 무겁게 고인 검은 물 속에
내가 누웠네 가슴에 칼을 꽂고 누운
내 부릅뜬 눈에 어두운 하늘이 비치고
그 하늘 아래 고개 숙인 내가 보였네

손을 내밀어 검은 물 바깥의 그를 붙잡으려 해도
그는 이내 한 모금 물을 마시고 일어설 뿐
아무리 소리쳐 불러도
멀리 한 점 그림자 되어 사라지는 그는
끝내 뒤돌아보지 않았네

검은 물
검은 물 속에 나 홀로 누워

—「그때 그곳에서」 전문

다소 긴 인용시[2]에는 시선의 복합적인 교차와 역전이 잘 드러나 있다. 1연에는 1)검은 물을 '마시는 나'가 있고, 2연에는 1)의 반영인 2) '검은 물 속에 비춰진 나'와 2)를 다시 관찰하는 3) '보는 나'가 있다. 세 개의 시선으로 나뉘어진 '나'들은 검은 물 밖의 주체가 자기 의식을 소유하는 과정을 보여준다. 주목할 것은 3연에 이르러 '보는'의 주체와 대상이 뒤바뀐다는 점이다. 4) '가슴에 칼을 꽂고 누운 나', 즉 검은 물 속의 내가 응시의 주체가 되어 3)검은 물 밖의 '고개 숙인 나'를 "부릅뜬 눈"으로 보고 있다. 4연에서 4) '누운 나'가 바라보는 대상은 다시 5) '검은 물 바깥의 그'로 변모된다. 3) '고개 숙인 나'가 5) '검은 물 바깥의 그'로 다시 타자화된 것이다. 이처럼 '검은 물 속'의 나와 '검은 물 바깥의 나'의 응시는 서로를 반영하고 객관화하는 가운데 시선의 분열을 거듭한다.

이 시에서 '검은 물'은 앞서 살펴본 '유리창'과 동일한 기능을 지닌다. 그것은 주체가 타자성의 심연과 마주치는 경계이다. 두 편의 시에서 주체와 타자의 위치는 전도되어 있다. 유리창 밖의 죽은 자(타자)를 거부한 것은 시적 주체였는데(「우리시대의 표류물」), 지금은 거꾸로 '검은 물 바깥의 그'(타자)가 '검은 물 안의 나'의 외침을 외면한다. 여기에는 유리창과 물의 특성에 따른 교묘한 트릭이 개입되어 있다. '유리창'과 '물'은 그 안과 밖의 관계에 있어 정확히 반대로 대응되기 때문이다. '유리창 밖/물 안'은 타자의 공간이며, '유리창 안/물 밖'이 주체의 공간이다. '검은 물 바깥의 그'는 곧 '유리창 안의 나'이며, "나는 나 자신을 바라보는 나를 본다"[3]의 중층적 인식 주체에 의해 대타화된

2) 남진우의 몇몇 시들은 부분 인용을 하기가 어렵도록 되어 있다. 이것은 그 시들이 변화하는 드라마틱한 구성을 갖춘 속에 긴밀히 짜여져 있기 때문이다. 남진우는 하나의 이미지의 정점(頂點)을 향해 집약되어 가는 시가 아니라, 사유의 변주를 통해 시각과 의미의 미세한 차이를 만들어내는 일종의 상황의 시를 추구한다. 그는 시 안에 풍성하고 비옥한 '사유의 공간'을 구축하고자 하며, 이로 인해 그의 시 속에서는 이미지들마저도 사유하는 이미지로서 구현된다. 거울, 피, 가시, 달빛 등의 정교하고 다성적인 이미지들을 보라.

'나'이다. 위의 시에서 '검은 물 밖의 나'와 '검은 물 안의 나'는 각기 다음과 같은 과정을 거쳐 생성된다. 1) '검은 물을 마시는 나'는 3) '검은 물 속에 비춰진 나를 보는 나'를 거쳐 5) '검은 물 바깥의 그'로 증식해 가며, 2) '검은 물 속에 비춰진 나'는 4) '가슴에 칼을 꽂고 누운 나'를 거쳐 6) '검은 물 속에 홀로 누운 나'로 다시 파생된다. 응시의 구조가 바뀜에 따라 분열하는 '나'들은 자아의 '반성적 인식 자체에 대한 반성'의 계기적인 증식 과정에서 발생하는 내부의 타자들이다. 그러므로 6) '검은 물 속에 홀로 누운 나'는 1) '검은 물을 마시는 나'의 자리로부터 얼마나 멀리 떨어져 있는가. 이 거리는 곧 남진우의 주체와 타자의 변증법이 진전된 거리에 해당한다. "멀리 한 점 그림자 되어 사라지는" 그 끝은 시인이 현실의 내부에서 타자를 발견하는 자리이며, 자아의 내부에 깃들어 있는 궁극의 타자인 '죽음'과 대면하는 자리이기도 하다. 여기에서 남진우의 공포 영화—남진우가 생각하기에 공포 영화의 구조는 이 세계의 자아와 타자의 관계를 역전시켜 놓은 것이다—체험과 가시, 피의 이미지가 발생한다.

기형도와 남진우가 목격한 두 개의 '읽을 수 없는 문장'은 타자들이 내뿜는, 이 세계로부터 '금지된'(기형도), 이 세계의 '안으로 들어오고 싶다는'(남진우) 강력한 전언들이다. '읽을 수 없는 문장'이란 표현의 아이러니에 속한다. 그들은 읽을 수 있으며, 읽기를 원한다. 기형도는

3) 라캉은 『젊은 파르크 la Jeune Parque』에 나오는 '나는 나 자신을 바라보는 나를 바라본다'는 파르크의 말을 인용하면서 이 말이 데카르트적 회의의 토대가 됨을 설명한다. 라캉은 이 표현에 함축된 방식으로 자신은 세계를 이해하고자 하며, 주체의 특권은 내가 인식하자마자 내가 재현한 것들을 내 것으로(belong to me) 만들어 주는 이 이분법적인 반영 관계로부터 나온다고 말한다. 그는 이런 "반성적 사고 자체에 대한 반성"을 극단적으로 몰고 가면 데카르트적인 사유의 과정에 의해 인식된 주체가 소멸되어 버린다고 주장한다. 이 말은 매우 역설적인 의미 해석으로 귀결되는데, 라캉은 "주체의 확실성에만 자신을 맡김으로써 스스로를 능동적으로 소멸시키는 한, 세계 속에서 나는 주체로 존재한다"고 강조한다. 한편 그는 의식의 "나는 나 자신을 바라보는 나를 바라본다"는 환상은 안과 밖이 바뀐 응시의 구조에 기초해 있다고 파악한다.—자크 라캉, 권택영 외 옮김, 『욕망이론』, 문예출판사, 1994, pp. 204~207 참조.

유리창을 넘어 타자의 세계로 나아가 그것을 읽은 뒤 귀환하며, 남진우는 비록 고개를 젓지만 그 의미를 알고 있다(여기에서 기형도와 남진우의 갈라짐은 예비된다). 그러나 그들은 타자들의 문법을 현실 세계 안에 구축할 방법을 찾지 못한다. 각자의 가슴에 '읽을 수 없는 문장'을 안고 그들이 나아간 곳은 어디인가. 그 문장과 처음 마주한 유리창을 기점으로 기형도와 남진우는 자신들의 세계 속으로 서로 마주 보며 무한히 멀어져 간다.

3. 환상의 경계 지우기, 혹은 타자와의 합일—기형도

기형도는 상상된 타자의 시선을 자기 내부의 시선으로 전이시킴으로써 타자와의 간극을 해소하고자 한다.

> (……) 지금도 나는 기억하고 있네. (……) 어둠은 언제든지 살아있는 것들의 그림자만 골라 디디며 포도밭 목책으로 걸어왔고 나는 내 정신의 모두를 폐허로 만들면서 주인을 기다렸다. 그러나 기다림이란 마치 용서와도 같아 언제나 육체를 지치게 하는 법. (……) 때가 되면 태양도 스스로의 빛을 아껴두듯이 나 또한 내 지친 정신을 동그랗게 보호하기 시작했으니 나와 죽음은 서로를 지배하는 각자의 꿈이 되었네. 그러나 나는 끝끝내 포도밭을 떠나지 못했다. 움직이는 것은 아무것도 없었지만 나는 모든 것을 바꾸었다. 그리하여 어느 날 기척없이 새끼줄을 들치고 들어선 한 사내의 두려운 눈빛을 바라보면서 그가 나를 주인이라 부를 때마다 아, 나는 황망히 고개 돌려 캄캄한 눈을 감았네.
>
> —「포도밭 묘지 · 1」에서

앞의 시에서 '유리창의 안'에 있었던 것처럼, 이 시에서도 기형도는 '포도밭 목책'의 '안'에 위치한다. 이곳에서 기형도의 시간은 "정신 모두를 폐허로 만들면서 주인을 기다리"는 일에 바쳐진다. 그가 기다리는 주인은 '포도밭'(세계)의 주인이면서 "내 지친 정신"(자아)의 주인이다. 그를 통해 시적 주체는 목책으로 둘러싸인 이 세계에서의 자신의 존재 의미를 획득하게 될 것이다. 그러나 놀랍게도 "어느 날 새끼줄을 들치고 들어선 한 사내"는 '내'가 바로 주인임을 말해 준다. 사내는 포도밭의 '밖'에서 온 세계 외적 타자이다. '나'는 사내의 "두려운 눈빛을 바라보면서" 주인임을 인식하며 그 낯선 인식 앞에 "황망히 고개 돌려 캄캄한 눈을 감"는다. 타자를 통한 기형도의 내부로의 귀환은 행복하게 귀결되지 못한다. 그가 돌아온 자리에서 발견하는 것은 자신이 '타자의 타자'라는 사실이며, "나와 죽음은 서로를 지배하는 각자의 꿈이 되"고만 파편화된 현실이기 때문이다.

그렇다면 포도밭의 바깥은 어떤 세계인가? "새끼줄을 들치고" 나가면 거기에는 어떤 풍광이 펼쳐져 있을 것인가? "나는 내가 끝끝내 갈 수 없는 生의 僻地를 조용히 바라본다"(「바람은 그대 쪽으로」)고 말했던 기형도는, 갈 수는 없지만 볼 수는 있었던 그 '벽지'의 풍경을 이렇게 묘사한다.

성벽은 울창한 숲으로 된 것이어서
누구나 사원을 통과하는 구름 혹은
조용한 공기들이 되지 않으면
한 걸음도 들어갈 수 없는 아름답고
신비로운 그 城

어느 골동품 商人이 그 숲을 찾아와

몇 개 큰 나무들을 잘라내고 들어갔다
그곳에는…… 아무것도 없었다, 그가 본 것은
쓰러진 나무들 뿐, 잠시 후
그는 그 공터를 떠났다

—「숲으로 된 성벽」에서(밑줄 강조 인용자)

신비로운 성을 보기 위해 골동품 상인은 숲을 베어낸다. 그러나 "그곳에는…… 아무것도 없었다". 기이하게도, "아름답고 신비로운 그 성"은 숲(경계)이 있어야만, 즉 환상의 장막이 있어야만 존재할 수 있다. 환상의 실체를 보기 위해 장막을 걷어내는 순간 확인되는 것은 "아무것도 없는" 무(無)일 뿐이다.[4] 그 무와 허(虛)를 그대로 수락한다면 환상을 통해 구축된 현실 세계는 와해되고, 존재 또한 붕괴되어 버릴 수밖에 없다. 따라서 현실과 더불어 '존재하기' 위해서는 그곳을 떠나야 한다. 골동품 상인은 "그 공터를 떠나" 다시 마을로 돌아간다.

이 아무것도 없는 공터는 "미완의 생명을 지닌 듯 천천히 흐르는 회색빛 무정형의 안개"[5], 즉 라캉이 말한 실재계에 대응된다. 실재는 현실의 균열과 불완전성, 허위를 증명하는 방식으로 현실의 내부로 끊임없이 귀환한다. 이 귀환을 가로막고 자신을 보호하기 위해 현실은 환

4) 라캉은 이 경계의 와해에서 정신 분열이 발생한다고 본다. 상징적 경계에 의해 차단되지 않은 실재계와의 직접적인 부딪침은 오직 카오스만을 선사한다. 그러므로 경계는 벽이지만 동시에 보호막이기도 하다. —슬라보예 지젝, 김소연·유재희 역, 『삐딱하게 보기』, 시각과 언어, 1995, pp.32~46, 66~71 참조.

5) 지젝은 로버트 하인라인의 공상과학 소설 『조나단 호그의 불쾌한 직업』을 라캉의 실재계를 설명하는 좋은 예로 든다. 랜달은 우주를 창조한 예술가인 호그를 만나고 돌아오는 길에 당부를 어기고 차창을 연다. 그러자 충격적인 광경이 펼쳐진다. "열린 창문 밖에는 햇빛도, 경찰도, 아이도 아무것도 없었다. 오직 회색빛 무정형의 안개만 마치 미완의 생명을 지닌 듯 천천히 흘러가고 있을 뿐. (……) 창문을 통해서 보면 도시의 교통과 햇빛이 비치는 거리 그 모든 게 분명했다. 그러나 그것을 열면 거기엔 아무것도 없었다. 무(無)였다." 지젝은 이 '회색빛 무정형의 안개'가 바로 생명력으로고동치는 전(前)상징적 실체인 라캉의 실재계이며, 이 소설의 경우 그것은 창유리로 물질화된, 안팎을 구별하는 경계선에서 발생한다고 설명한다. —슬라보예 지젝, 위의 책, pp.32~38 참조.

상의 경계를 만드는 것이다. 상징적 경계의 저편, 세계의 외곽이 하나의 거대한 무(無)임을 목도한 기형도는 "없어질 듯 없어질 듯 生 속에 섞여드"(「植木祭」)는 위태로운 귀환의 여정에 오른다. 그는 "빛과 어둠을 분간할 수 없는/꽝꽝 빛나는, 이 무서운 白夜"(「白夜」) 속에서 절규한다. 사람들이 세계의 어딘가에 숨겨져 있을 실재를 믿으며—니체식으로 말하면 가상하며—현실에 밀착하는 동안, 그는 도시를 뒤덮고 있는 두터운 안개의 장막을 본다.

1
아침 저녁으로 샛강에 자욱이 안개가 낀다.

2
이 읍에 처음 와본 사람은 누구나
거대한 안개의 강을 거쳐야 한다.
앞서간 일행들이 천천히 지워질 때까지
쓸쓸한 가축들처럼 그들은
그 긴 방죽 위에 서 있어야 한다.
문득 저 홀로 안개의 빈 구멍 속에
갇혀 있음을 느끼고 경악할 때까지.

(……)
안개에 익숙하지 않은 사람들은 처음 얼마 동안
보행의 경계심을 늦추는 법이 없지만, 곧 남들처럼
안개 속을 이리저리 뚫고 다닌다. 습관이란
참으로 편리한 것이다. 쉽게 안개와 식구가 되고
멀리 송전탑이 희미한 동체를 드러낼 때까지

그들은 미친듯이 흘러 다닌다.

(……)

날이 어두워지면 안개는 샛강 위에

한 겹씩 그의 빠른 옷을 벗어 놓는다. 순식간에 공기는

희고 딱딱한 액체로 가득 찬다. 그 속으로

식물들, 공장들이 빨려 들어가고

서너 걸음 앞선 한 사내의 반쪽이 안개에 잘린다

—「안개」에서(밑줄 강조 인용자)

안개는 도시의 경계인 "거대한 안개의 강"에서 발생한다. 안개의 강은 도시를 외부 세계와 구분짓는 동시에 고립시킨다. "앞서간 일행들"을 "천천히 지워" 버리는 힘을 지닌 안개는 도시의 안으로 침투해 들어와 사람들의 일상을 위협한다. 인용된 부분에는 나와 있지 않지만, 안개로 가득한 한밤중에 여직공 하나가 겁탈당하기도 하고, 방죽 위에서 얼어 죽은 취객이 쓰레기 더미로 오인되기도 한다. 보이지만 실체가 없는, 자신을 드러내는 만큼 다른 존재들을 지우는 '안개'는 소멸과 무의 현현체이다. '안개'는 사라짐의 과정을 역으로 가시화하며, 세계의 여백과 존재의 부재를 증명하는 방식으로 자신을 현시한다. 그런데 안개가 걷히면서 회복되는 물상은 이상하게도 안도감이 아니라, 무력감과 의혹을 갖게 한다. 안개의 소멸은 실체의 생성이 아닌 실재의 실종을 확인하도록 만든다. 안개를 통해 사람들은 자신이 발을 딛고 있는 세계의 허약한 기반을 인식하게 된다. "문득 저 홀로 안개의 빈 구멍 속에/갇혀 있음을 느끼고 경악"에 사로잡히는 것이다. 그들은 안개에 함몰당하지 않기 위해 "보행의 경계심을 늦추는 법이 없지만, 곧 남들처럼/안개 속을 이리저리 뚫고 다니"고 "쉽게 안개와 식구가 된"다. 기형도는 그것을 '습관'의 '편리함'이라고 부른다. 그가 "아교처럼 안전

하다"(「오후 4시의 희망」)고 표현한 '습관'은 세계에 대한 인식의 결여와 본질에서 탈각된 수동적인 의식 상태를 지칭한다. 현실의 인간은 기계적인 습관의 힘을 통해 '안개(실재, 소멸, 무, 죽음)'와의 대면을 회피하고 일상에 흡수된다. 안개 속을 "미친 듯이 흘러다니"면서 마치 안개가 없다는 듯이, 안개가 아무런 힘도 발휘하지 않는다는 듯이 살아가는 것이다. 그러나 기형도의 의식은 "순식간에 공기는 희고 딱딱한 액체로 가득차"고, 안개 속으로 모든 것이 "빨려 들어가는" 광경을 생생하게 포착한다. 그는 사람들에게 우려에 찬 목소리로 경고한다. "보이지 않는 거대한 숨구멍 속으로 빨려 들어가듯/그런 때를 조심해야 한다"(「어느 푸른 저녁」)고.

안개는 인간의 육체를 "희고 딱딱하"게 만든다. 기형도에게 육체는 궁극적인 해답이 결여된 실존적 삶과 자본주의 제도하의 물화된 삶, 그 이중적인 부정성이 가시화되는 장소이며, 존재의 훼손이 기록되는 입체적인 지면이다. 소멸과 무·죽음의 징표인 회색빛 무정형 안개는 육체에 뚜렷한 흔적을 남긴다. "무슨 農具처럼 굽은 손가락들"(「白夜」), "무슨 딱딱한 덩어리처럼"(「늙은 사람」), "말을 듣지 않는" 육체(「여행자」), "딱딱한 손"(「진눈깨비」), "흉기처럼 단단하"고(「정거장에서의 충고」), "천천히 굳어 가는" "나의 혀"(「입 속의 검은 잎」), "압핀처럼 꽂혀 있"는 '나'(「소리 · 1」), "잔인하게 죽어 간 붉은 세월이 곱게 접혀 있는/단단한 몸통"(「病」) 등의 경화(硬化)된 육체의 이미지들은 타자의 침투 흔적을 분명히 보여주는 예들이다. 결여와 부재는 이렇듯 고형화(固形化)된 형태로 육체에 각인된다.

기형도의 시에서 '안개'는 구름, 눈, 진눈깨비, 비, 물, 연기 등의 유사 이미지의 계열을 거느린다. 안개와 마찬가지로 소멸과 무, 죽음을 표상하는 이 이미지들은 세계에 대한 불행한 인식으로부터 생성된다.[6] 기형도 시의 배경이 대부분 황혼 무렵의 저녁, 즉 낮과 밤의 경계인 것은 안개의 체험과 깊이 연관된다. "내 뒤에 있는 캄캄하고 필연적인 힘들에 쫓기"(「10월」)는, "부르지 않아도 뜨거운 안개가 쌓일 뿐인"(「나리나리 개나리」) 황혼의 시간이면, 경계 밖의 세계는 경계 안의 세계로 범람한다. 이 와중에서 기형도는 하나의 방향을 택하는데,

> (……) 놀라워라, 가장 무서운 방향을 택하여 제 스스로 힘을 겨누는 그대, 기쁨을 숨긴 공포여, 단단한 확신의 즙액이여.
>
> —「이 겨울의 어두운 창문」에서

그가 택한 "가장 무서운 방향"이란 자기 존재의 소멸이다. 소멸의 주체가 됨으로써 그는 가장 확실하게 자신의 '주인'이 되고자 한다. 주체의 확실성에만 자신을 맡기고 스스로를 능동적으로 소멸시키는 한, 세계 속에서 '나'는 주체로 존재할 수 있다.[7] 기형도는 "가장 무서운 방향을 택하여 제스스로 힘을 겨누"어, 세계의 바깥인 '회색빛 무정형의 안개' 속으로 나아감으로써 소멸을 통해 자신을 완성한다. 안개 속으로 걸어가면서 그는 남은 자들에게 이렇게 이야기한다.

> 안개 속으로 물빛이 되어 새떼가 녹아드는게 보여? 우리가!
>
> —「도시의 눈」에서

6) 기형도의 시에서 하나의 의미 계열을 형성하며 다양하게 변주되는 '물'의 이미지들은 삶에 대한 불행한 의식, 소멸과 무, 죽음의식과 깊이 연루되어 있다. 그 예들을 제시하면 다음과 같다. 구름 ; "저 홀로 없어진 구름"(「죽은 구름」), "어디선가 굶주린 구름들은 몰려 왔다"(「길 위에서 중얼거리다」), "저녁의 정거장에 검은 구름은 멎는다"(「정거장에서의 충고」), "어느 곳이든 기척 없이/자리를 바꾸던 늙은 구름"(「植木祭」), 눈 ; "건물들은 눈을 뒤집어 쓰고/희고 거대한 서류뭉치로 변해갔다"(「기억할만한 지나침」), 진눈깨비 ; "진눈깨비 쏟아진다, 갑자기 눈물이 흐른다, 나는 불행하다"(「진눈깨비」), 비 ; "하나뿐인 입들을 막아버리는 가는 비"(「가는 비 온다」), "빗방울은 은퇴한 노인의 백발 위로 들이친다"(「그날」), 물 ; "물들은 소리 없이 흐르다 굳고"(「길 위에서 중얼거리다」), 연기 ; "벌판 가득 흰 연기를 피워 올리는"(「포도밭 묘지 · 1」), "빈 들판에 꽂혀 있는 저 희미한 연기들"(「봄날은 간다」).

7) 자크 라캉, 위의 책, p.206.

안개 속으로 녹아드는 것이 기형도는 "진실로 즐거운 액체가 되어 내 생을 적실"(「이 겨울의 어두운 창문」) 수 있는 길이라고 믿었을 터이다. 이제 그는 세계 밖의 타자와 하나가 된다. 이 선택의 시점은 기형도가 사랑의 상실과 불가능성을 체험하는 시점과도 일치한다. 사랑이란 존재가 세계 내의 타자와 관계 맺는 가장 아름다운 방식일 것이다. 사랑을 잃은 시인은 세계의 안이 아니라 경계의 바깥, '문 밖'에 위치한다. "나 이제 더듬더듬 문을 잠그네/가엾은 내 사랑 빈 방에 갇혔네"(「빈 방」). 기형도는 공포의 진원지였던 불가해한 응시의 풍경 속으로, 세계의 외곽에 존재하는 타자들의 영토로 진입한다. 공포의 실체와 무의 중심에 이르는 '길고도 오랜 여행'(「그날」)을 위해 그는 자신의 존재적 소멸을 기꺼이 감내한다. 그렇다면 그는 이제 타자들의 '읽을 수 없는 문장'을 온전히 읽을 수 있게 되었을 것인가? 그가 남긴 시가 다시 우리에겐 '읽을 수 없는 문장'이 되어, 이 세계의 유리창 밖에서 그는 여전히 방황하고 있는 것은 아닐까? 대답의 길은 막막하기만 하다.

4. 시선의 무한 증식과 타자에의 배려—남진우

남진우가 타자와 부딪치는 경계는 '유리창'과 '검은 물'만이 아니다. 그 경계는 현실의 문화적 장치 속에도 있다. 죽은 자들이 출현하는 두께 없는 또 하나의 공간은 공포 영화가 펼쳐지는 '대형 화면'이다.

> 대형 화면 가득 산송장이 넘실거린다
> (……)
> 끝없이 이어지는 저 괴물의 계보학

화면은 순식간에 피로 물들고
삼 분 간격으로 찢어지는 비명이 귀를 찢는다
아무도 막을 수 없다 억압받은 것들은 언제나 저처럼
가장 잔인한 형태로 소름끼치는 모습으로
다시 돌아온다 돌아와
우리의 눈과 귀를 고문한다

(……)
실컷 피를 빨리고
휘청거리는 발걸음으로 극장문을 나서는
세기말의 밤

—「공포영화와 함께 이 밤을」에서(밑줄 강조 인용자)

죽은 자는 왜 귀환하는가? 남진우에 의하면 그들이 "억압받"았기 때문이다.[8] 죽은 자들이 괴물로 변해 있는 것, 그것이 바로 억압의 징표이다. 억압을 해소하기 위해 그들은 "가장 잔인한 형태로" 돌아와 보복을 행한다. "끝없이 이어지는" 괴물들의 보복은 하나의 '계보학'적 체계를 형성한다. 억압당한 것들에 의해 "실컷 피를 빨리는" '세기말의 밤'은 한바탕 처절한 '피의 제전'의 시간이다. 소외당한 괴물의 잔혹한 복수극인 공포 영화는 억압과 보복의 구조를 지닌 이 세계를 축약시킨 드라마틱한 상징이라 할 수 있다. 억압하는 자가 있고 억압받는 자가 있다. 그 억압의 증거로 '피'가 '화면'(억압의 경계)을 물들인다. 놀랍

8) 우리는 다시 죽은 자들의 귀환에 대한 라캉의 해석을 떠올릴 수 있다. 라캉의 답변은 "그들이 제대로 매장되지 않았기 때문"이라는 것이다. "죽은 자의 귀환은 상징적 의식, 상징화 과정에 있어서의 교란을 나타내는 기호다. 죽은 자는 어떤 미불된 상징적 채무의 수금인으로서 귀환한다는 것이다. (……) 그렇다면 살아 있는 죽은 자의 귀환은 육체적인 사망을 뛰어넘어 지속되는 어떤 특정한 상징적 채무를 물질화하는 것이라고 할 수 있다."—슬라보예 지젝, 위의 책, p.56.

게도 사람들은 악마적인 현실의 일그러진 재현을 즐긴다. 현실은 적당히 변형되기만 하면 실재가 지워진 가상의 이미지로 화하여 누구나 탐닉하는 오락이 된다. 남진우는 공포 영화에서 억압하는 자와 억압받는 자의 관계가 실제 현실과 전도된 것임을 간파한다. 현실에서 억압당한 것의 상징적 기표인 괴물은 영화 속에서는 가공할 폭력의 주체가 된다. 현실에서 억압의 주체인 산 자는 영화에서는 억압의 객체로 스스로를 착시 교정한다. 자신을 흡혈의 희생자로 설정함으로써 산 자는 억압 행위에 대한 죄값을 상상적으로 치른다. 실제로 공포 영화의 관객은 괴물에게 난자당하는 희생자에 대한 피학적인 동일시 체험을 통해 공포와 쾌감을 맛보게 된다. 실제 현실의 가학 행위는 상상의 피학성으로 환치되며, 산 자들은 가상의 공포 체험으로 현실의 억압 행위에 대한 빚을 탕감하고 재빨리 또 다른 억압에 가담할 준비를 한다.

괴물에게 '피를 빨리는' 일은 현실의 억압을 상쇄하기 위한 산 자들의 자구책이다. 이로써 죽은 자들에 대한 산 자들의 격리는 더욱 강화된다. 산 자들은 괴물에게 '피를 빨리는' 것이 아니라 자발적으로 '피를 판' 다. 하지만 그들은 단지 상징적인 매혈[9]을 통해 그들은 죽은 자들의 귀환을 막으며 현실을 유지한다. 이 매혈은 성화(聖化)를 위장한 폭력적인 자기 희생이며, 생명을 가장한 죽음의 행위이다. "죽음의 힘으로 한사코 자신을 밝히"(「달」)는 산 자들, 매혈자들은 그러므로 삶과 죽음을 동시에 사는 자들이다.

사방이 온통 피, 피로 가득 차 있다
피의 물결 위를 철벅이며 나는 걸어간다

9) 이 점에서 공포 영화는 고대의 희생 제의와 닮아 있다. 제의의 주관자는 자신을 대신하는 상징적인 제물의 희생을 통해 신의 노여움을 다스리고 소망하는 바를 성취한다. 공포 영화는 산 자의 희생을 가상하는 현대판 희생 제의, 그것도 재현의 매체를 통해 언제 어느 곳에서든 '즐길' 수 있는, 속화(俗化)된 희생 제의이다.

무릎이 잠기고 가슴이 잠기고 이윽고
나는 내 피 속으로 완전히 잠겨든다
(……)
어둠 저편에서 조금씩 다가와
부드럽게 내 눈을 쓸어 감겨주는
아득한,
빛

—「매혈자의 꿈—처형 2」에서

삶의 욕망과 죽음의 욕망, 가학성과 피학성이 겹쳐지는 지점에서 피의 심연은 매혹적으로 분출한다. 매혈자는 "피의 물결 위를 철벅이며" "걸어가", 이윽고 자신의 "피 속으로 완전히 잠겨든다". 피의 심연에 침몰해 죽음에 이르는 매혈자는 비극적 황홀에 사로잡힌 나르시스트이다. 남진우 시에서 '피'는 성화(聖化)와 폭력(희생), 생명과 죽음의 이중 의미를 지닌다. 몸 속의 생명의 피는 몸 밖으로 흘러내리는 순간 죽음의 징표가 된다. 피의 흘러내림은 내부의 타자성의 유출에 해당한다. 이 유출은 괴물의 흡혈과 인간의 매혈의 '처절한' 공모 관계 위에서 이루어진다.

매혈이 한계에 이르면 죽음은 상징적인 장치들을 해제한 순수한 상태로 자신을 드러낸다. 죽음의 순간에 이르러서야 매혈자는 죽음의 실체를, "부드럽게 내 눈을 쓸어 감겨 주는/아득한,/빛"을 본다. 죽음을 모면하기 위해 생명의 피를 팔았던 매혈자는 아이러니하게도 죽음을 통해서 죽음과 진정한 관계를 맺는다. 물고기 속의 '날카로운 가시'(「가시」)와 같이, 내부의 타자가 실체를 드러내기 위해서는 타자의 유출을 가로막는 자아의 벽이 제거되어야 한다. 남진우는 자아와 타자의 기묘한 관계를 '가시'의 독특한 상징을 통해 형상화한다.

사랑하고 싶을 때
내 몸엔 가시가 돋아난다
머리 끝에서 발끝까지 은빛 가시가 돋아나
나를 찌르고 내가 껴안는 사람을 찌른다

가시 돋친 혀로 사랑하는 이의 얼굴을 핥고
가시 돋친 손으로 부드럽게 가슴을 쓰다듬는 것은
그녀의 온몸에 피의 문신을 새기는 일
가시에 둘러싸인 나는 움직일 수도 말할 수도 없이
다만 죽이며 죽어간다

(……)

사랑이 끝나갈 무렵
가시는 조금씩 시들어간다 저무는 몸
저무는 의식 속에 아스라한 흔적만 남긴 채
가시는 사라져 없어진다

—「어느 사랑의 기록」에서

'가시'는 사랑의 욕망의 왜곡된 실현 방식을 의미한다. 가시의 사랑은 상대를 '난자'하여 죽음에 이르게 한다. 욕망의 실현을 가로막는 최대의 적은 욕망 자체이다. 사랑의 욕망 때문에 서로를 "죽이며 죽어가"는 파멸적인 관계는 흡혈귀와 매혈자의 관계와 같다. 주체의 욕망(매혈)이 타자의 욕망(흡혈)과 합치되는 과정은 곧 매혈자가 죽음에 이르는 과정이며, 타자의 욕망이 더욱 증식되어 가는 과정이다. 상대와 자신을 동시에 죽이는 '가시'의 사랑은 사랑하는 여인의 피를 마시는 흡혈귀의 살인적인 사랑과 다를 바 없다. 때문에 남진우는 "내 사랑의 방식이 마음에 들지 않"는다고, "내가 원한 것은 보다 따스하고 정다운 사랑"(「흡혈귀」)이었다고 말한다. 자아와 타자의 일그러진 관계는 사랑의 부재 때문이 아니라 사랑의 방식으로 인해 발생한다. 사랑의 욕망은 어떤 행위로 가시화되자마자 '가시'와 '송곳니'의 죽음의 무기로 변형된다. 소통 방식에 내재한 폭력성과 불가능성, 이것이 바로 남진우가 창문을 두드리는 죽은 자들에게 고개를 젓는 이유이며, '검은 물 밖의 그'가 '검은 물 안의 나'—우리는 이들이 각각 '유리창 안의 나'(자아)와 '유리창 밖의 죽은 자'(타자)에 해당함을 앞에서 보았다—의 외침을 외면하고 사라지는 이유이다. 그러므로 '사랑의 복수'는 타자를 죽이는 것이 아니라, 반대로 욕망의 뿌리인 자신을 죽이는 일이 된다.

> 내 처절한 마지막 사랑의 복수는
> 처절한 외침을 이 지상에 뿌려 주는 것
>
> 내 스스로의 비명에 못박혀 나는 죽는다
>
> —「흡혈귀」에서

"내 스스로의 비명에 못박혀 나는 죽는" 자기 살해의 죽음은 비극적인 나르시즘의 진수를 보여준다. 극한의 고통과 극한의 쾌감이 착종된 '자살'을 통해, 죽임의 주체와 대상은 행복하게 일치하게 된다. 억압의 주체와 대상이 동일하므로, 억압의 잉여나 바깥은 없다. 내적으로 해소된 억압은 평화로운 세계의 열림을 수반한다. "죽어 비로소 평안한 나는/입안에 차오르는 싱그러운 햇살을 힘껏 깨무"(「불멸」)는 즐거움을 만끽한다. 이 평안함은, 주체의 욕망이 투영된 사랑의 방식은 결코 타자를 위할 수 없으며, 자신 또한 파멸에 이를 뿐이라는 깨달음의 소산이기도 하다. 타자에 대한 진정한 사랑은 사랑의 욕망을 무기로 타자에게 침투하는 것이 아니라, 타자와의 아름다운 거리 두기를 통해 서로를 "완성시켜 나가는" 일이다. 타자를 인정하는 일은 동일시가 아닌 차이를 받아들이는 일[10]이기 때문이다.

죽은 자들로 죽은 자들을 장사지내게 하라
그들은 슬기로우면서도 조용하고 자유로우면서
평등하니 한가로이 산 자들의 삶을 곁눈질하며
자신의 죽음을 완성시켜나가리라

—「증언」에서

남진우는 죽은 자들에 대한 최상의 배려는 그들이 죽음을 온전히 소유하게 하는 것, 그들 스스로 죽음을 완성하게 하는 것이라고 말한다. 아이러니하게도 남진우는 죽은 자들을 위해 그가 한 말을 죽은 자로부터 다시 듣는다. 그에게 산 자의 도리(?)를 설파하는 죽은 자가 '기형도'라는 것은 우리 시의 문학사적 장면으로 남을 만한 인상적인 풍경이 아닐 수 없다.

나 언젠가 가보고 싶었다.
사랑하는 친구가 죽었던 그 심야상영관
(……)

그러면 그 친구는 속삭여 줄 테지
이봐 자넨 아직 그 자리에 앉을 때가 되지 않았어

---

10) 권택영, 「현대문학과 타자 개념」, 『현대시사상』, 1996, 겨울, p.106.

눈뜨고 저 화면 속에 펼쳐진 세상을 봐
지금 막 한 여자가 신음하며 한 사내를 받아들이고 있잖아
눈뜨고 함께 저 눈부신 빛무리 속으로 들어가야 해

—「심야상영관」에서

'사랑하는 친구'는 '나'에게 "저 눈부신 빛무리 속으로 들어가야" 한다고, 살아 있는 한 최대한 삶에 속해 있어야 한다고 말한다. 남진우의 시에서 산 자와 죽은 자는 이처럼 서로의 타자성을 이해하고 존중한다. 타자에 대한 남진우의 사유는 레비나스의 그것과 유사성을 보여준다. 이는 타자를 순수하게 그의 타자성으로 받아들이는 것, 타자와 서로 대등한 관계 위에서 상호 존중을 통해 각자의 동일성을 확보해 가는 방식을 말한다. 이때 타자와 주체는 서로를 고양시키는 발전적인 관계 속에 놓이게 된다.[11] 남진우가 시선의 지속적인 증식을 통해 도달하고자 하는 지점은 타자와 주체의 이 같은 행복한 만남의 자리이다. 타자와 주체를 동시에 감싸안는 시선의 분열 과정에서 비극적 도취의 나르시즘은 해소되며, 타자에 대한 따뜻한 배려가 싹트게 된다.

남진우의 시에서 절대 타자인 죽음의 완성은 '뼈'의 상징으로 나타난다. 뼈는 '둥근 유골단지'(「달」)에서 보듯 '둥근'이라는 완전성의 이미지와 결합되어 있다. 죽음이 '뼈'로 완성된 상태에서 남진우는 죽음이라는 타자와의 만남을 다시 시도한다. 죽음은 완성되었으므로 더 이상 훼손될 수 없으며, 죽은 자들의 귀환으로 인해 산 자들은 공포와 적대감에 사로잡히지 않는다. 남진우는 그가 타자와 대면했던 '유리창'과 '검은 물', '대형 화면'의 경계를 넘어 타자에게로 나아간다. 여기에서 남진우는 기발한 도구 하나를 동원한다. 경계를 무너뜨리지 않으면서도 경계를 넘어가며 반드시 원점으로 귀환하는 장치, 그것은 '그물'이다.

11) 신옥희, 「레비나스의 타자 개념」, 『현대시사상』, 1996, 겨울, pp.125～128 참조.

깊은 밤
그물을 내려 마른 뼈를 거두어라
하얗게 씻기고 바랜 뼈들이
어둠 속에서 서서히 떠오르리라
(……)
저 마른 뼈들의 하염없는 기다림
이제 그대가 그물을 내려 모두 거둬들여야 한다

다음날
이른 새벽의 빛이
그대가 끌어올린 흰 뼈들 위에 부어지는 순간
뼈들은 일제히 되살아나
노래하며 지저귀리니

—「다시 깊은 곳에 그물을」에서

이 귀환의 풍경은 얼마나 자비로우며 아름다운가. '그물'은 보이지도 않는 깊은 곳까지 내려가 죽음을 길어 올린다. 이미 스스로 완성되었기에 죽음의 '흰 뼈'들은 이 세계의 것인 "이른 새벽의 빛이" 닿아도 스러지지 않는다. 오히려 "일제히 되살아나/노래하며 지저귀"며 즐겁게 죽음을 향유한다. 이제 죽음은 억압받지 않으며, 비로소 악마적인 혐의를 벗고 산 자들의 세계 속으로 즐거이 귀환한다. 그렇다면 이 그물은 어떤 방식에 의해 직조될 수 있을까? 아직 성화되지 못한, 피가 흐르고 가시가 돋친 산 자들의 육체는 이 아름다운 그물을 짜기에는 역부족인 것은 아닐까? 그래서 여전히, 죽은 자들은 자신의 죽음을 완성하지 못한 채 산 자들의 세계로 필사적으로 귀환하고 있는 것은 아닐까.

5. 타자, 전체성의 삶을 향한 동반자

기형도와 남진우의 시는 타자와의 '경계'에서 태어난다. 이들이 마주하는 타자는 근대의 역사적 산물인 동시에 존재의 실존적 의식의 산물이다. 이 타자의 자리에서 죽음, 소멸, 무, 타인, 실재, 다층적인 자기 의식 등이 출현하여 자아의 내부로 진주해 오는 과정, 그에 대한 싸움의 과정이 기형도와 남진우의 시가 생성되는 특이한 경로라고 할 수 있다.

타자에 대한 기형도와 남진우의 사유는 극단적인 방식으로 전개된다. '가장 무서운 방향을 택함'과 '응시'로 요약될 수 있는 두 개의 방식은 '타자에게 가까이 가기'를 통해 타자에게 합치되는 방식과 '타자와 거리 두기'를 통해 타자에게 다가가는 역설적인 방식의 양극점에 위치한다. 타자들이 전송하는 '읽을 수 없는 문장'의 수신자인 두 시인은 억압된 자들의 전언을 해독하려는 자, 타자에 대한 무한한 사랑을 소유한 자들이다. 이들의 시는 입구의 풍경은 유사하지만 시간이 흐를수록 다른 모습을 드러내게 된다. 기형도는 경계를 넘어 타자들의 세계로 나아갔으며, 남진우는 시선의 증식을 통해 타자와 지속적인 거리를 유지함으로써 공존을 모색한다. 각기 타자와의 투명한 경계(유리창) 앞에 섰던 이들은 서로 다른 지향점을 추구함으로써 마주선 두 개의 거울과 같이 서로를 반영하며 멀어져 간다.

기형도와 남진우가 '유리창'의 투명한 경계—기형도에게는 '숲', 남진우에게는 '검은 물'과 '화면'으로 각기 변주된다—를 통해 이해하는 타자의 세계는 다른 양상을 드러낸다. 기형도에게 타자는 세계 외적인 존재로, 모든 것을 흡입하는 회색빛 무정형의 안개, 곧 무와 소멸 그 자체이며, 라캉적 의미의 실재계에 대응된다. 이때 타자와의 경계인 '유리창/숲'은 실재로부터 현실을 안전하고 유의미하게 보존해 주는 장치이므로, 현실의 인간이 결코 넘어서는 안 될 금기의 울타리이다. 실제로 그 금기의 숲을 베어낸 상인은 '아무것도 없는 공터'만을 보았을 뿐이다. 그러나 기형도는 스스로 경계를 넘어 무와 소멸의 중심으로 나아간다. "예정된 모든 무너짐은 얼마나 질서 정연한가"(「오후 4시의 희망」)라고 삶을 이해했던 그는, 스스로 소멸의 주체가 됨으로써 삶의 가장 확실한 주인이 된다.

남진우의 타자는 죽은 자들이거나 사랑하는 타인이다. 기형도와 달리 남진우의 타자는 보다 나은 세계를 위해 원형 그대로 복원되어야 할 가치를 의미한다. 억압당한 타자들의 행복한 귀환을 위해 남진우는 타자와의 일치가 아니라 거리 두기를 꾀한다. 그는 '나 자신을 바라보는 나를 바라보는 자'로서 부단히 존재하고자 한다. 남진우는 자신의 내부에 동일자와 타자의 시선을 겹겹이 파생시킴으로써 타자와의 균형을 확보한다. 그는 타자와의 경계를 넘나들면서도 경계를 해체시키지 않으며, 타자에게 함몰당하거나 타자를 자신의 욕망으로 변형시키지 않기 위해 노력한다. 남진우의 다층적인 응시는 자아와 타자와의 파멸적인 공모 관계—우리는 이것이 '공포영화' 체험과 '피'와 '가시'의 상징을 통해 드러남을 살폈다—로부터 벗어나려는 치열한 의식의 소산이다. 이 치열성의 힘은 남진우가 기형도와는 달리 시인인 동시에 평론가이기도 하다는 점과 무관하지 않을 것이다. 남진우는 타자를 타자의 본질 그 자체로 존재하게 함으로써 타자에 대한 진정한 사랑을 완성하고자 한다. 타자에 대한 그의 배려는 '그물'이라는 걸러짐의 매개 장치로 구체화된다. 이제 남진우에게는 그 그물을 직조하는 방법이 중요한 과제로 남겨진다.

기형도와 남진우의 시는 타자를 주체의 가장 깊은 곳까지 끌어들여 사유하는 방법을 보여준다. 동일자 대 타자의 관계 위에 형성된 이 세계의 구도는 이들의 시에서 시인의 내면 공간 안에 그대로 응집되어 재현된다. 타자에 대한 사유는 동일자에 대한 사유를 뒤집어 놓은 것이며, 양자를 동시에 고려함으로써 결과적으로 전체성의 사유를 지향하게 된다. 기형도와 남진우는 이 세계의 '동일자 대 타자'의 구체적인 항목들, 즉 현실(환상) : 무(실재), 허위의 상징적 장치들 : 죽음, 억압 행위 : 귀환의 열망들의 관계를 탐구함으로써 우리 시에 새로운 사유의 공간을 구축한다. 이 공간은 타자에 대한 무한한 배려와 사랑을 통해 주체를 새롭게 정립하고 세계를 변화시켜 나갈 우리 시의 중요한 입지점이다. 기형도와 남진우의, 타자와 만나는 두 개의 방식은 이 세계의 구도를 문제삼는 전체성의 사유의 소산이며, 그 시적 모험의 중요한 산물이다. 이들에게 있어 타자는 분열된 세계와 삶을 하나로 통합하기 위한 여정의 필수적인 동반자로 인식된다. 그렇다면 타자들은 이들의 방식을 수락하고 만남에 응해 올 것인가? 타자와 만나는 더 유용한, 또 다른 방식은 없는 것일까? 이는 근대의 시각 전체를 문제 삼는 것이기도 해서, 우리는 근대적 세계의 완성 과정과 함께 그 답을 찾아 계속 방황해야 할 것이다.

상처받은 타자에서 진정한 주체로

—90년대 여성시의 몇 가지 층위

1. 세계와의 투쟁에서 자기 해체까지

한국 사회에서 여성은 최후까지 남겨질 '마지막 타자(他者)'가 아닐까? 우리 시대의 여성은 타자와 주체의 경계에서 끊임없이 흔들리고 있다. 여성들은 "너는 결코 타자가 아니다"라는 거짓말과 "그렇다면 너는 진정한 주체인가?"라는 숨겨진 질문, "내가 타자일 리가 없어"라는 안타까운 착각 사이에서 정체성의 혼돈을 거듭한다. 여성의 무의식에까지 침투된 상처와 왜곡은 그 심각성에도 불구하고 오랫동안 방치되어 왔다. 여성의 혼돈은 전체 인구의 반이 경험하는 광범위한 증상이기에 오히려 '정상적인' 것으로 간주될 정도였다. 억압받은 타자들의 글쓰기는 정상적인 것의 비정상성을 폭로하는 일에서부터 시작된다. 90년대 여성 문학의 경우에도 폭로성 진술과 공격적 발언은 작품의 많은 부분을 차지한다. 오랫동안 억압되어 온 말들이 한꺼번에 쏟아지는 상황에서 폭로와 분노의 말들이 쉽게 가라앉을 수는 없다. 한국문학사 전체를 볼 때도 90년대는 여성의 글쓰기가 가장 활발하게 전개된 시기[1]라는 점에서 주목되어야 할 문제적인 시기이다.

90년대 여성 시인들의 글쓰기는 인간의 원초적인 본성에 합일하고자 하는 욕망과, 내면의 공허 및 신성을 응시하려는 지향 사이에 넓게 분포되어 있다. 80년대 중반 이후 활성화된 여성의 자기 진술은 90년대에 와서 본격적인 정착과 분화의 단계를 밟게 된다. 이제 여성 문학은 자신의 고통을 증언하는 차원을 넘어 삶의 갖가지 부면을 끌어안으며, 독립된 '인간의 얼굴'과 문학적 보편성을 확보하는 입구에 서 있다. 문학의 최소 존재 조건이 언어임을 염두에 둘 때, 90년대 여성의 글쓰기는 소설보다는 시 쪽에서 성과를 거두었다고 할 수 있다. 신경숙, 은희경, 전경린, 공지영, 배수아, 송경아, 한 강 등 90년대를 여성 할거의 시대로 만든 소설가들의 활약이 눈부셨지만, 기존의 언어로 표현하기 힘든 여성성의 세계를 특유의 감응력으로 포착하고 진정한 여성의 말들을 찾고자 한 분투는 시 쪽에서 보다 선구적이었다. 여성 시인들은 '억압된 말 터뜨리기'와 '새로운 말 찾아 헤매기'의 두 방향에서 금기와 한계를 무너뜨리며 도저한 말들을 쏟아 놓았다. 몸으로 쓰고[書], 몸을 써서[用] 빚어낸 여성의 말들은 새롭고 충격적이었다. 여성 시인들은, 말은 곧 몸이며 말하기란 곧 몸쓰기임을 시적 실천을 통해 보여준 것이다. 이들의 싸움은 남성(적인 것)을 넘어 세계의 폭력성과 그릇된 질서 전체, 나아가 여성 자신을 겨냥한다. 현재 여성 시인들의 반란과 개척은 야성과 마성, 무의식과 광기, 일상과 영혼, 내면과 신성 등의 여러 층위를 오가며 활발히 진행되고 있다.

90년대 여성 시인들의 시적 지향은 크게 세 가지로 구분될 수 있다.

---

1) 정효구는 "1990년대 한국여성시단은 이 땅의 20세기 한국시사가 남성의 시사로 독주하는 것을 막아준 의미깊은 역할을 담당하였다"고 평가한다. ―「말과 글 그리고 자부심을 획득한 1990년대 한국의 여성시」, 『시와시학』, 1999년 여름, p.114.

첫째는 여성의 '적'을 찾아내고 그 실체를 폭로하며, 해결책을 제시하는 것. 이때 여성적 정체성은 인간으로서의 정체성보다 우위에 선다. 현재 여성의 적은 남성과 남성적인 것, 즉 현실, 제도권, 금기, 사회적 이데올로기, 권위주의 등을 넘어 욕망 자체와 일상의 문제에까지 확대되고 있다. 둘째, 세계의 허위와 삶의 무의미에 맞서 실존적 투쟁을 벌이는 것. 이 경우 인간적 정체성이 여성적 정체성을 앞서거나 적어도 동등한 균형을 이루며, 인간과 삶의 의미에 대한 물음이 시의 요체를 이루게 된다. 셋째, 여성적인 것을 세계 교정의 원리와 인간의 내적 초월의 동력으로 삼는 것. 여기에서 여성적인 것은 근원적이고 본질적인 차원으로 고양되며, 우주적 전체성을 지닌 신성한 실체로 간주된다. 여성(적인 것)은 이 세계의 악덕을 구원하는 대안으로 자리매김되는 것이다.

90년대 여성 시인들 가운데 김승희와 박서원은 첫째 갈래에, 황인숙과 김혜순은 둘째 갈래에, 김정란은 셋째 갈래에 속한다고 볼 수 있다. 이 구분은 도식적이어서 이들의 시세계를 다 포괄할 수는 없지만, 90년대 여성시의 지형도를 일별하는 데는 도움이 될 것으로 생각된다.

여성 시인들의 의식은 '억압된 자들의 귀환'을 넘어 세계의 그릇된 질서를 바로잡기 위해 자기 해체를 행하는 단계에 있다. 이들은 여러 각도에서 시적 투쟁을 펼쳐 나간다. 세계의 부패를 몸으로 앓고, 사라진 여성의 말을 찾아 헤매며, 여성을 억압하는 현실과 일상에 저항하고, 은폐된 존재 영역(마성, 무의식의 세계 등)을 탐색하며, 삶의 무의미성과 죽음의 허무에 맞서고, 삶과 존재의 근원을 파헤치는 것 등이 그것이다. 이는 언어, 미적 형식, 시적 전략과 주제 등 여러 측면으로 분화되어 나타난다. 여성 시인들은 대부분 뚜렷한 자의식을 바탕으로 시를 쓴다. '나'는 타자이지만, 현실의 독소에 오염된 타자라는 것. 이 오염을 씻어내는 것은 '나' 자신의 정화를 넘어 세계의 정화로 이어진다는 것. 여성이라는 오래된 타자의 귀환은 세계의 개혁과 직결된다는 것. 우리 시대의 여성은 당분간 '정직한 투사'의 운명을 감당해야 할 상황에 있다.

2. '밖'과 '안'의 역학, 자기 해체의 열망과 파괴된 자아의 회복—김승희, 박서원

김승희는 가장 야성적이고 강인한 얼굴을 지닌 여성 시인이다. 80년대부터 이미 여성적 정체성을 탐구해 온 김승희는 한국 여성시사에 있어 개척기의 여전사라 할 만하다. 김승희의 문제 의식은 『어떻게 밖으로 나갈까』(1991)와 『세상에서 가장 무거운 싸움』(1995)이라는 두 권의 시집 제목에 압축되어 있다. 그녀는 여성들이 겪어야 하는 억압과 모순의 제일 원인이 제도권에 있다고 보고 제도권 전체를 공략한다. 이 점에서 김승희의 싸움은 사회·역사적인 성격을 지니며, 제도권 '밖'의 세계를 향한 끊임없는 탈주의 의지로 귀결된다. 강렬한 벗어남의 욕망은 규정된 모든 질서를 거부하는 '무정부주의'(「비행기 납치」)와 "내 몸을 다 찢어서/까마귀에게로 독수리에게로/저 멀리 하늘로 가는 날개의 족속들에게로/아낌없이 던져주"(「솟구쳐 오르기 · 9」)고 싶은 자기 해체의 욕구, "호랑이의 야성의 외침과 붉은 털과 발톱이 몸 안에서 솟구쳐 오르"(「고양이 소주와 에리카 종」)는 야성의 세계에 대한 갈망 등으로 변주된다. 김승희에게 여성의 적은 현실 원칙이다. 그녀의 시에 상정된 제도권 : 탈제도권(탈문명)의 대립은 남성 : 여성의 대립 체계로는 설명되지 않는다. 김승희가 추구하는 제도 밖의 세계는 문명으로부터의 이탈, 즉 제도화되지 않은 남성성과 여성성이 혼존하는 세계라는 점에서 이러한 구분을 넘어선다. 그 증거로 김승희는 여성(성)도, 그것이 제도적으로 길들여진 것이라면, 부정과 타도의 대상으로 삼는다.

나 그토록 제도를 증오했건만
엄마는 제도다.
나를 묶었던 그것으로 너를 묶다니!
내가 그 여자이고 총독부다.
엄마를 죽여라! 랄라.

—「제도」에서

이 시는 그림을 그리는 딸이 "엄마, 크레파스가 금 밖으로 나가면 안 되지?"라고 묻는 상황에서 출발한다. 엄마는 '금 밖'의 세계를 동경하지만, 정작 딸에게는 '금 안'의 세계를 주입시킨다. 그녀는 다름아닌 '엄마'이기 때문이다. 김승희는 엄마가 제도라는 것, 제도를 존속케 하는 공모자라는 사실을 가차없이 고발한다. 그 응징의 방법으로 그녀는 "엄마를 죽이겠다"가 아니라, "엄마를 죽여라"라고 말한다. 딸에게 자신을 죽이라고 말하는 엄마, 여기에는 위선의 뿌리인 자신을 해체하려는 욕망과 모성적 희생 정신이 교묘하게 착종되어 있다. 모성은 여성성의 범주 가운데서도 상위에 속하는 것으로, 이 시에 나타난 모성의 자기 공격과 부정은 이전의 한국 문학에서는 찾아보기 힘든 것이다. 냉혹한 살모(殺母)의 욕망은 다시 '랄라'라는 경쾌한 리듬과 어울려 더욱 충격적인 상황을 연출한다. 그렇다면 엄마를 죽이는 일이 왜 '랄라', 즐겁고 유쾌한 일인가? 김승희에게 살모의 순간은 곧 제도를 살해하는 순간이기에 파멸적인 즐거움으로 넘치게 된다.

김승희의 소망처럼, 엄마를 죽이고 제도 밖으로 나가는 일은 가능한가? 이미 만들어진 틀은 너무도 견고하고, 억압과 악업이 산을 이룬 세계의 지배력은 그지없이 강력하지 않은가? 김승희가 세계의 밖으로 나가기 위해 택한 방법은 자기 존재의 부단한 극복이다. 이를 위해 그녀는 탄력적인 상승의 역학을 방법적 원리로 삼는다. '상처의 용수철'로 솟구쳐 오르고(「솟구쳐 오르기 · 2」), "욕망의 국도들을 뛰어넘"는 '초인'이 되고자 하며(「솟구쳐 오르기 · 7」), "한 번은 따귀를 한 번은 볼기를 치면서" 치열하게 날아가는 새의 자세를 배우려(「인형의 시대 · 2」) 하는 것이다. 끊임없는 상승의 노력은 밖으로의 탈주에 앞서, "고통의 스트립쇼"(「솟구쳐 오르기 · 3」) 같은 세계를 "상처의 성대한 게르니카"(「아네모네 꽃핀 날부터 · 5」)로 승화시키는 힘이 된다. "어떻게 밖으로 나갈까?"라는 김승희의 화두는 안의 세계를 버리기보다는 변화시키는 데 목적이 있다. 밖으로 나가려는 노력은 그 자체로 안의 팽창과 유연화에 기여한다. 사실, 밖은 언제나 '밖'에 있다. 밖은 그 누구도 완전히 도달할 수 없는 영원한 미지의 영역이다. 하지만 문을 열고 바깥의 신선한 공기로 안을 환기하지 않으면 안은 부패한다. 그 안의 안, 현실의 가장 폐쇄된 곳에 사는 존재가 바로 여성이다. 김승희는 제도적 현실이라는 '구중궁궐' 깊숙이 광활한 들판의 바람을 휘몰아 오기를 원한다. 그녀는 홀로라도 달려나가 바람을 몰고 오고자 뜨거운 투혼을 불사른다. 자신이 어두운 동굴에서 백일을 견딘 웅녀의 후손이 아닌, 일찌감치 햇빛 비치는 세상으로 뛰쳐나간 호랑이의 딸임을 확신하기 때문이다.

김승희에 비해 박서원의 '밖'을 향한 욕망은 보다 과격하고 일탈적이다. 박서원에게 '밖'은 자신의 내부 깊숙이 있는 무의식의 세계, 즉 '가장 깊은 안'이다. 그녀는 거기에 훼손되기 전의 진정한 자아가 보존되어 있다고 믿는다. 김승희가 자신을 공모자 내지는 가해자로 인식한다면, 박서원은 피해자 혹은 비정상자로 자신을 규정한다. 그녀의 시에는 유린당한 자의 모멸감과 그로부터 헤어나고자 하는 비원이 깊이 새겨져 있다. "백 년 동안 가뭄 든 가문에/태어난 신들린 여자"(「삼각형」), 시인 박서원의 말들은 귀기스럽고 비약적이다. 이 말들은 분열증 환자의 진술처럼 착란적이고, 자기 검열을 거의 받지 않는 사람의 발화처럼 파탄적이다. 박서원에게 시쓰기란, 육체와 정신을 가시넝쿨처럼 얽어매고 있는 억압의 뿌리를 찾아가는 과정이다. 여기에는 끔찍한 '현장'을 다시 확인하는 고통과 고통의 중심에 선 자의 사디즘적 황홀이 교차한다. 그 현장에서 박서원은 '강간'으로 상징되는 여성성의 파괴와 "백 살까지 아기를 낳으리라"(「산고」)는 극단적인 모성의 욕망을 동시에 경험한다. 박서원의 의식 세계는 반은 붉고 반은 푸른 사과처럼 이중적이며, 파괴된 여성성과 생성의 여성성을 함께 지니고 있다.

자신의 '가장 깊은 안'으로 들어가기 위해서는 '엄마되기'와 '마녀화형식'의 통과의례를 거쳐야 한다.[2] 완전한 자궁을 지닌 여자, 충족적이고 생산적인 몸을 지닌 여자만이 자유로이 "흐르는 땅으로 갈"(「문간방」) 수 있다. 이 길의 입구에 서 있는 것은 최초의 남자이며, 자신의 기원인 '아빠'이다.

> 당신이 최초로 모종한 엄마 꽃밭에
> 엉겅퀴라도 좋으니 그 손길로 나를 심어줘
> 심해엔 가라앉은 섬이 가로막고 있어
> 아빠. 삼나무 같은 당신 손으로 나를 흐르게 해줘
> 아빠.
>
> —「꿈으로 내려가는 길」에서

엘렉트라 콤플렉스의 전형을 보여주는 이 시는 아버지와의 근친상간

2) 박서원은 자기 정체성을 '인간'보다 '여성'의 차원에서 먼저 형성하고 있다. 사실 한국 사회에서 여성은 '인간(여성)'보다는 '여성(인간)'으로서의 삶을 강요받는다. 박서원은 여성으로서의 부정적인 경험을 통해 일그러진 정체성을 확보(?)해 왔다. 그녀에게 정체성 형성의 과정은 여성성의 왜곡과 파괴의 마이너스적 과정이며, 이 일련의 억압이 내화된 무의식의 기저에는 여성성이 자리잡고 있다.

의 욕망을 노골화한다. 그러나 아버지에 대한 딸의 진짜 바람은 "흐르게 해줘"라는 말에 담겨 있다. 외적인 억압과 학습된 욕망을 제거하고 부드럽게 흐르고 싶은 소망, 이것이 이 시에 담긴 욕망의 실체이다. 흐른다는 것은 하강의 움직임이며, 시의 제목이기도 한 '꿈으로 내려가는 길'을 가려면 '흐름'의 방식이 필요하다. 깊고 어두운 바닥으로 흐르고자 하는 소망은 꿈(무의식)속 깊이 매장된 여성성, 즉 "심해에 가라앉은 섬"을 복원하기 위한 것이다. 그 입구에는 최초의 금지이자 억압인 '아빠'가 있다. 화자는 아빠를 부정하고 처단하는 것이 아니라, 아빠의 손으로 직접 금지와 억압을 풀도록 요청한다. 박서원은 파괴된 여성성의 회복을 아버지(남성, 현실원칙)의 변화와 자발적인 행동을 통해 이루고자 한다.

그렇다면 마녀 화형식은 왜 필요한가? 마녀란 제도권에 저항하는 여자, 은폐된 치명적인 진실을 말하는 여자이다. 마녀 화형식은 각성된 여성의 상징적인 죽음을 뜻한다. 세계의 부정성을 인식한 여성은 상징적인 죽음의 통과제의를 거침[3]으로써 자신의 몸에 새겨진 유린의 흔적에서 해방되어 진정한 자기 실현의 길에 오를 수 있다.

> (……) 따뜻한 몸이 필요해. 애무하는 육체가. 살찐 구렁이의 꿈틀거림이. 나 나 언제까지나 잿더미를 끌어안고 사막의 선인장이 꽃피우길 기다리며 나 천사고 악마인 나 나를 시계추 속에 집어 넣고 산 것과 죽은 것들이 마주치다 비껴 가는 자정 매번 인간을 비웃어 주면서 타는 듯이 열리는 마음의 고향 그 너머에 또 나
>
> —「깨진 액자」에서

---

3) 이 과정을 잘 보여주는 작품은 「어떤 황홀」 연작이다. 이 시편들은 죽음의 통과제의와 자기희생의 욕망이 뒤섞여 기괴한 잔혹극을 방불케 한다. "일생 일대의 파티를 위해서 난 동맥을 잘라야 해/아기의 팔다리를 잘라 제물로 바쳤던 고대의 제전처럼"(「어떤 황홀 2」), "알알이 번개로 맺는 가시 전기의자에 앉은 예수가 보인다 예수, 고개 숙이지 마라 뒤틀어라 뒤틀지 마라 (……) 나, 천년 동안 수의를 입고 춤추리"(「어떤 황홀 3」) 등은 그 대표적인 예이다.

시인은 지금 "따뜻한 몸"과 "애무하는 육체", "살찐 구렁이의 꿈틀거림"을 원한다. 살로 느끼는 절실한 감각, 관능적이고 동적인 움직임을 안타깝게 욕망하는 것이다. 강렬한 성애의 이미지를 지닌 이 시구는 마성의 냄새와 함께 결핍으로 가득 찬 시인의 내면을 드러낸다. 시인은 지금 '잿더미'와 '사막'의 폐허, 자아와 세계의 양면성이 충돌하는 '자정'의 시간에 있다. "천사고 악마인 나"는 현실의 관점에서 보면 한낱 광기에 찬 마녀에 불과하다. 그러나 '나'는 "나를 시계추 속에 집어넣고", 시간의 순차적 흐름이 관통하는 중에도 "산 것과 죽은 것들이 마주치다 비껴 가는 자정"의 시간에 '머문다'. '내'가 이 혼돈의 위험한 시간에 머무는 것은 세계의 질서와 검열로부터 자유로워지기 위해서이다. 자정은 삶과 죽음의 두 개의 질서가 교대하는 틈의 시간이며, 어느 것에도 속하지 않은 중립의 시간이다. 그리하여 시인은 이 시간에 "매번 인간을 비웃어 주면서 타는 듯이 열리는 마음의 고향 그 너머에 또 나"를 보기에 이른다. 그 "마음의 고향"이 어떤 곳인지, "그 너머에 또 나"는 어떤 모습인지 아직 박서원이 자세히 보여준 것은 아니다. 무의식의 심연에서 언뜻언뜻 열리는 그 세계를 그녀 자신도 정확히 이해하고 있는 것은 아니기 때문이다.

그러나 여성의 의식 세계에 각인된 혼돈과 상처를 박서원만큼 깊숙이 파헤친 시인은 드물다. 언뜻 보기에 파괴적이고 분열적으로 보이는 박서원의 시는 실은 진정한 자아를 찾으려는 의지와 무한한 사랑에의 열망으로 가득 차 있다. 그 열망은 "나를/잠그고/오로지 내 것인/폭포와 큰 나무 아래 표범을 키워/끝없는 사랑의 힘을 누리기 위해/독방에서"(「표범처럼 완전한 사랑」) 쓸쓸한 내핍을 감내할 만큼 지극한 것이다. 박서원은 세계의 폭력에 훼손된 자신의 내부로 들어가 그 '안의 밖'을 치유하고, 서서히 자기에게로 귀환하는 긴 여정 위에 있다.

김승희가 제도권 '밖'으로의 탈주를 통해 자아와 세계의 '안'을 확장하려 한다면, 박서원은 의식 세계의 '안'으로 최대한 깊이 내려감으로써 내부에 유폐된 '밖'을 복원하려 한다. 두 시인의 시세계의 뼈대를 이루는 '안'과 '밖'의 역학은 이탈과 귀환의 지속, 그 와중에서 끊임없이 이루어지는 존재와 세계의 질적 전환을 내용으로 한다. 이들은 언제나 그 경계에 서 있으며, 경계의 가파른 선 위에서 경계의 위치를 조금씩 밖으로 이동시킨다. 김승희의 탈주와 박서원의 탐사는 지속되는 행위 속에서만 의미를 얻는다. 이 탈주와 탐사에 '끝'이란 있을 수 없다. '더 넓고 아름다운 밖'을 살기 위해서는 현실의 경계선은 계속 확장되어야 하는 것이다.

3. 환멸의 세계에 맞서기, '독자적 자아'와 '합성의 자아' —황인숙, 김혜순

'밖'으로 솟구쳐 오르고, '속'으로 깊이 파내려 가는 역동적인 움직임들과는 달리, 황인숙은 일상의 바닥에 납작 엎드린 채로 있다. 그녀는 거의 움직이지 않으며, 조금만 욕망하고 조금만 이야기한다. 현실적인 욕망을 거의 품고 있지 않은 듯한 그녀의 모습은 침울하고 무기력해 보인다. 일상의 공기를 숨쉬지 않고는 단 하루도 살아갈 방법이 없는 탓이다. 일상이라는 참으로 가볍고도 무거운 실존의 조건은 그에 적응할 수 없는 사람에게 삶의 반경을 최소화하도록 만든다. 황인숙은 "나른한, 미약한, 고양이가 가짐직한 존재감"으로 이 세상을 살아 나가기를 원한다. 가끔 도저히 견딜 수 없을 때는 "아 황폐해! 아, 황폐해!"(「너는 파랗고」)라고 낮은 비명을 터뜨리면서 말이다.

황인숙을 깊은 환멸의 나락으로 이끄는 또 하나의 요인은 그녀의 내부에 있다. 어느 순간 "내 영혼이라는 게 그렇게 값나가는 게/아니었다는 걸 깨달"(「목고리」)으며, 그녀는 자신에 대한 신뢰를 상실한다. 영혼은 더 이상 일상과 현실에 대립되는 신성한 가치를 지니지 못한다. 영혼마저 일상의 포로가 되어 타락하고 노화(老化)해 버린 것이다. 파탄을 향해 치닫는 존재는 이렇게 절규한다. "격통 속에서만 나는 내 영혼을 느낀다./금이 간 영혼을"(「기도」)!

나는 캄캄하게 누워 있다.
캄캄한 생각이 중얼중얼 처들어온다
'진실에 닿는 고통'?
아니, 고통은 있는데 진실은 없다
무슨 삶이 이렇담!
고통만스럽고 진실은 없다.
비천한 삶이다.
(삶은 비천하다! 삶은 비천하다!)
내 삶은 비천하다.
아무리 비천해도 고통스럽다

—「아무 불도 켜지지 않았다」에서

진실이 실종된 삶의 비천함은 어떠한 고통으로도 상쇄되지 않는다. 캄캄한 어둠 속 비천한 삶은 고통스럽고, "아무리 비천해도 고통스러운" 삶은 지독한 악순환의 고리에 묶여 있다. 삶과 영혼의 황폐함 속에서 황인숙은 존재의 가장 원초적인 상태로 돌아가기를 원한다. 생각하는 것도 감각하는 것도 아닌, 단순한 행위의 상태에 이르기를 소망하는 것이다. 그녀는 이제 막 태어난 생명체가 최초의 몸짓을 시작하듯, 혹은 중병을 앓고 난 사람이 회복기에 접어들듯 조금씩 몸을 움직인다. "손을 뻗으면 발목이 잡힌다/내 발목이다/따뜻하다. 내 손이다"

(「조그만 회색의 유리창」). 그녀가 손을 뻗어 확인하는 것은 겨우 자신의 발목과 손이지만, 중요한 것은 그것이 '따뜻하다'는 사실에 있다. 스스로의 몸에서 온기를 확인하며 황인숙은 허위의 일상과 삶의 고통을 조금씩 추스른다. 더 나아가 "아, 날것이여./날것, 날것, 날것들이여", "열이 활활 나는 삶의 손바닥으로/나를 후려쳐다오, 날것들!"(「열이 활활 나는 삶의 손바닥으로」)이라고 싱싱한 삶의 열망을 토해내며, "너를 만지고 싶어서/내 모든 팔들에/속속 잎새들 돋아나"(「밤의 노래」)는 생명의 몸을 노래하기에 이른다.

황인숙의 시는 환멸의 끝에서 이제 막 환멸을 넘어서기 시작하는 자의 낮은 속삭임이다. 삶과 일상과 자아는 비루하고 무의미한 것이라는 인식 속에서는 위협적인 칼이 되지만, 그 비루함을 자양분으로 삼을 때는 "보드랍고 말랑말랑한/발갛고 따끈한/그런 기운이 배어나는"(「얼음과 먼지」) 살아 있는 몸의 일부가 된다. 물론 "가짜 삶의 짓무른 흔적들"(「언젠가 진짜」)은 쉽사리 제거되지 않는다. 황인숙의 환멸의 삶 넘어서기는 환멸을 부정하고 지움으로써가 아니라, 오히려 그것을 기꺼이 짊어짐으로써 시작된다. 이 비천한 삶 속에서 자기 몫의 황폐함을 견디는 것, 그리하여 그 비천함과 황폐함을 도저한 삶의 힘으로 바꾸는 것, 황인숙이 제시하는 아름다운 삶의 풍경은 비극적이며, '독자적'이다.

그래,
어떤 이는 자기의 병을 짊어지고
자기의 가난을 짊어지고, 악행을 짊어지고
자기의 비굴을 짊어지고 꿋꿋이
그렇게, 아무도 따라오지 않을
자기만의 것인 것을

짊어지고, 쌍지팡이 짚고, 거느리고,

—「독자적인 삶」 전문

"아무도 따라오지 않을 자기만의 것"을 짊어지고 끝까지 홀로 가는 것. 이는 황인숙의 존재적 결단이자 그녀가 파악한 삶의 본질이다. 삶이 외롭고 비천한 것일지라도 고단한 삶의 '끝'까지를 다 살아내겠다는 황인숙의 의지는 비장하기까지 하다. 이 점에서 황인숙은 '존재적으로' 강인하며 생 앞에 정직하다. 한 존재가 스스로의 삶의 무게를 감당하지 못할 때 그 하중은 타인에게 전가된다. 그러나 고통의 무게와 해결의 몫은 여전히 당사자의 것일 수밖에 없다. 이로 인해 황인숙은 끝까지 '자기만의 것'을 짊어지려 한다. 그녀가 말하는 독자적인 삶은 이기적인 삶, 폐쇄적인 삶과는 본질적으로 다르다. 자신을 온전히 짊어질 줄 아는 사람만이 타인에 대한 진정한 이해와 사랑에 이를 수 있다. 황인숙이 독자적인 삶을 완수하려는 것은 자기에의 배려이자 타자에의 배려이며, 어떠한 보호장치도 없이 환멸의 삶과 정면으로 마주하는 실존적 투쟁이다. 이 싸움은 철저히 개인과 자아라는 테두리 안에서 이루어진다. 이제 우리의 문학에서 문제는 더 이상 주체가 아니라, 자아이며 개인이다. 거대한 세계 속에서 너무도 '작은 존재'인 개인은 이제 어떻게 자신만의 영역을 확보할 수 있을까? 황인숙은 이 막막함을 단독자로서의 삶을 최대한 감당함으로써 메우고자 한다. 타락한 세계를 거부하는 순수하고 강한 개인의 신화를 믿어서가 아니다. 홀로 견디는 것이야말로 최소한의 삶의 의무라고 생각하기 때문이다. 그녀는 자신이 "병과 가난과 악행과 비굴"에 물들어 있고, "내 영혼이라는 게 그렇게 값나가는 게 아닌"(「목고리」) "금이 간 영혼"(「기도」)에 불과하다고 자괴한다. 부서진 자아를 짊어지고 홀로 허위의 세상을 건너는 시인의 내면은 침울하며 환멸로 가득 차 있다. 그녀에게 환멸이란 "순수한 영혼과 타락한 현실간의 대립"이 아닌, "타락한 영혼과 순수한 현실의 대립"(「영혼에 대하여」)이며, 나아가 타락한 영혼과 타락한 현실의 '공모'를 의미한다. 황인숙은 환(幻)에서 멸(滅)에 이르는 비극적 운명—그녀는 이제 이 세계에 남은 운명의 종류는 이것뿐이라고 생각한다—을 지닌 존재가 일상이라는 실존의 폐허를 어떻게 통과할 것인가에 대해 끝없이 고뇌한다. 황인숙의 시는 세계의 황폐함과 존재의 비천함에 대한 아픈 응시이자, 그 속에서 나름의 삶을 완수하려는 차디찬 의지의 소산이라고 할 수 있다.

김혜순은 환멸의 세계에 연루된 불행한 자의 의식을 기괴하고 환각적인 풍경으로 제시한다. 김혜순 시의 이미지와 정황은 괴상하게 뒤엉킨 실타래나 기묘한 추상화처럼 당혹감을 유발한다. 그녀의 시에서 인간과 자연, 사물(혹은 기계)의 경계는 서로 뒤섞이고 와해되어 있다. 이는 단지 인간과 자연의 사물화나 기계화를 의미하지 않는다. 김혜순은 상상의 자연을 내장한 인간, 자연을 꽃피우는 사물, 혹은 인간과 자연·사물의 그로테스크한 몸 섞음을 통해 이 세계의 끔찍한 착종 상태를 그려낸다.[4] 김혜순의 기괴한 상상력은 자신을 둘러싼 것에서 고정된 정체성을 발견할 수 없음에 기인한다. 인간과 자연·사물은 각자의 정체성을 잃고 서로 '이식'되고 '합체'되었다. 자아와 타자의 경우에도 사정은 마찬가지이다. 김혜순은 이러한 혼종 상태를 극적으로 밀고 나감으로써 상상력과 언술의 새로운 경지를 개척한다. 김혜순 시의 형성원리는 "이 몸의 스크린만 찢고 나면/내 몸에서 홀로그램이 터져 나온다"(「타락천사」)와 같은 '변형과 합성의 상상력'에 기초한다.

정체성의 혼돈과 와해는 차이의 소멸을 뜻한다. 김혜순의 시에서 인

---

4) 성민엽은 이러한 교합을 역동적 생성의 에로스, 그러나 행복하지는 않은 불완전한 에로스라고 설명한다. 하지만 김혜순이 보여주는 이질적인 것들의 합체의 풍경은 자발성과 교감이 결여되어 있다는 점에서 오히려 에로스의 파탄에 가깝다고 할 수 있다. —성민엽, 「몸의 시학, 역동적인 에로스」, 김혜순, 『나의 우파니샤드, 서울』 해설, 문학과지성사, 1994 참조.

간과 자연·사물은 더 이상 독립된 몸과 기능을 갖고 있지 않다. 이들은 하나의 기계처럼 연접되어 있고, 그 연접의 기관을 통해 내용물을 교환하며, 작동의 원리에 있어서도 서로 구분되지 않는다. 인간과 자연·사물이 하나의 기계로 연결되어 있다는 것은 호스가 내장을 대체할 수 있고, 인간의 몸 속에 길과 바다와 비내리는 벌판이 존재하며, 기계가 피를 흘리고 가지를 뻗을 수 있다는 것을 의미한다. 김혜순의 독특하고 기이한 이미지들은 이질적인 것들의 접합과 합성을 바탕으로 한다. 더 정확히는, 김혜순은 자신을 둘러싼 존재와 사물을 기묘한 연관 방식으로 이해한다. 이는 의식적이며 무의식적인 행위인데, 이를테면 그녀는 "내 입술 모양을 기억하는 건/저 설거지통 속의 은수저뿐"(「傷寒」)이라고 생각하며, "내 가슴속에는 일생을 한번도/쉬지 않고 뚝딱거리는" 운명의 시계, "피를 먹고 피를 싸는 시계가 있"(「핏덩어리 시계」)다는 강박에 사로잡히고, "침대위에서/자동차들이 불을 켜고 백화점 주위를/깜빡깜빡 맴돈다 내가 잠속에서도 젖은 안경을 쓰고/침 흘리는 백화점을 만져준다"(「사탕」)는 기이한 환각에 젖는 것이다.

김혜순 시에 그려지는 '얼크러진 관계' 혹은 '겹겹으로 뒤집힌 관계'는 그녀가 파악하는 현실의 밑그림인 동시에 시적 전략이기도 하다. 김혜순은 파편화된 현실의 조각들이 내적 필연성 없이 엉겨 붙어 있는 모습을 폭로하는 한편, 안과 밖의 관계를 뒤집음으로써 그녀만의 독특한 시적 공간을 창출한다. 전자가 주로 세계와 현실의 모순된 현장을 묘사하는 방식이라면, 후자는 시인 자신의 내면을 표출하는 시적 기제로 활용된다. 다음의 인용시에서 1은 전자에, 2는 후자에 해당하는 예들이다.

1-① 애인이 시인의 탯줄을 들고 문도 없는 입구로 들어온다 들어와서는 나무 좌대 위 대리석으로 떠진 시인의 데스 마스크 숲을 손가락

질하며 깔깔거린다 (……) 어두운 방 안에서 시인의 아버지가 시인을 뜯어먹다 말고 검은 구름 사이로 내다본다 시간이 얼크러진 방안, 시인은 출구를 못 찾고 우두커니 서 있다

—「고리타분한 시인과 발랑 까진 애인」에서

1-② 나는 내가 모든 학생인 그런 학교를 세울 수 있지. 쉰 살의 나와 예순 살의 내가 고무줄 양끝을 잡고, 열살의 내가 고무줄 뛰기 하는 그런 학교.

—「내가 모든 등장인물인 그런 소설 1」에서

2-① 그녀는 뛰어가면서 몸 속으로 들어온 백마를 토하려 나무를 붙들지만 한번 들어온 말은 나가지 않는다

—「백마」에서

2-② 내 가슴속에 호텔이 있고, 또 호텔 속에 내가 있다. 내 가슴속 호텔 속에 푸른 담요가 덮인 침대가 있고, 또 그 침대 속에 내가 누워 있고, 또 드러누운 내 가슴속에 그 호텔이 있다

—「참 오래된 호텔」에서

1-①에서 애인이 시인의 탯줄을 들고 안으로 들어가고, 시인의 아버지가 시인을 뜯어먹는 흉칙한 상황은 현대 사회의 부서진 인간 관계를 알레고리로 제시한다. 인간성의 붕괴와 연대감의 상실은 “시간이 얼크러진” 무질서의 세계를 초래한다. 더 나은 세계를 향한 미래적 지향이 무너졌을 때 시간의 연속성은 와해되어 버린다. 이로 인해 시인은 삶의 무의미에 따른 시간의 해체로 인해 “출구를 못 찾고 우두커니 서 있”을 수밖에 없다. 1-②는 시간의 붕괴를 오히려 적극적인 전략으

로 전환한다. 쉰 살과 예순 살과 열 살의 '내'가 한순간에 공존하는 상상은 시간 속에 분열된 자아를 통합하고자 하는 의지에 다름 아니다. 김혜순은 하나의 기제를 이중의 의미로 사용한다. 1의 시들이 시간의 연관을 해체함으로써 세계의 모순을 드러내고 또 감싸안는다면, 2의 시들은 공간의 물리적 질서를 뒤집음으로써 내면 세계의 강박(2-①)과 무한한 확장 의지(2-②)를 동시에 형상화한다. 억압받는 내면과 자유로운 내면이 공간감으로 표현된 시들은 이외에도 많다. "내 몸 속에 엉킨 온갖 것들"(「부안군 변산면 마포리 하섬」), "내 가슴속 온갖 구멍 속의 아이들"(「희디흰 편지지」) 등은 2-①에, "저 구름城의 모습, 바로 내 모습이에요/나는 걸어서 저 하늘의 내 안으로 들어가요"(「신파로 가는 길 5」), "바다를 오래오래 구워/내 뼈를 만들어 주신 하느님이/나를 또 바다로 부르시네"(「청색시대」) 등은 2-②에 속하는 예들이다.

현실 세계의 섬뜩함을 시간과 공간의 얼크러짐으로 묘사하면서 이를 해체하고 합성하는 김혜순의 시는 그 배면에 '공포'와 '연민'을 깔고 있다. 굴절된 세계에 '합성당한' 인간을 형상화할 때, 그녀는 환멸의 세계에서 결코 탈출할 수 없는 자신의 끔찍한 운명과 마주한다.

> 유리문을 밀고 들어가면 또 유리문이 나온다. 유리문 안쪽엔 출구라고 씌어 있고, 바깥쪽엔 입구라고 씌어 있지만 그러나 나가든 들어가든 언제나 너는 어떤 몸의 내부에 속해 있다. (……) 미로는 날마다 골목 끝에 유리문 세운다. 이 몸을 깨뜨리고 어떻게 밖으로 나가지? 내 몸 밖에서 누가 나를 아직도 부르고 있는데……
>
> —「서울」에서

겹겹의 '유리문'으로 된 '헛꽃 만다라'(최승호)의 현실은 인간을 "언제나 어떤 몸의 내부에" 가두어 놓는다. "내 몸 밖에서 누가 나를 부르"는 소리가 끊임없이 들리지만, '나'는 절대 "밖으로 나갈" 수 없다. 겹겹의 유리문으로 된 현실에 '나'는 한 부분으로 합성당해 있기 때문이다. 이와는 반대로, 합성의 상상력은 아름다운 결합의 상황을 만들어내기도 한다. 이는 시인이 보잘것 없는 존재들을 연민과 애정으로 감싸안을 때 이루어진다.

> 그녀는 웃으며 자신의 팔 하나를 떼어 걸레의 팔에 달아준다
> 시궁창에서 놀던 십 년 전 남동생을 안듯 그녀는 걸레를 안는다
> 마치 의자 위엔 그녀가 앉고
> 그녀의 무릎 위엔 한 남자가 안겨 있는 것 같다
> 그녀는 대걸레 남자의 포켓에 손수건 하나 끼워 준다
> 행복한 여자의 머리 위에서 손수건 꽃이 저절로 핀다
>
> —「슬픈 서커스」에서

이 시에서 '그녀'와 '걸레'의 물리적 합체는 '그녀'와 '대걸레 남자'의 사랑의 교감으로 바뀌어 '손수건 꽃'을 피워낸다. 비록 환상 속에서이기는 하지만 '그녀'는 '행복한 여자'이며, 모성의 생명력을 지닌 여성이다. 김혜순의 합성의 상상력은 이 지점에서 따뜻한 인간의 온기를 머금게 된다. 그러나 이 온기는 물거품처럼 사라질 환(幻)의 감각에 불과하다. 이 시가 묘사하는 인간과 사물의 사랑은 더 이상 인간과 인간 사이의 진정한 사랑이 가능하지 않다는 반어적인 의미를 담고 있기 때문이다. 시의 제목 '슬픈 서커스'는 이 교합이 상상적 대리 행위, 즉 환(幻)에 불과함을 분명히 보여준다.

김혜순은 우리 시대의 인간을 가리켜 사랑의 욕망을 에너지로 다른 존재와의 접합과 분리를 되풀이하는 "불쌍한 사랑 기계"라고 말한다. 자본주의라는 괴물스런 몸체에 합체되어 있으면서 갖가지 욕망과 이

미지, 환각으로 합성된 자아들. 그 배후에는 가공할 만한 타자의 폭력이 도사리고 있다. 김혜순은 물화된 인간의 끔찍한 전락과 그 배후에 주목하면서, '합성당한 자아'에서 '합성하는 자아'로의 이행을 시도한다. 위의 시 「슬픈 서커스」에 그려진 것처럼 사물과 교감하는 자아, 또 앞서 보았듯이 시간의 차이를 넘어서 공존하는 자아와 내부에 아름다운 공간을 지닌 자아 등이 그 예이다. 그러나 이는 아직 사물과 물질, 자아 내부의 차원에 머물러 있어 타자(인간)와의 따뜻한 합일에는 이르지 못하고 있다. '불쌍한 사랑'이 '아름답고 행복한 사랑'으로 바뀔 수 있는 날은 언제일까? 김혜순은 섣불리 꿈꾸기보다는 현실을 날카롭게 직시하는 쪽을 택한다. 이런 점에서 그녀는 누구보다 차가운 여성이며, 완강한 현실주의자이다.

4. 근원의 입구를 열기, 잊혀진 '여자의 말'을 찾아서
—김정란

김정란의 시세계는 이 세계의 도그마를 벗어나려는 팽팽한 긴장감 속에서 태어난다. 세계의 도그마는 무엇보다 인간의 언어에 의해 발생되고 지속된다. 김정란에 의하면, 기존의 말들은 존재와 삶의 근원을 은폐하고, 영혼의 소리를 차단하며, 진실과 실체를 지우고, 신성과 부재가 현현할 장소를 소멸시킨다. 말의 왜곡과 기형은 말의 역사를 남성의 역사가 지배해 옴으로써 발생했다. 수천 년 동안 여자의 말은 뒤틀리고 매장당해 캄캄한 어둠 속을 떠돌았다. 김정란은 귀신이 되어 떠도는 여자의 말을 들을 수 있는 "무지 큰 귀 하나"(「1992년, 서울, 천사」)를 지니고 있다. 그 말들은 바로 그녀 자신의 내면에서 들려온다. 세계에 존재하는 것보다는 부재하는 것에 훨씬 더 민감한 김정란의 감각은 지금도 진화를 거듭하고 있다.

김정란이 먼저 관심을 둔 것은 여성의 억압된 실상이 아니라 존재의 어두운 내부였다. 존재 안에 웅크리고 있는 한없는 어둠, 그 부재의 공간은 분명히 느껴짐에도 왜 말해질 수 없는가? 존재의 지독한 내적 소외는 무엇으로부터 기인하는가? 이 세계는 무언가 크게 잘못된 것에 기초하고 있는 것은 아닌가? 김정란에게 '여자'란 이러한 귀납적 사유와 체험 과정을 통해 획득된 거대한 개념이자 실체라고 할 수 있다. 그 범주에는 부드럽고 말랑말랑한 것들, 따뜻하고 순결한 것들, 보이지 않는 고결한 기운, 즉 영성과 신성, 절대적인 공허와 부재 등이 들어 있다. 기존의 말의 목록과 이 세계의 테두리 안에 부재하거나 희박하게 존재하는 것들을 형상화하기 위해서는 힘겨운 싸움이 요구된다. 새로운 내용을 담아낼 형식 자체가 부재하기 때문이다. 김정란은 떠도는 여자의 말에 형태를 부여하고, 여성적인 것의 형식을 찾는 작업에 몰두한다. 그녀의 시도는 아직 '입구'에 머물러 있어, 새로운 미적 형식을 보여주기보다는 자신의 의도를 설명하는 데 치우쳐 있다. 지금은 "말의 온갖 결들에마다 스며든/이 까끌까끌한 부재"(「엷은 물질의 기억」)를 견디며, 독특한 내적 체험을 그대로 전달하는 것이 시급한 문제이기 때문이다.

뒷모습의 여자들, 어떤 여자들, 이마와 눈에 빛과 깊은 어두움의 기억을 달고 있는 여자들. 참혹하게 아름답고 고독한 그녀들을 오래 생각했다. 그녀들의 여리고 작은 몸에 대해서, 그녀들의 몸을 찢어 발겨, 세계의 열두 구석에다 걸어 놓는, 잔인하고 아름다운, 세계와 무관한 곳에서 세계와 비밀스럽게 관계를 맺는, 가만히 제자리에 있는, 어리디어린, 위태한, 순결한 힘에 대해서··················

—「여자의—말연두색 잎사귀들과 낮은 태양」 1연

(……) 그리고, 그, 공포에 가득 찬, 동시에 무한히 감미로운 흔들림의 경험 안에서, 내 자아는, 존재의 권리의 이름으로, 자아라는 집을 걸어나왔다. 그렇게 나는 그/그녀가 가르쳐 준 대로, 우주가 나에게 알려 준 바를 살기 시작했다. 나는 그것을 사랑이라고 부른다. 자기인 채로 자기 밖으로 걸어 나가 우주의 부름에 대답하기

—「무시무시한 공허」에서

김정란이 갈망하는 순수한 본질과 근원, 우주적 전체성으로 나아가는 길에는 "뒷모습의 여자들", 잊혀진 여자들이 있다. 그녀들은 "세계와 무관한 곳에서 세계와 비밀스럽게 관계를 맺"고 있는 '순결한 힘'의 소유자들이다. 김정란에게 '여성'은 이 세계에서 지워져 간 아름답고 고결한 존재 방식이자, 밖으로 드러난 일이 없기에 순수하게 보존된 존재 영역을 뜻한다. 여성적 존재 방식은 상반된 모순을 한 몸에 지니고 있으면서도 행복한 통합을 구현할 수 있는 동시성을 바탕으로 한다. 단일한 틀에 갇혀 있던 자아는 여성적 방식을 체화함으로써 "자기인 채로 자기 밖으로 걸어 나가 우주의 부름에 대답할" 수 있게 된다. 세계의 표면과 이면, 부분과 전체를 관통하여 우주적 영성을 획득하려는 의지를 김정란은 '사랑'이라고 부른다. 사랑은 "적막한 우울, 존재 지수 0"(「아주 조금 습한 웅덩이」)의 상태를 유발하는 세계, 여자들이 "아주 조금만 사는"(「슬픔의 술장식」) 이 세계에 다른 세계의 입구를 만들려는 노력이다. 김정란이 꿈꾸는 다른 세계는 완전한 공허와 부재에서부터 절대적인 신성과 우주적 영성에 이르는, 존재 내부의 어둠과 빛이 공존하는 세계이다. 존재 내부에 어떠한 은폐나 소외, 외적인 억압이 개입되지 않는 세계는 사라진 여자들의 말을 회복하고, 내용물로만 떠도는 여성적인 것에 일정한 형식을 부여할 때 성취될 수 있다. 이 점에서 김정란의 여성적 세계관은 페미니즘의 일반적 정의를 훨씬 넘

어서는 지점에 있다. 그녀에게 여성(성)이란 존재와 삶, 세계의 본질적인 존재 방식의 문제이며 그 완성의 원리이기 때문이다. 세계의 근원을 한바탕 뒤집어 엎으려는 김정란의 싸움은 요원하고 아득한 것일 수밖에 없다. 자신의 목적도, 방식도, 현학적이고 장황한 시적 언술도 뾰족하게 이해받지 못하는 상황에서 김정란은 다음과 같은 소망 하나로 "세계를 건너뛰"려는 의지를 불사른다.

> 세계여 난 너에게 아무것도 기대하지 않는다 다만 나로 하여
> 이 사랑에 지치지 말게 하라
>
> —「여자의 말—세기 말, 적극적인 죽음」에서

세계에 대해 김정란이 품은 사랑은 거대한 스케일을 갖고 있다. 이 사랑은 세계의 본질과 근원을 향한 것으로, 시간과 공간의 특수성에 얽매이지 않는다. 다시 말해 김정란은 역사적으로 형성된 인간사의 많은 부분을 부정하며, 남성 중심의 역사에 대한 도전을 본질의 실현 혹은 회복이라는 형이상학적인 문제로 바꾸어 놓는다. 사실 이 무모한 사랑이 그녀를 지치지 않게 할 가능성은 많지 않다. 세계의 불구성은 너무 오래되었고, 진정한 여성의 말은 억압 없이는 태어나지 못했다. 김정란은 기약할 수 없는 많은 시간을 이 거대한 싸움을 위해 바쳐야 할 것이며, 그 구체적인 결실을 위해 분투해야 할 것이다.

5. 여성의 진정한 귀환을 위하여

90년대 들어 여성 문학은 집단성을 갖게 되었고, 문학적 지분과 역량을 상당 부분 획득하게 되었다. 그 가운데 여성의 언어와 사유의 불

꽃은 소설보다는 시 쪽에서 뜨겁게 타올랐다. 이는 시가 지닌 섬세하고 즉각적인 장르적 특성과도 무관하지 않다. 현재 여성 시인들은 여성의 범주를 넘어 삶의 다양한 차원을 형상화하고 있다. 이들의 의식은 무의식의 영역에서 우주적 차원에 이르기까지, 구체적 일상에서 영혼과 본질의 형이상학적 층위에 이르기까지, 야성과 마성에서 신성에 이르기까지 세계의 거의 모든 영역에 걸쳐 있다. 앞서 살펴본 다섯 명의 시인들은 이러한 다양성의 한 영역을 대표한다. 먼저 김승희와 박서원은 '안과 밖의 역학'으로 세계를 파악한 뒤 각각 제도권 밖과 의식세계 밖으로의 탈주를 꾀한다. 이들의 목적은 협소하고 뒤틀린 안(현실)의 세계를 수정하고 확대하는 것에 있다. 황인숙과 김혜순은 황폐한 일상과 물화된 세계 속에서 자아의 손상된 면모를 드러내고, 대안으로서의 자아를 제시한다. 황인숙은 금이 간 영혼의 쇠락한 자아를 자신의 삶에 전면적으로 맞서는 '독자적인 자아'로 바꾸고자 하며, 김혜순은 온갖 욕망과 자본의 기제에 '합성당한 자아'를 타자와 따뜻하게 결합하는 '합성하는 자아'로 전환하고자 한다. 김정란에게 있어 세계의 본질과 근원에 이르는 열쇠는 여성이며 '여자의 말'이다. 그녀는 세계의 근원적인 오류가 '여자의 말'의 누락과 의도적인 지워짐에 있다고 본다. 이것을 회복하는 것이야말로 신성과 우주적 차원의 삶이 열리는 거의 유일한 방법이라는 것이다.

여성 시인들의 시를 '여성'이라는 하나의 범주로 설명하기에는 무리한 점이 많이 있다. 여성이 쓴 시라는 이유만으로, 혹은 이들의 시적 발상과 주제의식이 여성 문제를 포함하고 있다는 것만으로 여성이라는 범주로 단일화한다면 이는 지극히 단순한 처사가 된다. 하지만 아직까지 우리 사회의 현실은 이러한 분류법을 완전히 폐기할 수 없는 상황에 있다. 여성(성)이라는 인간적 보편성이 특수성으로 왜곡되고 있는 것은 오늘날 여성 시인들이 처해 있는 척박한 존재 조건이자 극복해야 할 장벽이다. 김승희와 박서원은 이 점에서 용기있는 여성 전사의 표본이라고 할 수 있다. 이들은 마녀 사냥에 동원되었던 온갖 계략과 무기들을 폭로하고, 순결한 사유의 불길로 스스로를 정화하고자 한다. 최근 박서원은 서정적인 감성에만 치우쳐 우려를 갖게 하지만, 이들이 보여준 '밖'의 비전은 이 세계의 모순과 왜소성을 여지없이 드러내고 공격하며 반성케 한다. 여성의 사회적 투쟁에 있어 폭로와 공격은 최초의 방식이자 최후까지 건재할 방식임에 분명하다. 인간과 인간 사회의 바람직한 상(像)에 대한 여성적 시각이 현실에 뿌리 내릴 때까지 이러한 투쟁은 계속되어야 할 것이다.

황인숙과 김혜순이 문제삼는 것은 이 세계 내부의 존재 방식이다. 황인숙은 여린 감성을 바탕으로 자잘한 일상에 묶여 있는 평범한 개인의 내면을 다룬다. 그녀의 시에는 여성적 자의식과 소시민적 자의식이 뒤섞여 있는데, 여성적 주장은 약한 대신 소박한 차원의 보편성을 확보하고 있다. 김혜순은 예리한 실험정신으로 물질 문명의 폐부를 파헤친다. 그녀는 추악한 자본주의의 욕망의 기관들 속에서 자신 또한 한 몸이 되어 있음을 발견한다. 김혜순의 시는 이 끔찍한 공포로부터 자신을 구원하고자 하는 열망의 산물이며, 가엾은 사물들과의 사랑을 통해 진정한 인간의 사랑에 이르고자 하는 꿈의 조각이다. 황인숙과 김혜순은 여성의 문제를 전면에 내세우기보다는 현실 정황의 한 부분으로 다룬다. 이들의 시를 두고 여성(성)의 문제를 정면으로 거론하기란 쉽지 않다. 특히 김혜순의 경우, 문제 의식이 현대 문명 전반에 걸쳐 있기 때문에 '여성'을 핵심에 두고 논의하는 것은 일면성만을 강조하는 것이 되기 쉽다. 뒤집어 말하면, 황인숙과 김혜순은 '여성'을 현실 속의 다른 문제들과 더불어 사유함으로써 시적 보편성에 접근하고 있다고 할 수 있다. 그러나 황인숙의 시에는 생기가 부족하고, 김혜순의 시에는 온기가 모자라 각기 건조한 느낌을 준다.

김정란은 90년대의 한 켠을 장식한 독특한 여성 시인이다. 그녀는 프랑스적 지성과 감성을 시에 적용하며, 한국적 전통의 많은 부분을 부정한다. 남성 중심적인 역사와 문학적 전통, 언어 등 기존의 대부분의 권위들은 그녀에게 있어 '처형'의 대상이 된다. 이 과정에서 김정란이 구현하고자 하는 진정한 여성(성)의 세계는 본질적이고 우주적인 차원을 아우르며, 언어에 대한 치열한 자의식과 강렬한 파토스를 바탕으로 한다. 그러나 김정란이 지향하는 여성의 신화적 비전은 자칫 내용 없는 신비주의로 경사될 위험을 안고 있다. 이를 경계한다면, 김정란은 여성을 전(全)역사적이고 우주적인 차원에서 사유한 거대한 기획자로 기억될 수 있을 것이다.

이외에도, 90년대 시단에는 순연한 여성성과 삶에 대한 따뜻한 사랑을 보여주는 나희덕과 이진명, 닫힌 일상의 비극성 속에서도 자아의 진정한 자리를 찾아가는 이선영, 세계를 반영하는 언어를 단순히 받아들이지 않고 그 반영의 빈틈을 포착하는 언어적 실험을 행한 이수명과 최정례, 성의 금기에 도전하는 도발적인 화법으로 충격을 던져 주었던 최영미와 신현림 등 많은 여성 시인들이 포진해 있다.

이제, 여성의 문제가 진행형의 현안인 탓에 잠정적일 수밖에 없는 결론을 말하자. 90년대 여성시는 세계에 대한 도전과 치열한 자기 부정을 통해 건강하고 생산적인 여성성을 확보해 왔다. 여성(성)의 이름으로 불릴 수 있는 다양한 범주에 대한 탐구 또한 90년대 여성시가 이룩한 성과에 속한다. 불행하게도 지금 우리의 문학에서 여성(성)은 '금기'와 '신화'의 사이를 오르내리며 현기증나는 추락과 비상을 반복하고 있다. 이는 여성적인 것을 삶의 현실 속에 이끌어 들이려는 생산적인 노력으로 나타나기도 하지만, 다소 지나친 집착과 오해를 동반하기도 한다. 사실 '인간의 얼굴'을 갖지 못한 여성(성)이라면, 이는 지금까지 많은 폐단을 낳은 남성(성)과 다를 바가 없다. 그렇다면 제도화되고 권력화되지 않으면서, '날것'의 본질을 그대로 유지하면서 여성(성)이 이 세계에 뿌리 내릴 수 있는 방법은 무엇인가? 여성(성)이 인간과 삶의 내부에 부드럽게 흡수되어 보다 인간적인 세계를 이룩하기 위해서는 어떤 현실적 장치가 필요한가? 이는 90년대를 이제 막 통과한 한국의 여성시가 해결해야 할 중요한 과제로 남아 있다.

'집'의 스러짐, 빈 집과 무덤의 건축학

1. '집' 앞에서의 서성거림

'집'이 사라져 간다. 존재의 따뜻한 안식처인 집이 사라져 가고 있다. '집'의 상실은 욕망과 허위에 사로잡힌 우리의 시대가 견뎌내야 할 쓸쓸한 운명이다. 이제 '집'은 기억 속에만 존재하거나, 무표정하고 기계적인 인간들이 거처하는 사막 같은 공간으로 변질되어 버렸다. 바슐라르의 아름다운 몽상 속에서 존재의 가장 내밀한 장소가 되었던 집은 더 이상 현실에서는 찾아보기 어려워졌다. 욕망의 터전이 된 휘황한 도시의 거리는 고립과 유폐와 죽음을 길러내는 집들로 즐비하다. 크고 화려한 집들이 수없이 축조되는 가운데, 정작 우리 시대의 집은 육체와 영혼의 낙원으로서의 오랜 지위를 상실해 가고 있다.

소박하게 가름할 때 '집'은 시의 양식이다. 소설이 지닌 운명의 형식이 길을 찾아 떠나는 것이라면, 시의 운명은 집을 짓고 가꾸는 일이라고 할 수 있다. 이성과 인식이 헤매이는 자, 즉 시간을 사는 자의 몫이라 할 때, 직관과 몽상은 머무르는 자, 즉 공간을 사는 자의 몫이 된다. 그리하여 소설은 '길' 위에서 떠돌고, 시는 '집' 앞을 서성거린다. 90년대 시에서 이 서성거림은 불안과 죽음의 그림자를 동반한다. 근대의 허와 실을 적잖이 체험하였음에도, 불행히도 우리의 시는 혼탁한 육체와 정신을 쉴 수 있는 진정한 안식처를 확보하지 못하고 있다. 30여 년 전 김수영이 노래한 '사랑으로 낡은 집'도, 지난 연대 이성복이 절망의 나락에서 궁핍한 영혼을 건져 올린 '정든 유곽'마저도 우리에게는 없다. 지금 우리 앞에는 집을 비추는 두 개의 극단적인 시의 거울이 세워져있을 뿐이다. 그 안에는 너무 음산해서 외면하고픈 현실의 집과 너무 아름다운 탓에 환각처럼 느껴지는 추억의 집이 서로 마주 보고 있다. 슬픈 두 개의 거울을 들여다보며 '집'을 잃어버린 자들은 그들이 꿈꾸는 마음의 집 앞을 오래 서성거린다.

2. 무덤의 집, '타즈마할'—함성호

'타즈마할'은 과도한 아름다움을 지닌 죽음의 집, 무덤이다. 이 무덤은 죽음을 보존하는 기능을 넘어 죽음을 생산하고 부풀린다. 함성호의 두 번째 시집 『聖 타즈마할』(1998)은 과포화된 죽음 속에 가까스로 존재하는 삶의 공간을 그려낸다. 그에 의하면, 소멸과 텅 빈 환각이 실체보다 더 빽빽히 들어찬 '타즈마할'은 "마이너스적 과잉"으로 포화된 지대이다. 이 죽음의 성채가 지닌 성스러움은 음각(陰刻)된 성스러움이며, 아름다움 역시 과잉 결핍의 악마적 아름다움이다.

'타즈마할'은 고대의 유산 타지마할의 현대적 변형이다. 무굴제국의 왕 '샤 자한'은 사랑하는 왕비의 묘지를 만든 후 이 아름다운 건축물이 유일할 수 있도록 장인들의 손목을 잘라 버렸다. 함성호는 고대 왕의

"광기에 사로잡힌 탐미주의의 공간을 반모더니티를 간직한 아나키한 공간으로 개조"한다. 순수한 죽음의 장소인 타지마할은 '-지-'에서 '-즈-'로의 음운 변화를 거쳐 역사적인 동시에 반역사적인 근대의 공간으로 거듭난다. 근대의 추악함이 집결된 '타즈마할'은 함성호에게는 복합적인 이중성의 공간이다. 그는 역사와 반역사, 근대와 반근대, 죽음과 삶을 이중적으로 교차시키면서 '타즈마할'이라는 공간 자체를 전략화한다.

함성호는 크게 두 가지 전략을 구사한다. 하나는 세기말적 자본주의의 음울한 세계에서 '모든 집은 무덤'이라는 것을 보여주는 것. 이렇게 볼 때 타즈마할은 특정 장소가 아니라 "허상의 분위기들, 맥락 없는 이미지들, 가짜들"의 '정원'(「구름의 장식을 찾아서」)인 근대 세계 전체를 의미한다. 자본의 수많은 유로들과 욕망의 집인 몸(육체) 역시 타즈마할의 일부분이다. 함성호의 또 다른 전략은 무덤 속의 시체들(자아, 주체)이 지닌 내파(內波)의 힘을 통해 무덤을 붕괴시키는 것이다. 안으로부터 폭발하는 힘만이 무덤의 악마적 질서와 죽음의 공기를 흩어 놓을 수 있다. 이때 타즈마할은 근대를 부정하는 탈주의 공간으로 바뀐다. 들뢰즈식으로 말하면, '타즈마할 2'는 근대와 자본주의의 영토를 탈영토화하는 분열 기계이며, 시인 함성호는 분열을 조장하는 자가 된다. 이 지점에서 '성 타즈마할'의 성(聖)은 플러스적 의미로 전도된다. 근대의 가면을 벗기고 탈성화(脫聖化)할수록 그 성스러움은 배가될 것이다. 함성호의 두 번째 시집의 성패는 '집이 곧 무덤'인 근대적 공간 '타즈마할 1'을 어떻게 전복과 분열의 반근대적 공간 '타즈마할 2'로 개조하는가에 달려 있다고 볼 수 있다.

함성호의 자세는 시종일관 도전적이다. "나에게는 반성할 아무런 기억이 없다"(「슬픈 육신」). 죽음에 짓눌린 "세계는 너의 세계"(「슬픈 육신」)이며, 때문에 "나는 나의 죽음을 방해받고 있다"(「먼 몸」)고 그는 항변한다. 무덤 같은 근대의 집에서 살아온 시인은 심지어 "모든 집은 나에게 있어서의 상처였다"(「성 타즈마할」)고 탄식하기에 이른다. 살기 위해 거주하는 '집'이 곧 '상처'일 수밖에 없다면, 이제 남은 일은 그 어두운 운명을 받아들이는 것뿐이다.

> 필시, 객사의 운명이려니—신성한 강도 얼른 몸을 바꿔 타락을 드러내 보이고 저 강변의 보리수는 서서 죽었다 이제 나의 집은 여기이다
>
> —「카필라바스투의 동문」에서(밑줄 강조 인용자)

근원의 '집'을 찾지 못하고 길에서 죽어 갈 "객사의 운명"은 사실 우리 모두의 것이다. 신성마저 타락한 죽음의 땅을 집으로 받아들이며 함성호는 그 집의 광경을 이렇게 묘사한다.

> 3
>
> 천지창조의 공간 성 타즈마할, 돌아가지 않는 탕아들의 카타콤바에 오, 상처 입은 짐승들의 무릉도원이여, 비루한 지옥이여 (……)
>
> 4
>
> 하여, 나는 숲을 배반했다. 나는 자연을 부정하고 인공을 예찬하는 위대한 허무주의자이다. 저 도시의 불빛을 보라 살인과 근친상간과 약물 중독의 나의 성 타즈마할 나는 죽을 때까지 신의 말씀과 싸울 것이다. 오해하지 마시길 이곳은 생명의 장소가 아니라 죽음의 장소이자 모든 환각과 약물의 성전이다. 거대한 벽이 하얗게 사라지고 몸이 말로 化하는 상상의 기둥 사이에서 빛을 보게 되리라. 쿠르드 게릴라, 알코올 중독자와 동성 연애자, 타밀 반군과 라마와 수피가 꽃과 죽음의 향기에 대해서 노래한다. 이 계단은 금

지된 지식으로 가는 입구이다.

—「聖 타즈마할」에서

'타즈마할'은 성전이자 카타콤바이며, 무릉도원이자 지옥이다. 이 모든 것의 총합이며 이들이 변질된 기괴한 세계이다. 이곳에서 '나'는 죽음과 환각과 약물로 삶을 영위하며, '자연'과 '신의 말씀'을 부정하고 "인공을 예찬한"다. 이 허위의 세계에 살아남기 위해서는 누구든 "숲을 배반해"야 한다. "위대한 허무주의자"인 '나'의 인공을 향한 예찬의 말은 실은 악마적인 예찬, 증오의 말에 불과하다. "환각과 약물의 성전"에서 "상상의 기둥 사이"로 나타날 '빛' 또한, 창궐하는 사교(邪敎)의 미혹된 빛이며 파괴와 몰락의 빛이다. 그것은 죽음의 집 '타즈마할'마저 붕괴시켜 버릴 금지된 지식이다. "죽음의 향기"를 내뿜는 금지된 지식을 통해 해방과 파멸은 하나가 된다. 금지된 지식을 신봉하는 것은 세계와의 동반 자살을 꾀하는 무모한 일이다. 이를 제어하면서 함성호는 기존의 지식들을 재검토한다. 그는 역사의 집적물들을 자유자재로 비판하고 농락한다. 명백히 그는 반역사적이다. 대표적인 예로, 시 「죽음의 피크닉」은 동서양의 종교와 역사서, 문학작품들을 비틀고 희화화함으로써 한바탕 전복의 서사를 펼쳐 보인다. 세계에 관한 알려진 해석서들은 함성호에게는 유익한 참고문헌으로 기능하지 못한다. 그의 시집 『성 타즈마할』은 세계라는 원(原)텍스트와 권위있는 2차 텍스트들에 대한 일종의 하이퍼 텍스트를 구축하고 있다.

함성호는 금지된 지식과 공인된 지식—여기서 지식은 '빛'과 같은 의미이다—을 동시에 넘어서는, 절대의 순수한 '빛'을 동경한다.

내가 푸른빛의 정원에서

절대의 공간을 상상하던 한 날

(……)

만약 그곳에 빛이 있었다면

모든 형태가 사라지는 새로운 구축을 볼 수 있었으리

—「푸른 직육면체」에서

그러나 “푸른빛의 정원” 타즈마할에는 성스러운 생성의 ‘빛’이 없다. “유일한 빛”(「유일한 자」), “서술되어질 수 없는 빛”(「구름의 장식을 찾아서」)이 사그라든 타즈마할에서는 세상의 “모든 형태가 사라지는 새로운 구축”을 만날 수 없다. 이곳은 이미 “천 개의 강이 복개되어”(「구파발, 구파발행 마지막 열차」) 희미한 달빛조차 투사되지 못한다. 사방이 막힌 무덤 속은 “피어오르는 꽃들의 우울”(「푸나의 여인」)로 가득하다. 함성호의 『성 타즈마할』은 묘지의 시집이며 또한 꽃의 시집이다. 실제로 『성 타즈마할』은 “수북한 낙화”와 처연한 “육질의 꽃”(「워낭, 혹은 어리」)으로 뒤덮여 있다. “피어오르는 꽃들의 우울”, 존재의 비극성에 취한 함성호는 몽환의 유혹을 받는다. 비애와 결합된 몽환은 세계의 실상을 회피하는 것이 아니라 약간 흐리면서 다른 세계로의 틈을 연다. 시 「워낭, 혹은 어리」와 이 시집의 절창이라 할 「푸나의 여인」, 「물숲에서의 장례」는 그 현란하고 매혹적인 풍경화이다. 몽환은 함성호의 경화된 의식에 ‘흐름’을 만든다. 이에 앞서 그를 먼저 지나친 흐름이 있었다. “누군가 나를 낮은 포복으로 건너고 있다/이 물소리,/나의 죽음”(「나의 죽음」). 그는 적극적으로 죽음에 다가간다. 이로써 함성호는 자신의 존재성을 확인하고 묘지화된 세계에 항거한다.[1)]

함성호는 스스로 ‘흐름’을 생성하고자 한다. 그 흐름은 ‘고향’과 ‘바

1) “나는 산란기의 연어처럼 죽음을 찾아 피크닉 갔지요”(「죽음의 피크닉」). 죽음에서 삶으로의 투쟁적인 전이를 보여주는 ‘산란기의 연어’는 세기말을 가는 90년대 우리 문학이 찾아낸 건강하고도 매혹적인 상징이다.

다'를 향한다. 굳은 세계의 틈을 여는 몽환의 흐름은 시 「고향집, 폐허」와 같은 작품에서 절정에 달한다. 그러나 "단 한 번의 몰락으로 죽은 뿌리의 욕망을 알게" 해준 폐허화된 고향의 기억은 공허감만을 되돌려준다. "폐허가 주는 바다의 환상"에 취하여 함성호는 '세상의 끝'(「이 가벼운 날들의 생」)으로 여행을 떠난다. '바다'는 죽음의 흐름의 도달점이자 죽음을 통과한 자들이 삶의 마지막 비의를 건져 올리는 장소이다. 죽음을 위한 물숲(바다)에서의 장례는 "불멸을 꿈꾸"(「물숲에서의 장례」)는 통로가 된다. 바다는 무덤의 집 타즈마할의 극점에 위치하면서 죽음의 흐름을 '잉태의 물소리'로 바꾸어 놓는다.

> 잉태의 어류들이 빛 발하는 수면을 거슬러 오르는 물소리를 듣는 투명한 꽃잎 속의 나의 바다, 거대한 나의 바다가 몸을 바꾸고 있었다
>
> —「바다가 보이는 극장으로 가는 유일한 길」에서

"거대한 나의 바다"는 스스로 "몸을 바꾼"다. '나' 또한 "사막의 몸"(「나의 죽음」)을 "흐르는 몸"(「흐르는 몸」)으로 바꾸며, "내 정든 육신에 깃들인 다른 육체를"(「푸나의 여인」) 발견한다. 함성호의 몽환적 탈출은 일단 '몸을 바꿈'으로 완성된다. 이는 "변태해가는 나비"와 "호접누각(胡蝶樓閣)"(p.35의 제목 없는 시)으로 이미지화된다. 어쩌면 우리의 시대는 '변태 1'(도착증)과 '변태 2'(탈바꿈) 사이의 선택을 강요하고 있는지도 모른다. 몸 바꿈이 진정한 탈바꿈이 되기 위해서는 몽환조차 이탈의 의지에 봉사하는 전략적 도구가 되어야 한다. 함성호의 말대로 "환상 속에서의 반성은 곧 죽음일"(「붕괴 직전」) 터이지만, 환상에의 도취는 아예 삶과 죽음의 경계를 지워 버린다. 다른 세계를 꿈꾸는 몽환과 지금 이곳을 직시하는 반성은 어떻게 행복하게 결합될 수 있을까? 함성호 시의 향방은 이 문제와 긴밀히 맞닿아 있다.

함성호의 『성 타즈마할』은 가히 폭발적인 에너지로 장전된 시집이다. 현대 자본주의의 죽음의 문명에 관해 이토록 증오에 찬 미학을 구축한 시집은 드물다. 그러나 우리의 문명은 자기 증오 가운데 존속해 나간다는 보드리야르의 말을 함성호는 기억해야 할 것이다. 출구를 찾지 못하는 자기 증오는 권력의 전략에 휘말리거나, 함성호가 명명한 "B급의 진정성"(「에드우드」)에 머물 수밖에 없다. 부디 그가 '그의 빛'에서 빠져 나오기를, 의미의 '기호'에서 해독 불능의 '자취' 속으로 실종되고픈 유혹을 물리치기를, 그리하여 "자기 환멸의 뜨거움을 끝내 다른 사랑의 이름으로 간직하게 되"(「물숲에서의 장례」)기를 빈다.

3. '빈 집'과 '몽유도원' 사이—김신용

김신용은 집 아닌 거의 모든 장소를 집으로 삼아 살아온 시인이다. "곡괭이로 시를 쓸 수 있는 세계를 향해 걷"(「내 뼈의 가지에 寒苦鳥」)는 동안 그의 집은 공사장 함바, 무허가 판자집, 일세방, 공장, 시장 골목의 밥집과 술집, 감옥 등으로 쉬임없이 바뀌어 왔다. 김신용에게 한 곳에 뿌리 내린 집은 열망과 동시에 깊은 좌절의 대상이 되었다. 오랫동안 그의 의식은 캄캄한 무덤을 집으로 삼아 왔다. 그 무덤은 노동자와 인간의 무덤이자, 훼절한 역사와 시대의 무덤이었다. 이에 대해 김신용은 시집 『개같은 날들의 기록』(1990)에서 "꿈을 꾸고 나면 더 허기가 져,/아무리 둘러봐도 허물어져 가는 집,/(……)마치 관 속 같아"(「불알 두 쪽」)라고 토로하고 있다. 집이 없기에 그는 집을 지었다. 그러나 일당 몇 푼에 소금땀을 쏟으며 수십 채의 집을 지어도 집은 그의 것이 되지 않는다. 자본주의 사회에서 집은 신성한 노동이 아닌, 출처를 따지지 않는 돈으로 지어지는 것이기 때문이다. 하지만 김신용은 "뜯겨 흘어진 꿈의 잔해 속에서"도 "결코 포기할 수 없는 삶의 집을"(「순환회로」) 짓기 위해 분투한다. 그는 종이 다발에 불과한 돈 대신 자신의 살과 뼈로 집을 짓는다. "내 살로 거푸집을 지을 뿐이네/내 뼈로 철근을 세울 뿐이네"(「황사바람」).

세 번째 시집 『몽유 속을 걷다』(1998)에서 김신용은 그가 평생을 바쳐 지은 집을 선보인다. 이전 시집 『개같은 날들의 기록』(1990)에 등기된 임시 집주소들, 부랑자 수용소에서 시장 바닥, 그가 '자궁'이라 칭한 감옥에 이르는 많은 집들은 이제는 옛 집이 되었다. 김신용은 드디어 자신의 소유의 집을 갖기에 이른다. 그러나 놀랍게도 그 집은 누구나가 스쳐가는 '여관'이거나, 아무도 살지 않는 '빈 집'이다.

> 나의 生은 여관의 삶이었다
> 나는 수많은 여관을 거쳐 이 길 위에 서 있다
> 그러나 저 구름장 여관으로 가는 길은 모른다
> 내가 마지막으로 머물러야 할 저 여관
> 그곳에서의 하룻밤으로 내가 無化되어야 할 곳!
>
> —「구름莊 여관」에서

김신용은 자신의 생을 "여관의 삶"으로 요약한다. 떠도는 자는 집이 없는 것이 아니라, 오히려 너무 많은 자이다. 지나쳐 온 집들을 "수많은 여관"으로 지칭하며 김신용은 그 모든 집들이 집이 아니었으되 또한 집이었음을 깨닫는다. 생각해 보면, 모든 집은 삶이 잠시 머무르는 여관에 불과하다. 제아무리 견고한 집도 절대적인 공간일 수는 없으며, 기껏해야 장기 체류의 장소가 될 수 있을 뿐이다. 집과 여관이 하나가 된 지점에서 김신용은 개체의 운명을 지닌 단독자로서 자신의 삶과 마주한다. 생에 대한 근원적인 물음이 개입되면서 김신용의 시는 존재론적인 색채를 띠게 된다. 그렇다면 그가 "마지막으로 머물러야 할 저 여관", "그곳에서의 하룻밤으로 無化되어야 할" "구름장 여관"은 어디인가?

> 땅끝을 지나, 빈 집에 들어서야/내가 빈 집 속의 빈 집이었음을
>
> 알겠네, 땅 끝에 매달려/저기, 수척한 바다처럼 누워 있는
>
> —「빈 집 속의 빈 집」에서

그곳은 '빈 집' 혹은 "빈 집 속의 빈 집"이다. 희망찬 세상을 향한 함성이 그친 도시에 "살과 뼈"의 집을 지을 수 없었던 김신용은 이제 "땅끝을 지나, 빈 집"에 든다. 아무도 없는 '빈 집'에서 김신용이 발견하는 것은 고독한 자기 자신이다. 그는 자신이 또 하나의 '빈 집'이며, 텅텅 빈 "빈 집 속의 빈 집"임을 깨닫는다. 그리하여 먼 남쪽 섬에까지 흘러든 그의 "기억 회로에는 살아온 어떤 생의 무늬도 비쳐지지 않는"(「몽유 속을 걷다」)다. "빈 집 속의 빈 집"인 스스로의 몸이야말로 김신용이 마지막으로 머물러야 할 "구름장 여관"일 터이다. 지금 김신용은 "제 살 제가 먹고, 끝내 제 흔적마저 먹어 버린다는 寒苦鳥"(「부목일기 2」)가 되고 싶은 꿈에 사로잡혀 있다. "내 몸 다 줄테니 누가 내 몸의 빈 집을 지켜다오"(「빈집지기」)라는 말은 결코 과장이 아니다. 세상에 지친 자에게 텅 빈 무의 세계는 어떠한 충만보다도 가득한 자기 소멸의 평온을 안겨 준다.

> 그러나 저는 알아요. 스스로 갇힌 이 감옥, 세상을 향한 집념, 인간을 위한 모든 욕망을 버렸을 때 다가오는 포근한 고절감, 또 이것이 얼마나 끔찍스런 감옥인가를. 그 안온함이 얼마나 가혹한 형벌이며 또 얼마나 빼저린 자기 방기인가를. 저는 알아요. 자기 위안의 내 견고한 섬, 허망 위에 허망

을 쌓아 물거품만 허벅지게 피웠다가 덧없이 스러지는 포말의 집이라는 것을.

—「흉터, 어느 작부로부터의 편지」 3연

김신용은 '빈 집' 속의 자신을 반성적으로 대상화한다. "스스로 갇힌 감옥"이며 "자기 위안의 견고한 섬"인 '빈 집'은 자기 방기 속에 "덧없이 스러지는 포말의 집"으로 그려진다. 현재 김신용에게 절박한 문제는 포근한 고절감에 휩싸인 자신과 싸우는 일이다. 내면의 모랄을 지키기 위해 이 세계와 또 자신과 싸워야 하는 내적 투쟁은 이 시대의 삶과 저항의 양상이다. 김신용의 표현을 빌면, 우리의 시대는 각각의 개인이 형체 없는 적과 대결해야 하는 '一人 전쟁'의 시대인 것이다. 김신용은 빈 집의 "감옥을 자궁으로 삼아, 다시 태어날 수 있는 羽化의 길"을 꿈꾸며, "몸은 鳥葬의 무덤처럼 황폐해져"(「一人 전쟁」)도 싸움을 멈추려 하지 않는다. "폐허는, 나의 밥이었"(「개미밥」)노라고 말하는 그의 '빈 집의 건축학'은 치열한 자기 극복을 통해 완성되어 간다.

한편 '빈 집'의 대척점에 위치하는 공간이 있다. "하늘과 굴뚝/집과 아스팔트가 혼음을 하는 몽유도원"(「어두운 기억의 거리 2」)이 그것이다. 몽유의 도시는 김신용으로 하여금, "〈머리에 떨어진 벽돌〉을 맞고 등에 닭털 날개가 돋아" 거리를 거니는, "반가사유상 같은 우주의 주민의 산책"(「몽유 속을 걷다」)을 꿈꾸게 한다. 이 희한한 공상은 추악한 욕망과 망상에 사로잡힌 자본주의의 도시를 거의 무제한으로 희화화한다. 벽돌에 맞아 닭털 날개가 돋은 반가사유상의 산책은 몽유병자의 그것보다 훨씬 더 적나라하게 세계의 착란적인 증상을 폭로한다. 이번 시집에서 김신용은 그 동안 낱낱이 '까발려 온' 현실에 대해 해학의 미적 거리를 확보하고 있다.

산타야나가 말한 것과 같이, 경험한 것을 기억할 수 없는 자는 반복을 면할 수 없다. 김신용은 지난 시대를 분명히 기억하는 가운데 오늘에 대한 성찰을 행한다. '몽유의 도시'에서 '땅끝의 빈 집', 그 '빈 집 속의 빈 집'까지 편력해 간 그의 지난한 여정은 삶에 대한 존재론적 물음과 함께 자본주의 현실에 대한 비판과 반성을 내재하고 있다. 김신용은 뒤돌아보는 자의 쓸쓸한 허무와, 삶의 텅 빈 심연으로 초연히 나아가는 자의 가없는 허무를 함께 형상화함으로써 오랜 투쟁의 여정에 삶의 깊이를 더하고 있다.

4. '아버지의 집'과 '그 여자네 집'—김용택

김용택의 시집 『그 여자네 집』(1998)의 풍경은 섬세하고 아름답다. 순결한 첫사랑의 여자가 살았던 집은 애틋한 그리움과 잔잔한 떨림을 일게 한다. 그 정경은 기억 속에만 아련하거나 이미 사라져 버린 것이기에 더 간절하고 그립다. 섬진강의 토박이 시인으로 민초들의 질박한 삶을 시화해 온 김용택은 시의 방향을 과거와 자신의 추억 쪽으로 돌려 놓는다. 오래된 기억을 반추하는 일은 존재의 뿌리와 잃어버린 시간을 찾아가는 여행이며, "농경 공동체를 마지막으로 체험한 세대의 기억에 저장된 이야기"(이문재)를 기록하는 작업이 된다.

김용택의 여덟 번째 시집인 『그 여자네 집』에서 추억의 여행의 목적지가 되는 곳은 '집'이다. 그 중에서도 아버지가 손수 지은 집과 첫사랑의 그 여자가 살았던 집이 그의 마음의 지향점이 된다. 추억 속의 집은 마당 가득 햇살이 비치고, 뒤안에는 감이 빨갛게 익으며, 저녁이면 밥짓는 연기가 모락모락 피어나는 정겨운 풍치를 지니고 있다. 현대 사회가 상실한 진정한 '집'의 숨결을 간직한 옛 집은 조상 대대로 아름다운 삶의 터전이 되어 왔다. 그러나 전통적인 집은 물질 문명의 발달과 함께 삭막하고 단절된 공간으로 변질되기에 이른다. 전혀 다른 두 개의 집의 격차는 그대로 집의 거주자인 사람의 변화로 나타난다. 집의 모양과 구조, 재료와 주변 환경이 달라진 만큼 집에 사는 사람도 함께 변화해 왔다. 그러므로 옛 집을 찾아가는 일은 자신의 존재의 원형을 찾아가는 일이며, 전통의 삶의 방식을 재현하는 일과 동일한 의미를 지니게 된다.

하늘 아래 아름다운 집 그 집은
아버님이 지으셨다.
아버님은 깊은 산 속을 돌아다니며
곧고 푸른 솔나무를 베어 말렸다가
지게로 하나하나 져날라
빈터 그늘에 차곡차곡 쌓았다.
(……)
그 집을 지은 아버지는
그 집 큰방에서 숨을 거두었다.
그리고, 아버지는 솔나무를 베어 왔던 그 산에 둥그렇게 묻혔다.

—「아름다운 집, 그 집」에서

'아버지'의 시대에 집의 짓는 일은 집안을 일으키고 계승하는 일의 근본이었다. 집의 재료는 모두 자연의 산물로, 아버지는 이를 직접 다듬어 하나하나 마을로 옮겨 놓는다. 그는 서두르지도, 그렇다고 시간을 낭비하지도 않으면서 몇 해에 걸쳐 공들여 집을 짓는다. "하늘 아래 아름다운 집 그 집"은 오랜 시간에 걸친 가장의 성실한 노동에 의해 탄생한다. 아버지는 평생을 이 집에서 살고, 또 이 집에서 죽음을 맞이한다. "그리고, 아버지는 솔나무를 베어 왔던 그 산에 둥그렇게 묻"힌다. 그는 산에서 가져온 나무를 대신하기라도 하듯 이번에는 자신의 몸을 산에 내어 준다. 자연과 인간의 교류는 이렇게 긴 주기를 거쳐 순환의 균형을 이룩한다. 자연과 인간의 평등한 호혜 원칙에 기초한 집은 가장 자연적이면서도 가장 인간적인 삶의 터전이 된다. 아버지가 손수 짓고 평생을 살았던 집은 탄생과 죽음이 순환하는 작은 우주이며, 사람살이의 풋풋한 내음과 오랜 세월의 깊이를 간직한 역사의 공간으로서의 의미를 지닌다.

'아버지의 집'은 존재의 기원과 한 집안의 삶의 역사가 이루어지는 원형의 공간이다. 김용택은 자신의 잃어버린 모든 그리운 것을 '집'이라는 하나의 장소에 응집시킨다. 그는 첫사랑의 여자를 추억할 때조차도 '그 여자'가 아닌, '그 여자네 집'을 초점에 두고 이야기한다.

> 지금은 아, 지금은 이 세상에 없는 집
> 내 마음속에 지어진 집
> 눈감으면 살구꽃이 바람에 하얗게 날리는 집
> 눈 내리고, 아, 눈이, 살구나무 실가지 사이로
> 목화송이 같은 눈이 사흘이나
> 내리던 집
> 그 여자네 집
>
> —「그 여자네 집」에서

"아, 지금은 이 세상에 없는 집/내 마음속에 지어진 집"은 실은 '그 여자네 집'이기에 아름답고 매혹적이다. "눈 감으면" '살구꽃'인지 '눈'인지 모를 것이 하얗게 흩날리는 그 집은 온통 '그 여자'의 이미지로 채색되어 있다. 기억 속에만 존재하는 '그 여자(네 집)'는 꿈인 듯 환상인 듯 시간의 경계를 흐트러 놓는다. '살구꽃'과 '눈', 겨울과 봄이 어우러진 그 집은 마치 동화 속의 세계처럼 따스하고 환하다. 김용택에게 '그 여자네 집'은 몽환과 하나가 된 아스라한 기억으로 존재한다. 이제는 기억보다 오히려 환각의 풍경에 더 가까워진 '그 여자네 집'은 훼손되지 않은 순결성의 세계이며, 완벽에 가까운 여성성의 공간이다. 가져 보지 못한 것, 잃어버린 것들은 그 무한의 거리로 인해 완벽함의 세계에 귀속된다. 다시는 돌이킬 수 없는 옛 추억 속의 여자는 시인에게 한 번도 현실이 되지 않았던 탓에 완벽한 존재로 남아 있다. 이런 연유로 '그 여자'를 향한 김용택의 그리움은 과거의 시간을 향해 흔드는 '영원한 노스탤지어의 손수건'이 된다. 그러나 불가능하기에 '영원한' 그리움은 현실 속에서 그와 유사한 풍경들을 강한 친화력으로 끌어들인다.

> 멀리 배가 통통통 지나가고 바다가 파랗게 부서진다. 그대 고운 머릿결이 내 가슴에 하르르 내려앉는다. 가랑비가 내릴 때도 있다. (……) 집이 너무 가난하여 배가 될 때도 있다
> (……)
> 불이 잘 들어가는 방 두 개, 부엌 하나 새 풀잎 돋아나는 그대 집 마당을 날아가는 나비 그림자도 보이는
> 깨끗한 가난, 가난한 사랑.
>
> —「집을 찾아서」에서

이 평화롭고 아름다운 정경은 고운 시어에 실려 바스라질 듯 섬세한 느낌을 자아낸다. 특히 '하르르'라는 어휘에는 이 시의 분위기가 잘 녹아 있다. '하르르'라는 부사는 감당할 수 없을 만큼 곱고 아름다운 존재가 가볍게 떨며 내려 앉는 모습을 표현한다. "파랗게 부서지"는 '바다', "그대 고운 머릿결", "너무 가난하여 배가 될 때도 있"는 '집'과 같은 것, 더할 수 없이 아름다운 것들은 시인의 "가슴에 하르르 내려앉는

다". 김용택은 평화로운 바닷가 마을과 추억의 세계를 혼합하여 환각도 아니고 현실도 아닌 공간을 만들어낸다. "불이 잘 들어가는 방 두 개, 부엌 하나 새 풀잎 돋아나는 그대 집"은 '그대'에 대한 환각이 현실화되는 입구에 위치하고 있다. 그러나 집은 여전히 멀리 바라다 '보이는' 지점에 있을 뿐, 시인의 현실 공간이 되지 못한다. 시의 제목이 '집을 찾아서'인 것은 이러한 '과정'의 의미를 내포하고 있다.

"방 두 개 부엌 하나"인 그 집에 도달하기 위해서는 무엇이 있어야 할까? 김용택은 "깨끗한 가난, 가난한 사랑"만이 그 집의 문을 여는 열쇠라고 말한다. 아름다운 그 집에서 김용택은 "아버지처럼/풀과 나무와 흙과 바람과 물과 햇빛으로/시를 쓰고/그 시 속에서 살고"(「농부와 시인」) 싶어한다. 시인이 지녀야 할 시심으로 치자면, 이보다 더 아름다운 마음은 찾기 힘들다. 하지만 이즈음 김용택이 보여주는 지향성은 과거에 대한 환상적인 탐닉과 자족적인 위무의 세계로 비판받을 소지를 안고 있다. 의심할 바 없이, 훼손되지 않은 세계에 대한 기억은 타락한 현실을 구제하는 근본적인 동력이 된다. 그러나 기억의 보존 자체가 목적이 될 수는 없다는 것, 신화적인 고결성을 지닌 기억일수록 현실의 땅에 부단히 재건되어야만 가치를 지닌다는 점을 잊어서는 안 될 것이다. 우리의 시대가 상실한 진정한 '집'을 되찾는 일은 기억의 현재화 작업과 같은 맥락에 있는 것이기 때문이다.

5. 따뜻한 인간의 집

함성호의 '타즈마할', 김신용의 '몽유도원'과 '빈 집', 김용택의 '아버지의 집'과 '그 여자네 집'은 각기 우리의 시대가 소유한, 혹은 소유할 수 있는, 또 안타깝게도 잃어버린 갖가지 형태의 집을 보여준다. 이

집들은 사회·역사적인 규모에서부터 존재적인 공간과 개인의 내밀한 추억의 세계에 이르기까지 다양한 크기와 형태를 지니고 있다.

함성호의 '타즈마할'은 물질과 욕망으로 쌓아올린 근대의 집, 죽음의 집이다. 그는 현대 사회의 삶의 양식이 된 사이비 죽음에 맞서 진정한 죽음을 욕망한다. 죽음조차 가짜가 난무하는 자본주의의 거대한 유리 묘지에서 나가는 길은 진짜로 죽는 것이기 때문이다. 함성호는 '고향'과 '바다'의 공간을 탈출구로 상정한다. 그러나 고향은 이미 폐허가 되었으며, "폐허가 주는 바다의 환상"은 끝없는 비애를 유발한다. 이로 인해 그는 현실 밖으로의 몽환적 탈출을 계속 시도하면서 몸을 바꾸는 '변태(變態)'를 꿈꾼다. 이 세계에서는 안주할 집을 찾을 수 없기에 차라리 자신의 존재적 질료인 몸을 바꾸려 하는 것이다. 아직 함성호의 변태의 꿈은 '도착증'과 '탈바꿈' 사이에서 선명한 형태를 찾지 못하고 있다. 하기는 이 세계가 거대한 죽음의 집일진대, 죽기 전에는 여기에서 나갈 수 없으며, 또 죽은 후에도 우리가 얻는 것은 고작 진짜 '죽음'에 불과하다. 따라서 환각이야말로 진정한 삶을 여는 탈출구로 부각될 가능성을 안고 있다. 이제 문제는 더 이상 현실이냐 환각이냐의 구분이 아니라, 그 지향성과 효용을 따지는 일이라 할 수 있다. 죽음에 검게 물든 현실의 집보다는 삶을 고무하는 환각의 집이 더 가치있을 수 있기 때문이다. 만약 함성호가 현실을 고무하는 튼튼한 환각의 집을 짓는다면, 그 환각은 이 죽음의 세계를 뒤흔드는 강력한 삶의 에너지가 될 수 있을 것이다.

김신용은 '몽유도원'의 도시를 떠나 오랜 방황 끝에 '땅 끝을 지나, 빈 집'에 이른다. 거기에서 그는 그 '빈 집 속의 빈 집'인 자신의 내면세계에 둥지를 튼다. 함성호가 현대 사회라는 죽음의 집에서 벗어나기 위해 환각의 세계로 나아간 것과는 반대로, 김신용은 자본주의의 영토야말로 환각의 세계라고 생각한다. 닭털 날개를 단 반가사유상이 산책

하는 도시는 눈을 뜨면 깨어날 환각의 공간이다. 진정한 실체와 진정한 인간성이 결여된 자본주의의 도시는 가짜 '몽유도원'이며, 저주받은 땅이다. 누구나 따뜻한 집을 가질 수 있는 세상을 위해 투쟁했던 김신용은 적의 실체가 환각과 허구임을 직시하며 존재의 '집'을 찾아 떠난다. 그가 마침내 깃든 곳이 '빈 집'인 것은 세계의 토대를 허상으로 인식한 데 따른 자연스런 결과라고 할 수 있다. 허위와 파탄의 세계에 대한 김신용의 '1인 전쟁'은 이제 허와 무, 소멸이라는 존재론적인 화두와 마주한다. 김신용의 '빈 집 속의 빈 집'은 존재의 처소와 '집'의 궁극적인 가치와 형태를 환기하는 공간으로 우리 앞에 있다. 이 텅 빈 집은 자본의 물량주의가 만들어낸 집의 허상을 폭로하면서 그 반(反)공간의 대립적인 세계로 의미 있는 지향점을 제공한다.

김용택이 꿈꾸는 집은 과거에 속해 있다. 그에게 '아버지의 집'과 '그 여자네 집'은 전통적인 생활 방식과 순박했던 옛 시절의 사랑이 존재하고 있는 공간이다. 여기에는 사라져 가는 한 시대에 대한 안타까움과 다시는 돌아갈 수 없는 옛 추억에의 갈망이 뒤섞여 있다. 김용택이 그리워하는 추억 속의 집은 이야기와 서정이 아름답게 용해된 시의 공간에 세밀하게 재현된다. 그가 살아온 수십 년간의 시간은 기억을 탈색시키는 것이 아니라, 오히려 몽환에 가까울 만큼 아름답게 채색하는 요인이 된다. 김용택은 아직 남아 있는 전통적이고 자연적인 장소에서 이 몽환의 기억을 현재형으로 복원시키기를 원한다. 그러나 기억의 복원과 그 현재화는 별개의 문제로, 소멸하는 것에 대한 애정과 소멸의 원인으로서의 현실에 대한 인식은 구분되어야 한다. 앞으로 김용택은 따스한 옛 집의 향취가 살아 있는 우리 시대의 집을 만드는 일에 관심을 기울여야 할 것이다.

우리가 살고 있는 근대적 생활 공간은 많은 부분 파괴와 변형을 통해 형성된다. 이 과정에서 우리가 '살고 있는 집'과 '살고 싶은 집' 사이에는 필연적으로 많은 격차가 발생한다. 그런데 우리가 욕망하는, '살고 싶은 집'의 상상적 지형도에는 사람이 '살아야 할 집'에 대한 당위적 비전이 누락되어 있는 것은 아닐까? 근대 세계 전체를 향한 함성호의 저항과 자본주의의 허상 및 존재의 진정한 처소에 대한 김신용의 반성적 사유, 잃어버린 전통과 순결성을 환기시키는 김용택의 따뜻한 감성은 우리가 살아야 할 '인간의 집'에 관한 소중한 통찰을 제시해 준다.

새어나감과 일렁임, 세계 속에 존재하는 방법

1. 거품과 내용물

문화 전반에 드리운 경제의 그늘이 어둡고 깊다. 누적된 '거품'이 사그라들고 빛이 들 자리가 충분해지기까지는 적지 않은 시간이 필요할 것이다. 문제는 거품빼기라는 명분이 문화의 위축을 '가볍게' 정당화시킬 수 있는 위험성에 있다. 사실 경제 논리 앞에서 문학과 문화의 존재 근거는 상당 부분 약화된다. 먹고 사는 일이 시급한 현실에서 문학이 실체의 반열에 오르기는 어렵다. 문학이 스스로 실체임을 주장하기 위해서는 문학 자체의 거품 현상을 반성하고 새롭게 거듭나야만 한다. 해묵은 권위주의와 매너리즘, 자기 것이 아닌 위장된 감각, 사이비 현실 초월, 새로움과 파격을 앞세운 자각 없는 글쓰기, 문단 권력에 힘입은 프리미엄 효과, 함량 미달의 갖가지 문학상, 상업 전략에 의해 과대평가된 작가와 작품 등은 우리 문학에서 깨끗이 날려 버려야 할 거품임에 틀림없다.

거품이란 실체를 가리는 일시적인 현상이다. 바람직한 문학은 거품이 아닌 실체, 내용물을 겨냥하며 그 안의 이물질에도 관심을 갖는다. 때로 내용물은 새어나가기도 하고 증발하기도 한다. 인간과 인간의 삶이 담겨진 육체와 존재, 현실이라는 용기(容器)는 결코 완전하지 못하기 때문이다. 간략히 말해, 90년대 소설이 기억과 징후의 사이에서 서사의 보존과 이미지의 착종 사이를 오가고 있다면, 90년대의 시는 주어진 틀 밖으로의 하강적 유출과 상승적 증발의 수직축을 오르내리고 있다고 할 수 있다. 위험한 진술이 될 수 있지만, 90년대 시에서 시간성과 산문성은 많은 부분 탈각되어 있는 듯이 보인다. 이는 시가 현실과 관계 맺는 다양한 방법과 직접성의 부족 및 새로운 형식 실험의 결핍 현상 등으로 나타난다. 무엇보다 90년대 시인들에게 중요한 과제는 현실에 대한 내면의 층위를 결정하는 일인 듯하다. 어떤 이는 바깥으로 새어나감으로써, 또 어떤 이는 안과 밖의 경계에 몸을 걸침으로써, 또 다른 이는 밖에서 다시 안을 들여다봄으로써 저마다의 시의 자리를 찾아간다.

2. 새어나감, 세계의 누수와 존재의 누수—박서원, 배용제

무엇인가가 밖으로 새어나간다. 어딘가에 구멍이 뚫려 있다는 의미이다. 새어나감은 세계의 불완전성을 입증한다. 세계에 대한 불신과 존재적 불안감은 어떤 식으로든 밖으로 유출되어 나간다. 가늘게 시작된 심리적 동요는 점차 커져 생의 허약성을 일깨우고 죽음의 공포를 불러일으킨다. 두려움을 떨치기 위해 사람들은 이 은밀한 새어나감을 모르는 척하거나 튼튼한(?) 일상의 마개로 슬며시 막아 버린다. 그러나 박서원과 배용제는 밤에 눈이 더 밝아지는 '고양이'(「난간위의 고양이」)나, "어둠이 깊도록 남은 묘지의 새들"(「묘지의 새들」)처럼 이 새어나감을 은밀히 주시한다. 새어나간다는 것은 '바깥'(외연)이 있다는 뜻이고, 안과 바깥 사이에 통로가 있다는 뜻이며, 흘러갈 더 궁극의 지점이 있다는 뜻이다. 박서원에게 줄줄 새어나가는 것은 '이 완벽한 세계'의 질서이며, 배용제에게 한밤중에도 완전히 잠글 수 없는 '물방울'은 바로 자신의 존재이다.

박서원의 세 번째 시집인 『이 완벽한 세계』(1997)는 세계의 '완벽한 불완전성'에 대한 반어적인 통찰을 담고 있다. 그녀의 도발적이고 광포한 예찬은 뒤틀린 세계를 "할퀴"고(「이 완벽한 세계」), "물어뜯"으며(「거짓말」), 그 중심에 "한 번도 본 적 없는 낯선 침을 꽂는다"(「내가 불러들인 육체」). 박서원은 낯선, 그러나 예리한 시의 침으로 흐름의 통로를 만들고자 한다.

> 검은 리본 속에 장의사 차는 파묻혔다
> 발밑에 호수는 파랗듯 죽음은 파란 손거울로
> 나를 응시한다
> 무한, 참 오래된 이름, 표범 같은 무한을 누리기 위해
> 녹슬어 누수된 질서조차도 사랑해야겠지
> 질서, 이 낱말 때문에
> 입 안은 석회로 도배된다.
>
> —「불운」에서

> 할머니 할머니 할머니
> 흐르는 땅으로 가게 해주세요
> 젖은 호미와 낫으로 칼날 같은 풀 베어
> 우리가 누웠던 그 자리에서

흙으로 빚은 태양덩어리 하나 낳아

땅으로 흐르게 해주세요

—「할머니」에서

두 편의 시는 시인의 현상태(現狀態)와 도달하고자 하는 이상태(理狀態)를 단적으로 보여준다. 그 사이의 거리는 딱딱한 '석회'와 '흐르는 땅'의 이질적인 물질성의 차이로 나타난다. 딱딱함에서 흐름으로 전환하고자 하는 존재론적 열망은 부서짐과 깨어짐의 시적 장면들과 하강적인 이미지들을 빚어낸다. "하찮고 작은 것들은 더 잘게 부서지"(「어떤 황홀 4」)고, "온갖 나무들과 새, 이슬이 굴러 떨어지"(「강간」)며, "아빠, 삼나무 같은 당신 손으로 나를 흐르게 해줘"(「꿈으로 내려가는 길」)와 같은 해체와 유동이 시의 전면에 나선다. 박서원 시의 하강적 국면은 "거기 더 낮은 지상을 향하여 사다리를 타고 오르는 사람들"(「어떤 황홀 1」)의 예에서 보듯, 상승의 역설적인 과정이며 방법이다. 상승을 내장한 하강을 통해 박서원은 가장 낮은 지상과 '하늘 끝'(「어떤 황홀 4」)에 동시에 접근한다. 꿈과 무의식에 관한 기괴한 진술과 신성에 대한 경도가 혼재되어 있는 것은 이런 연유에서이다. 특히 대표작인 「어떤 황홀」 연작은 마성과 신성이 뒤섞인 엑스터시의 정점을 보여준다.

세계의 한계 앞에서 박서원은 필연처럼 죽음과 마주한다. 죽음의 "파란 손거울"로 표현된 무한히 깊은 죽음의 통로는 시인에게 "표범 같은 무한"[1]에 대한 욕망을 불러일으킨다. '표범'과 '무한'의 당혹스런 결합은 박서원적 문맥을 지니고 있는데, 이 무한은 경계와 극점의 소멸로서의 진공 상태가 아니라, 역동적이고 부단한 삶의 시간을 의미한다.

1) 박서원의 시에서 '표범'은 완전함과 역동성 및 강인한 정신을 표상하는 긍정적인 상징이다. 두 번째 시집 『난간 위의 고양이』(1995)의 '난 냉기 속에서 표범처럼/완전한 사랑의 힘을 갖기 위해/나를 잠그고 기다립니다'(「표범처럼 완전한 사랑」)라는 시구에서 보듯, 표범은 야성적 힘 이상의, 굴절되지 않은 본성과 강한 생명 에너지를 지닌 카리스마적 존재를 의미한다.

김정란의 표현을 빈다면, 박서원은 '영원한 현재'를 살고 있는 셈이다. 실제로 그녀의 자아 속에는 양수 안의 아기에서부터 딸, 처녀, 엄마, 쭈글쭈글한 살집의 노파가 공존한다. "백 살까지 아기를 낳으리라"(「산고」)와 같은 충격적인 선언은 현재적 욕망의 무시간적 확산을 보여주는 대표적인 예이다. 이번 시집에서 특이하게 발견되는 '출산' 모티프는 불모성의 세계에서 '흐르는 땅'으로 가는 통과의례의 기능을 한다. 이 완벽한 불모의 세계를 탈주하는 통로는 아이러니하게도 생명의 길인 '자궁'이다.

박서원에게 세계와 삶의 진정한 내포는 고정된 질서나 논리로 환원될 수 없다. 세계와 삶은 막힘없이 흐르며 생생히 살아 움직여야 할 실체이다. 그러나 현실 세계의 움직임은 활기와 흐름을 잃어 버렸을 뿐만 아니라, 위태롭고 혼돈에 차 있다. 그녀의 시가 파격과 전복으로 얼크러진 기묘한 말의 다발로 보이는 것은 이 때문이다. 박서원의 파격과 전복은 크게 세 가지 층위에서 이루어진다. 1) 형식논리적인 언어문법, 2) 인과와 유추, 연상의 개연성에 기초한 상상력의 체계, 3) 딱딱하게 굳어 닫혀 있는 세계의 틀. 박서원은 분방하고 능란하게 기존의 인식과 상상력을 교란시키며, 자신만의 현란한 시적 유로(流路)를 개척한다. 생경한 이미지의 돌출과 병치, 문맥의 비연속성, 악마적인 언술들은 그 과정의 부산물들이다. 언어와 시와 세계라는, 존재의 오랜 '집'은 특정한 곳에 마련될 수 없다. 존재의 진정한 처소는 끊임없는 움직임 속에 만들어진다.

집을 짓고 사는 것은 살해다

움직이는 내가 존재할 뿐

—「희생」에서

'집', 즉 질서의 반대편에는 '움직이는 나' → '흐르는 땅' → '표범 같은 무한'의 삶이 놓여 있다. 불모의 세계로부터 벗어나기 위해 박서원은 '시'라는 언어의 자궁을 통해 거듭되는 산고를 치른다. 그녀는 '자궁의 연주자'(「플라타너스」)이고, '모신'(「母神」)이며, 죽음의 "난간에 섰을 때/가장 위대한 힘이 솟구치"(「난간 위의 고양이」)는 '고양이'이다. 위태로운 '난간 위의 고양이'는 언제쯤 표범 같은 무한을 누리게 될 것인가? 지독하게도 박서원은 "관을 쓰고 천년도 넘게 살리"(「어떤 황홀 3」)라고 말하며 삶의 투혼을 불사른다. 각기 개성은 다르지만, 우리 시에서 여성성과 마성—뒤집힌 신성으로서의—의 독특한 결합을 보여주는 시적 계보—김승희, 최승자, 김정란, 김혜순 등—를 꼽는다면 박서원을 빼놓을 수는 없다. 박서원은 이들과는 달리 모성, 그것도 가히 마적인 모성의 힘을 통해 세계의 출구를 마련한다. "어떻게 밖으로 나갈까?"라는 김승희의 질문은 박서원에 이르러 누수(흘러나감)와 생명의 자궁으로 하나의 답변을 얻는다. 그러나 박서원이 싸움과 유희, 자학과 도취 사이에서 흔들리고 있다는 느낌을 지울 수 없는 것은 그녀의 시가 감상과 해석을 거부할 정도로 단절과 비약을 일삼는 점과 관련이 있다. 정과리가 말한 대로, 그녀가 세계에 대한 투쟁을 미학적인 차원에서 행하고 있다면, 기존의 미적 관념의 파괴에 머물지 말고 새로운 미적 틀의 수립을 추구해야 할 것이다.

박서원이 세계 밖으로 누수되는 물줄기에 몸을 싣는다면, 배용제는 존재의 새어나감을 주시한다. 이들에게는 공통적으로 세계와 존재가 폐쇄되고 봉인당하고 있다는 두려운 인식이 있다. 박서원에게 그 감지 장치는 자아와 생명력의 순도이며, 배용제에게 있어서는 존재의 무게가 된다. 외부의 압력이 내부의 유출을 막는 데는 일정한 한계가 있다. 시간이 지나면 어딘가에 녹이 슬고 구멍이 뚫리며 흐름이 생성된다. "지상의 길들을 잠가버린" 지하에도 "수십 개의 하수구를 통하여 습기들이 스미"(「지하 생활자의 수기」)고, "아무리 비틀어도 잠글 수 없는 무게"인 존재는 한밤중에도 끊임없이 내용물을 흘려 보낸다(「잠글 수 없는 무게」). 존재의 이 같은 열려 있음은 적극적인 개방이나 소통과는 다소 거리를 갖고 있다. 누수는 존재라는 회로에 '헐어버린' 부분이 있으며 그것이 자족적인 체계가 아니라는 점을 말해 준다. 야누스적이게도, 약간의 누출은 숨막히는 일상과 도시의 욕망에 갇혀 있는 사람들에게 소진의 원인인 동시에 존속의 방편이 된다. 이것이 바로 배용제가 간파하는, 오늘날 우리들의 삶의 방식이다. 외부로 작은 구멍을 뚫어 극단의 자폐와 자멸만은 방지하는 삶, 존재의 무게를 견디는 한편 조금씩 줄여 가는(실은 잃어가는) 삶. 배용제의 첫 시집인 『삼류극장에서의 한때』(1997)에서 '꺼내다', '끄집어내다', '뽑아내다', '뿜어내다' 등 이탈을 의미하는 술어들이 자주 출현하는 것은 존재의 고립에 대한 무의식적인 공포를 반영하고 있다.

존재로부터 누출된 내용물이 흘러가 닿는 두 개의 장소는 꿈과 죽음이다. 꿈과 죽음은 탈출구이자 기착지이며, 통로이자 막다른 곳으로서의 이중성의 세계이다.

> 나는 자주 꿈을 꾼다
> 의식의 미세한 입자들이 신비로운 곳을 향해 날아간다
> 환상 속 연인과 동침을 하며 춤을 춘다
> 때때로 예언자처럼 먼 미래에 미리 가보곤 고개를 끄덕인다
> 내 꿈의 성능은 엉망이어서
> 변질된 모습을 드러낼 때가 더 많다
> (……)
> 나는 절망의 입자로 재결합된다
>
> —「나는 날마다 전송된다」에서

꿈이 되풀이될수록 더욱 많은 내가 들어찬다
(……)
곪아터진 뜨겁고 끈적한 진물이 주르륵 흐른다.

—「꿈은 또 하나의 쓰레기 봉투이다」에서

꿈은 "신비로운 곳"으로 가는 입구이다. 그러나 "꿈의 성능은 엉망이어서" 욕망의 행복한 달성에 이르지 못하고, "변질된 모습을 드러낼 때가 더 많다". 신비와 환상의 통로라고 믿었던 꿈은 존재를 "절망의 입자로 재결합"시키는 공포의 관(管)이거나, 현실로부터 흘러나온 '많은 나'들이 모여 진물을 흘리며 썩어 가는 '쓰레기 봉투'에 불과하다. 꿈은 현실 밖의 잉여 공간이지만, 의식과 이성의 지배를 완전히 벗어난 어두운 사각지대는 아니다. 환상을 곧 허상으로 보는 한낮의 '태양의 종교'에 의해 '밀교의 터전'(「몽유병자들의 천국」)인 꿈은 계속 위협당하며, 갈망과 환상은 끝내 완성되지 못한다. 존재가 흘러갈 마지막 지점인 죽음은 삶을 소진시키는 가장 큰 적이다. 죽음의 "검은 그림자가 자신의 키보다 더 자라날 때까지 한낮을 배회하"(「폭주, 바람의 세포」)는 사람들에게 희망 따위란 존재하지 않는다. 배용제의 시에서 깨진 항아리, 폐가, 폐쇄 회로, 정신 병동, 옛 우물, 지하 세계, 무덤/묘지 등은 모두 존재의 부정적인 상황을 뜻하는 상징으로 나타난다. 이들은 존재의 내용물을 담는 외적 형식들로서, 한결같이 훼손되고 고립된 상태를 표상한다. 동일한 시각에서 노인은 "더 이상 꺼낼 내용물이 없는"(「옛우물옆」) 사람이며, 죽음은 "어느 날 문득 그것들이" "모든 구멍을 통해 와르르 밀려나오"(「치매」)는 일이다. 그러므로 산다는 것은 예정된 실패 속에 "환각의 세계"(「삼류극장에서의 한때 1」)로 이탈하는 일이며, "무덤으로 향하는 관문"들을 하나씩 "통과하"(「산다는 것」)는 일련의 과정이다. 이 점에서 배용제는, 삶이란 늙음과 죽음에 의해 완벽하게 닫힌 '빈 방'과 같은 것이었던 기형도의 시각을 일정 부분 물려받고 있다. 기형도의 '빈 방'은 배용제에게서 구멍이나 길, 회로 등의 움직임을 갖는 통로 형태로 바뀐다. 죽음을 향한 끝없는 삶의 이동, 이 과정을 배용제는 '전송'이라고 명명한다.

내 몸 안에서 무언가 끝없이 전송된다.
호흡이, 시선이, 소리가, 체온이, 청춘이, 눈물이, 생각이, 생각 속 상상이 전송되고, (……)
흑백의 내 생이 천천히 두꺼운 무덤을 향해 전송되고 있다.

—「나는 날마다 전송된다」에서

존재 안의 모든 내용물은 쉬임없이 "천천히 두꺼운 무덤을 향해 전송된"다. 생은 존재라는 입자를 시간의 축을 따라 해체하고 전송하여 죽음으로 재결합하는 기계적인 과정이다. 여기에 예외적인 경우나 우회로는 있을 수 없다. 단지 속도의 느림과 빠름이 있을 뿐이다. 이제 삶에서 유일하게 문제가 되는 것은 '속도'이다.

이제 내 관심은 속도 외엔 아무것도 없다
(……)
나는 완벽한 파멸을 원한다.

—「폭주, 그 황홀한 파멸」에서

이를테면 삶의 스펙트럼은 수도꼭지에서 떨어지는 물방울의 느림과 죽음을 향해 질주하는 맹렬한 가속도에 걸쳐 있다. 속도는 죽음을 향한 파멸적인 욕망으로부터 생성된다. "누구든 속도를 가지려면 마음의 뒤편에 검은 불을 당겨야 하"(「일번국도, 흘러가는 것에 대하여」)는 것이다. 속도의 끝은 죽음이지만, 그 죽음은 광기의 폭발적인 분출과 비극적 황홀을 동반한다. 속도의 매혹에 이끌려 배용제는 "완벽한 파멸을 원하"기에 이른다. 그러나 유감스럽게도 존재의 누수는 '완벽한 파멸'을 조금씩, 잔인하게, 유보시킨다.

존재와 삶은 왜 내용물을 꿈(환각)과 죽음 쪽으로 조금씩 흘려 보낼 수밖에 없는가? 내부는 왜 끊임없이 유출되는가? 배용제는 우리가 '얼룩진 내부'(「삼류극장 내부」), '나약한 내부'(「외과의사」)를 지니고 있기 때문이라고 대답한다.

> (……) 그러나 나약한 내부 아랑곳 않는 장기들, 미세한 움직임은 끊임없이 목숨이 되고 따뜻한 체온을 만들어 외부의 구조물들에게 힘을 전달하고 있다.
>
> —「외과의사」에서

그러나 '나약한 내부'에는 목숨과 체온과 힘을 만들어내는 '미세한 움직임'이 함께 존재한다. 내부에서 방출되는 것은 죽음을 향해 전송되는 존재의 부산물만은 아니다. 거기에는 생성의 에너지가 함께 숨쉬고 있다. 숲과 무덤이 서로에게 수혈하는 '건강한 죽음들'(「떡갈나무 숲으로 가다」)의 발견이나, "목적지에 닿으면 구멍은/빛을 향해 열려 있는 것이리라"(「어둠 속은 빠르다」)는 희망에 찬 믿음은 배용제의 시에서 아름다운 시적 순간을 연출한다. 하지만 아쉽게도 이 부분에 대한 천착은 많이 발견되지 않는다. 아직은 그가 "소멸의 광기를 충전시키는 눈부신 성장기"(「불火」)를 통과하는 젊은 시인인 탓일 것이다.

"완전하게 잠겨 버린 말들의 상점"(「말들의 상점」) 앞을 서성이는 배용제는 전통적인 문학주의자의 면모 위에, 밀교와 신화에 대한 신봉과 첨단 문명에 대한 날카로운 통찰을 함께 보여준다. 하지만 그의 첫 시집은 다양한 문학적 색채와 가능성에 비해 현대 사회의 삶과 죽음의 관계에 대한 통찰에 있어서는 다소 단선적인 면을 드러낸다. 죽음을 향한 일방적인 누수와 전송이 우리의 삶을 이루는 존재 조건의 하나임을 부정할 수는 없다. 그러나 존재를 둘러싼 복잡다단한 분열 양상과 현실의 다양한 흐름은 보다 다원적인 통찰과 시적 인식을 필요로 한다. 기형도의 영향에서 벗어나 자신의 색깔을 진하게 우려내는 것 또한 안정된 시적 자질을 지닌 시인 배용제의 과제로 남는다.

3. 견딤과 다스림의 사이, 일렁이는 삶과 일렁이는 우주 —박영근, 고재종

삶의 많은 순간은 견딤으로 채워진다. 살아 있는 한 우리는 삶의 안쪽에 뿌리 내리고 있기 때문이다. 간혹 이 사실을 망각할 수는 있으되 삶에서 완전히 벗어날 수는 없다. 앤소니 기든스가 통찰한 바와 같이, 존재론적 안전감을 확보하기 힘든 현대 사회에서 견딤의 강도는 점점 강해질 수밖에 없다. 견뎌내야 할 조건과 대상이 다양한 만큼 견딤의 방식 또한 다양하게 분화된다. 하지만 무조건 견디는 것만으로 삶이 충일해질 수는 없다. 견디는 자는 삶을 가까스로 뒤쫓아갈 수 있을 뿐, 결코 앞지를 수는 없다. 부정적인 삶과 세계에 대해 능동적인 거리를 유지하는 일은 적극적인 '다스림'을 통해 가능해진다.

박영근에게 있어 견뎌야 할 고통스런 삶의 조건은 역사적 현실이다. 첫 시집 『취업공고판 앞에서』(1984) 이후 분단과 노동 현실, 자본주의의 속악한 면모에 대해 고통스러운 인식을 견지해 온 그의 시적 관심은 네 번째 시집 『지금도 그 별은 눈뜨는가』(1997)에 와서도 변함없이 유지된다. 역사라는 어휘가 마치 타자처럼 낯설어진 90년대 문학 현실에서 박영근 시의 지속력은 자칫 낡고 지루한 것으로 보일 수도 있다. 그러나 그가 시집 후기에서 밝혔듯이 "어둠과 절망을 제대로 살아내"는 일에 단절이나 멈춤은 있을 수 없다. 자신의 견딤에 지속력을 부여하는 박영근의 정신은 그래서 드물고도 소중하다.

> 벗어나려 안간힘으로 액셀을 밟는 삶의 어떤 속력도/통과할 수 없는 곳을 나는 안다/내가 쓰는 詩 행간 어두움 속의/너의 희미한 미소, 내 몸에 새겨진/이미 지울 수 없는, 너의 역사
>
> —「네가 찾아들 때마다」에서

역사가 이 시대에 있어 몰락한 권위임을 박영근이 간파하지 못하는 바는 아니다. 그러나 문명의 휘황한 속도가 모든 것을 앞질러도 "삶의 어떤 속력도 통과할 수 없는 곳"이 있음에 그는 주목한다. 누구도, 무엇으로도 지나칠 수 없는 그 장소는 몸에 찍힌 낙인 같은 군사 분계선, 빨치산 전향자였던 아버지, 북에서 귀순한 간척 공사장의 막일꾼 김봉수, 절단기에 잡아 먹혀 헐렁한 팔소매만 남은 친구, 철골에 깔리고 폐수에 잠겨 죽어 가는 누군가가 있는, 눈앞에 생생히 살아 있는 현실이다. 박영근은 현실의 표피적인 변화 속에 상존하고 있는 심층적인 문제들에 대한 긴장감을 늦추지 않는다. 이 긴장감은 많은 사람들이 저버리고 있는 것이라는 점에서 더욱 강인한 정신을 필요로 한다.

> 나의 시간은 여전히 대치선 위에서 떨고 있다
>
> —「길」 1연

박영근 시의 미덕은 이 떨림을 구체적인 삶 속에 내면화하고 결곡한 서정의 시어로 빚어내는 것에 있다. 특히 이번 시집에서 떨림은 부드

러운 '일렁임'으로 변화되어 가면서 삶의 편린들을 따뜻하게 감싸안는다. 자연 앞에서 정점의 순간을 투명하게 노래한 시편들이 분단의 현실과 민중의 고달픈 삶을 직서적으로 묘파한 시들과 유리되지 않는 것은 이 때문이다. 박영근은 "마음속에 일렁이는 殘燈"(「십일월」)의 빛으로 보이는 것들의 어두운 이면을 꿰뚫는다. 그가 그려 보이는 이 시대의 자연은 도정일이 "시인은 숲으로 가지 못한다"는 비유로 시사한 바 있는, 인간과 문명에 의해 살상당하고 유린당한 자연이다. '풀잎'이 "목을 감는 기름띠에/숨이 졸려/나를 부르"고(「江의 꿈 1」), "저 유월의 싱싱한 은행나무들이/시뻘겋게 녹슨 고철덩어리로 보이"(「지금도 그 별은 눈뜨는가」)는 것은 괴기스런 꿈속의 장면이 아니다. 박영근은 자연과 문명의 실상에 관심을 확대함으로써 비인간적이고 반인간적인 역사 현실에 대한 싸움을 새로이 전개한다. 이 점이 얼마나 많은 부분을 차지하는가는 앞으로 박영근 시의 변화의 축으로 작용하게 될 것이다. 분명한 것은 그가 한결같이 보여주는 항상적인 지향성과 매서운 정신의 높이이다.

> 이제 나를 가릴 수 있는 것은 거센 바람뿐//詩 한줄 없이 바람 속에 시들어/눈 속에 그대로 매서운 꽃눈 틔우리
>
> —「다시, 십일월」에서

박영근의 시는 삶의 갖가지 지난함과 슬픔으로 일렁이면서도 견고한 빛을 뿜어낸다. 그는 삶의 밖으로 나가려 하기보다는 언제나 중심을 향해 진입하는 쪽을 택한다. 경계를 넘을 줄 알면서도 다시 돌아오는 힘은 삶과 내면에 대한 다스림으로부터 생겨난다. 다스림이란 많은 흐름과 갈래들을 하나로 모으는 유연한 힘의 소산이다. 이 여유로운 힘을 우리는 남도의 시인 고재종에게서도 발견할 수 있다.

고재종의 『앞강도 야위는 이 그리움』(1997)은 농촌과 자연 속에서 인간의 서정을 노래해 온 그의 다섯 번째 시집이다. 그의 은은하고 맑은 시의 강은 이번 시집에 이르러 넉넉하고 웅숭 깊은 흐름을 이룩하고 있다. 고재종의 시는 자연의 작은 움직임에도 섬세하게 반응하면서 아름답고 유장한 선율을 조율해낸다. 그 선율 속에는 면면한 인간사와 초록의 광휘, 우주의 일렁임이 함께 숨쉬고 있어 가쁜 삶의 호흡을 편안히 어루만져 준다. 고재종은 삶의 갈피갈피에서 감동과 전율을 획득한다. 이것은 그의 풍부한 능력이며, 시집 『앞강도 야위는 이 그리움』은 삶과 삶을 둘러싼 자연(우주)에 대한 한 편의 거대한 감동의 기록이라 할 수 있다. 시집을 펼치면 환희에 찬 감탄사와 기쁨의 어휘들이 곳곳에서 모습을 드러낸다.

> 언뜻 스치는 바람 한자락에도
> 심금 다잡을 수 없는 다잡을 수 없는 떨림이여!
>
> ―「앞강도 야위는 이 그리움」에서

> 눈은 내려서, 무장무장 내려서,이 가난함이랑 외로움도 폭폭 젖어서, 나는 세상의 그리운 것들을 참 많이 헤아리고 마음은 또 뜨거운 것으로 가득해지는 때.
>
> ―「以心傳心의 눈」 6연

바람 한자락, 눈송이 하나에도 "다잡을 수 없는 떨림"에서 마음의 '뜨거운 것'과 "만유의 아랫도리를 호흡하"고자 하는 "타는 그리움의 발정"(「봄밤, 그 야생의 꿈」), "생생한 일렁임과/아득히 젖어오는 그 무슨 은총"(「오월의 숲속에선 저절로 일렁이네」)은 시작된다. 고재종은 마을과 들판을 거닐며 외롭고도 고단한 삶의 징표들에 고개 숙이고, "싱

그런 초록 전류"(「나무들의 마을」)에 "뜨겁게" 감전된다. 이 순하고 다감한 시인의 나들이는 자연과 우주와 하나가 되는 조응과 공감·경이의 순간들로 가득 채워진다. 여기에 "때마침 풍겨 오는 밤꽃내"(「맹꽁이 울음소리에 接神한저녁」)는 관능적인 생명력과 은은한 향토의 숨결을 함께 환기시킨다. 고재종은 넘치는 내면의 감흥을 표현과 형상으로 바꾸는 작업에 많은 공을 들인다. 그는 서술적 표현을 많이 사용하는 중에도 생생한 이미지의 구축과 섬세한 묘사에 주력하여 탁월한 시적 영상을 조형해낸다. 운율과 어우러짐의 묘미를 신중히 고려하여 선택된 시어들은 독특한 울림망을 이루어 고재종 시의 매력을 깊게 한다. 한 예로, '젖어들다', '스미다', '부풀다', '그렁그렁하다' 등 유동적(流動的) 의미의 언사들은 독자들을 절정에 달한 시인의 감흥 속으로 부드럽게 유인하는 역할을 한다. 소리말과 모양말들의 산뜻하고 정겨운 울림들도 시에 친근감을 부여하면서 시적 감화력에 기여하고 있다.

"하늘과 교접하는"(「저물녘의 우주율」) 고재종의 우주적 나들이가 향하는 곳은 궁극에는 인간의 세계이다. "그 물기 젖은 머루빛 눈동자 속에 우주의 빛을 다 담은 사람"(「경이의 때를 내 알았으니」), 고재종은 우주의 빛을 가슴에 간직하고 다시 인간의 마을로 귀환한다. 고재종은, 시인은 숲으로 가지 '못하는' 것이 아니라 가지 '않을' 뿐이라고 생각하는 것이다. 숲의 마력에 이끌려 가다가 시인이 발길을 돌리는 이유는, 정작 중요한 것은 숲의 실체가 아니라 숲에 대한 환상과 꿈이라고 생각하기 때문이다. 비록 미망일지라도, 이 환각의 힘은 숲을 신성하게 만들고 죽음에서 되살아나게 하는 강력한 원천이 될 수 있다. 누구도 고재종의 이 의도적인 미망을 어리석다고 말할 수는 없을 것이다. 그리하여

(……) 이쯤에서 대숲 둘러친 마을 쪽을 안 돌아볼 수 없다. 아직도 몇몇

집에서 오르는 연기. 저 질긴 전통이, 저 오롯한 기도가 거기 밤꽃보다 환하다.

—「들길에서 마을로」에서

인간의 마을에서 오랫동안 전해 내려온 "질긴 전통"이 자연과 우주의 "밤꽃보다 환"해지는 자리에 그는 서 있다. 고재종의 우주적 상상력은 우주의 일원으로서 인간을 재발견하는 인식의 확산에만 머물지 않는다. 그의 자연과 우주는 인간을 포괄하지만 항상 인간의 체취를 농밀하게 뿜어내고 있다. 이 점에서 고재종의 시는 자연과 생명의 파괴된 실상에 주목하는 소박한 생태시의 범주를 한 차원 넘어선다. 90년대 시에서는 보기 드물게 고재종은 세계와 삶에 대한 따뜻한 인식을 다양하고 선명한 미적 거리 속에 녹여내고 있다. 개인의 삶과 농촌 현실, 자연과 우주에 대한 시선이 감응과 음미, 회오와 경이로움 등의 미적 응시와 더불어 다채롭게 변주되고 있는 것이다.

고재종의 시는 인간의 "농축된 외로움"(「오월의 숲속에선 저절로 일렁이네」)과 우주의 "신선 투명, 무한 신명"(「篤信의 방」)의 동심원의 중심에 위치한다. 이 두 개의 반경은 '고재종'이라는 하나의 정점을 통해 둘이면서 하나로 결합되게 된다. 그의 시는 인간과 우주 사이에서 탄력있는 균형 감각을 유지하면서도 둘 사이를 흐르는 물처럼 넘나든다. 그러나 고재종은 스스로를 "아직도 들에서 마을로 내려서는 게 좋은"(「들길에서 마을로」) 인간의 마을의 시인이라고 말한다. 왜 그는 '아직도' 라는 단서를 붙이는 것일까? 이후로는 너무 먼 들판으로 나가 돌아오는 시간이 아주 길어질 수도 있다는 생각을 하는 것일까? 변함없이 그는 "물끄러미 생의 안마당을 들여다보는 일에/익숙해지"(「봄마당에서 한나절」)기 위하여 오늘도 우주와 신성의 부름에 화답하는 감응의 여정에 오른다. 그가 원할 때면 언제든 마을과 들판을, 인간과 숲을 넘나들 수 있는 환한 일렁임과 함께…….

4. 세계 속에 존재하는 다양한 방법

시란 시인이 세계 속에 존재하는 방법과 의식의 산물이다. 한 시대의 문학의 외연은 그 방법의 다양성과 독특함 및 정당성을 통해 결정된다. 박서원과 배용제, 박영근, 고재종 등 네 사람의 시인들은 세계와 대면하는 파열된 개인의 내면으로부터 역사적 자아의 지속과 우주적 자아의 열림에 이르기까지 다채롭고 폭넓은 양상을 보여주고 있다. 악의에 찬 삶과 세계를 벗어나 진정한 삶의 땅으로 가고자 하는 마적인 유출의 욕망(박서원)과 죽음을 향한 존재의 누수를 바라보는 공포에 찬 응시(배용제)가 세기말의 현대 사회를 사는 존재의 불안과 음울한 자의식을 굴절시켜 드러낸다면, 역사적 모순에 대한 지속적인 싸움을 통해 시와 삶의 일관된 근거를 확보하는 정신의 힘(박영근)과 인간과 자연·우주를 한 몸에 담는 투명한 마음의 빛(고재종)은 삶의 당위와 본질에 대한 각성을 일깨워 준다.

박서원과 배용제가 간파했듯이 세계와 존재의 내용물은 외부로 조금씩 새어나가면서 보존된다. 박서원은 그 새어나감에 온몸을 실어 열정적으로 흘러가고자 하며, 배용제는 존재의 새어나감에 대한 좌절과 함께 그것을 열림으로 바꾸고 싶은 조심스런 욕망을 표출한다. 이들이 깨지고 금이 간 세계의 파편과 이물질에 관심을 갖는다면, 박영근과 고재종은 그것들을 이어 붙일 본연의 힘과 삶의 자세에 관해 숙고한다. 각기 개성적인 존재와 삶의 방식이 90년대 말의 세계와 만나는 지점에 이들의 시는 있다. 이들이 보여주는 방법의 다양성과 미덕은 미래의 열린 가능성과 더불어 우리 시단의 소중한 자산으로 남게 될 것이다.

환멸과 환상에 맞서는 네 개의 자아

1. 불행, 혹은 자기의 과잉

밀란 쿤데라의 말처럼 소설이 타인을 이해할 수 있다는 인간 환상의 결실이라면, 시는 자기 자신을 이해하기 위한 존재 내부의 통증이자 상흔이다. 정신분석학적인 용어로 표현하면, 소설가는 무의식적인 과대 망상가이며, 시인은 무자각적인 피해 망상가인 것이다. 이런 연유로 '배포 큰' 소설가는 인간이란 무엇인가를 줄기차게 질문하고, '히스테리컬한' 시인은 '나'는 누구인가를 놓고 집요하게 자신의 내부를 추궁한다. 요컨대 소설이 타자를 향한 욕망의 집적물인데 비해 시는 내밀한 자기 의식의 산물이다. 시인의 자기 의식은 아이러니하게도 행복한 의식과는 대체로 반비례의 관계를 형성한다. 한 편의 시에 자기 의식이 강하게 표출되면 될수록 그 시인과 그가 직면한 실존적 정황은 불행한 상태일 가능성이 많다.

자기 의식의 과잉은 자아의 손상이나 부정적인 자기 의식을 내용으로 한다. 흥미로운 사실은 자의식이 강한 사람일수록 자신의 불행에 민감하며, 불행한 자일수록 금이 간 자기 자신에 함몰되기 쉽다는 점이다. 이에 반해, 자신을 좀체로 돌아보지 않는 사람은 자가 진단의 고통을 거의 맛보지 않는다. 그는 내면의 상처에 대한 자각 증상이 적은 만큼 현실의 불행에 대해서도 대체로 무감각하다. 시라는 장르가 태생적으로 안고 있는 '자기(self)의 과잉'은 환멸과 환상, 두려움과 불안 등의 심적 정황을 유발한다. 통제와 조작의 '검은 네트워크'가 강화되는 현실에서 시인들이 체감하는 환멸의 정도와 자의식의 과잉 양상은 점차 심각한 상태로 치닫고 있다. 특히 젊은 시인들의 경우, 자의식의 과잉은 자기만의 환상 공간에서 자족성을 체득하는 경지에까지 이르고 있다. 이는 상상의 쪽에서 볼 때는 영역의 확대이지만, 현실의 쪽에서 볼 때는 분명 우려할 만한 현상이다. 가장 심각한 문제는 그 환(幻)의 자족성이 텅 빈 공허로 판명될 수도 있다는 점에 있다. 함명춘과 이철성, 이수명과 배신호는 환멸과 환상에 관해 각기의 진지한 천착을 보여주고 있어 주목을 요한다. 이들은 서로 반대 방향에서 이 문제에 관해 접근함으로써 대칭적인 구도를 형성하고 있다. 환멸과 환상에 맞서는 이들의 방식과 그 효력에 관해 점검해 보기로 하자.

2. 환멸의 '밖'과 '안'—함명춘, 이철성

많은 사람들처럼 함명춘과 이철성도 이 세계로부터 환멸을 배웠다. 하지만 이들이 환멸을 받아들이고 극복하는 방법에는 많은 차이가 있다. 함명춘은 '말'의 깊디깊은 '내부'를 탐험함으로써 환멸의 현실을 타파하고자 하며, 이철성은 존재의 낮은 '밑바닥'에 이르러 환멸의 진미(?)를 곱씹는다. 그 끝에서 함명춘은 아름답고 환한 '말의 집'을 발견하고, 이철성은 '나'라는 집, 즉 하나의 집처럼 완고해진 자신, 또는 자신이 처한 '불꺼진 빈방'을 확인한다.

함명춘의 첫 시집 『빛을 찾아나선 나뭇가지』(1998)는 아름답고 무성한 상징의 숲으로 이루어져 있다. 신비적 색채를 지닌 그의 상징주의적 시작업은 80년대 '시운동' 동인들의 그것과 맥이 닿아 있다. 함명춘의 시에서 빛, 돌, 새, 별, 나뭇가지, 공기, 바람 등은 시인의 내면의 빛에 반사되어 풍성하고 서정적인 이미지로 살아난다. 함명춘의 상징의 숲은 갓 태어나 싱그러움을 발하는 청정한 '말들의 숲'이기도 하다. 그는 우리 시대의 파탄적 위기를 '말의 위기'라는 문맥에서 이해한다. 솜털이 보송보송한 유아기의 말들, 살아 생동하는 말들은 더 이상 산패된 도시와 사막 같은 인간의 내면에서 살지 못한다. 기계화, 인공화의 현실은 천연의 말들을 고사(枯死)시켜 멸종의 위기로 내몬다. 말들의 죽음은 거짓된 삶과 위선적인 폭력, 기억의 지배와 억압적 권위, 하루하루 일상에 처형당하는 현대인의 끔찍한 감금을 반증한다. 그렇다면, 살인적인 말들로 가득찬 현실에서 '나'는 말을 해야 하는가? 하지 말아야 하는가? 이러한 상황에서 함명춘은 세 개의 '나'로 분열된다. "말을 하면/협잡이고/새빨간 거짓말이"라는 걸 아는 '나'와 "말을 하지 않으면/도피 행각이고/폐쇄이고/현실 인식의 부족이"라는 걸 아는 '나', 그 사이에 어정쩡하게 끼인 제 3의 '나'(「정삼각형」)가 그것이다. 진퇴양난의 상황에서 함명춘은 새로운 말의 개척을 택한다.

시인은 자연의 순수한 말을 되찾기 위해 교훈과 미사 여구와 거품의 말들을 땅에 '묻는다'(「생매장」). 그는 기존의 언어를 해체하는 작업의 일환으로 형식적인 기호를 전면에 내세우기도 한다. "●아, ●아, 둥근 ●아/이리 보아도 어허둥둥 저리 보아도 어허둥둥"(「●」). 그가 찾는 순연한 말들의 세계는 안으로 응결된 '돌'의 이미지로 표상된다. 함명춘의 시적 탐구는 '말의 돌'에서 '돌의 말'을 꺼내기 위한 발굴의 작업이라고 할 수 있다. "말의 씨앗들", "말의 빛들"이 사는 "돌 속의 원시림"(「돌 속의 원시림」)에 들어가기 위해 시인은 "돌을 부순다"(「채석장」). 말의 원시림은 시간과 기억의 경험적 현실이 무화되는 곳, 자아가 본연의 자기에로 회귀하는 곳, 모든 유위(有爲)가 소멸되는 곳이다. 그곳은 "빛이 흐르는 곳"이며, 시인 함명춘은 그 "빛을 찾아나선 나뭇가지"(「활엽수림」)이다.

난 온몸이 나뭇가지
(……)
빛, 눈부시도록 많은 유리 창문을 두르고 서 있는
그 거대한 집을 향해
죽고 싶어, 그 집 속에 갇힌 채 영원히 살고 싶어

—「나뭇가지 길」에서

함명춘이 "영원히 살고 싶어" 하는 '빛의 집'은 갓 지어진 '말의 집'이다. 함명춘이 기존에 없는 새로운 말들을 만들어내는 것은 아니다. 그는 말의 땅을 갈아 엎어 땅힘을 돋우고, 서로 다른 말들을 접붙여 신생의 이미지를 수확한다. 시 「전망좋은 방」에 아름답게 형상화된 집, 낡은 흔들의자가 있고, 감자알처럼 주렁주렁 열린 방들과 태양과 구름, 손에 잡힐 듯한 풀잎, 오역되지 않은 원전의 나무들이 사는 집은 함명춘이 희원하는 '말의 집'/'빛의 집'을 풍경을 잘 보여준다. 그러나 이 평화로운 집의 바깥에는 무수한 말의 잔해들이 흩어져 있으며, 그도 언젠가는 사람들이 다니는 말의 길로 나와야 한다. 함명춘이 상상하는 고즈넉한 말의 집, 천연의 상상력이 일구어낸 상징의 숲은 인공에 의한 파괴와 멸종의 위협을 어떻게 피해갈 수 있을까? 그가 이 아름다운 집을 잘 지켜 주기를 바라는 마음과 함께 그의 시의 향방이 자못

궁금해진다.

푸른 자연의 말들을 찾아 "눈부신 빛의 집"에 이른 함명춘과는 달리, 이철성은 알 수 없는 시간 속을 "걷고 또 걸어 아무 곳에도 도착하지 않았다"(「어느 날 아침」)고 쓴다. 함명춘은 상상 속의 충만한 빛의 집에서 쉬고 있지만, 이철성은 지금 "여기 불 꺼진 빈 방에 있다"(「커피포트와 스푼」). 빈 방에는 그와 '벽'만이 있다. '시간'과 '타인'이라는 이름의 이 벽은 거울의 형상으로 가시화된다. 시간과 타인의 거울은 '나'의 의식의 점멸에 따라 함께 꺼진다(「순환」). 이는 주체의 위대한(?) 권능 때문이 아니라, 시간과 타인을 소유할 수 없는 '나'의 한계 때문이다. 이것은 또한 일상의 반복과 삶으로부터의 소외를 뜻한다. '일상'의 벽은 벽을 공격하는 개체의 저항력마저 흡수해 자신의 내구력을 강화한다. 그리하여 방을 탈출하려는 시인의 노력은 벽을 확인하는 것으로 끝이 난다. 시간과 타인, 일상의 벽은 이철성에게는 진정한 삶을 가로막는 최대의 적이며 두려운 타자로 인식된다. "용서할 수 없는 것은/너무나도 태연히 나를 쳐다보고 있는/저 오래된 벽"이다(「시간」). 설상가상으로 '나의 벽'은 "수많은 변형을 거쳐/투박하고 단단한 무기가 되어버린다"(「비」). 이철성은 벽 안에서 자신과 같은 얼굴의 사람들을 발견한다. 그들은 다름 아닌 가족이다. "서로의 손등을 밟고 올라간/허약한 핏줄"(「식탁 위의 얼굴」)의 가족은 연민과 사랑의 대상이 아니다. 그들은 '나'의 참담한 거울이며, 타인이 되기 직전의 아슬아슬한 상태에 있다. 이철성은 우리가 거주하는 방과 집은 곧 벽이며, 어디에도 안식은 없다고 말한다. 그러나 무엇보다 견고한 벽은 바로 자신이다. '나는 하나의 집'(「집」), 그것도 절대 쓰러져서는 안 되는 견고한 집이다. 시간과 타인, 일상의 벽이 그를 둘러싼 외벽이라면, 자기 자신이야말로 가장 숨막히게 두꺼운 그의 내벽이다.

이철성의 시작업은 자본주의 사회의 익명의 삶들을 시화한 김광규와

이하석의 맥락을 이어받고 있다. 첫 시집인 『식탁 위의 얼굴들』(1998)에서 이철성은 짧고 건조한 어투와 차갑고 무표정한 목소리로, 산다는 것은 곧 벽으로 된 삶의 무대(빈 방)에서 연기를 하는 것이라고 역설한다.

나의 글자들은 나의 이 오래된 연기를
잘 알고 있다.
당신들이 내게 '죽음'을 보여 달라고 해보라.
난 글자를 뾰족이 갈아
당장 당신의 목을 겨누어 줄 테니.

—「독자에게」에서

이철성의 '글자들', 곧 시는 연기로서의 가짜 삶을 비추는 진짜 거울이다. 존재의 '불꺼진 빈 방'에 빛나는 거울이 하나 걸려 있는 형국인 셈이다. 그는 "글자를 뾰족이 갈아" "당신의 목을 겨누"는 공격적인 연기로 삶에 맞선다. 그에게 시쓰기는 외벽의 거울(시간, 타인)에 내벽의 거울(자아)을 맞세우는 일이며, 연기(가짜)에 연기(진짜)로 맞서 일상의 무대 세트를 진짜 '집'과 '방'으로 바꾸는 일이다. 그가 꿈꾸는 진짜 집의 정경은 이런 모습의 것이다. "어머니와 나는 해물탕을 먹으면서 저녁 늦게까지 이런저런 얘기를 나누며 웃음꽃을 피웠다"(「어머니와 나」)와 같은, 사랑으로 가득한 평온한 일상!

이철성의 시는 일상이라는 90년대 시의 가장 보편적인 담론 공간 안에 있다. 그러나 일상의 실체를 예리하게 간파하고 있음에도 불구하고, 평이한 서술로 일관된 그의 시적 언술에서 다른 시인과의 차별성을 선명하게 느끼기는 힘들다. 이철승이 독특한 목소리를 내기 위해서는 보다 과감한 시적 실험에 자신을 투여해야 할 것으로 보인다. 개체 안에 침투된 타자들의 복합적인 양상과 자아의 내적 에너지에 관한 면밀한 통찰 또한 강화되어야 할 부분이다.

3. 환상 만들기와 환상 부수기—이수명, 배신호

이수명의 『왜가리는 왜가리놀이를 한다』(1998)와 배신호의 『벌거벗은 자의 生을 위한 주머니 속의 詩作 메모』(1998)는 실재와 실체를 찾아나서는 시적 모험이다. 이를 위해 이수명은 진정한 환상을 만들고자 하며, 배신호는 허구의 환상을 격파하고자 한다. 이수명이 우리를 둘러싼 언어적 현실을 '적'으로 상정하는 데 비해, 배신호는 '자아'라는 허구의 덩어리를 정복 대상으로 하여 시적 싸움을 전개한다.

이수명의 시는 의식/무의식, 사물/언어, 기표/기의 사이의 분열 지대에서 태어난다. 그녀는 이 세계의 것을 반복하거나 재현하려 들지 않는다. 그녀에게는 '있는 것'보다는 '없는 것'이 더 매혹적이기 때문이다. 이수명은 마치 "나는 무의식이 있던 바로 그 자리로 가야만 할 것이다"(프로이트)라는 신념을 실천하려는 듯 시를 쓴다. 재현의 언어와 의식의 세계에 속한 자에게 이수명의 시는 환상의 유희처럼 다가온다. 환상의 세계란 현실의 잡다한 먼지와 세균이 제거된 무균지대와 같다. 그곳은 쾌적하며 텅 비어 있지만 지나치게 청결한 탓에, 적절한 감염이 필요한 현실의 인간은 살 수 없다. 이수명은 바로 그곳에 존재하려 한다.

무균의 환상 세계에 진입하기 위해 그녀는 현실의 오염을 살균한다. 현실에 길들여진 사고와 의식, 그것을 조장한 불구의 언어, 그 언어에 따른 의미와 차이들은 모두 불결한 오염원들이다. 살균된 의식으로 쓴 이수명의 시들은 언어의 결합과 대체 능력이 모두 파괴된 실어증 환자의 중얼거림처럼 고장나 있다. "왜가리는 줄넘기다./왜가리는 구덩이다,/왜가리는 목구멍이다./왜가리는 납치다"(「왜가리는 왜가리 놀이를 한다」), "그가 면도한 바다에 묶인다"(「초대」), "나는 악어를 낭비하고 악어는 나를 찍어낸다"(「악어의 물결무늬」) 등의 언술은 언어의 기존의 의미의 연쇄를 무참히 무력화한다. 이런 점에서 이수명은 자발적인 실어증 환자라고 할 수 있다. 그녀의 무균 지향성의 언어들은 미리 고안된 의미 체계에 대해 상당한 거부 반응을 드러낸다. 그러나 무균의 환상적 언어들은 어떠한 병력(病歷)도 없기에 투명하고 경쾌하며, 현실의 끈적끈적한 시선을 가볍게 피해 간다. 이수명의 시적 환상은 현실에 대한 치명적인 공격과 반성의 기능을 내장하고 있는 것이다. 언어와 사고, 의식의 본래적 투명성을 획득하기 위한 이수명의 시적 전략의 목표는 다음과 같이 요약될 수 있다. 언어와 대상이 균열 없이 일치하는 것, 존재가 길들여진 의미의 억압을 벗고 그 자신이 되는 것, 그래서 "왜가리는 왜가리 놀이를 하"는 것. 이수명의 시가 낯설고 곤혹스럽다면, 그녀의 시를 읽는 우리의 의식이 현실의 상징 체계라는 양념에 잘 버무려져 있기 때문이다.

어쩌면 이수명의 환상적 시쓰기는 또 다른 양념—좀 더 정갈하고 자극적이지 않은—을 첨가하는 것, '새로운 오독'을 산출하는 일일 수도 있다. 현실의 상징 체계의 억압에 짓눌린 인간은 결코 자신이 생각하는 '그 존재'가 아니며, 순수한 상태로 돌아갈 가능성 또한 거의 없는 것이다. 이수명의 말을 빌리면, "한 마리 물고기는/자신이 벗어나지 못하는 곳에서/자신이 보았던 환각의 각도를/완성할"(「물고기와 콤파스」) 수밖에 없다. 이수명 시의 환상성은 모든 허위의 것에 대한 무한한 '거리의 열정(pathos of distance)'에서 태어난다. 현재 이수명은 환상 속으로 실종되고 싶은 욕망과 그 환상으로 현실을 재탈환하고 싶은 욕망을 동시에 '앓고' 있다. 그런데 만약 그 "잔인한 재탈환이 환원이고, 이 행위의 유산들이 환원을 위한 것이라면"?(「비둘기 떼」) 세계와 내가

'대칭'(「기하학은 두 번 통과한다」)을 이루고 있듯, 현실과 환상이 단순한 대칭 관계에 있는 것이라면? 무엇보다도, 세계에 대한 거부가 단지 "세계를 지연시킬"(「유리창」) 뿐이라면? 이와 같은 이수명의 의문은 자신의 시적 지반을 모두 와해시킬 위험을 내포하고 있다. 그러나 또한 이러한 질문은 그녀의 정신 분열을 차단하는 제어 장치로 기능한다. 자신이 욕망하는 세계를, 자신이 혐오하는 현실의 장치를 빌어 노래할 수밖에 없는 비극은 종료될 수 있을까? 환원을 피하기 위해, 환상의 투명성을 보강하기 위해 이수명의 시는 더욱 불가해한 의미의 분열과 생성의 곡예를 거듭해야 하는 것은 아닐까? 이 순간, 몇 개의 말들은 다시 돌아가 그녀에게 꽂힌다. "네가 처음 생포된 곳을 너는 기억하지 못한다"(「푸른 외투」), "그래도 너는 네 생의 최후의 점거자처럼 어깨를 떨군다"(「죽음의 산책」).

배신호의 『벌거벗은 자의 生~』은 최근의 시단에서는 보기 드문 장시집이다. 시인은 과거와 현재, 서사와 서정을 넘나들며 장대한 스케일의 정신적 모험을 감행한다. 배신호 시의 핵심은 실재하는 것, 그 중에서도 '자아'에 대한 회의와 불신이다. 그는 자아라는 허구의 기원을 추적하기 위해 역사 속으로 잠입한다. 그가 '존재의 모험'이라고 명명한 이 시적 모험에서 거대한 역사의 파노라마는 자아의 내면의 드라마 속에 흡수된다. 역사와 개인의 위계가 역전되어 인류의 역사가 자아의 내력을 설명하기 위한 인용 문구로 활용되는 것이다. 자아의 역사를 '역사적으로' 재현하는 과정에서 역사의 내용물은 복수화된 자아의 기억과 언술로 차압당한다. 호동왕자, 원술랑, 견훤, 봉기한 천민, 빨갱이, 익명의 A 등 각 시대의 문제적 주인공들은 시적 자아인 '나'의 과거형으로 대체된다. 이들은 낭만적 파토스를 지닌 영웅 혹은 몰락한 영웅들인데, 시인은 그들에게서 심리적 동일성과 자아의 정체성을 찾고자 한다. 자아의 복원을 위해 배신호는 즐거이 역사라는 텍스트를

'강탈'한다. 한마디로 배신호의 시는, '꿈꾸는 자'가 세계와 역사로부터 잃어버린 자아의 실체를 되찾기 위한 강탈의 과정이라고 할 수 있다.

배신호가 내세운 반성적 자아, '"일체의 허구와 일체의 우연의 그들 속의 나를 보"는 나'는 '허구와 우연의 나'와 마찬가지로 '몽유의 틀'에 갇혀 있다. 허구화된 자아의 기억 속에 존재하는 역사란 또 하나의 허구일 수밖에 없다. 반성적인 자아를 동원해도 이 허구의 미로에서 벗어나기란 쉬운 일이 아니다. 자아의 기원과 실체가 시간의 캄캄한 벽 너머에 묻혀 있다는 것은 또 다른 비극성을 유발한다. 과거의 시간은 일정한 변형과 재구성을 거쳐서만 재현될 수 있다. 시간은 투명하지 않으며, 기억 또한 근본적으로는 허구와 몽유에 속한다. 결국 배신호에게 자아란 허구와 우연의 역사가 낳은 '몽유'의 조각이며, 자아의 밑바닥에 이르기 위한 모험은 '타인의 꿈'속을 헤매는 일로 귀결된다. 모두 87페이지에 달하는 배신호의 장시는 "어둠 속에/비극의 영웅은 죽었고 종은 울렸다"로 막을 내린다. 역사라는 거대한 꿈속을 떠돈 "꿈꾸는 자"는 무덤에 묻히고, "현실로 돌아가는 출입문은 사라진"다. 그렇다면 이런 희망은 어떤가? "나는 어둠에 밝게 빛나는 흰 벽을 떠돌며 기다린다/(……)/나는 타인의, 타인의 꿈을 움켜쥔 영웅으로/다시 태어나기를/다시 살아남기를" 바란다는 희망은. 배신호는 실체와 허구, 현실과 몽환, 존재와 허상 사이의 '흰 벽'을, 즉 순수한 무(無)의 실재계와 환영으로 칠해진 상징계의 '깨어진 거울의 틈' 속을 헤매이고 있다. 그가 언제쯤 '타인의 꿈'으로 이루어진 '나'를, 즉 우연과 허구와 거짓의 자아를 장악할 수 있게 될 것인지 그의 시의 향방과 더불어 관심을 갖고 지켜 볼 일이다.

허구 속의 허구, 몽유 속의 몽유를 떠도는 우울한 모험은 배신호 시의 운명이자 고통스러운 한계이다. 이를 감내하기 위해 그는 텍스트의 가장 안쪽에 "웃음을 숨겨 놓았다"고 말한다. 그러나 이 웃음은 유쾌하지도, 여유롭지도 않다. 자아라는 허구 속에 아무것도 없음을 확인하는 일은 자아의 산물인 시 역시 허구의 거품이라는 결론을 낳는다. 이 결론은 두 가지 면에서 참담하다. 하나는 몽유의 틀에 갇힌 자아의 모든 행위는 '허구 부풀리기'에 불과하다는 것과, 또 하나는 자아와 역사, 서정과 서사, 실재와 현상을 넘나든 시적 실험이 절망의 확인에 머물고 말았다는 점에서이다. 인간이 진정한 정체성을 상실한 것은 분명 견디기 힘든 일이다. 그러나 실체와 도덕성을 결여한 이 세계가 그것을 강제한다 해도, 부실한 세계 속에서나마 최상의 존재 방식을 찾는 일을 포기할 수는 없다. 배신호의 한계는 시의 형식면에서도 발견된다. 자신의 감정에 함몰된 과장된 어조, 사변적이고 장황한 언술, 잦은 비문(시적 파격으로 보기 힘든, 거슬리는 문장들이 많다), 사건들 사이의 유기적인 연관과 구성력의 미흡 등은 그의 시가 지닌 신선한 실험성의 가치를 깎아 내리는 요소가 되고 있다.

4. '나'를 둘러싼 것들의 풍경

이상에서 살펴본 네 명의 시인을 둘러싸고 있는 실존의 풍경은 각기 다르다. 이에 따라 각 시인들이 특유의 자기 의식에 의해 '나'를 발견하는 자리 또한 다르게 나타난다. 환멸의 밖(함명춘)과 안(이철성), 환상 만들기(이수명)와 환상 부수기(배신호)의 차이는 시인들이 지닌 자기 정체성의 내용을 차별화하는 중요한 요인이 된다. 함명춘은 언어의 순수성 회복을 통해, 이철성을 진짜 삶을 '연기'함으로써, 이수명은 현실과 언어로부터 환상과 존재를 탈환함으로써, 배신호는 현실에 내재된 허구와 몽유의 틀을 부숨으로써 각자 진정한 자아의 모습과 만나고자 한다.

이 중 함명춘과 이수명은 현실 바깥의 새로운 공간을 찾아 나서는 공통점을 지니고 있다. 함명춘의 경우, 자본주의 사회에서 인간의 상품화와 해체를 다룬 연작 「우울한 기계」의 세계를 계속 발전시킨다면 자아와 현실의 새로운 접점을 마련할 수 있을 것으로 기대된다. 이수명은 실어증적 이탈을 계속 밀고 나가는 한편, 현실과 언어에 대한 정면 돌파를 시도하는 일이 필요할 것으로 생각된다. 공통적으로 이들은 자신들이 추구하는 세계를 현실 속에 불러들이는 방법적 측면에 관해 더 고뇌해야 할 것으로 보인다. 함명춘은 기존의 언어에 '중독된' 자아가 어떻게 최초의 빛으로 반짝이는 말들을 창조할 수 있을지에 대해, 이수명은 기존의 언어 질서를 해체하여 만들어낸 환상 공간이 어떻게 현실에 대한 '반역'의 기능을 할 수 있을지에 대해 치밀한 점검을 계속해 나가야 할 것이다.

이철성과 배신호의 시작업은 일단은 환멸과 환상의 내부를 벗어나지 못한 채 끝난다. 물론 이 한계가 근본적으로 이들의 잘못인 것은 아니다. 세계의 허구적 토대와 그 필연적인 산물인 환멸의 의식으로부터 완전히 자유로워지기란 거의 불가능한 일이다. 그렇다면 차선책은 전략적 방어일 터인데, 이철성의 연기로서의 시쓰기는 일차적인 방어에는 성공한 것으로 보인다. 이철성에게는 연기의 진정성, 진짜 연기와 가짜 연기의 차이를 감별하는 일이 과제로 남겨진다. 감별 작업의 이중성—그 자신이 두 가지 연기의 주체이기 때문에—은 그가 지닌 두 개의 거울과 동일한 관계를 형성하고 있는데, 이철성은 두 개의 연기와 거울 사이에서 미세한 균형 감각을 확보하기 위해 노력해야 할 것이다. 한편 배신호는 자아의 허구적 기원을 밝히는 일에 지나치게 힘을 쏟고 있는 것으로 보인다. 기존의 역사와 철학, 지식의 실체가 결국 하나의 몽유임을 설파하는 그의 주장은 현학적이고 과장된 수사와 함께 도취적인 언사로 이어지는 경우가 많이 있다. 배신호는 시의 대상을 보다 구체화하고, 자아의 현재적 정황을 깊이 탐구하는 일에 매진해야 할 것으로 생각된다.

환멸의 세계는 그 반대편에서 거짓 환상을 조작하고 유포한다. 불순한 정치적 의도에서 비롯된 환상은 환멸의 세계를 망각하게 하며, 그 망각의 힘으로 불의의 세계를 존속하게 만든다. 이 글에서 살펴본 네 명의 시인은 이 세계를 뒤덮은 갖가지 환상의 장치들(허구, 허위의식 등 인위적으로 가공된 일체의 것)을 직시하고 이를 제거하기 위해 노력한다. 함명춘과 이수명에게 그 작동 버튼은 '말(언어)'이며, 이철성에는 일상, 배신호에게는 기존의 인간 역사 전체가 된다. 이 네 명의 시인들은 환상의 쇠사슬을 풀고 진정한 자아를 회복하기 위한 지난한 도정 위에서 있다. 이들의 시는 그 생생한 도정을 담은 소중한 탐험 일지로서 우리에게 유용한 조언을 들려주고 있다.

발효하는 몸과 우화(羽化)하는 몸

—장석주, 최승호의 시

1. 육체/몸을 보는 새로운 시선

육체/몸에 관한 사유들이 쌓이고 있다. 육체에 관한 담론은 현재 우리 문학의 지층 가운데 적지 않은 부분을 차지하고 있다. 육체의 굴곡에 새겨진 생의 흔적과 존재의 비의를 읽어내고자 하는 시도는 90년대 이후 새로운 양상으로 전개되었다. '투쟁의 내면화 혹은 고립화'[1]로 명명할 수 있는 90년대의 문학 경향은 육체를 단순히 '욕망하는 기계'(들뢰즈)로 파악하는 관점을 거부한다. 바야흐로 거대한 외부 세계가 개인의 내면 공간보다 작고 무의미해진 시대가 도래했다. 한 존재가 자신에게서 삶의 근거를 찾아야 할 필요성이 어느 때보다 커지게 된

1) 현실과 외부 세계에 대한 싸움은 개인과 존재의 내면으로 파고들어 현저히 축소되고 파편화되고 있다. 90년대 문학은 개인의 독자성과 내면의 자율성을 확보한 대신 각자의 내부에서 벌이는 고독한 투쟁—무엇을 위한 것인가는 자기 자신도 분명히 알 수는 없는—과 내면의 고립화를 자초했다. 우리의 시대는 각자의 방에서 보잘것 없는 '나'와 싸우는 수많은 소인(小人)들의 시대이며, 광장을 잃어버린 시대, 침묵을 덮기 위해 수사학을 꽃피운 시대이다.

것이다. 시인 김신용은 이를 가리켜 '1인 전쟁의 시대'라고 명명한다. 홀로 적(敵)과 맞서야 하거나 적과 내가 하나인 상태, 존재의 정황이 거대한 역사적 현실에서 개인의 내적 드라마로 이동한 상황은 개별 존재에게 더 막대한 삶의 하중을 얹어 놓는다. 육체를 바라보는 새로운 시각은 인간 존재와 개인에 대한 보다 섬세한 배려와 성찰을 근간으로 한다. 여기에는 인간의 본성과 개인의 내밀성에 대한 긍정적인 시각과, 인간에 대한 이원적인 해석에서 전체성의 성찰로 이행하려는 의지가 내포되어 있다. 이는 존재의 집인 육체를 제어할 수 없는 욕망의 덩어리로 보는 기존의 시각을 거부하면서 육체에 대한 새로운 시각을 열어 놓는다. 자본주의의 조작과 통제에 의해 변형되고 오염되었으나, 육체는 존재의 근원적인 처소이며 삶의 에너지를 생산하는 터전이다. 안타깝게도 저급한 욕망에 생포당한 자본주의의 '육체'는 과도한 착란과 이미지에 세뇌되어 식물적인 상태로 퇴행하고 있다. 이제 육체는 모종의 반란을 통해 새로운 몸으로 거듭나야 할 시점에 이르렀으며, 시인들의 전복의 장(場)으로 부상하고 있다.

90년대 시에서 활성화된 몸은 '다른 것(the other)'에 대한 욕망을 기초로 한다. 이 몸은 생산적인 것, 창조적인 것, 행복하고 가벼운 것, 부드러운 것들을 욕망한다. 생성의 기(氣)로 채워진 몸은 여전히 무언가를 욕망한다는 점에서 근본적으로는 욕망하는 육체에서 벗어나지 않는다. 그러나 제공된 것을 욕망하는 것과, 부재하거나 새로운 것을 욕망하는 것은 전혀 다른 차원에 속한 문제이다. 타자에 의해 주입된 것을 욕망하는 것은 욕망함을 '당하는' 일이며, 욕망의 주체가 아닌 욕망의 시녀로 전락하는 것이다. 끝없는 욕망에 짓눌려 타락과 파멸을 향해 가는 육체는 90년대 시에서 생성의 몸으로 탈바꿈하는 도정에 오른다. 장석주와 최승호의 시는 이 같은 변신의 꿈틀거림을 보여주는 대표적인 사례이다.

90년대에 만개한 육체에 관한 사유는 대략 세 가지의 입지점을 갖고 있다.

첫째, 육체에 각인된 욕망의 밑그림 투시하기와 그것을 새겨 넣은 '범인' 찾기. 이는 자본주의의 교묘한 전략에 대한 비판과, 물화된 육체에 대한 경멸에 찬 연민의 시를 낳는다. 최승호가 『세속도시의 즐거움』(1990)에서 보여준 공격적이고 신랄한 독설의 시가 대표적인 예로, 함민복, 유하, 김혜순의 시에서도 이러한 면을 발견할 수 있다. 이 계열의 시에는 자본주의의 추악한 나신을 낱낱이 해부하면서 경험하는, 고통스러운 자기 파멸의 즐거움(?)이 내재해 있다.

둘째, 이성과 형이상학에 대한 도전 및 육체에 대한 새로운 인식. 형이상학적 관념 부수기와 육체의 복원은 근대에 대한 전복적인 사고를 이면에 깔고 있다. 코기토의 주체는 정신과 육체, 이성과 감성의 대립항을 설정해 늘 앞의 것을 우위에 두었다. 육체와 감성은 정신과 이성에 비해 열등한 대상으로 취급당해 왔다. 그러나 육체는 정신이 기억과 망각을 되풀이하는 동안 수많은 주름과 표정 속에 삶의 흔적을 보존한다. 훼손되지 않은 육체의 언어를 해독하고 육체의 감각으로 삶의 비의를 발굴해내는 일련의 작업이 이 계열의 시가 추구하는 방향이다. 정진규의 「몸詩」 연작과 김기택의 시, 김승희, 김정란, 박서원 등 일련의 여성 시인들의 시가 여기에 속한다고 볼 수 있다. 이들은 자신의 육체의 점유권을 완전히 탈환함으로써 삶의 주인이 되고자 한다. 이 항목은 다음의 항목과도 상통하는 면을 지니고 있다.

셋째, 일차원적 욕망과 근대의 억압을 동시에 벗어나려는 생성의 '몸'들. 이 글에서 다루고자 하는 최승호와 장석주의 시에서 이러한 몸의 출현을 목도할 수 있다. 단절과 고립에서 벗어나려는 몸, 경계를 넘어 탈주하려는 몸들은 몸 밖의 세계와 화해함으로써 몸의 한계를 넓혀간다. 때로 그 영역은 우주적인 규모에까지 이르기도 한다. 생성의 몸은 욕망을 비우고 소진시킴으로써 스스로를 가볍고 자유롭게 만든다. 또한 몸에 새겨진 외부 세계의 억압을 지우기 위해 애쓴다. 말하자면, 몸의 존재 방식 자체를 바꾸고 있는 셈이다. '크고 헐렁헐렁한 바지'에 지배당하는 '왜소한 몸에서 발효하는 몸으로 화하기'(장석주)와 '아무것도 걸치지 않은 깨끗한 알몸의 비상'(최승호)에서 우리는 90년대 시의 몸의 한 존재 방식을 읽어낼 수 있다. 또한 이들은 육체에 관한 사유에 있어 '책'을 중요한 상관물로 활용하는 공통점을 보여주고 있어 흥미를 끈다.

2. 발효하는 몸—장석주

장석주에게 몸은 먼저 부정적으로 인식된다. 이는 몸 자체의 특성에 기인하기보다는 견디기 어려운 삶의 부박함과 핍진성에서 연유한다. 장석주에게 몸은 삶의 기원이고 삶을 통째로 담고 있는 그릇이지만, 한 생애의 얼룩이 남겨지는 치욕의 장소이기도 하다. 장석주의 몸에 대한 시각은 기형도의 딱딱하게 노화된 육체의 상상력과 유사한 면을 드러낸다. 두 시인의 몸/육체는 생에 대한 비극적 인식과 죽음에의 친화력으로 짙게 물들어 있으며, 대개의 경우 무력감과 불안에 휩싸여 있다. 장석주는 '인생'과 '몸'을 크기와 무게의 상태로 계량화함으로써 존재와 삶의 괴리를 선명하게 형상화한다.

① 때때로 인생이란 잘못 배달된 화물
몸이란 봉인된 화물
(……)
어느 겨울날 아침

내게 배달된 화물은 크고 무거웠다
연약한 팔로 감당하기에는 너무나 커다란 화물을 옮기며
불현듯 깨닫는다
잘못 배달되는 화물도 의외로 많은 법이다

—「잘못 배달된 화물」에서(밑줄 강조 인용자)

② 어렸을 때 내 꿈은 단순했다, 다만
내 몸에 꼭 맞는 바지를 입고 싶었다
이 꿈은 늘 배반당했다
(……)
크고 헐렁헐렁한 바지, 오, 급진적인 바지
내 몸과 맞지 않는 바지통 속에서
내 다리는 불안하게 흔들린다
언제까지나 불사조처럼 군림하는 크고 헐렁헐렁한 바지는
검은 그림자를 늘어뜨리고
끝끝내 길들여지지 않는 내 인생을 송두리째 뒤흔든다

—「크고 헐렁헐렁한 바지」에서

①의 시에서 장석주는 자신의 인생과 몸을 '잘못 배달된 화물'이라고 말한다. "연약한 팔로 감당하기에는 너무나 큰 화물"인 인생의 무게는 그의 의지와 생명력을 약화시킨다. 그런데 인생이라는 화물과 함께 배달된 또 하나의 화물이 있다. '봉인된 화물'인 시인 자신의 '몸'이 그것이다. '인생'과 '몸'은 한 존재의 내용물에 있어 외연과 내포의 관계를 형성한다. 불행하게도 이 외연과 내포는 크기와 무게에 상당한 차이가 있어 조화로운 하나의 형태를 이룰 수 없다. 인생과 몸—여기서 몸은 '존재'를 의미한다—은 하나가 되어야 함에도 서로 어긋나고 불

화를 거듭한다. ①에서 '잘못 배달된 화물'로 표현된 인생은 ②에서는 '크고 헐렁헐렁한 바지'로 변주된다. 자신의 몸에 꼭 맞는 바지를 입고 싶은 장석주의 소망은 늘 배반당한다. 그는 몸에 맞춰 바지를 입는 것이 아니라, "크고 헐렁헐렁하"며 '급진적인 바지'에 맞춰 몸을 키워야 한다. 그러나 몸이 자라날수록(존재가 성장할수록) 그에 비례하여 바지도 커진다(인생도 힘겨워진다). 이것은 처음부터 패배가 예정된 승전 불가능의 게임과 같아서 '크고 헐렁헐렁한 바지' 속의 몸은 언제나 왜소함을 면치 못한다. 장석주는 자신의 몸과 맞지 않는 '크고 헐렁헐렁한 바지' 속의 삶을 견디느라 존재가 송두리째 와해되는 위기를 경험한다. 몸에 꼭 맞는 삶, 자신을 실현하는 삶, 행복한 삶을 살아가고자 하는 꿈은 이렇듯 꿈의 대상인 삶에 의해 좌초당한다. 삶에 패배한 존재의 몸에는 지저분한 얼룩의 흔적이 남겨진다.

> 내가 읽는 책의 아랫도리도 송두리째 물에 젖었다가 마른
> 흔적이 커다란 얼룩으로 남아 있다
> 오호, 내 몸에도 얼룩들이 있다
> (……)
> 금방 지워지고 말 하찮은 얼룩
> 우리가 사는 것은 얼룩의 한 생애이다
>
> —「낡은 책을 펴드니 커다란 얼룩이 있었다」에서

삶의 얼룩으로 가득 찬 몸은 물에 젖었다가 마른 너덜너덜한 책과 다를 바 없다. 얼룩은 '훼손'의 표시이며, 절대로 아름답지 않은 지나간 '과거'의 흔적이다. 여러 가지 형태의 흔적과 자취들 가운데에도 얼룩은 가장 지저분한 종류에 속하는 것이다. 얼룩은 그것이 남겨지는 대상까지를 추하게 변형시켜 버린다. 장석주의 말처럼, 삶이 얼룩이고

우리의 존재가 얼룩으로 뒤덮여 있다면, 존재가 만들어낸 생산물도 얼룩의 마수(?)로부터 자유로울 수는 없다. 이로 인해 장석주는 인간의 산물인 '책'에서 저자의 정신의 궤적을 읽는 것이 아니라, 단지 '커다란 얼룩'을 본다. 육체가 인간의 영혼과 정신을 담고 있는 형식이라면, 인간의 사유의 집적물인 '책'은 인위적으로 창조된 제2의 육체라고 말할 수 있다. 장석주가 인간의 몸과 함께 '책'을 '커다란 얼룩'의 저장소로 보는 것은 '몸'과 '책'을 육체라는 하나의 범주로 파악하고 있기 때문이다. 그는 인간이 지닌 두 형태의 육체를 더러움과 오점의 덩어리로 인식하면서, 인간을 이내 소멸되고 말 하찮은 존재로 규정한다. '얼룩의 한 생애'를 살아가는 인간의 몸은 가치없는 소모품에 불과하다는 것. 이 가운데 장석주의 의식은 죽음에 대한 경사로 치닫는다.

한껏 부풀어올랐다 오그라든
죽음의 필연 앞에 옹색하게 쪼그라든 육체를,
더 어쩔 수 없이 쭈글쭈글해진 비닐풍선 같은 삶을 만나고
돌아오는 길
나는 또 한떼의 죽음과 마주친다
(……)
우연에 의해 생사가 엇갈린 뉴스 속보에
나는 전율을 느끼며 멀미를 한다
참을 수 없는 삶의 미천함에 몸이 먼저 반응하는 것이다

속엣것을 막무가내로 게워내는
내 육체를 통제할 수 없다
나는 토한다, 걷잡을 수 없이,

—「문병」에서(밑줄 강조 인용자)

이 시는 세계의 부조리와 불합리성, 존재와 사물의 가역성에 항거한 사르트르의 실존주의 소설 「구토」의 한 장면을 연상하게 한다. 장석주는 '삶의 미천함'에 "걷잡을 수 없이" "토하는" 육체와, 그 육체를 통제할 수 없는 무력한 정신을 적나라하게 형상화한다. 장석주가 묘파한 것과 같이, 육체를 가장 초라하고 옹색하게 만드는 것은 '죽음'이다. 죽음은 육체가 필연적으로 껴안아야 하는 최후의 가장 큰 얼룩이다. 근대의 기계 문명에 기초한 일상은 죽음의 얼룩에 질식당한 '쪼그라든 육체'들을 양산한다. 아침 저녁으로 시인은 추락당한 육체들을 만나며, 뉴스를 통해 숱한 생사의 속보를 전해 듣는다. '참을 수 없는 삶의 미천함'에 먼저 반응하는 것은 그의 정신이 아닌 육체이다. 육체는 전율과 멀미, 구토라는 때묻지 않은 언어를 인간 본성의 깊은 바닥에서부터 이끌어낸다. 이 원초적인 언어들에는 어떠한 이데올로기나 외적인 조작도 개입되어 있지 않다. 투명하고 원초적인 육체의 말들은 그 자체로 부정적인 세계에 대한 거절과 비판의 기능을 행사한다. 이성이 허위에 사로잡혀 있는 순간에도 몸은 정직과 순수를 잃지 않으며, 정신이 부패한 것에 봉사할 때 몸은 스스로를 허물어 버림으로써 그 부당성을 증거한다. 지나온 삶의 궤적이 몸 속 깊이 새겨져 있다는 것은 이와 같은 의미에서이다. 우리의 삶이 거쳐 온 많은 길들은 몸 안에 동형(同形)의 길을 만든다. 장석주는 이 점을 명확히 인식함으로써 새로운 삶의 경계에 선다.

지금 나는 삶의 경계에 서 있다
무엇엔가 홀린 듯 빨려들어 걸어온 이 길!
미로인 저 길을
내 육체로 삼으려고 한다

—「여행자」에서

장석주에게 지금까지의 삶은 '미로'에 다름 아니었다. 인생을 '잘못 배달된 화물' 혹은 '크고 헐렁헐렁한 바지'라고 생각하며 살아온 자에게 삶은 불가해한 미로 이상일 수 없었다. 그는 희망과 의지가 박약한 가운데 삶의 미로를 "무엇엔가 홀린 듯 빨려들어 걸어왔"을 뿐이다. 게다가 말라붙은 삶의 얼룩은 몸을 존재의 집보다는 죽음의 집으로 받아들이게 한다. 그러나 이 시에서 장석주는 '미로'와 '얼룩'이 삶의 결핍이나 훼손이 아닌, 삶 그 자체임을 인식한다. 지금까지 통과해 온 삶의 미로가 곧 '삶의 육체'였음을, 그 삶의 미로가 자신의 육체를 형성해 온 질료임을 깨닫기에 이른다. 이와 더불어 죽음을 바라보는 시선에도 중요한 변화가 일어난다. 죽음이 몸에 묻은 얼룩이라는 생각에서 급속히 발전하여, 자신의 몸이 죽음 자체라고 생각하게 된 것이다. 그러나 이 몸/죽음은 쇠퇴와 종말의 몸/죽음이 아닌, 시작과 생성의 몸/죽음을 뜻한다.

내 몸은 폐가이다, 이미 거대한 죽음을 이루었다
(……)
그러나 죽음은 끝이 아니라 새로운 시작이다
내 주검은 햇빛의 놀이터이고
물의 장난감이다

내장들은 부패하면서 가스를 만들고
풍선처럼 부풀어올랐던 주검은
차가운 밤이면 줄어든다
주검은 저 혼자 수축과 팽창의 운동을 그치지 않고
주검은 저 혼자 중얼거리고

주검은 저 혼자 노래를 한다

—「주검에게」에서

"내 몸은 폐가이"며, "이미 거대한 죽음을 이루었다". 어차피 인간은 타자의 죽음을 담보로 살아가며, 죽음을 향해 한 발 한 발 다가가면서 삶을 지속한다. "그러나 죽음은 끝이 아니라 새로운 시작이다". 몸은 죽음 때문에 움직임을 멈추거나 사라지지 않는다. 죽음을 기점으로, 죽은 몸/주검은 새로운 세계의 움직임에 참여한다. 부패하며, 가스를 만들고, 풍선처럼 부풀어 올랐다 줄어드는 주검의 운동은 이 세계의 도처에서 계속된다. 몸은 죽어서도 저 혼자 운동을 하고, 중얼거리며, 노래를 부른다. 기꺼이 '햇빛의 놀이터'와 '물의 장난감'이 됨으로써 몸은 대자연의 우주적 순환 운동에 행복하게 참여한다. 이처럼 죽음과 부패를 사는 몸은 남김없이 썩고 해체됨으로써, 또 다른 몸으로 거듭나기 위한 생성의 여정에 오른다.

장석주는 죽음으로 인한 몸의 부패가 새로운 몸으로 거듭나는 즐거운 '발효'임을 보여 준다. 몸의 발효는 몸 자체의 운동에 의해 질적인 비약을 이룩하는 방법이자, 다른 몸과의 합치를 이루는 화해로운 삶의 방식이다. 장석주가 말하는 몸의 죽음과 발효가 물리적인 현상의 의미를 훨씬 넘어서는 것임은 자명한 일이다. 이제 몸에 묻은 삶의 얼룩은 삶을 발효시키는 효소로서 긍정적인 역할을 행하며, 발효의 존재 방식은 몸의 고립성과 한계를 다른 몸, 즉 타자에 대한 사랑으로 변화시켜 간다.

3. 우화하는 몸—최승호

최승호는 육체/몸에 관해 누구보다 깊이 있게 천착해 온 시인이다.

그는 욕망을 화두로 욕망의 집인 몸과 자본주의의 실상을 해부함으로써 끊임없는 시적 파장을 일으켜 왔다. 최승호의 '몸'은 끔찍하게 물화된 인간과 원본 없이 복제되는 인간의 추악한 욕망을 상징하는, 충격적이고도 적나라한 이미지이다. 무뇌아를 낳은 산모의 몸은 "젖을 짜면 허연 폐수가 흘러내리고" "탯줄 대신 비닐끈이 매달린 공장지대"로 비유되며(「무뇌아」), "붉은 등 싱싱한 정육점에 피 흘리며 내걸린 늙은 창녀의 고깃덩어리"(「赤」)는 도살된 가축의 시체와 비정하게 등가화된다. 인간의 몸을 겨냥한 최승호의 잔혹한 이미지들은 몸이야말로 인간의 추악한 욕망을 길러내는 숙주이며, 자본주의의 최후의 은신처라는 인식을 내장하고 있다. 이로 인해 최승호는 "아예 몸이 없어야 하는 건데/몸이 없어야 치욕이 없고" "지레 무덤에 누워 썩는 늘큰한 무력감도"(「대머리 독수리 4」) 없을 것이라고 말하며, "몸뚱이가 바로 벽 두꺼운/형무소"(「탈옥」)라고 단언한다.

도정일[2]에 의하면, 최승호는 '구멍'의 이미지를 통해 허/무와 욕망의 관계를 탐색한다. 우리의 몸은 입에서 항문에 이르는 거대한 욕망의 구멍에 다름 아니다. 최승호의 허구렁의 사유는 인간에 대한 믿음을 무화시키고 새로운 인식과 전망을 차단하는데, 이 지점에서 최승호는 두 가지의 기획을 시도한다. 하나는 다른 몸을 꿈꾸는 변신의 상상력이며, 다른 하나는 무의 무화(無化)를 이루려는 철저한 없음에의 지향이다. 최승호는 벗어남의 욕망까지도 벗어버려 투명한 날개를 달고 우화(羽化)의 길에 오르고자 한다. 도정일의 견해를 연장하면, 최승호의 『눈사람』(1996)은 그가 오랜 변신의 시간을 거쳐 이룩한 우화의 풍경이라고 할 수 있다. 육체/몸에 대한 최승호의 시각은 이 시집에서 큰 변화를 보여주고 있다. 최승호는 육체와 육체의 대리물인 '책'에 관한

2) 도정일, 「다시 우화의 길에 선 시인을 위하여」, 『시인은 숲으로 가지 못한다』, 민음사, 1994, pp.117~143 참조.

탐구로 우화의 여정을 시작한다.

> 저자 이름은 있어도 저자의 육체 없는 시집을 읽는다.
>
> (……)
>
> 사라짐으로 저자는 영원히 글 쓰는 자가 된다. 사라지지 않는 문자에 육체를 절여넣고, 그는 낡은 외투처럼 사라지는 것이다.
>
> 문자에 스민 그의 피, 그의 숨결, 그의 고통, 때로 얼음의 책 속에서 웃음소리가 들려온다. 그는 아직 얼음 속에 살아있는 것이다.
>
> —「얼음의 책」에서

모든 육체는 유한성의 한계에 포박되어 있다. 인간이 자신의 "육체를 절여넣"어 완성한 책도 시간의 한계를 극복하지 못하고 사라진다. 그러므로 모든 책은 빙점 아래(일정한 현실 조건)에서만 존재할 수 있는 '얼음의 책'이다. '저자의 육체'로 빚은 책이 '얼음의 책'인 이유는 그 책이 저자의 육체를 비틀어 사각의 틀 속에 가두어 버렸기 때문이다. 최승호는 어떠한 책도, 거기 쓰인 어떠한 문자도, 살아 숨쉬는 인간의 감각과 사유를 대신할 수는 없다고 생각한다. 저자의 "육체를 절여넣"은 '책'은 자연의 부패가 진행되는 상온의 현실에서는 형태를 유지할 수 없다. 저자의 피와 숨결과 고통이 문자에 낱낱이 스며 있다 해도, '책'은 결빙의 상태에서만 그 육체를 보존할 수 있다. 살아 움직이는 감각과 사유(육체)는 '문자'라는 질서 정연한 표상 체계에 들어가면서 본래의 생명력을 상실한다. 감각과 사유는 '얼음의 책' 속에서 불가피하게 훼손 · 동결(凍結)되면서 보존된다. 문자의 다의성을 감안한다 해도 사정은 크게 다르지 않다. '저자의 육체'는 '책'의 육체로 변신하는 과정에서 일정한 틀에 맞춰지게 되며, 부분적으로 죽음에 이르게 된다. 때문에 우리는 늘 "저자 이름은 있어도 저자의 육체 없는 시집을 읽"을 수밖에 없다. "문자에 육체를 절여넣"을 수는 있지만, 문자가 육체를 완전히 대체하게 할 수는 없다. 저자는 자신이 쓴 '얼음의 책' 속에 완전히 살아 있지도, 그렇다고 죽은 것은 더욱 아닌 채로 존재한다. 그들은 곡예라도 하는 것처럼 "아직 얼음 속에 살아 있는 것이다". "때로 얼음의 책 속에서 웃음소리가 들려오"는 것은 그들의 살아 있음의 증거이며, 비애의 의사 표현이다. 이렇게 볼 때, 진정 살아 있는 책이 되기 위해서는 아이러니하게도 책은 결코 완성되어서는 안 된다. "아직 태어나지 않은 책", "뭐라고 말할 수 없는 반죽 덩어리"와 같은 '물렁물렁한 책'만이 완전한 책이 될 수 있다.

> 아직 태어나지 않은 책은 물렁하다. 뭐라고 말할 수 없는 반죽 덩어리, 그 물렁물렁한 책을 베개 삼아 나는 또 詩想에 잠긴다.
>
> —「물렁물렁한 책」 전문

이미 쓰여진 책들은 완전한 책을 위해 바쳐진 헌사이며 서문에 불과하다. 시 「얼음의 책」으로 시작된 최승호의 시집 『눈사람』(1996)은 두 줄에 불과한 짧은 시인 「물렁물렁한 책」으로 끝난다. 이 사실은 적잖이 시사적인데, 견고한 '얼음'과 물렁물렁한 '반죽 덩어리' 사이의 먼 거리야말로 시집 『눈사람』이 걸쳐 있는 육체/몸의(인식의) 스펙트럼이라고 할 수 있다. 그러나 최승호의 사유는 여기에서 멈추지 않는다. 그는 '얼음'과 '반죽덩어리'를 섞어 새로운 형질의 책/육체를 만들고자 한다. 딱딱한 얼음과 물렁한 반죽 덩어리가 결합된 몸은 일정한 형체를 고수하지 않는 유동(流動)의 몸으로 다시 태어난다.

문자에 육체를 절여넣고 영원히 존재한다? 문자도 영원하지 않다. 얼음의 책은 문자들과 함께 녹아버린다.

—「얼음의 책」에서

눈사람이 녹는다는 것은
눈사람이 불탄다는 것,
불탄다는 것은
눈사람이 재로 돌아가고 있다는 것,

(……)

시냇물
하얀 재 흐른다
눈사람들이 둥둥둥 물북을 치며
강으로 바다로 은하수로 흘러간다

—「눈사람의 길」에서

시간이 되면, 견고한 "얼음의 책은 문자들과 함께 녹아버린다". 주지하다시피 문자는 결코 "영원하지 않다". 육체의 유한성을 확인하며 최승호는 '얼음의 책'이라는 육체를 벗고, 새로운 육체인 '눈사람'을 탐구한다. '눈사람'은 얼음과 같은 재질로 만들어져 있지만, 부드러운 연질의 속성을 지니고 있다. '눈사람'은 쉽게 녹는다. 그러나 '눈사람'의 유약한 육체는 최승호에게 육체에 대한 새로운 시각을 촉발하는 중요한 계기가 된다. 눈사람이 녹는 것, 눈사람의 육체가 해체되고 죽음에 이르는 과정은 육체의 소멸이 아니라, 육체의 확대와 새로운 세계의 열림으로 이어진다. 얼음은 부드러워져서 눈사람이 되고, 눈사람은 다시 녹아 물이 되어 흐른다. 얼음의 딱딱한 몸은 일시적인 것으로, 다른 몸으로의 변화 가능성을 잠재하고 있는 것이다. 이제 '하얀 재'(물)로 몸을 바꾼 얼음의 몸들은 시냇물에 섞여 "강으로 바다로 은하수로 흘러 간다". 그들은 대자연의 순환에 동참함으로써 유한한 육체의 한계를 넘어 자연이라는 거대한 몸의 일부가 된다. 그러므로 녹는 것은 소멸이 아니라, 흘러내리는 하강으로부터 날아오르는 상승에 이르는 기나긴 여행을 시작하는 일이다. 멀리 눈을 들어 보면, 여정의 저 아득한 곳인

수평선 너머에서는
눈사람들이 훨훨 날아오른다

—「게 혹은 형이상학자」에서

눈사람들은 수평선 너머에 이르러 날개를 얻는다. 그 날개는 거대한 물의 몸에 스며들기 위해 스스로의 몸을 미세하게 분산시켜 만든 '가벼운 날개들'이다. 최승호의 우화(羽化)는 여기에 이르러 일단 완성된다. 이 완성은 종결을 의미하지 않는다. 작디작은 물방울이 되어 훨훨 날아오른 눈사람은 '물의 가족인/진눈깨비, 서리, 성에, 고드름' (「눈사람 생각」)이 되어, 혹은 다시 눈송이가 되어 지상으로 귀환하게 될 것이다. 탐욕의 시대에 감행하는 우화(羽化)는 이처럼 최상의 높이에 이르러 다시 몸을 받아 출발점인 땅으로 돌아 온다. 새로운 몸을 얻는 우화와 귀환은 단순한 순환이나 반복에 귀속되지 않는다. 다른 세계를 통과해 온 몸은 이전과는 다른 몸이며, 더 많은 기억을 지닌 몸이다. 몸의 해체와 증발(휘발), 귀환의 여정을 통해 이루어지는 최승호의 우화는 '딱딱한' 육체를 부드럽게 녹여 지상에 스며들게 한다.

물렁물렁한 몸은 녹아 흘러 다른 몸에 스며들 수 있는 무정형의 질료

로 이루어져 있다. 이 몸은 현실적으로는 어떤 형태를 취할 수 있을까?

1
겨울나무들이 冬安居한다.
열매들을 다 놓아 버린
알몸에 서리 내린다.

(……)

4
앙상함도 존재의 한 방식이다.
군더더기가 없는
보석,
알몸,
앙상함의 극치에서 태어나는
보석
알몸
성자.

—「앙상함」에서

최승호가 추구하는 최상의 존재 형식은 어떠한 가식이나 욕망도 지니지 않은 '알몸'이다. '앙상함의 극치 = 보석 = 알몸 = 성자'의 은유의 연쇄 고리는 '앙상함의 극치→보석→알몸→성자'에 이르는 질적 상승과 인식의 발전을 포함하고 있다. 여기서 우화의 전제 조건은 분명해진다. 구속받지 않는, "군더더기가 없는" 알몸만이 가볍게 몸을 바꿔 우화의 길에 오를 수 있을 것이다. 최승호의 우화하는 몸과 앙상함의 존재 방식에 우리는 '알몸의 형이상학'이란 이름을 붙여 줄 수 있을 터이다. 그는 '앙상함의 극치'인 '알몸'을 '성자(聖子)'와 등가화함으로써 앙상함의 존재 방식을 통해 몸이 신성하게 성화(聖化)될 수 있음을 보여준다.

4. 새로운 몸의 길

작가는 자신의 육체를 '짓이겨' 글을 빚는 자들이다. 그들에게 있어 글쓰기는 삶의 노역을 견디는 최상의 방식이라고 할 수 있다. J. 보르헤스의 말처럼, 이 세계란 신의 광기와 장난이 빚어낸 카오스에 불과하며, 그래서 우리의 삶이 악의 없는 혼돈으로 뒤범벅된 것이라 할지라도, 시인은 '신이 등돌린 실패작'에 무한한 애정과 의미를 부여한다. 이것이야말로 인간이 누릴 수 있는, 어쩌면 신조차 소유할 수 없었던 인간만의 창조의 몫이라고 할 수 있다.

장석주와 최승호는 자신의 몸에 각인된 삶의 흔적을 소중히 여긴다. 몸에 각인된 상처와 흔적은 희미해져 있거나 해독 불능의 암호와 같아서 매우 섬세한 촉수를 필요로 한다. 두 시인에게 있어 육체는 '존재'와 '삶' 자체이거나 그와 동등한 무게를 지니며, 기묘하게도 모두 하나의 '책'으로 비유된다. 이들은 삶의 부정성을 육체의 한계 속에서 인식하며 육체의 '변신'을 통해 그 부정성을 격파하고자 한다. 장석주의 경우 육체의 부정성은 '크고 헐렁헐렁한 바지' 속의 '왜소한 몸'으로, 최승호의 경우에는 완전히 살아 있지도 죽은 것도 아닌 '얼음의 육체'로 표현된다. 이들은 몸과 삶의 한계를 극복하는 데 있어 유사하면서도 상이한 방식을 사용한다. 장석주의 몸바꿈은 '죽음'이라는 전격적인 해체와 하강적인 방식에 따른 것이라면, 최승호의 몸바꿈은 이물질을 휘발시키고 몸을 가볍게 하여 날아 오르는 상승 지향적인 것이다. 두 시인의 사유는 모두 순환의 원리를 바탕에 두고 있다. 장석주의 '발효'는 개체의 변화가 세계내에서 이루어지는 수평적 순환의 원리에 입각해 있으며, 최승호의 '우화'는 몸의 상승과 초월을 꿈꾸는 수직적 순환의 원리를 지향하고 있다. 장석주의 발효는 밝고 따뜻한 인식으로의 전환이 돋보이지만, 다소 평면적인 인식에 머물러 아쉬움을 남긴다. 이에 비해 최승호의 우화는 차원의 상승을 도모하는 야심에 찬 기획을 선보이지만, 관념성을 완전히 떨쳐 버리지는 못하고 있다.

몸에 대한 두 시인의 시적 탐구는 그 동안 억압되어 왔던 육체의 담론을 복원함으로써 존재와 삶에 대한 새로운 성찰의 길을 열어 놓고 있다. 쇠퇴와 소진, 죽음에 길들여진 몸은 그 형질과 존재 방식을 바꾸어야 할 필요성이 더욱 증대되고 있다. 장석주와 최승호의 '발효하는 몸'과 '우화하는 몸'은 생성하는 몸, 화해하고 상승하는 몸의 새로운 존재 방식을 보여줌으로써 우리를 새로운 인식의 지평으로 안내한다. 사실 두 시인의 '발효'와 '우화'는 몸의 부패와 죽음을 긍정적인 시각에서 재조명하려는 노력의 소산이다. 몸의 화학적이고 물리적인 변화를 '몸바꿈'의 관점에서 파악하는 이러한 관점은, 육체의 유한성에 정신의 무한성을 결합시킴으로써 '몸'의 존재성을 일회적인 것에서 순환적이고 지속적인 것으로 이해하게 한다. 이는 개체의 몸을 자연과 우주의 섭리 속에서 파악하려는 전체성의 사유에 기반한 것이라는 점에서 의미를 지닌다. 몸의 자율성과 독자성을 주장하기보다는 몸을 자연과 우주적 순환의 한 거점으로 파악함으로써 이들은 오히려 몸의 위상을 강화하고 있는 것이다.

제2부

존재와 시간의 궤적

거대한 피로, 미완의 혁명

—김수영론

1. '피로'에 싸인 진화

김수영이 "내가 내 땅에 박는 거대한 뿌리"(「거대한 뿌리」)라고 표현한 혁명의 열망은 자라고 있는가? 비속한 세상 위를 아슬아슬하게 유영하며 극도의 시적 긴장을 유지했던 김수영은 '뿌리'와 '풀'의 〈정착의 사유〉로 옮겨 가는 지점에서 안타깝게도 생을 마감했다. 바람에 가볍게 날아다니는 풀씨처럼 풋풋하고 자유로운 정신을 지녔던 그는 1945년 「廟庭의노래」에서 1968년 「풀」에 이르기까지 23년간 한국 시단에 '진정한 아웃사이더'로 존재했다. "움직이는 悲哀"(「비」)를 지닌 그의 정신의 풀씨는 죽음 직전에야 비로소 땅에 '착지해' 뿌리를 내리고 싹을 틔웠다. 김수영의 대표작이자 마지막 작품인 「풀」이 가장 김수영답지 않은 작품으로 말해지는 이유는 여기에 있다. 연약한 개체인 풀들은 땅밑에서 서로 얼크러져 하나의 거대한 뿌리를 만든다. 다시 질문을 던져 보자. 김수영이 후기에 와서야 발견한 '거대한 뿌리'는 그에게 초극의 대상이었던 '시간'의 힘을 넘어 계속 자라고 있는가? 이 질문에 답하는 것은 오늘의 한국시의 위치를 가늠해 보는 일과 같은 의미를 지니게 된다.

김수영은 생전보다는 사후에 각광을 받은 대표적인 시인이다. 황동규는 1983년『김수영 전집』발간에 부쳐, 김수영이 작고한 1968년 이후 15년간의 중요 문화 현상으로 '김수영 문학의 진화'를 들었다. 김수영이라는 거울을 통해 문단의 편가름, 즉 역사 지상주의와 언어 지상주의의 이분적 풍토가 발전적으로 지양되어 왔다는 것이다. 비슷한 맥락에서 '김수영 신화', '김수영 변증법'(김윤식) 등의 용어가 출현했고, 유종호, 김 현, 김우창, 백낙청, 김화영, 정현종, 오규원 등 당대의 평론가와 시인들에 의해 이 '영원히 젊은 전위시인'(임중빈)을 위한 글이 속속 제출되었다. 멈추지 않는 탐구의 행렬 속에서 김수영과 그의 시세계는 다양한 수사(修辭)를 획득하게 된다. 자유, 사랑, 설움, 고독, 양심, 속도, 정직성, 자기 반성, 도덕적 급진주의, 도시인의 생활의 페이소스, 철저한 반전통주의자, 언어와 자유를 결합시킨 최초의 시인, 언어의 범속화, 완결된 토르소 등 그 목록은 다채롭고 치열한 언어들로 가득 차 있다.

'김수영 문학의 진화'가 언급된 지 다시 15년, 그 진화의 현재 결과는 이렇다. 김수영은, 김수영의 시는 '피로(疲勞)'하다. 그의 시는 피로로 뒤범벅되어 있으며, 그가 피로를 견디고 해소하기 위해 찾아낸 방식은 그대로 그의 삶과 시의 방법이 되었다. 그가 산 시대보다 더욱 '피로'해진 오늘날, 김수영 문학은 그 계승자들에 의해 진화를 거듭해 온 한편 더 큰 피로감에 휩싸여 있다. 이 피로감은 80년대와 90년대의 속도차가 만들어낸 시대적 산물에 속한다. 조각난 열정과 현란한 이미지로 피폐해진 우리의 시대는, 아무도 분명히 말하지는 않지만, 김수영의 시를 어느 정도 낡고 피로한 것으로 느끼게 한다. 그렇다면 이 느낌은 정당한가? 이 점과 관련해 김수영은 유효한 검증 방법 하나를 남겨 놓고 있다. 자신의 '온몸'으로 밀어부쳐 준열한 자기 반성의 고통스러운 미로(迷路)를 '속지 않고' 통과하는 것. "자기의 나체를 더듬어 보고 살펴보"(「구름의 파수병」)는 흉물스러운(?) 진단을 끝까지 실행하는 법이 그것이다.

2. 피로의 정체와 '움직이는 휴식'

김수영은 삶의 대부분의 시간을 무거운 피로에서 헤어나지 못했다. 존재의 생생한 삶의 의지를 무너뜨리는 피로감은 그의 시세계 전반에 걸쳐 지속적으로 표출된다.

너무도 잘 아는
循環의 原理를 위하여
나는 疲勞하였고
또 나는
永遠히 疲勞할 것이기에

—「矜持의 날」에서

제일 피곤할 때 敵에 대한다
바위의 아량이다
날이 흐릴 때 정신의 집중이 생긴다
神의 아량이다

—「敵(二)」에서

초기시인 「긍지의 날」에서 김수영은 이미 자신이 "영원히 피로할 것"을 예감한다. 피로는 그에게 끈끈이 들러붙어 있어 떼어낼 수 없는 운명과 같이 여겨진다. 무엇 때문에 김수영은 늘 피로에 시달려야 하는가? 그에 의하면, "너무도 잘 아는 순환의 원리를 위하여"이다. 순환의 원리란 인간의 삶을 지배하는 일련의 현실 원칙을 뜻한다. 현실의 지배 질서에 강한 회의를 품은 자에게 현상태를 고착화하는 순환의 논리는 의미없고 무가치한 것으로 인식된다. 그러나 현실 원칙은 개인의 의지와는 별도로 구성원들을 강력하게 지배한다. 김수영의 피로감은 이렇듯 무용(無用)한 질서로 이루어진 공허한 현실에서 연유하고 있다. 현실의 왜소함과 가치/의미의 진공 상태는 시인의 정신 속에 피로의 감각으로 누적된다. 이렇게 볼 때, 피로는 김수영이 현실의 부정성을 예민하게 감지하는 정신적인 기제라고 볼 수 있다.

후기 시인 「적(二)」에서 김수영은 "제일 피곤할 때", 현실의 억압을 가장 크게 느낄 때 "적에 대한다"고 말한다. 현실에 대한 환멸과 염오의 감정이 극에 달할 때 '적'의 실체를 분명히 목격하게 된다. 이는 고통스러운 일이지만, 반대로 정신의 강도와 투명성을 강화시켜 준다는 점에서 "바위의 아량"으로 표현된다. 마찬가지로 "날이 흐릴 때 정신의 집중이 생기"는 것은 흐린 날씨가 유발하는 각성의 강도 때문이다. 일찍이 이 상이 말한 것과 상통하는 피로의 역설! 이 상은 "육신이 흐느적흐느적거릴 때에야 비로소 정신은 은화(銀貨)처럼 맑소"라고 피로한 육신과 정신의 역동적인 관계를 설파한 바 있다. 김수영에게 있어서도 피로와 정신의 각성은 비례 관계를 형성한다. 가장 피로한 순간에 가장 각성된 의식이 싹트며, 피로한 정신에 의해 저항의 대상은 가장 선명하게 포착된다. 김수영의 적은 단일한 대상이 아니다. 그의 시에 등장하는 '적(敵)'은 모든 부정적인 대상의 총칭으로서 의미화된다. '적'은 싸워서 극복해야 할 적대적인 타자는 물론, 내·외적 자아의 부정성을 모두 포괄한다. 이는 단순한 대타 개념이 아닌, 자아의 진정성을 훼손하는 모든 존재와 논리, 질서를 의미하는 실체 개념으로 정초된다. '적'의 상징에 이르러 '순환의 논리'를 비롯한 피로의 모든 요인들은 하나로 압축된다. 따라서 적의 실체가 무엇인가를 밝히는 일은 피로의 원인과 정체를 파악하는 일과 동일한 맥락을 형성하게 된다. 다음의 글은 김수영의 '적'의 양상을 파악하는 데 좋은 단서를 제공한다.

> 나에게는 아직도 해결하지 못하고 있는, 그리고 앞으로도 좀처럼 해결하지 못할 것 같은 세 가지 문제가 있다. 죽음과 가난과 賣名이다. 죽음의 구원. 아직도 나는 시를 통한 구원을 받지 못하고 있는 것처럼 죽음에 대한 구원을 받지 못하고 있다. 그런 의미에서는 40여 년을 문자 그대로 헛 산 셈이다. 가난의 구원. (……) 나는 40여 년 동안을 문자 그대로 피해 살기만 한 셈이다. 매명의 구원. 지난 1년 동안에만 하더라도 나의 산문행위는 모두가 원고료를 벌기 위한 賣文·賣名 행위였다. 그리고 지금 이 순간에 하고 있는 것도 그것이다. 진정한 '나'의 생활로부터는 점점 거리가 멀어지고 (……)
>
> —산문, 「茉莉書舍」에서

김수영은 자신의 삶에서 해결할 수 없는 세 가지 난제로 '죽음과 가난과 매명'을 든다. 죽음이 인간 존재의 실존적인 딜레마라면, 가난은 자본주의 사회에서 살아가는 생활인의 고통스러운 현실 조건에 해당한다. 매명(賣名)은 작가적 양심과 직결되는 문제로, 작품으로서의 글쓰기와 상품으로서의 매문(賣文) 행위의 틈서리에 끼어 있는 불행한 시인의 내면을 단적으로 표상한다. '죽음과 가난과 매명'의 곤혹스런 문제 앞에서 김수영은 자신이 '헛'살았고, '피해' 살았으며, 진정한 '나'를 상실한 허위의 삶을 살았다고 자책한다. 김수영이 처했던 세 가지 난제는 90년대의 현실에서도 난공불락의 상태로 현존한다. 이 중 가난과 매명은 자본의 공격적 속도가 유례없이 가속화된 오늘날, 한 사람의 작가이기 이전에 일상인인 모든 문인들에게 더욱 가혹한 숙제가 되었다. 벗어남과 휴식이 없는 피로의 계속적인 누적. 김수영에게 잠복해 있던 피로보다 더 큰 피로가 중첩된 시대는 그의 시를 소박한 것으로 느껴지게 만드는 측면이 있다. 그러나 오늘날, 산업화시대의 초기에 김수영이 토해낸 "나의 붓은 이 時代를 眞摯하게 걸어가는 사람에게는 恥辱"(「九羅重花」)과 같은 혹독한 자성의 말은 거의 들려 오지 않는다. 피로의 총량이 문제가 아니라 피로에 대한 분석과 해체의 의지에 있어 우리는 김수영의 것보다 치열한 정신을 보유하고 있다고 하기 어렵다. "영원히 나 자신을 고쳐가야 할 運命과 使命에 놓여 있는 이 밤"(「달나라의 장난」)에 깨어 있는 자의 정신은 가파른 긴장의 극단을 달린다.

瀑布는 곧은 絶壁을 무서운 기색도 없이 떨어진다

—「瀑布」 1연

이제 나는 曠野에 드러누워도
時代에 뒤떨어지지 않는 나를 發見하였다
(……)
疲勞와 疲勞의 發言
詩人이 恍惚하는 時間보다도 더 맥없는 時間이 어디있느냐
逃避하는 친구들
良心도 가지고 가라 休息도——

—「曠野」에서

'폭포'의 가열찬 풍경은 역사와 현실을 관통하는 고뇌와 양심의 통합적 산물이다. "나타와 안정을 뒤집"(「폭포」)는 폭포의 낙하는 무게와 속도를 합하여 '힘'을 만들어낸다. 이 도저한 하강의 힘은 어두운 시대를 돌파하는 김수영의 비장의 무기라 할 것이다. 강한 정신의 힘이 있기에 시인은 홀로 광야에 누워서도 '시대'와 동행할 수 있다. 그러나 아무도 없는 광야에도 "피로와 피로의 발언"은 들려온다. 피로는 홀로 "광야에 드러누운" 시인에게 "시인이 황홀하는 시간"은 가장 "맥 없는 시간"임을 일깨워 준다. 현실을 망각하고 몽환의 황홀 속으로 도피하는 자들은 '양심'과 '휴식'을 소유할 자격이 없다. 하지만 이를 자각하는 자에게도 견디기 어려운 피로의 순간은 있다. 사실상 김수영의 피로는 과도한 무게를 지니고 있으며, 복합적인 양상으로 표출된다. 시인의 비애와 지식인의 자괴감에서부터 일상인의 무력함, 경제적 인간으로서의 무능, 단독자로서의 실존적 고독, 시대와 역사 앞에 선 양심적 지성으로서의 절망에 이르기까지 그가 감당해야 할 피로는 두텁고 단단하다. 그리하여 김수영은

> 밤이여 밤이여 피로한 밤이여
>
> —「달밤」에서

라고 울부짖거나,

> 나는 왜 이다지도 疲勞에 집착하고 있는가
>
> —「싸리꽃 핀 벌판」에서

라고 슬프게 자문한다. 지나친 피로감은 오히려 의식의 각성을 저해하여 그에게 "자꾸자꾸 小人이 돼간다"(「강가에서」)는 위축감과 패배감을

안겨 준다. 이에 김수영은 '약간의 경박성'(「바뀌어진 지평선」)을 발휘해 보기도 하지만, 피로의 고단한 행렬을 멈출 수는 없다.

피곤한 하루의 나머지 시간이 눈을 깜짝거린다
世界는 그러한 無數한 間斷

오오 사랑이 追放을 당하는 時間이 바로 이때이다

—「피곤한 하루의 나머지 시간」에서

김수영에게 피로의 반대편에 있는 것은 '사랑'이다. 피로를 각성하는 비판적 지성이 피로와 육체의 혼곤함을 감당하지 못할 때 그는 인간의 본원적인 '사랑'을 갈구한다. 초기시에서 이미 김수영은 "낡아도 좋은 것은 사랑뿐이냐"(「나의 가족」)고 사랑의 미덕을 예찬한 바 있거니와, '사랑'은 '양심'과 더불어 부패한 세계와 그의 내면을 가름하는 귀한 척도가 된다. 그러나 세계의 부정성을 감시해 온 피로의 감각이 점차 약화됨에 따라 '사랑' 또한 위기에 봉착하게 된다. 각성의 힘을 소진한 피로는 그의 내면에서 사랑마저도 '추방'시켜 버린다. 피로에 짓눌린 김수영은 편안한 휴식을 갈망한다. 궁극적인 의미에서 그가 원하는 "大時間은 결국 쉬는 시간"(「長詩(二)」)이며, 그에게 '자유'와 '휴식'은 동일한 의미로 자리매김된다. 김수영은 끝내 "자유여/아니 휴식이여/어려운 휴식이여"(「記者의 情熱」)라고 울부짖기에 이른다.

그러나 기이하게도, 휴식은 정작 '설움'을 불러일으킨다.

마음을 쉰다는 것이 남에게도 나에게도
속임을 받는 일이라는 것을
(쉰다는 것이 무엇이라는 것을 알면서)

쉬어야 하는 설움이여

—「休息」에서

"악독하고 반동적인"(「中庸에 대하여」) 세계에서의 휴식은 명확한 한계를 지닐 수밖에 없다. 이 휴식은 "남에게도 나에게도 속임을 받는" 기만적인 상태에 함몰되는 것이기 때문이다. 그러나 비록 허위에 불과하다 할지라도 지친 정신은 쉴 곳을 찾기 마련이어서 김수영은 속된 휴식이 주는 평온을 취하며 '설움'에 젖는다. 앞에서 살펴 본 바와 같이, 김수영이 생각하는 진정한 휴식은 진정한 자유 상태에서만 가능하다. 그러므로 '설움'이란, 속임의 휴식과 진정한 자유 사이의 크나큰 간극에서 발생하는 김수영의 내적 균열 상태라고 할 수 있다. 김수영의 시에는 '설움'이라는 어휘가 초기시부터 후기시에 이르기까지 지속적으로 나타난다. '설움'에 젖어 있는 자의 내면에는 설움에서 벗어나고자 하는 의지가 본능적으로 생성된다. 진정한 자유와 휴식을 누릴 수 없기에 생겨난 김수영의 '설움'은 "〈자유의 회복〉의 신앙"(산문, 「나의 信仰은 〈自由의 회복〉」)을 통해 혁명의 의지로 비상하게 된다. 그러나 자유에는 불가피하게 "피의 냄새가 섞여있으"(「푸른 하늘을」)며, 이는 중도에 좌절되는 미완의 혁명으로는 성취될 수 없다. 여기서 미완의 혁명은 4·19라는 특정한 역사적 사건만을 뜻하지 않는다. 김수영이 염원했던 정치·사회적 자유, 역사적 정의, 시와 지성의 합일, 정직한 양심의 완성, 자유로운 글쓰기의 세계는 하나같이 뒤틀림과 결핍의 상태에 머물러 있다. 그는 이 상황을 "革命은 안 되고 나는 방만 바꾸어 버렸다"(「그방을 생각하며」)고 진술한다. 현실을 변혁하는 지난한 여정은 모두 완결을 향해 가는 혁명의 과정, 즉 미완의 혁명 상태에 있다. 김수영 시의 중요한 정조인 '설움'은 혁명의 완성이 유보된 이 지점에서 발생하며, 혁명이 완성되기까지는 결코 멈추어질 수 없다. 설움은 모든 미완과 결핍과 허위의 것들에 대한 김수영의 감정적 대응의 총체에 해당한다. 그러하여 역설적이게도 설움은 그를 "자라"게 하며(「矜持의 날」), "설움을 역류하는 야릇한 것만을" 찾아(「방안에서 익어가는 설움」) 움직이게 만든다.

비가 오고 있다
움직이는 悲哀여

決意하는 悲哀
變革하는 悲哀
(……)
움직이는 休息

—「비」에서

이 시에서 '비'의 환유적 은유인 "움직이는 비애, 결의하는 비애, 변혁하는 비애, 움직이는 휴식"은 모두 등가의 관계에 있다. 비애는 설움의 다른 이름으로, '움직이는 비애'는 결의와 변혁의 과정을 거쳐 '움직이는 휴식'에 도달한다. 김수영에게 휴식은 머무름이 아닌 끊임없는 역동성의 가운데 존재한다. 그것은 자유가 고정성과는 친화력을 갖기 어려운 것과 같다. 시인의 내부에는 움직이는 휴식이 있고, 외부에는 현실의 규제가 있다. 김수영은 이 둘 사이를 약간은 '경박하게' 유영하면서 '아슬아슬한 설사'(「설사의 알리바이」)의 시를 쓴다. 권위적인 질서를 거부하는 그는 차라리 "모리배들한테서/언어의 단련을 받는"(「謀利輩」) 쪽을 택한다. 그가 숭상하는 시의 정전(正典)은 금박 입힌 장서가 아닌, '더러운 역사'와 비애의 생활이며, 온갖 소외당한 인간 군상과 그들의 생생한 언어이다.

歷史는 아무리
더러운 歷史라도 좋다
진창은 아무리 더러운 진창이라도 좋다
나에게 놋주발보다도 더 쨍쨍 울리는 追憶이
있는 한 人間은 영원하고 사랑도 그렇다

(……)
요강, 망건, 장죽, 種笛商, 장전, 구리개 약방, 신전,
피혁점, 곰보, 애꾸, 애 못 낳는 여자, 無識쟁이,
이 모든 無數한 反動이 좋다
이 땅에 발을 붙이기 위해서는 물 속에 박은 鐵筋기둥도 내가 내 땅에
박는 거대한 뿌리에 비하면 좀벌레의 솜털
내가 내 땅에 박는 거대한 뿌리에 비하면

—「거대한 뿌리」에서

'더러운 역사'에 "놋주발보다도 더 쨍쨍 울리는 추억" 하나로 맞서며 김수영은 인간과 사랑에 대한 무한한 믿음을 확인한다. 현실의 진창 위를 아슬아슬하게 배를 대고 날아가던 그는 이제 진창의 "땅에 발을 붙이기 위해" 뿌리를 "박는"다. '거대한 뿌리'는 피로와 설움의 역사이자, '무수한 반동'의 역사이고 억압을 뚫고 전개된 분출의 역사이다. 그것은 '더러운 역사' 속에서도 깨끗한 자양분만을 흡수하여 성장해 온 참된 생성의 역사이다. 이로 인해 시인은 '욕망의 입' 속에서 "사랑을 발견하"고 "도시의 피로에서 사랑을 배우"(「사랑의 變奏曲」)는 전복의 힘을 소유하게 된다. "죄 많은 식민지"의 현대식 다리가 자본의 속력으로부터 "사랑을 배우는 희한한 일"(「現代式 橋梁」) 또한 이러한 경로를 통해 가능해진다. '거대한 뿌리'는 척박한 피로의 땅 위에 움직이

는 비애와 휴식을, 진정한 휴식과 자유를, 마침내 도저한 해방의 줄기와 잎을 자라게 한다. 이 역동성은

바람보다 늦게 누워도
바람보다 먼저 일어나고
바람보다 늦게 울어도
바람보다 먼저 웃는다

—「풀」에서

는 '풀'의 저돌적이고 끈질긴 생명력으로 가시화된다. 아슬아슬한 유영의 세월을 거쳐 '거대한 뿌리'에 응집된 김수영의 시적 에너지는 '풀'의 움직임을 통해 정(靜)과 동(動)의 합일을 성취한다. 뿌리를 지녔으되 '눕고', '일어나'며, 심지어 '웃는' '풀'은 한정된 자리에서 수많은 움직임을 만들어내는 무서운 능동성의 실현이라고 할 수 있다. 김수영의 미완의 혁명이 나아간 곳은 일단 여기까지이다.

3. 김수영, 살아 있는 미완의 혁명

김수영의 시적 돌파력은 피로를 견디는 방식과 그 견딤의 여부에 좌우된다. 시와 산문, 시인과 지식인, 자유와 양심의 동시적 삶을 밀고나간 그는 당대의 모든 피로를 한 몸에 끌어안고 있었다. 김수영에게 시대와 사회와 생활(일상)의 중층적인 피로는 그의 현실 인식 자체를 의미한다. 피로를 견디는 것은 각성의 힘을 견지하는 일이며, 피로에 지쳐 휴식을 취하는 것은 허위에 몸을 맡기는 일이다. 그는 피로한 자신을 분석할 뿐 아니라 쉬고 있는 자신을, 나아가 분석하고 있는 스스로

의 주체 자체를 반성한다. 김수영은 언제나 쉬임없이 '움직이고' 있는 것이다. 움직임은 김수영 시의 가장 근원적인 동력이다. 움직임을 통해 김수영은 '거대한 피로'를 극복해내며, 그 활발한 움직임 속에서 비애와 사랑과 휴식을, 자유를 진정으로 소유한다. 그 지점은 진정한 역사의 '거대한 뿌리'에 자신을 오롯이 접붙이는 정착의 순간이기도 하다. 김수영이 이 정착의 사유를 계속 펼쳐보일 수 없었던 것은 우리 문학사의 불행이 아닐 수 없다. 그는 분명 부정적인 현실로부터의 이탈과 탈주가 바로 현실의 그 자리에서 이루어질 수 있음을, 아니 이루어져야 함을, 뿌리를 내리고 정착한 속에서 자유를 누리는 것이란 어떤 것인가를 '온몸으로' 보여주었을 터이기 때문이다.

혁명을 잊어버린 이 시대에 김수영은 우리에게 혁명을 일깨운다. 그는 혁명이 왜 필요한가를, 진정한 혁명이란 무엇이며, 어디에서 시작하고 어떻게 행해져야 하는가를 가르쳐 준다. 혁명의 뿌리와 본질은 무엇보다 '내부의 혁명'에 있음을 그는 부단히 일깨워 준다. 지금, 그리고 '아직' 김수영의 시세계는 미완의 혁명 상태로 우리 앞에 존재한다. 그것을 완성하는 몫은 이제 더 이상 그의 것이 아니다. 이제 김수영의 어법을 빌어 이렇게 말하자. "김수영은 살아 있다. 죽음을 잊어버린 영혼과 육체를 위하여 새벽이 지나도록 살아 있다. 우리의 내부에". 그러니 그를 계속 살아 있게 하는 것은 내내 우리의 몫이다.

시대의 전위에서 '아름다운 폐인'에 이르는 길

—황지우론

1. 시? 시적인 것! 전위의 운명

먼저, 황지우식으로 말하자. 두 개의 구체 감각, '보다'와 '만지다'를 감도는 '가느다란 실핏줄'의 흐름이 황지우 시의 가계다. 그의 시는 갖가지 풍문에 휩싸인 이 가계를 양식화한 독특한 족보이다. 첫 시집『새들도 세상을 뜨는구나』(1983) 이후『어느 날 나는 흐린 酒店에 앉아 있을 거다』(1998)에 이르는 여섯 권의 시집은 80~90년대 우리 시의 문제적인 풍경을 형성하고 있다. 악담과 유희, 애증과 방기(放棄), 화엄과 폐허가 뒤섞인 황지우의 시는 독자적인 시적 형질과 전위적인 색채를 발산한다. 새로움에의 탐구가 부족한 우리 시단에서 황지우는 해체와 실험의 정신적 메카 구실을 해왔다고 할 수 있다. 그는 파괴와 부정의 에너지로 생성의 시를 빚음[1]으로써 현실 인식과 시 양식 자체에 대

1) 황지우는 "나는 말할 수 없음으로 양식을 파괴한다. 아니 파괴를 양식화한다"고 말한다—황지우, 「사람과 사람 사이의 신호」, 산문집『사람과 사람 사이의 신호』, 한마당, 1986, p.25.

한 반성을 하나로 결합시켰다. 현실의 '투구'를 쓰고 무명(無明) '뻘밭'을 헤매온 느린 '게'는 이제 한국 시사에 뚜렷한 발자국을 남겨 놓고 있다.

황지우 시의 가계는 『중앙일보』 신춘문예 당선작(1980) 「연혁」에서 시작된다. 한 저돌적이고 불경한(?) 시인이 세상으로부터 시인의 혈통을 인정받은 것은 자기 존재의 기원을 탐색하는 작업에서였다. 그는 자신의 유년 시절을 어둡고 황량한 냉기의 시간으로 그려낸다. 그의 시적 지형도에 의하면, 아버지의 죽음이 휩쓸고 간 '빈 목선'의 연안은 캄캄한 유폐의 땅이었으며, 성년이 되어 도달한 내지(內地) 또한 "떠나고 싶은 쑥밭의 땅"(김현)에 불과했다. 여기에 척박한 세상과의 오랜 싸움은 그에게 "내가 사랑했던 자리마다 모두 폐허"(「뼈아픈 후회」)가 된 마이너스의 현실을 돌려준다. 현실의 어느 곳에도 뿌리 내릴 수 없었던 황지우는 현실에 맞서 운명적으로 전위의 길을 걷는다. 비판과 창조적 일탈의 전위에서 그는 다채로운 형식 미학과 새로운 시적 감성을 창출한다. 황지우의 시적 실험은 현실 세계를 공격하는 대리전(代理戰)의 성격을 지닌다. 황지우는 시의 전위와 현실의 전위를 일치시키고자 하며, 이성적 판단 이전의 '온몸'의 감각적 확신을 밀고 나가는데 주력하는 것이다.

황지우의 시작업에서 가장 중요한 문제는 '소통'이다. 여기에는 타자와의 소통뿐 아니라 세상과의 소통, 자신과의 내적 소통이 모두 포함된다. 시란 본디, 사람과 사람 사이의 가장 내밀하고 압축적인 소통이자 그 소통에의 꿈이라고 할 수 있다. 이를 위해 황지우는 새로운 '시적인 것'을 찾아 다니며, 시에 관한 본질적인 질문을 시쓰기 과정에 계속 개입시킨다. 그는 길들여진 감각과 정신은 시의 적(敵)이라는 생각 하에 획기적인 실험을 행한다. 그림과 만화, 신문 기사, 광고, 각종 부호들이 시의 언어적 한계를 보완하는 장치라면, 판소리, 경전, 희곡

등의 차입은 시의 장르적 영토를 넓히려는 시도에 속한다. 기묘하고 난해한 황지우의 시는 때로 어떤 미문보다도 아름답고 강렬한 감동을 자아낸다. 시의 본질에 대한 파격적인 사유가 종래의 시에서 볼 수 없는 새로운 소통의 길을 창출하며, 이 길을 따라 그의 시는 독자들에게로 거침없이 흘러들기 때문이다.

황지우의 소통의 시는 언제나 타자와의 부딪힘, 상처, 엇갈림, 갈등 속에서 태어난다. 그래서일까? 그의 시에는 몰입의 풍경이 없다. 낯설고 불안한 목소리, 서로 갈등하는 이질적인 것들, 소외된 내부와 도달할 수 없는 외부, 한 번도 점령해 본 일 없는 자기 자신과 삶, 황지우의 시는 많은 조각을 붙인 입체 거울 속의 풍경처럼 어지럽다. 하나의 대상에 몰입하지 못한다는 것은 사유와 감각의 축이 여러 개이며 항상 이동하고 있다는 뜻이 된다. 한 곳을 오래 응시할 수 없는 사람은 무언가 '다른 것'을 찾고 있는 사람이다. 몰입할 수 없음, 이는 시인 황지우의 행복이자 불행이다. 그 행복한 작용이 황지우 특유의 비판력과 해체적 사고, 건강한 탈주 의지로 표출된다면, 불행한 작용은 분열증과 자학적 파괴, 무력증과 염세주의로 나타난다. 80년대의 황지우는 전자의 편에, 90년대의 황지우는 명백히 후자의 쪽에 서 있다고 할 수 있다.

황지우의 시는 수많은 타자들과 균열된 내면, '과도한 나'[2], '겹의 언어'[3]들의 아우성으로 수런거린다. 그는 비판과 사유의 초점을 계속 움직임으로써, 또한 끊임없이 '안'을 거부하고 '바깥'으로 나감으로써 부단한 이탈의 와중에서 생과 자아의 진정한 얼굴을 찾기 위해 분투한다. 그는 현실을 보완할 '바깥'을 확보하고, 스스로 '내부의 바깥'으로 존재하고자 한다. 황지우가 찾고자 하는 '시적인 것'이란 '바깥'에 속

2) 김진석, 「나를 위해 나무를 돌리는 나」, 『문학동네』, 1999, 여름.
3) 이인성, 「'영원한 밖'으로 떠나고 싶은, 떠나기 싫은」, 황지우 『어느 날 나는 흐린 주점에 앉아 있을 거다』 발문, 문학과지성사, 1999 참조.

한 것, 현실 세계에 마땅히 미래형으로 존재해야 할 것들이다. 시적인 것의 탐색의 전위에 서서 황지우는 본능적인 감각을 따른다. 그는 끊임없이 기웃거리며, 보고, 듣고, 냄새 맡으며, 만지고, 주무른다. 윤곽을 먼저 말한다면, 그가 보는 세계는 허위의 빛으로 너무 밝고 안녕하거나 암전중이며, 그가 만지는 사물은 더럽고 물컹거리지만 이상하게도 생생한 삶의 육감을 불러일으킨다. 황지우의 시적 편력은 이 생생한 육감을 현실적인 행위로 치환하는 방법적인 도정에 해당한다. 보고 만지는 실존적 삶의 감각으로부터 '하다'의 실천적 행위를 이끌어내기 위한 방황과 모색은 지난 20년간의 황지우의 시세계를 규명하는 해독법의 내용이 된다.

2. 나는 '본다', 이중의 시선으로

황지우는 "시를 언어에서 출발하지 말고 '詩的인 것'의 발견으로부터 출발해보"[4]자고 제안한다. "시적인 것은 실재하며 시의 안팎에서 '발견'되는 '객관화된 아이디어'이고, 시적 주체에 대해 자율적으로 존재한다"[5]고 믿기 때문이다. 황지우는 시란 언어를 넘어서는 자리에 있으며, 시적인 것은 시인이 창조하는 것이 아니라 세계 속에서 발견되는 객관적인 실재라고 생각한다. 시의 질료를 '언어'에서 '시적인 것'으로 치환하려는 작업은 그 자체로 전복적이며 전위적이다. 처음 발굴된 시적 실재는 자연히 새로운 시의 형태를 요구하며, 이는 필연적으로 기존의 시의 지형도를 변화시키게 될 것이기 때문이다.

세계 속에 무한히 잠재된 시적인 것을 찾기 위해 황지우는 '본다'.

---

4) 황지우, 시 「버라이어티 쇼, 1984」의 詩作메모, 『새들도 세상을 뜨는구나』, 문학과지성사, 1983.
5) 황지우, 산문 「시적인 것은 실제로 있다」, 『사람과 사람 사이의 신호』, 한마당, 1986, p.218.

그는 "내가 할 수 있는 일이란 見者로서, 이 세계를 보여주는 일"[6]이라고 선언한다. 그는 먼저 세계를 정면에서 주시한다. 복잡한 현실의 삶은 우선 직선적인 시선에 의해 포착된다. 황지우는 일상적인 시선 대신 불온하고 삐딱한 시선을 현실에 들이댄다. 현실은 삐딱한 시선에 의해 뒤집히며, 깊숙이 감추어 둔 은밀한 모습을 드러낸다. 비스듬한 시선이 곧은 시선보다 실재를 정확히 간파하는 아이러니는 어떻게 발생하는가? 현실의 배후에 있는 실재를 발견하기 위해서는, 시선은 복잡한 방어 장치를 통과해야만 한다. 실재는 이를 저지하기 위해 혼란과 무질서, 착각과 환영 등의 고도의 은폐 전략을 구사한다. 눈에 보이는 모든 현상은 실재의 보호막이자, 실재가 상영하는 (허위의) 필름인 것이다. 그러므로 실재의 저지선인 현상의 뿌연 막을 통과하기 위해서는 고도의 지적(知的)인 시선이 필요하다. 현상 너머의 실재는 시선으로 하여금 극히 좁은 통로를 지나오기를 요구하며, 그 통로는 결코 직선이 아니다. 이 같은 정황은 마치 전파나 빛이 좁은 틈을 지날 때 약간 휘어짐으로써 뒤쪽의 그늘에까지 도달하는 회절(回折)현상을 연상케 한다. 빛의 회절과도 같이, 현상의 뒤편으로 꺾여 들어가 실재에 도달할 수 있는 시선은 구부러지고 삐딱한, 비스듬한 시선이다.[7] '삐딱하게' 볼 때에만, 실재를 염두에 둔 이중의 시선으로 볼 때에만 모든 대상은 명확하게 변별적인 특징을 갖는다. 실재란, 적당한 거리에서 눈의 초점을 흐리고 보아야만 그림의 형태를 알 수 있는 스테레오 그램—스테레오 그램은 흔히 매직 아이(Magic Eye)라는 상표명으로 불린다. '마술의 눈'이라니, 가리워진 실재를 찾아내는 데 얼마나 적절한 눈인가—과도 같다. 삐딱하게 봄으로써 황지우는 시대와 사회의 갖가지 행태에 교묘히 뒤섞여 있는 숨은 그림(실재)을 찾는다.

---

6) 황지우, 산문「시의 얼룩」, 위의 책, p.242.

① 20대 여인의 등에 업힌, 生後 三個月짜리 갓난아이를, 젊은 탁발승이 경멸적인 눈꼬리로 쏘아 보고 있었다. 欲情의 더러운! 사타구니에서 연꽃처럼 화사하게 피어난 사람의 애벌레. 갓난아이는 세상 모르게, 세상을 두리번거린다. (1984. 1. 31. 강남 터미날 귀성객 대열에서. 전주행 차를 기다리면서)

그러나 바로 그 欲정이 인類를 떠받치고 있어.

—「버라이어티 쇼, 1984」에서

② (……) 군대 있을 때 일이야. 동두천서 성병 걸린 신병이 방커속에서 수류탄으로 제 몸을 날려 버렸지. 얌전한 신학대 학생이었어. 난 축도 했어. 아, 이런 순간만이 내가 살아 있는 것 같애.

—「이준태 (1946년 서울生, 연세대 철학과 졸, 미국 시카고 주립대학 졸)의 근황」에서

①에서 시인의 시선은 탁발승의 시선에 겹쳐졌다가 어긋난다. 갓난

7) 라캉의 충실한 후예이자 친절한 해설자인 슬라보예 지젝은 셰익스피어의 희곡 「리차드 2세」 중 전쟁에 출정한 왕을 걱정하는 여왕과 시종 부시의 짧은 대화를 인용하면서 현실(실체, 실재)과 시선의 관계를 설명한다. 지젝은 이 대화에서 우리가 시선의 방식에 따라 두 개의 현실을 발견하게 된다고 본다. 하나는 우리의 주관적인 시각에 의해 '수많은 반영들로 분열된', 즉 '왜곡된 실체적 현실'로서 나타나는 상식적인 현실이며, 다른 하나는 왜곡되고 변형된 현상 속에 가리워진 '명확하고 변별적인 특징을 띠는' 실재적 현실이다. 우리는 시선의 두 가지 방식에 의해 이 현실을 경험할 수 있다. '똑바로 실제에 입각해서'(현상적으로) 보는 방식과 '삐딱하게 보기'의 방식이 그것이다. 만약 왜곡된 실체적 현실을 '똑바로 실제에 입각해서' 본다면 우리는 '실제 그대로'(현상적인 형태 자체로만) 그것을 보게 되며, 우리의 욕망과 불안으로 혼란스러워진 응시('삐딱하게 보기')로 볼 때에는 왜곡되고 흐려진 이미지만을 보게 될 것이다. 그러나 첫번째 현실에서의 시선의 위상은 두 번째 현실에서는 정확히 반대로 역전된다. 실재적 현실을 보려 할 때 우리가 만일 똑바로, 실제에 입각해서 무관심적으로, 객관적으로 사물을 본다면 우리는 오직 '형태없는 오점'만을 보게 될 뿐이다. 대상은 오로지 우리가 '비스듬히', 즉 욕망이 지탱시키고 침투하고 '왜곡하는' '관심적' 시각으로 볼 때에만 명확하고 변별적인 특징을 띠게 되는 것이기 때문이다. 다시 말해서 현실과 사물의 실재에 도달할 수 있는 시선은 '똑바로 실제에 입각해서' 보는 무관심적인 시선이 아니라, 사물의 진정한 형태를 판별할 수 있는 '관심적'인 시각, 즉 '삐딱하게 보기'의 시선이 되는 것이다.—슬라보예 지젝, 김소연·유재희 역, 『삐딱하게 보기』, 시각과 언어, 1995, pp.28～32 참조.

아이를 쏘아보는 탁발승의 눈에는 아기를 욕정의 더러운 애벌레로 간주하는 경멸스러움이 짙게 배어 있다. 이 시선은 종교적 맥락에서 나온 것이지만, 황지우가 보기에는 독선과 아집의 산물일 뿐이다. 황지우는 오히려 인류를 떠받치고 있는 욕정의 위대한 힘을 본다. '欲정'과 '인類'에서 한자로 돌출된 부분만을 결합하면 '欲類'가 된다. 인류는 정확히 말해 '欲類'라는 것. 이는 인류에 대한 가장 밑바닥의 긍정이며 통찰이다. ②에서 시인의 시선은 성병에 걸려 수류탄으로 자폭한 신학대 출신의 신병에게로 향한다. 대부분의 사람들은 다락의 내용을 비웃거나, 극심한 죄의식을 동정하거나, 어처구니없어 하는 반응을 보일 것이다. 그러나 놀랍게도 시인은 축복의 기도를 보낸다. 더욱이 그런 순간만이 "내가 살아 있는 것 같"다고 열렬히 환호한다. 청년의 죽음에서 부패한 현실에도 아직 도덕적 양심이 살아 있다는 징표를 보았기 때문이다. '삐딱하게' 보면, 성병 때문에 자살한 신학대생은 타락한 시대의 도덕적 순교자이자, 아직 남은 실낱 같은 구원의 가능성으로 해석된다.

이 시대의 교활하고 충실한 견자 황지우는 사소한 것에서 본질적인 의미와 구조를 본다. 그는 이중의 시선을 가진 견자이다. 이제 세계는 그가 대상을 바라보는 각도와 시선의 구부러짐 정도에 따라 매우 다른 모습으로 출현한다.

영화가 시작하기 전에 우리는
일제히 일어나 애국가를 경청한다
삼천리 화려강산의
을숙도에서 일정한 군을 이루며
갈대숲을 이륙하는 흰 새떼들이
(……)

이 세상 밖 어디론가 날아간다
우리도 우리들끼리
낄낄대면서
낄쭉대면서
우리의 대열을 이루며
한 세상 떼어 메고
이 세상 밖 어디론가 날아갔으면
하는데 대한 사람 대한으로
길이 보전하세로
각각 자리에 앉는다
주저 앉는다

—「새들도 세상을 뜨는구나」에서

극장의 풍경을 담은 이 시는 정치적 함의를 기발한 방법으로 노출한다. 날아오르는 새들의 영상 속에 애국가가 끝날 무렵, "대한 사람 대한으로 길이 보전하세"의 마지막 소절과 함께 사람들은 "자리에 앉는다". 이제 곧 한 편의 영화가 꿈과 환상의 낙원으로 자신들을 도피시켜 주기를 기대하면서. 을숙도의 새떼들은 "자기들의 세상을/이 세상에서 떼어 메고/이 세상 밖 어디론가 날아"가지만, 사람들은 '보이는' 즐거움에 취해 '안 보이는' 억압과 폭력의 현실을 망각한다. "주저 앉는다". 비판과 행동을 결여한 군중들은 권력에 굴복하며 재빨리 시류에 편승한다. 이런 방식으로 사람들은 애국하고, "대한 사람 대한으로 길이 보전"한다. 애국가가 끝난 후 자리에 앉는 사람들에게서 황지우는 '삐딱하게' 거대한 억압의 배후와 80년대의 암울한 정치적 현실을, 무반성적인 소시민의 왜소함을 '본다'. 곧이어 시인의 시선은 바로 자신에게로 향한다.

벗이여, 나의 近況은 위독하다. 위문와 다오. (……) 벗이여, 이제 나는 시를 폐업처분하겠다. 나는 作者未詳이다. 나는 용의자이거나 잉여인간이 될 것이다. 나는 그대의 추행자다. 아아, 나는 시의 무정부주의를 겪었고 詩는 더 이상 나의 聖所가 아니다. 거짓은 나에게도 있다. (……) 그들과 나는 덮여진 형제 살해의 시대에 산다. 우리는 연루자다.

—「近況」에서(밑줄 강조 인용자)

현실의 폭압성이 강화됨에 따라 현실 주체의 위기감은 극도로 심화된다. 순정한 영혼과 유약한 육체에 대한 위협이 극에 달한 지금, 시는 더 이상 현실을 견디게 하는 힘이 되지 못한다. '시의 무정부주의' 시대, 시가 더 이상 '성소'가 되지 못하는 시대는 얼마나 불행한 시대이며, 그 시대의 시인이란 얼마나 고통받는 존재일 것인가? 황지우의 눈에 비친 80년대는 다음과 같이 요약될 수 있다. "세계는 완벽히 유죄이고, 시는 한낱 쓰레기이거나 무용지물이다. 살해의 공범자인 모든 '나'는 비굴하고 무가치한 인간일 따름이다"라고. 극심한 자학은 대부분 파괴의 욕망으로 변형된다. 황지우는 시를 폐업 처분하겠다고 선언한다. 이에 따라 시인과 인간으로서의 '나'의 정체성도 무너진다. 사실 거짓은 '나'에게도 있으며, 그런 의미에서 너나 할 것 없이 '우리는 연루자'이다. 모두가 연루된 원죄의 거대한 뿌리는 '덮여진 형제 살해의 시대', 이 시대의 중심에서 자란다. 이 '덮여진 형제 살해의 시대'라는 짧은 시구만큼 피의 축제로 개막된 80년대의 역사적 본질을 정확히 간파한 예는 많지 않을 것이다.

그러므로 역설적인 의미에서 황지우는 그의 말대로 리얼리스트이며 결코 실험 시인이 아니다. 시의 "일그러진 형식은 일그러진 현실에서 오기"[8] 때문이다. 그가 미학적 자율성의 기반 위에 현란한 모더니즘 시를 펼쳐 보일 때도 '오지 않는 너'(「너를 기다리는 동안」), '오지 않는 미래'(「그들은 결혼한 지 7년이 되며」)를 갈구하는 낭만적 유토피아주의자[9]의 자세를 취할 때도, "돌아보면 모든 자취는 지워져 있고 追憶은 迷路"(「山經」)임에 "이제는 세상과 끊겼다는 절박한 안도감"(「後山經네 편」)에 젖어 "바다 한 가운데에는/바다가 없네"(「게 눈속의 연꽃」)라고 선적(禪的)인 풍모를 드러낼 때도 그는 철저한 현실주의자일 수밖에 없다. 황지우에게 있어 모더니티와 낭만성은 진정한 리얼리티의 창출에 필요한 하나의 요소일 뿐이다.[10]

현실 조건의 변화에 따라 시의 방법 또한 달라져야 한다는 생각은 한 시인에게 온몸으로 전위의 운명을 받아들이게 했고, 현실의 은폐된 본질을 예리하게 간취하는 견자의 길을 걷게 했다. 그러나 현실 사회주의의 몰락은 이 전위적인 견자에게서 시선의 삐딱함을, 그 예리함의 힘을 일순간에 앗아가 버리고 만다.

3. 시선의 붕괴와 촉각의 에로티즘

소비에트가 무너지던 날 난, 난
光州 空港에서 스포츠지를 고르고 있었어
세계지도에서 내가 귀순하고 싶은 나라들이
일시에 없어져 버린 느낌이었다고 할까

8) 황지우, 산문 「시의 얼룩」, 위의 책, p.239.
9) 황지우 자신의 규정.
10) 이를테면 황지우는 리얼리즘과 모더니즘에 관한 '루카치―브레히트 논쟁'에서 모더니즘을 반역사적인 것으로 규정하고 맹렬히 공격한 루카치와는 반대 입장에 서 있다. 황지우는 문학의 형태적 수단이 어떠하든 다면적이고 모순된 역사적 현실과 대결하는 광의의 사실주의로서 모더니즘을 파악하는 브레히트의 생각에 동의한다. 황지우 자신이 '리얼리즘 논쟁'을 다룬 글 「현실과 형식, 그 부정의 미학」에서 인용한 브레히트의, "리얼리티는 변한다. 그러므로 그것을 표출하기 위해서는 그 표출 방식도 함께 변하지 않으면 안된다"는 말은 황지우가 그 자신에게 되돌려 주는 말인 셈이다.―황지우, 「현실과 형식, 그 부정의 미학」, 위의 책, pp.54~65 참조.

(……)

내 머리는 불타버린 回路 같애. 휴즈 나간 사상 ; 야튼 난, 난
도마 위의 그 스테인레스 식칼을 두 눈 찔끔 감고 지나왔어
때로 나는 내가 두려워! 내가 나를 어떻게 믿어?
(……)
아까 공항 식당에서 밖을 내다보았고 이곳이 너무 비좁다!
생각했고 뭔가가 자꾸 나를 바깥으로 밀어내는 힘을 느꼈어
내 수첩에는 알아 볼 수 없게 볼펜으로 여러 번
지워진 이름들이 있어
부재로 만드는 것 ; 그게 별게 아닌 내 힘이야
용서한다는 말도 필요 없는

—「우울한 거울 · 2」에서(밑줄 강조 인용자)

현실의 급격한 변화는 강한 자의식을 지닌 시인을 극심한 혼돈의 무중력 상태로 몰아간다. 위 시에서 보듯 "세계지도에서 내가 귀순하고 싶은 나라들이 일시에 없어지"자, "내 머리는 불타 버린 회로같"이 작동이 정지된다. 날카로운 견자의 시선은 현실의 지향점이 사라지는 순간 해체되고 만다. 이제 '내'가 할 수 있는 일은 수첩의 이름을 지우듯이 무언가를 "부재로 만드는" 일일 뿐이다. 시인의 의식은 물렁물렁한 지우개처럼 세계를 지우고, 타인과 기억과 자기 자신을 지운다.

삶에 대한 불행한 의식은 정체성의 붕괴로 이어진다. 지난 시대 그가 보여준 자학이 폭압의 현실에 저항하는 도덕적 자의식의 발로였다면, 이번에는 세상으로부터 누락되는 실존적 결락감이 자학의 요인이 된다. "뭔가 자꾸 나를 바깥으로 밀어낸"다는 느낌, '나'는 이 세계에 어울리는 사람이 아니라는 패배적 자의식이 그를 사로잡는다. 이런 자신을 들여다보는/보게 하는 것은 '우울한 거울'이다. 그렇다면 여기에서

'우울한'의 주체는 누구인가? 거울인가? 거울을 들여다보고 있는 '나' 자신인가? 한편, 거울이란 '보는' 행위를 통해서만 기능과 의미를 갖는 사물이 아닌가? 이 질문에 답하기 전에 지적해야 할 것은 황지우의 인식의 통로가 여전히 '보다'라는 감각적 행위에 있다는 사실이다.

1993년 여름에 발표된 「거울」 연작은 견자로서의 시인의 역할이 위기에 처한 시점에서 나왔다는 점에서 시사적이다. '보는' 행위로 인식과 실천을 대행해 온 황지우는 지난 시대의 폐허 위에서 다시 반영의 매체인 '거울'을 등장시켜 세계와 자신을 문제삼는다. 자신의 사유 방식에 짙은 회의를 품고 있으나, 그는 여전히 보는 자, 두려움 속에 자신을 보는 자이다.

> 거울을 보는 것을 두려워하면서도
> 거울에 자주 나타난다
> 내가
> (……)
> 턱 밑 털을 밀기 위해 추어올린 내 얼굴:
> 비누 거품을 허옇게 쓴 나의 헛것,
> 이것, 아무것도 아닌데!
>
> —「우울한 거울 · 1」에서

> 나, 이번 生은 베렸어
> (……)
> 삶이란 게 본디, 손만 댔다 하면 中古品이지만
> 그 닳아빠진 품목들을 베끼고 있는 거울 저쪽에서
> 낡은 괘종시계가 오후 2시를 쳤을 때
> 그는 깨달은 사람이었다

(……)
지나가기 전에 흔적을 지울 것

괘종 시계가 들어가서 아직도 떨고 있는 거울에
담긴 30여 평의 삶 : 지나치게 고요한 거울

—「거울에 비친 괘종시계」에서

두려워하면서도 황지우는 거울을, 거울 속에 비친 풍경을 '본'다. 거울이 반사하는 것은 '헛것'인 자아와 '중고품'의 삶, "나, 이번 생은 베렸어"라는 파멸의 의식이다. "삶이란 게 본디, 손만 댔다 하면 중고품이" 되는 것이라 해도, "그 닳아빠진 품목들을 베끼고 있는 거울"은 투명한 재현과는 거리가 먼 악무한(惡無限)의 복사기일 뿐이다. 복사기로서의 거울은 시인의 현재를 그대로 '베껴'냄으로써 내적 두려움을 가중시킨다. 거울은 '나'의 삶이 "30여 평의 삶"으로 수량화될 수 있음을 계속 확인시키는 것이다. 지난 시대 황지우가 원했던 투명한 재현은 이제 공포의 대상이 되어 그를 억누른다. 그러나 그가 "거울을 보는 것을 두려워하면서도" 자주 거울 앞에 서는 것은, 아직은 피폐한 자아를 확인하는 두려움보다 세상과의 소통의 열망이 더 크기 때문이다. 이 안타까운 열망은 차디찬 거울 앞에서 산산이 부서진다. 그가 지닌 거울은 세상과 단절된 밀실에 걸린 '지나치게 고요한 거울'이며, 동시에 그러한 삶의 실체와 무의미를 끊임없이 일깨우는 강박의 거울이다.

이 지점에 이르러 황지우 시의 '보다'의 주체와 대상은 서로 자리를 바꾼다. 시선의 주체는 시인에게서 세계로 넘어간다. 불의의 세계를 삐딱하게 쏘아보던 황지우는 역으로 세계의 곧은 시선에 포위당한다. 그를 바라보는 세계의 시선은 사물적이며 차갑다. 그 시선은 아무것도 말해 주지 않으면서 그로 하여금 자신에 관해 끝없이 이야기하도록 강요한다. “모든 것을 되돌릴 뿐/아무도 받아주지는 않는” 냉혹하고 ‘거대한 거울의 나라’에서 황지우의 의식은 안주할 곳을 찾지 못한다. 그를 포위한 거울, 즉 세계의 차가운 시선은 그가 살아온 삶의 내용을 속속들이 파헤친다. 지나온 삶이 실패였음을 변화된 시대와 세계가 증언할 때, 이 섬뜩한 증언의 거울 앞에서 황지우는 80년대와 90년대의 엄청난 간극이 자신의 온몸을 관통하는 것을 느낀다. “슬프다//내가 사랑했던 자리마다//모두 폐허다”(「뼈아픈 후회」).[11] 황지우가 자아의 파탄을 선언한 것은 이러한 붕괴의 정점에서였다.

‘거대한 거울’은 황지우의 확장된 의식에 해당한다. 현실을 향해 치열하게 뻗어 나가던 시선은 통로가 차단되자 그 자신에게로 굴절된다. 급변한 현실의 눈은 그에게 아득한 현기증을 유발한다. 지난날 일치했던 세계와 시인의 궤도는 크게 어긋나, 이제 둘 사이에는 “대낮에”도 “별자리가 도”는 어지러운 환각만이 부유한다.

> 한 점
> 죄(罪) 없는
> 가을 하늘을 보노라면
> 거대한 거울,
> 이다 ;
> 이번 생(生)의 온갖 비밀을 빼돌려
> 내가 귀순하고 싶은 나라 :
> 그렇지만 그 나라는
> 모든 것을 되돌릴 뿐

11) 이 시 역시 「저물면서 빛나는 바다」와 마찬가지로 애초에는 조각 시집 『저물면서 빛나는 바다』에 실려 있는 것으로, 황지우는 이를 개작하여 『어느 날 나는 흐린 주점에 앉아 있을 거다』(1999)에 재수록하고 있다.

아무도 받아주지 않는다

대낮에 별자리가 돌고 있는
현기증 나는 거울

—「거대한 거울」 전문

시인은 '나'의 시선이 투사될 수 없는 세계, '나'의 시선이 온통 '나'에게로 되돌려지는 '현기증 나는 거울'의 세계에 둘러싸인다. '내가 귀순하고 싶은 나라'를 향해 안타까운 갈망의 시선을 던져 보지만, "그 나라는 모든 것을 되돌릴 뿐 아무도 받아주지 않는다". 그 나라는 아무런 내부도 실체도 없는, 현실에 부재하는 나라이기 때문이다. 세계가 그에게 '거대한 거울'로 인식되는 것은 완벽한 반사력, 즉 자신이 세계에 거부당했다는 좌절감에서 연유한다. 여기서 거울은 순수한 반사의 기제일 뿐, 객관적인 반영이나 반성의 매체로 기능하지 않는다. 거울은 오히려 시인과 세계 사이의 소통의 불가능성을 표상한다. 세계와 단절된 채 스스로의 시선에 감금된 황지우는 자폐의 극단으로 치닫는다. '교활한' 견자의 견고했던 자의식은 흔적도 없이 사라지고, 최소한의 삶의 의지마저 서서히 휘발되기에 이른다.

나는, 아내가 그를 일으켜 주고 목욕시켜 주고 나에게 밥도 떠먹여 주고 똥도 받아 주고 했으면 좋겠다.
나는 그의 남은 생(生)을 그녀에게 몽땅 떠맡기고 싶다
코로 숨만 쉴 뿐 꼼짝도 않고 똥그란 눈으로 뭔가 간절한 눈으로 바라고 있으면
그녀가 다 알아서 해주는 식물인간(植物人間)이고 싶다
(……)

나는 오늘 아침에 일어나 세수하고 밥먹고 소파에 앉아서
아내가 나갔기 때문에 하루 종일 집에서 혼자서 놀았다.
비계 덩어리인 구석기 시대 어머니상에 푸욱 파묻혀서
괘종시계가 내 여생을 사각사각 갉아먹는 소리를 조용히 들었다
너무 많이 남아도는 나의 시간들이 누에 똥처럼 떨어졌지만
나는 수락했다, 이것도 삶이며
이제는 그것에 개입하지 않겠다는 걸

—「살찐 소파에 관한 일기」에서

황지우의 고백에 따르면, 그는 90년대 초의 몇 년 동안 한 줄의 시도 쓰지 못하는 정신의 파탄을 경험한다. 시에서 보듯 '나'는 아무것도 할 수 없는 무능력한 인간이다. 아니, 더 정확히는 무능력하고 '싫어하는' 인간이다. '나'는 세상으로부터 도피해 집 안에 틀어 박혀 모든 현실적인 의무와 행위를 아내에게 위탁하고 그녀의 보살핌으로 무위도식한다. 더 정확히는 무위도식을 '욕망한다'. 나에게 '아내'는 가장 충족적인 존재인 '어머니'의 대리자[12)]이다. '내'가 하루 종일 파묻혀 지내는 '살찐 소파'는 원시적인 어머니를 상징한다. 나는 아내를 '엄마'로 부르며 어린아이나 유사 식물인간의 상태로 퇴행한다. 그러나 나는 "이것도 삶이며", 더 이상 "그것에 개입하지 않겠다는" 수동적이고 패배적인 의식을 거침없이 드러낸다. 자신에 대한 철저한 방임과 포기는 '나'를 3인칭 '그'로 타자화하는 의식의 분열에서 절정을 이룬다.

무명 진흙의 세상에 처박혀 모든 감각과 이성의 기능을 마비당한/마비시킨 채로 살아가던 황지우를 '살찐 소파의 나날'에서 건져 준 것은

---

12) 이때 아내는 모성성을 지닌 충족적인 존재로 인식된다. 폭압적 현실이 남성성의 왜곡된 발현이라면 그로 인한 정신적 외상(trauma)이 훼손된 남성성을 감싸안을 수 있는 모성성(母性性)—여성성을 넘어서는—에 의해 치유되는 것은 당연한 일일 것이다. 모성성은 지난 시대의 거대 담론이 와해된 자리에서 시작된 90년대 문학이 엿본 하나의 출구와도 같은 것이었다.

아이러니하게도 실제의 진흙이었다. 그는 진흙으로 조각 작품을 빚음으로써 황폐한 정신과 우울한 삶을 치유한다. 자신의 손에 물컹이는 진흙의 애로틱한 감촉이 와 닿았을 때 황지우는 삶의 생생한 감각을 회복하게 된다.

> 그 어떤 반성도 판단도 企投도 멎은 내 마음의 기제는 말하자면 停電상태와 흡사했다고 할까? (……) 의식이 거의 퇴화하자 촉각만이 남았고, 뜻밖에도 그 촉각은 나에게 원시의 감각을 열어 주었으며, 그때 내 손에 물컹하게 잡혀 있는 것이 진흙이었던 것이다. (……) 두손에서 일어나는 촉각의 쾌감. 그것의 전율케 하는 직접성은 내 손의 무엇인가를 스파크시켰다. 촉각이 영혼을 發電시킨다는 것을 그때 알았다. 나는 만졌다. 나는 깨어났다.[13]

진흙은 가장 원초적 감각인 촉각의 '직접성'을 통해 황지우의 내상을 어루만진다. 신체의 모든 감각과 기능이 퇴행해 갈 때 마지막에 남는 것은 촉각일 터이다. 정전 상태에 있었던 의식은 육체에 와 닿는 에로틱한 진흙의 감촉에 의해 전율하며 깨어난다. 의지와 이성이 육체를 제어하는 것이 아니라, 반대로 육체가 의식을 발전(發電)시킨다. '물컹한' 진흙은 패배한 의식의 소유자에게 "아, 나는 살아있다"는 절절한 생의 감각을 선사한다. 황지우에게 결핍되어 있던 것은 구체적인 삶의 감각이었던 바, 촉각은 그에게 단절된 세계와 만나는 가장 직접적인 통로가 된다.

"나는 만진다. 그러므로 나는 있었다". 코키토의 패러디를 통해 황지우는 존재의 근거가 생각하는 이성이 아닌, '느끼는 감각'에 있다는 체험적 사유를 표명한다. 그렇다면 그가 지난 시대에 가졌던 실재에 대

---

13) 황지우, 「자서—나는 만진다. 그러므로 나는 있었다」, 조각시집 『저물면서 빛나는 바다』, 학고재, 1995, p.7.

한 생각 또한 변화되기에 이른 것은 아닐까? 즉, 실재란 현상의 뒷편에 은폐되어 '삐딱하게 봄'으로써 발견해야 할 대상이라는 생각에서, 주체가 '만지는' 실체 속에 융해되어 있는 합일체라는 생각으로 사유의 추가 이동하게 된 것은 아닐까? 이를 반증하듯 황지우는 시쓰기라는 다분히 관념적인 작업을 뒤로 하고 조각이라는 '실체적인' 작업에 몰두한다. 흥미로운 사실은 그가 2년 여에 걸쳐 만든 20여 점의 작품들이 모두 인간의 육체를 형상화하고 있다는 점이다. 이는 "육체 : 그것은 생의 유일한 표지이다"라는 말과 함께 현상적이고 실체적인 세계관을 드러내는 대목이 아닐 수 없다.

아, 눈 먼 것은 聖스러운 병이다.
지렁이 하나가 진흙을 기어 갔구나

(……)

雨後, 붉은 복숭아 꽃잎 진 곳
눈 먼 삶이 한가닥 선을 마쳐 놓았구나

—「바깥에의 반가사유」에서

'지렁이'는 자신의 육체로 삶의 진흙밭 위에 '한가닥 선'을 완성한다. 황지우는 이 선에서 육체과 정신과 행위가 분리되지 않는 '성스러운' 삶의 궤적을 본다. 지렁이가 실현할 수 있는 최대치의 삶일 그것은 삶에 대한 깊은 외경심을 불러일으킨다. 지렁이의 삶은 온몸으로 밀고 나가는 최선의 삶이며, 전체성의 삶이다. 황지우는 촉각을 통해 새롭게 발견한 시적 실재를 조각이라는 확대된 시 형식을 통해 구현한다. 그에게 조각은 색다른 장르가 아니라 시의 또 다른 표현 형태가 된다.

진흙을 주물러 인간의 육체를 빚는 행위는 황지우에게 "시적인, 너무나 시적인" 체험으로 각인된다. 그가 조각한 일련의 육체 연작들은 진흙의 언어로 쓴, '볼' 수 있고 '만질' 수 있는 시에 해당하는 것이다.

이처럼 90년대 중반의 황지우에게 존재성의 일차적 근거로 인식되는 것은 촉각의 감각이다. 지난 시대의 인식 방법이었던 '보다' 역시 계속 등장하지만, 지난날의 예리하고 '삐딱한 시선'은 초점 없는 '멍한' 시선으로 변해 있다.

물기 남은 바닷가에
긴 다리로 서 있는 물새 그림자
모든 것을 잃어버린 사람처럼 서서
멍하니 바라보네
저물면서 더욱 빛나는 저녁 바다를

—「저물면서 빛나는 바다」 전문[14)]

"모든 것을 잃어버린 사람처럼 서" 있는 '물새'란 바로 시인 자신이다. 완벽한 상실을 경험한 자의 '멍한' 시선에는 어떠한 의지나 욕망도 깃들어 있지 않다. "저물면서 더욱 빛나는 저녁 바다"의 풍광은 삶의 불가해한 비의처럼 눈앞에 펼쳐져 있지만, 시인은 이 아름다운 정경 앞에서 아무런 감흥도 느끼지 못한다. 역사의 전망이 사라진 현실에서 '진흙의 에로티즘'이 그에게 위안을 가져다 준 것은 사실이지만, 이는

14) 이 시는 조각시집 『저물면서 빛나는 바다』에 실려 있다. 황지우는 이 시를 회화적으로 개작하여 시집 『어느 날 나는 흐린 주점에 앉아 있을 거다』에 재수록하고 있다. 개작된 시의 전문은 다음과 같다. "긴 외다리로 서 있는 물새가 졸리운 옆눈으로/맹하게 바라보네, 저물면서 더 빛나는 바다를". 이 시는 시집 『어느 날 나는 흐린 주점에 앉아 있을 거다』에서 황지우가 보여주는 '보다'의 감각이 80년대의 냉철하고 삐딱한 시선과 많은 차이가 있음을 예증한다. "흐린 주점"의 '흐린'이라는 어휘가 잘 함축하고 있듯이, 90년대 중·후반의 황지우는 무력하고 우울한 시선, 다른 감각이 모두 소진되고 난 상태에서 가장 소극적이고 수동적인 감각인 '흐린 시선'만을 소유하고 있다. 이에 관해서는 4장에서 상술할 것이다.

근본적인 해결책이 될 수는 없었다. 인간에게 있어 세계와 자아는 만지고 확인할 수 있는 것 이상의, 서로 어우러져 상승 작용을 일으켜야 할 그 무엇이기 때문이다.

4. '아름다운 폐인'의 '흐린' 시선, 생에 대한 악담 혹은 눈물

조각시집 『저물면서 빛나는 바다』(1995)를 예외로 하면, 황지우는 8년의 공백 끝에 시집 『어느 날 나는 흐린 酒店에 앉아 있을 거다』(1998)를 출간한다. 현실 사회주의의 붕괴로 자아의 폐기 처분 직전의 상태에까지 갔던 그가 다시 시인으로 돌아오는 순간이다. 황지우는 이 시집에, 『저물면서 빛나는 바다』에 실린 총 12편의 시 중 9편을 개작하여 재수록한다.[15] 불과 3년 전에 출간한 시집의 시를 전면적으로 손질하여 후속 시집에 싣는 것은 매우 이례적인 일이다. 그만큼 이 기간 동안에 시인의 시적 인식이 달라졌음을 짐작할 수 있다. 시집 『어느 날 나는~』은 90년대 황지우의 전신 거울이면서 달라진 부위를 비추는 부분 거울이기도 하다. 여기에는 90년대 황지우의 지속과 변화가 함께 들어 있다. 역사의 응집력이 사라진 현실에 대한 거부와 무력감이 지속의 큰 줄기라면, 위악적 포즈와 자조적 태도는 변화의 작은 갈래에 속한다.

시집 『어느 날 나는~』은 세계의 변혁을 꿈꾸었던 한 지식인/시인이 현실 사회주의의 몰락 이후 겪은 절망의 기록이며, 자신의 생에 대한

15) 시집 『저물면서 빛나는 바다』에 실린 총 12편의 시 중 「인사」, 「등 뒤에서 노리고 있는 것」, 「여행」의 3편을 제외하고 9편의 시들은 시집 『어느 날 나는 흐린 酒店에 앉아있을 거다』에 재수록되었다. 이들은 모두 적잖이 개작되었으며, 일부는 제목이 수정되기도 했다. 다음은 개작된 시의 목록이며, 괄호 안은 수정된 제목이다. 「바깥에의 반가사유」(「바깥에 대한 반가사유」), 「저울 위에 놓인 바나나」, 「안부」(「안부 2」), 「뼈아픈 후회」, 「거룩한 식사」, 「이 세상의 고요」(「세상의 고요」), 「저물면서 빛나는 바다」, 「膜」, 「노스탤지아」(「노스탤지어」) 등 9편.

뼈아픈 고백록에 속한다. 절망과 자성은 90년대 황지우의 중심 테마로 대체로 비탄과 환멸, 상실감의 어조 속에 형상화된다. 90년대 중반을 지나면서 이러한 색채는 조롱과 희화적 어투, 위악의 포즈로 변모된다. 앞서 언급한 9편의 개작시는 그 대표적인 예로, 대부분 비애와 상실의 분위기에서 자괴와 비웃음의 어조로 수정된다. 어조의 변화는 황지우의 내적 변화와 직결된다. 90년대 전반, 자아의 파탄 상태에 있던 황지우는 촉각을 통해 삶의 의지를 회복한 후 다시 세계의 부정성을 공격한다. 이 가차없는 공격의 초점에 놓여 있는 것은 그 자신이다. 황지우의 내면에는 속악한 세계를 무력하게 방관하는 자아와 이에 분노하는 반성적인 자아가 갈등을 거듭하며, 이 가운데 삶은 처참한 부정의 대상이 된다. 그가 내뱉는, "생은 영원히, 영원히 되풀이되는 난장판인가"(「靑銅 마로니에 숲」), "언제 이번 생을 나는 인정할 수 있을까"(「8월 16일」), "이건 삶이 아냐"(「펄프劇」) 등의 염오의 말들은 허무주의를 유포하는 동시에 텅 빈 시대와 개인의 내면을 난타하며, 또한 위무한다.

황지우의 불손한 희롱과 위악의 내부에는 삶에 대한 허무와 죽음의 욕망, 이를 넘어서려는 의지가 담겨 있다. 더 이상 기대할 것이 없는 세계에서 가능한 존재 방식은 방관자가 되거나, 초월하거나, 철저히 편력하는 것 중의 하나일 터이다. 90년대 초반의 황지우가 방관자의 길을 택했다면, 최근의 그는 편력과 섭렵의 길을 가고자 한다. 그의 말을 빌면, "환자로서 병을 앓으며 병을 가지고 깨달음을 실행하"는 '어두운 선(禪)'을 행하고자 하는 것이다. 선적인 세계관은 폭정의 시대에 항거하던 때에도 황지우 시의 저변을 흐르던 것으로, 이제 극심한 정신의 파행 속에서 다시 구원의 열쇠로 다가온다.

나는 이렇게, 아직도 박해받고 있어, 내가 자청한 박해,

내가 위조한 연극, 내가 꾸미고 있는 생체 실험;
소위 人空精神病(model psychosis)에 의해, 마치 어느 신부가
문둥이 섬에 들어가기 위해 문둥병을 자기 살에 집어넣듯
내 두개골에 들어온 狂症의 비등점에서 내 영혼이 들끓으면서 울부짖을 때
내 외마디가 噴射시킨 붉은 구름,
걸려 있는 지옥 입구;
(……)
내 게송을 듣는 진흙소여,
(요령 소리)
진흙에서 나와 나를 태우고
深海로 들어가다오!

—「석고 두개골」에서

연극 대본의 형식을 빈 이 시는 정신병에 걸린 40대 사나이의 독백으로 이루어져 있다. 독백의 요지는 "그 누가 나를 여기서 구해줄 수 있으랴……"이다. 병원(병적인 세계)에 감금된 정신병자(분열된 인간)인 그에게 탈출의 희망은 없다. 그런데 그의 병은 그가 '자청한 박해'고, 그가 '위조한 연극'이며, '인공 정신병'이다. 황지우는 이 세계가 비록 '지옥'일지라도 초월함으로써가 아닌, 편력하고 섭렵함으로써 '심해'(깨달음)에 이르기를 원한다. 이로 인해 '박해'를 자청하며, "내 두개골에 들어온 狂症의 비등점에서 내 영혼이 들끓으면서 울부짖"는 고통 속에서도 깨달음을 성취하고자 하는 것이다. 그는 불교에서 도(道)를 비유하는 '소'를 '진흙소'로 바꾸어 놓는다. 소, 즉 도(道)는 '진흙'의 무명 세계 가운데 존재하며, 그 속에서 찾아져야 한다고 믿기 때문이다. 그러나 지옥의 세계를 몸으로 앓으며 깨달음에 이르는 길은 요원하기만 하다. 도는 보이지 않고 진창의 세계는 끝이 없어서, 편력

과 섭렵은 자주 길들여짐과 함몰로 전락하고 만다.

> 내가 채운 나의 용량, 그것은 있었다
> 누군가 감아놓은 태엽의 시간을 풀면서
> 하루종일 TV 앞에서
> 오른팔이 아프면 왼팔로 머리를 받치고
> 길게 모로 누워 있는 일요일 ; 이 내용물은
> 시시히 금이 가면서 점점 진흙에 가까워지고 있다
> (……)
> 이것도 삶이라면, 삶은 욕설이리라
>
> —「점점 진흙에 가까워지는 존재」에서(밑줄 강조 인용자)

삶을 채우는 진정한 내용물이 없을 때 인간은 "서서히 금이 가면서 점점 진흙에 가까워진"다. 이러한 삶은 추한 '욕설'과 같은 삶이다. 욕설의 삶에 황지우는 똑같이 욕설과 위악의 방식으로 맞선다. 그는 지나칠 정도로 삶을 욕보이며 부정한다. 심지어는 사랑에 대해서도, "그대 더러운 부분까지 내 것이 되는/재앙스런 사랑"(「재앙스런 사랑」)을 갈망한다. 이를테면, 황지우는 생과 자아에 대한 신랄한 악담을 통해 불꽃 튀는 애증의 카니발을 벌이고 있는 셈이다. 이를 달리 생과 자아와의 '괴롭고 달콤한 에로스'(「몹쓸 憧憬」)라고 명명할 수 있을 것이다. 이 난감한 에로스는 한 가지 소망과 한 가지 예감 사이에 위치한다. 소망이란 "굶주림과 권태를 동시에 넘어선 곳", 즉 "거주할 수 있는 낙원을 찾"는 일이며, 예감은 그것이 끝내 실패로 끝날 것이라는 두려움이다. 낙원을 향한 소망은 그에게 '환생'을 꿈꾸게 하고, 패배의 두려움은 "점점 진흙에 가까워지"다 마침내 '폐인'이 되는 미래의 자신을 상상하게 한다.

목욕탕에서 옷 벗을 때
더 벗고 싶은 무엇인가가 있다
나는 나에게서 느낀다
이것 아닌 다른 생으로 몸 바꾸는
환생을 꿈꾸는 오래된 배롱나무

(……)
저 화엄탕에 발가벗고 들어가
생을 바꿔가지고 나오고 싶다

—「나의 연못, 나의 요양원」에서

옷걸이에서 떨어지는 옷처럼
그 자리에서 그만 허물어져 버리고 싶은 생 ;
뚱뚱한 가죽부대에 담긴 내가, 어색해서, 견딜 수 없다
글쎄, 슬픔처럼 상스러운 것이 또 있을까

그러므로, 어느 날 나는 흐린 酒店에 혼자 앉아 있을 것이다
완전히 늙어서 편안해진 가죽부대를 걸치고
등뒤로 시끄러운 잡담을 담담하게 들어주면서
먼 눈으로 술잔의 水位만을 안타깝게 바라볼 것이다

문제는 그런 아름다운 廢人을 내 자신이
견딜 수 있는가, 이리라

—「어느 날 나는 흐린 酒店에 앉아 있을 거다」에서

"이것 아닌 다른 생으로 몸 바꾸는" 환생은 아름다운 꿈에 불과하다.

"알지만 나갈 수 없는, 無窮의 바깥"(「바깥에 대한 반가사유」)은 현실의 관점에서는 "대낮의 어지러운 별자리"(「모래 지평선이 있는 유리상자」)와 같은 일종의 환각일 뿐이다. 이 환각의 반대편에는 "완전히 늙어서 편안해진 가죽부대를 걸친" '아름다운 폐인'이 놓여 있다. '환생'과 '폐인' 가운데 지금 황지우는 심정적으로는 삶에서 패배한 '아름다운 폐인' 쪽에 훨씬 기울어져 있다. 초기에 낭만적 유토피안(romantic utopian)을 자처하던 황지우는 20년의 세월을 거쳐 낭만적 페시미스트(romantic pessimist)로 변모해 있는 것이다. '흐린 주점'은 이 낭만적 페시미스트가 꿈꾸는 마지막 안식처에 해당한다. 뿌연 불빛과 탁한 공기, 취한 술꾼들이 북적대는 주점에서 '아름다운 폐인'은 오히려 편안함을 느낀다. 그러므로 이 시에서 정작 '흐린' 것은 주점이 아니라, 폐인의 몽롱한 눈빛이다. 수없이 많은 삶의 파란을 겪은 자의 시선은 흐릿해져 몽환적인 색채마저 발산한다. 그러나 황지우가 예감하는 '아름다운 폐인'은 특별한 존재가 아니다. 폐인은 그 자체로 아름답다. 비록 부정적인 방식이기는 하지만, 폐인은 삶의 온갖 집착과 소유를 버린 사람이기 때문이다. 아름다운 폐인이 "먼 눈으로" "안타깝게 바라보"는 한 잔의 술은, 지나온 삶의 기억과 회한을 농축하면서 쓸쓸함과 낭만성의 극치를 연출한다.

황지우의 악담과 증오의 언어 뒤에는 생에 대한 집요한 사랑이 도사리고 있다. 그가 '재앙스런 사랑'(「재앙스런 사랑」)이라고까지 표현한 타인과 삶에 대한 사랑이야말로 그의 "이번 생을 눈부시게 한"(「수은등 아래 벚꽃」) 소중한 힘이 아닐 수 없다. 황지우는 진흙의 언어로 살아 있는 살의 몸을 빚을 뿐만 아니라, 죽은 정신의 데드마스크 또한 선명하게 떠낸다. 그가 빚어내는 살아 있는 살의 언어는 새로운 시적인 것의 비전을 펼쳐 보이며, 흉물스러운 데드마스크의 언어는 이 세계에 마땅히 존재해야 할 것을 역으로 일깨운다. 전자는 시의 영역 확장에,

후자는 죽은 정신의 자기 방전에 기여하면서 어두운 세상과 자아를 관(關)[16]하려는 '황지우식 구원'의 길을 열어 나가는 것이다.

5. 황지우식 구원의 최대치와 최저치

황지우는 생의 안쪽에 깊숙히 꽂혀 그 생의 '바깥'을 사유하며 시를 쓴다. 삐딱하면서도 예리하고, 욕망으로 질척거리면서도 투명한 황지우의 시는 카멜레온처럼 여러 빛깔을 변사한다. 전위적인 해체에서 선적(禪的) 세계관에 이르는 넓은 스펙트럼은 그의 시가 지닌 포괄성의 한 측면이다. 지난 20년간 황지우가 걸어온 시적 여정은 한 편의 열정적인 감각과 정신의 드라마라고 할 수 있다. 독특한 감각적 인식에 기초한 그의 시세계는 한국 현대시의 진풍경으로 남겨지게 될 것이다.

80년대에 황지우는 현상 너머의 실재를 간파하는 '삐딱하게 보기'의 방식으로 현실과 대결했다. 피에 젖은 '덮여진 형제 살해의 시대'는 이 예리하고 저돌적인 시선에 의해 가차없이 실체를 드러내었다. 현실 사회주의의 붕괴 이후 황지우는 세계에 대한 환멸과 자폐적 내면을 '애로틱한 만지기'를 통해 어느 정도 치유한다. 오랫동안 암전중이던 그의 의식은 날것 상태의 육체의 촉각을 통해 깨어나게 된다. 90년대 후반에 이르러 황지우는 세계의 부정성에 맞서는 위악적 포즈와 낭만적 페시미스트의 자기 방임적 시선을 복합적으로 표출한다. 80년대에 황지우가 공격한 부정성의 중심에 피폐한 역사적 현실이 있었던 데 비해, 90년대의 중심에는 그 자신이 놓여 있다. "나, 이번 생은 베렸어"

16) 동양 사상, 특히 불교에서 깨달음은 관(關), 즉 '보다'의 행위를 통해 이루어진다. 황지우 시의 중요한 작동 원리인 '보다'는 80년대의 현실 · 역사적 통찰력에서 90년대에는 자기 구원의 방법적 원리로 변모되고 있다. 시집 『게눈 속의 연꽃』(1990)에서부터 나타나는 불교 및 도교적 색채는 이를 반증한다.

(「거울에 비친 괘종시계」)로 집약되는 패배의식은 삶에 대한 절망을 넘어 자학과 자기 모멸의 의지로 치닫는다. 이에 따라 근래의 시에는 비루한 세계에 대한 염오와 미래의 삶에 대한 몰락의 예감이 짙게 드리워져 있다.

'보다'에서 '만지다'로의 변화, 다시 '흐린 시선'을 통한 '보다'로의 귀환은 세계와의 거리의 변화로 설명된다. 폭압의 시대에 황지우의 내면은 현실에 대해 일정한 거리와 독립성을 유지하였으나, 90년대의 파편화된 현실 속에서는 거리의 증발에 따른 혼돈의 상태에 처한다. 가파른 시대의 전위에서 황지우는 자기 자신에 대해서도 일정하게 비판적인 시각을 견지한다. 그러나 바로 그 시대에 의해 배반당한 후 황지우는 정신의 퇴행과 극심한 자아의 혼돈 상태에 빠지게 된다. 지난날 어둠 속에 빛나던 '별'은 환각일 뿐인 '대낮의 어지러운 별자리'로 변해 버렸고, 지리멸렬한 세계와 부서진 자아는 한데 뒤섞여 구분되지 않는다. 이러한 자아의 교착 상태는 자기 통제가 불가능한 지점에까지 이른다. 90년대 중반을 지나며 황지우는 병든 세계와 자아를 치유하기 위한 구원의 여정에 들어선다. 그 출발은 부드러운 진흙을 통해 실체를 만지는 기쁨과 생생한 삶의 감각을 회복하는 것이었다. 황지우가 '어두운 선(禪)'이라고 부른 이 여정은 세계 속에 더 깊이 투신함으로써 세계를 넘어서려는 치열한 정면 대결을 내용으로 한다. 이 과정에서 황지우는 허위의 세계를 조롱하고, 자학적으로 자신을 부정하면서 삶의 모멸과 허무 의식에 깊숙이 빠져든다. 현재 그는 두 가지 종류의 구원의 가능성을 타진하고 있다. 그가 소망하는 구원의 최대치가 몸을 바꾸는 '환생'이라면, 최저치는 삶에 패배함으로써 삶으로부터 자유로워지는 '아름다운 폐인'이라 할 수 있다. 자기 초월의 '환생'과 자기 소진의 '폐인'은 구원의 수직적 두 극단으로 그의 선택을 기다리고 있다.

시력(詩歷) 20년! 황지우는 현실을 앓으며 '어두운 선(禪)'을 행하는 가운데 '어두운'과 '선' 사이를 오간다. 무게 중심이 '어두운' 현실로 기울 때 그는 좌절과 전락의 길을 걸으며, '선'에 기울 때 불의의 세계를 섭렵함으로써 몸 바꿈(환생)을 꿈꾼다. 병을 가지고 깨달음을 행한 유마힐을 다시 떠올리면, 흐린 주점에 앉아 있는 '아름다운 폐인'은 삶의 밑바닥에서 어두운 선을 행하는 구도자일 수도 있다. 그러나 한잔의 술에 모든 것을 의지한 폐인은 이미 선(禪)의 의지를 상실한 자이며, 현실의 어둠에 함몰당한 자라 할 것이다. 이 같은 폐인을 예감하는 황지우의 내면에는 현실에서 패배할 것이라는 두려움과 완전히 파멸하고 싶은 파탄적인 욕망이 마구 뒤섞여 있다. 이 괴롭고도 달콤한 상상은 현실을 잊어버리게도 하며, 또 넘어서게도 만든다. 폐인이라는 상상적 자아는 고통에 시달리는 현실의 자아를 부정적으로나마 위무해 준다. 황지우의 '아름다운 폐인'은 이러한 자학적 쾌감과 허무적 도취의 냄새를 지니고 있다. 따라서 황지우는 자기 부정이 자기 소멸로 바뀔 수 있는 위험을 각별히 경계해야 할 것이다. "'나'만 없으면 돼", "완전하게 포기하면 돼", "밑에 아무것도 없는 그 밑"(「밑」) 등의 완전 부정이 방법적 차원에 머무르지 않고 성급한 결론이 될 때, 그의 시에는 무딘 역설(力說)만이 남게 될 것이다.

황지우는 가장 80년대적이면서 가장 90년대적인 시인이다. 어떤 형태로든 그는 시대의 극점에 서 있었으며, 어둠의 깊은 중심을 관통해 왔다. 그는 두 시대를 각기 그에 상응하는 문제적인 방식으로 가로질러왔다. 20세기의 마지막 20년 동안 그는 고도의 시적 전략과 파격적 형식으로 현실을 맹렬히 공격했고, 퇴행과 거부로 조용한 시위를 벌이기도 하였으며, 다시 '어두운 선'의 정면 대결에 돌입하기도 했다. 그의 말과 같이, 시인은 언제나 세계의 전위에 서야 하며, 또 설 수밖에 없는 존재이다. 황지우는 이 전위의 운명을 돌파와 퇴행, 개척과 은둔의 양극단을 오가며 치열하게 짊어져 왔다. 삶의 통로가 좁아질수록 그 속을 돌파하는 압력은 반비례로 상승한다는 것, 그 압력에 힘입어 삶의 피가 존재 전체에 흐를 수 있다는 것, 이 깨달음의 여정이야말로 황지우의 시가 이룩해 온 강인하고도 아름다운 내력이며, 오랫동안 지워지지 않을 선명한 궤적이다.

본질에의 꿈, 그 파괴와 생성의 내적 드라마

—오세영론

1. '불'에서 '산'까지

글쓰기의 중요한 기원의 하나는 젊은 날의 열정과 방황이다. 오세영의 초기시에서 그것은 타오르는 정념의 '불'로 이미지화된다. 오세영의 내면의 불은 세계의 본질을 해석하려는 이성적 사유와, 고독과 사랑에 포획된 낭만적 열정 사이에서 타오른다. 이 두 이질적인 질료는 뜨거운 불의 단련을 거쳐 다양한 형태를 지닌 시의 그릇으로 빚어진다. 오세영의 30여 년 시의 여정은 철학과 미학, 존재와 허무, 고독과 사랑의 '잘 빚어진 그릇'을 탄생시키기 위한 풀무의 세월이었다고 할 수 있다.

오세영의 시가 자칫 무미건조하게 느껴지는 것은 수사적 특성과 화자의 위치 때문이다. 첫 시집 『반란하는 빛』(1970)을 예외로 하면, 오세영의 시는 대체로 기교를 배제한 간결한 표현을 지향한다. 시의 화자 또한 대부분 주변과 외곽에 위치하고 있으며, 시적 대상에 대해서도 일정 이상의 거리를 유지한다. 오세영에게 있어 세계의 불완전성과 존재의 한계에 대한 인식은 그의 시에 미적 거리를 유발하는 힘으로 작용한다. 이는 외면이나 차단과는 다른 것으로, 메를로 퐁티의 표현을 빌면 '관심을 내장한 무관심적 관심'의 표출이라 할 수 있다. 이로써 그의 시는 사유의 탄력을 얻는 반면, 독자의 감성적 매혹을 일차적으로는 차단한다. 오세영의 이러한 시적 지향은 다음과 같은 질문을 내장한 것으로 보인다. 세계의 전락과 진정한 삶의 실종 속에서 시의 본도인 '아름다운 인식'은 가능한가? 인식(철학)과 아름다움(미학)이 겹쳐지는 드문 시적 공간은 어떻게 창조되는가? 이 황량한 무법의 세계에서 시인은 어떤 삶의 방식을 선택해야 하는가? 문단의 시류에 편승하지 않고 독자적인 길을 걸어온 오세영은 이같은 문제 의식하에 본질과의 외로운 싸움을 감행하고 있다.

오세영은 시의 방향과 성격을 사전에 설계하는 기획자이기도 하다. 여기에는 한국 문학을 연구하는 학자이자 현장 비평가이기도 한 그의 면모가 적잖은 영향을 끼친 것으로 보인다. 1968년에 문단에 데뷔한 이래 오세영은 총 10권의 시집을 상재하면서 다채로운 변화를 도모해 왔다. 첫 시집 『반란하는 빛』(1970)에서 주지주의, 엑조티즘, 니힐리즘, 센티멘탈리즘의 색채로 물든 모더니즘 편향의 세계 인식을 선보인 그는, 10여 년의 휴지기를 거쳐 『가장 어두운 날 저녁에』(1982)에 이르러 동양적 정조와 허무의 세계를 체득한다. 이러한 지향성은 불교와 노장적 사유를 형상화한 『無明戀詩』(1986)로 이어진다. 네 번째 시집 『불타는 물』(1988)에서 오세영은 현실로 선회하면서 더욱 구체적으로 존재와 사물의 본질을 탐구한다. 총 53편의 「그릇」 연작으로 구성된 『사랑의 저쪽』(1990)은 오세영 시세계의 중간 결산편에 해당한다. 존재의 육체성의 메타포인 그릇은 오세영 시의 정점과 핵심을 함축하고 있다. 이 무렵을 지나며 오세영은 감성적 세계 인식과 리리시즘에 천착하는 모습을 보여준다. 『꽃들은 별을 우러르며 산다』(1992)에서는 자연과 일상에서 발견하는 아름다운 서정을, 『어리석은 헤겔』(1994)에서는 이성과 인식의 정합성으로는 설명되지 않는 충일한 내면 세계를, 『눈물에 어리는 하늘 그림자』(1994)에서는 사랑하는 이에 대한 그리움과 연모의 정을 형상화한다. 이 시집들은 모두 낭만성으로 집약되는 오세영 시의 서정적 실체를 충분히 확인하게 해 준다. 『아메리카 시편』(1997)은 교환 교수로 미국 체류 기간 중에 쓴 것으로 또 한번 새로운 변화를 시도한다. 이 시집에서 오세영은 자본주의의 부패상과 인간성 상실의 세태를 신랄하게 풍자하면서 초기의 모더니즘 성향을 비판적인 관점에서 복구해내고 있다. 열 번째 시집 『벼랑의 꿈』(1997)의 시적 공간은 '산 속'이다. 욕망의 아메리카에서 무욕의 산중으로 단숨에 이동한 이 시집은 모든 것을 버리고 싶으면서도 끝내 아무것도 버릴 수 없는 인간적인 고뇌를 형상화한다. 이 시집에서는 오세영 시의 한 축을 이루어온 자연친화적(혹은 귀의적) 의지가 '산'이라는 구체적 공간과 만나 심도 깊게 전개되고 있다.

오세영 시의 기나긴 장정을 압축하면 일련의 이미지 사슬을 만들 수 있다. '불과 물, 술(불타는 물)→그릇→아메리카→산'으로 이어지는 연쇄가 그것이다. 이 중에서도 오세영 시의 벼리에 해당하는 것은 '그릇'이다. 그릇은 오세영이 찾아낸 세계에 대한 독자적인 상(像), 즉 하이데거적 의미의 세계상(世界像, Weltbild)에 대응된다. 그릇은 세계를 설명하는 모델이자 내면의 길을 인도하는 화두의 역할을 한다. 오세영은 그릇에 대해 명상하고 그 명상을 통해 세계의 본질에 다가선다. 그가 지닌 그릇은 작고 자질구레한 것에서부터 우주라는 거대한 그릇에 이르기까지 매우 다양하다. 오세영은 이 수많은 그릇에 고독과 사랑, 존재와 삶과 시를 담는다. 더 정확히는, 세계의 존재와 사물은 그에게 있어서는 모두 하나의 그릇이다. 이들은 무한히 겹쳐져 있어, 각각 하나의 독립된 그릇(형식)임과 동시에 더 큰 그릇의 내용물이 된다. 그릇의 최초의 내용물은 무(無)를 현현하는 빈 공간이다. 오세영 시의 궁극적인 지향은 이 무(無)를 향해 열려 있다.

2. 고독의 화인과 엠페도클레스 컴플렉스

오세영의 시에는 선명한 화인(火印) 하나가 찍혀 있다. 그것은 '고독'이다. 오세영이 시화하는 고독은 타자와의 관계나 현실 상황에 앞서 단독자로서의 실존이라는 존재 조건에 뿌리를 두고 있다. 삶의 여러 층위 가운데 실존의 영역은 가장 일차적인 존재 환경이다. 오세영은 인간의 숙명인 고독이 자신의 의지와는 무관한 '외재적'인 것이면서, 또 타인의 개입에 선행하는 '내발적'인 것이라는 사실에 주목한다. 오세영의 시적 탐색은 고독을 중심으로 삶의 원질(原質)에 대한 물음에 집중된다. 초월적인 외부로부터 주어졌으면서도 존재의 가장 깊은 내부에서 자라나는 고독은 모든 사람이 갇힌 혼자만의 미궁이라 할 수 있다. 유한한 단독자가 감내해야 하는 무한한 고독은 존재의 고통스런 자기 회귀로 귀결된다. 유한 속에 갇힌 무한과 무한에 처형당한 유한, 이 절대적인 모순과 화해의 불가능성은 사실 낭만성의 본질에 해당하는 것이다. 낭만성이란, 무한을 넘보는 순간 패배할 수밖에 없는 인간의 운명과 그 운명을 넘어서려는 무한한 꿈을 지칭하는 것이기 때문이다.

오세영은 근본적으로는 낭만주의자이다. 많은 논자들이 그를 가리켜 이성적 인식과 철학적 사유의 시인이라 평한 바 있지만, 그의 지반은 낭만적인 인식과 감성에 있다. 감성은 이성에 앞서 세계를 이해하고 사물의 내적 관계와 의미를 파악하는 훌륭한 감지 장치이다. 그가 헤겔을 가리켜 어리석다고 말한 것도 감성 우위의 가치관에서 연유한다.

단적으로 말해서, 오세영에게 철학적 사유는 인간 존재의 비극성과 그 낭만적 인식에 안정과 활로를 제공하는 제어 장치와도 같다. 이렇게 볼 때 오세영 시의 본류는 그 시적 완성도와는 별개로, 농도 짙은 서정과 다함없는 그리움을 형상화한 『꽃들은 별을 우러르며 산다』나, 『눈물에 어리는 하늘 그림자』와 같은 시집에 있다고 볼 수 있다. 오세영의 낭만성은 허무적이고 현란한 이미지들로 가득한 첫 시집 『반란하는 빛』에서부터 모습을 드러낸다.

타버린 정신들은 어디 갔는가.
가령 설원(雪原)에 버려진 장미꽃 하나,
혹은 알타이에 떨어지는 햇살,
바람과 소나기, 그리고 유월은
불탄다.

내 살 속에서 희미한 불빛들이
뛰어가고, 알콜이 출렁이는 바닷가에서
이십세기는 불을 지핀다, 물질이 흘린
피. 싸늘한,
(……)

어디로 갈 것인가, 타버린 정신의 재
죽음, 혹은 창조의 불빛.

—「불 1」에서

초기의 낭만성은 젊은 날의 고뇌와 충돌하는 가운데 강렬한 에너지를 발산한다. 이 에너지는 깊이를 알 수 없는 허무와 세계에 대한 '싸늘한' 시선으로부터 나온다. 자아와 세계의 깊은 간극에서 파열하는 시인의 낭만적 자아는 뜨거운 '불'이 되어 내면을 불사르고, '타버린 정신의 재'를 남긴다. 초기 시에 자주 등장하는 '타오르는 불'과 '꺼진 불'의 이미지는 하나의 내면에서 충돌하는 감성과 인식의 모순된 양면을 드러낸다. 바슐라르에 의하면, 불은 인간의 운명을 확대하여 세계의 생명에 연결시키며, 불이 야기하는 파멸은 하나의 변화 이상의 환생이 된다고 한다. 바슐라르는 삶의 본능과 죽음의 본능을 결합시키는 '참된' 콤플렉스를 〈엠페도클레스 컴플렉스〉라고 명명한다. 오세영의 '불'에는 세계 속으로의 자아의 확산을 꾀하는 욕망과, 파멸과 생성의 유기적 드라마인 엠페도클레스 컴플렉스가 투영되어 있다. 허무와 고독을 땔감으로 하여 지펴진 불은 파멸과 생성의 경계에서 활활 타오른다. 아마도 초기 오세영의 시적 방황은 다음과 같은 한 줄의 시구로 압축될 수 있을 것이다. "어디로 갈 것인가, 타버린 정신의 재/죽음 혹은 창조의 불빛"! 죽음과 창조의 기로에 서 있는 시인은 "내부에 무성하게 타오르는 불"(「풍금」)에서 환한 빛을 발견한다. 파멸을 생성으로 바꾸는 빛은 무한의 불가능성을 단숨에 넘어서는 '사랑'이다.

> 내가 맨발을 엷은 꿈에 딛고
> 안개와 불빛 속에 옷을 벗고 있을 때
> 말하라, 사랑이 은유를 타고 왔던가.
>
> —「포구의 닻줄」에서

시인의 내면에서 사랑은 빛의 형태를 지니고 있다. 그는 "빛나면서 한가지로/지켜가는 어두움,/잠들지 못하는 건/사랑이다"(「사랑」)라고 말한다. 불이 연소될 물질을 필요로 한다는 점에서 육체성에 묶여 있다면, 빛은 어떠한 매질도 필요 없이 대기 속에 퍼져 나감으로써 불의 육체성을 초월한다. 빛은 기화(氣化)된 불이며, 성화(聖化)된 욕망이라 할 수 있다. 불의 육체성과 빛의 초월성은 이후 '그릇'이라는 뛰어난 상징을 만나 각기 빚어냄과 깨어짐의 이미지로 변주된다. 오세영에게 사랑의 빛은 그가 찾아 헤맨 "빈 가지를 울리는 바람 소리와/귓가에서 속삭이는 허무의 소리를/지우는 잉크"(「빈 공간」)의 원료가 된다. 그의 시는 소멸과 허무를 지우는 사랑의 잉크로 쓰여진 문자들의 집적물인 것이다. 오세영에게 시쓰기는 세계에 대한 무한한 사랑의 행위이며, 허무를 생성으로 바꾸는 질적인 전환 작업에 속하는 것이라고 볼 수 있다.

3. '그릇'의 세계상

'그릇'의 상징은 시인이 존재하는 모든 것들에서 각각의 육체성을 발견함으로써 탄생한다. 꽃병, 술병, 신발, 옷, 금고, 집, 걸레, 사전, 원고지, 댐, 감옥, 빈 콜라캔, 시, 마음, 우주 등 내용을 담은 모든 형식은 각기 고유한 하나의 그릇이다. 오세영은 그릇의 상징을 통해 이 세계를 하나의 인식 자장 안에 넣는다. 이 세계와 현실, 수많은 사물은 그릇이라는 상(像)을 통해 내용과 형식의 보편적인 원리 안에 통합된다. 존재하는 모든 것은 누군가에 의해 만들어지고, 무언가를 담아내고, 다시 부서져 사라진다. 그렇다면 존재의 운명적인 편력 과정을 표현할 수 있는 가장 탁월한 상징은 바로 '그릇'이 아니겠는가. 그릇은 시인 오세영이 생각하는 존재의 가장 밑그림이며 세계 구성의 원리이다. 오세영의 시에서 그릇은 세계의 실상을 비추는 반성적 거울이자, 시적 몽상과 사유를 촉발하는 광원(光源)의 역할을 한다.

하이데거가 말한 세계상은 세계에 대한 하나의 상(像)으로, 그가 말하는 세계란 존재자 전체를 가리킨다. 이 세계에는 자연과 우주는 물론 인간의 역사도 함께 포함된다. 세계상은 세계의 근거와, 나아가 그 근거와 세계와의 관계에 대한 사유까지를 내포하는 개념이다.[1] 그렇다면 오세영의 관점에서 존재자 일반이 그릇이라는 동일한 상으로 환원될 수 있는 근거는 무엇인가? 이는 첫째, 존재와 삶이 지닌 내용과 형식의 관계에 기인한다. 오세영은 존재와 삶의 중심 내용을 비어 있음, 즉 허(虛)와 무(無)라고 본다. 인생이란 "버리는 것이 많아야/오히려 충만해지"는 "완진한 슬픔에 이르는"(「한 줄의 시」) 길이며, "詩란/빈 가지 위를 나르는 새"(「강의실」)와 같은 것이다. 존재의 외형 안에 담긴 내용은 결국은 아무것도 없는 '비어 있음'으로 귀결된다. 이로 인해 그릇 속의 빈 공간은 시인에게 존재와 삶의 핵에 유비되는 화두로 떠오른다. 둘째, 그릇은 존재의 운명인 생성과 소멸, 삶과 죽음의 역동적 과정을 응축시켜 보여준다. 이 과정을 지배하는 것은 모순과 역설의 원리이다. 흙과 물과 불로 빚어진 그릇은 깨어져 본래의 상태로 돌아간다. 생성과 소멸, 파괴와 완성은 서로 대립되면서도 구분되지 않는 변화의 한 과정을 이룬다.

파멸이, 저 존재의 중심에서
깨어진 접시가
이루는 완성.

결국은 한 알의
결정이 된다.

깨어지고 깨어져서

---

1) M. 하이데거, 최상욱 역, 『세계상의 시대』, 서광사, 1995, p.41 참조.

이겨내는 외로움,

—「모래」에서

흙이 되기 위하여

흙으로 빚어진

모순의 그릇

—「모순의 흙」에서

스스로가 지닌 물질성의 한계 때문에 그릇은 쉽게 금이 가며 "바싹 깨어진"다(「모순의 흙」). 그러나 그릇의 깨어짐은 파멸이 아닌 완성을 의미한다. 이는 앞에서 말한 타오르는 '불'이 파괴와 소멸을 환생으로 바꾸는 것과 동일한 맥락에 있다. 그릇은 그 안에 무언가를 담음으로써보다는 오히려 깨어짐으로써 완성된다. 깨어짐은 그릇의 육체성과 속의 빈 공간을 기원의 상태로 되돌려 주는 유일한 방법이기 때문이다. 오세영의 시에서 그릇은 많은 경우 깨어지는 와중에 있는데, 이는 파괴와 소멸의 욕망을 넘어 본질의 상태로 회귀하려는 의지를 나타낸다. 물론 인간에게 필요한 것은 절대적이고 본질적인 무량의 공간만은 아니다. 인간은 자신이 지닌 존재적 한계와 불완전한 인식으로 인해 여전히 수많은 작은 그릇들을 필요로 한다. 오세영은 무한과 유한의 두 극점, 화해하기 어려운 배리의 욕망 사이를 배회한다. 이로 인해 그는 정신의 흙과 불과 물로 그릇을 빚고, 다시 깨뜨리는 내면의 윤회를 계속하게 된다.

마지막으로, 그릇은 폐쇄와 열림의 극적인 드라마를 명징한 형태로 가시화한다. 반원형의 우묵한 그릇은 절반은 닫혀 있고 절반은 열려 있는 이중의 체계이다. 사실 존재하는 모든 것은 삶과 죽음, 생성과 파괴, 유한과 무한, 개체와 전체, 고립과 열림 사이에 반반씩 몸을 걸치고 중간적인 상태를 유지한다. 그릇은 이 같은 존재의 원리를 한눈에 보여주는 상징이다. 그릇이 보여주는 것은 유한한 개체와 무한한 우주의 아슬아슬한 접촉과 균형 자체이기 때문이다.

버려진 것이 아니다.
뒹구는 유리병,
그 공간에도 별은 뜨고
가슴은 비어,

(……)

無限을 향해 귀를 열고
모래밭에 던져진
엘 고든 쿠퍼의 우주여,

—「귀를 열고—그릇 · 10」에서

버려진 유리병에도 "별은 뜨고 가슴은 비어", 이 보잘것 없는 존재는 무한의 소리에 귀를 기울인다. 유리병은 버려져 있으되 "버려진 것이 아니다". 홀로 가슴에 별과 무한을 담을 줄 아는 유리병은 하나의 그릇이며 작은 '우주'이다. 생성과 소멸, 삶과 죽음, 폐쇄와 열림의 생생한 부딪침 속에 존재하는 그릇은 이제 물질의 차원을 넘어 살아 있는 유기체로 인식된다. 오세영이 「그릇」 연작을 통해 도달하고자 한 지점은 결국 인간의 삶에 내재한 모순들을 화해시키는 순간에 있다고 할 것이다. 그 화해는 단순 합일이 아닌, 삶과 죽음이 충돌하며 하나가 되는 엠페도클레스적 자장 속에 놓여 있다.

4. '사랑의 묘약'과 '아메리카산 사료'

그릇의 탄생과 깨어짐은 고체성의 견고한 상상력을 바탕으로 한다. 그릇은 빚어짐—굳음—깨어짐의 경화성(硬化)의 운명을 편력한다. 그러나 각각의 그릇이 타자와의 우주적 열림에 이르지 못하고 개체의 한계에 갇힐 때, "이 세계는 신의 거대한 감옥"이 된다.

각개 물상으로 굳어버린 이 세계는
神의 거대한 감옥,
그러므로 알겠다.
인간에게 왜 술이 필요한가를,
불타는 물이 왜 우리를 황홀케 하는가를,
내가 네가 되기 위하여
스스로 존재의 결빙을 녹이는 묘약,
신의 식탁엔 결코
사랑이라는 이름의 술이
없을 것이다.

—「술 · 1」에서

물과 술은 견고한 '그릇의 세계상'에 흐름과 녹임의 유동성을 부여한다. 그릇의 상징체가 서로 다른 존재를 유비의 원리 아래 포개 놓는 동일성의 미학을 펼쳐 보인다면, 물과 술의 계열 상징들은 '나'와 '너'의 틈새를 메우는 관계의 미학을 보여준다. "내가 네가 되기 위하여/ 스스로 존재의 결빙을 녹이는 묘약"은 '불타는 물'의 형상을 지닌 "사랑이라는 이름의 술"이다. 사랑은 불의 물질성(육체성)을 물의 유동성으로 바꾸는 힘의 원천이다. 불과 물이라는 세계의 상극적 대립물을 하나로 융해시켜 삶의 대기 속에 휘발시키는 놀라운 능력을 지닌 것은 바로 사랑이다. 사랑은 "관념과 사물의 틈 사이를/메우는 잉크"(「빈 공간」)이며, 존재와 존재의 단절을 치유하는 '묘약'이 된다.

사랑의 묘약을 발견한 시인이 다음에 할 일은 무엇일까? 사랑의 현실적 방법에 대한 탐구와 타자를 위해 "스스로 존재의 결빙을 녹이는" 자기 수련이 아닐까? 그러나 이 점에 천착하기도 전에 오세영의 시에는 아메리카 체험이 끼어든다. 오세영은 이제 사랑과 정반대의 방향에서 사랑이 없는 세계의 실상을 통렬히 고발하고 비판한다. 자본주의의 거대한 성채인 미국에서 그는 대체로 부정적인 인상을 얻게 된 듯하다. 1997년에 간행된 시집 『아메리카 시편』은 물질 문명에 대한 비판과 풍자, 조롱과 환멸의 언어들로 가득 차 있다. 이 시집에서 오세영은 다른 시집과는 달리 현실과 사회상을 예각적으로 형상화하며 날카로운 비판의 시각을 견지한다. 그의 눈에 비친 아메리카는 반(反)사랑과 반(反)인간의 차가운 물질성의 세계, 한마디로 냉혹한 '기계의 세계'이다.

물질은 원래 차기 때문에
찬 것으로 되돌아가고자 한다. 그러나
생명은 따뜻한 사랑의 존재,
그 따뜻함을 지키기 위하여 항상 따뜻한 물을 먹어왔거니
아, 여기서는 이제부터 나도 기계처럼
냉각수를 먹게 되었구나

—「아이스 워터」에서

생명과 물질을 구별짓는 결정적인 요소는 따뜻함이다. "생명은 따뜻한 사랑의 존재"이지만, "물질은 원래 찬" 것이다. 인간성의 '따뜻한 사회'와 물질성의 '차가운 사회'는 레비-스트로스적 관점에서는 정반

대의 어휘로 표현된다. 레비-스트로스는 인간적인 사회를 인간성 파괴가 거의 없는 '냉각된 사회'로, 물화된 사회를 기술적 발전만을 중시하는 '과열된 사회'로 지칭한다. 오세영에게 아메리카는 레비-스트로스적 의미에서는 과열된 사회이다. 기술적으로만 과열된 사회인 미국은 사람에게는 정작 차가움만을 선사한다. 사람에게 "기계처럼 냉각수를 먹게" 하며, 정성스런 음식이 아닌 '사료'를 제공한다.

> 그러나 나는 지금
> 햄과 치즈와 토막난 토마토와 빵과 방부제가 일률적으로 배합된
> 아메리카의 사료를 먹고 있다.
> 재료를 넣고 뺄 수도,
> 젓가락을 댈 수도,
> 마음대로 선택할 수도 없이
> 맨손으로 한 입 덥썩 물어야 하는 저
> 음식의 독재,
> 자본의 길들이기.
>
> —「햄버거를 먹으며」에서

오세영은 햄버거를 여러 재료가 "일률적으로 배합된/아메리카의 사료"라고 지칭한다. 선택의 여지가 없이 주는 대로 먹어야 하는 음식이란 한낱 사료이며, 독재의 효율적인 통치 수단에 불과하다. 자본주의는 일차적으로 먹을 것을 통해 인간을 가축으로 길들인다. 혀와 입을 길들이는 원초적인(?) 전략은 정신의 각성과 저항 이전에 '몸'을 길들임으로써 인간을 노예화한다. '자본의 길들이기'는 이처럼 인간의 몸에 독재적이고 폭력적인 길을 냄으로써 전개된다. 일련의 아메리카 시편들에서 오세영은 자본주의의 반인간적이고 파괴적인 실상에 대해

강한 반감을 표출한다. 그의 반감은 거의 적대적인 수준에까지 이르러 있다. 그렇다면, 그가 일찍이 천착한 창조적 에너지인 허와 무, 존재의 결빙을 녹이는 사랑의 묘약이 부패한 문명을 치유하는 데 기여할 수는 없을까? 무력하게 앉아서 "만족과 허망의 이 풀 수 없는 아이러니를/씁쓸한 입맛으로 감추고"(「나파의 와인은 쓰다고 하더라」), "돈이 있으면 목숨만은 살려 주는/아메리카의 자비"(「오. 제이. 심슨」)에 환멸의 눈빛을 던지고 있을 수만은 없지 않을까? 하지만 "있는 것은 다만 감각의 몽타주"(「시뮬레이션」)뿐인, "허상답게/하얀 연기로 사라지는 현실"(「마리화나」)을 보아 버린 시인은 세속 도시에서의 삶을 용인하기 어려웠던 듯하다. 그는 산 속으로 들어가 산의 청정한 기운으로 세속의 혼탁한 기운을 씻어내고자 한다.

5. '산중'에서 꿈꾸는 순금의 고독

90년대 후반에 오세영은 동양적 허무를 노래한 제 2시집 『가장 어두운날 저녁에』(1982)와 불교 및 노장적 사유를 형상화한 제 3시집 『無明戀詩』(1986)의 맥을 잇는 작업을 한다. 그러나 초기의 두 시집이 '인간의 자연화'를 지향한 것에 반해, 열 번째 시집 『벼랑의 꿈』(1999)은 '인간화된 자연'을 통해 삶의 다양한 면을 투사해내고 있다. 『벼랑의 꿈』은 '산'이라는 외로움의 극한 지대에서 보낸 삶의 한 시절을 기록하고 있다. 이 시집은 동양적인 세계관을 바탕으로 자연 회귀를 주제로 삼은 듯하지만, 자세히 보면 인간적인 욕망과 고뇌들로 편치 않게 술렁이고 있다. 오세영이 시를 쓰는 일차적 원인은 사실 개인적이고 존재적인 차원에 있다. 그것은 '고독'이다. 그는 "적막한 외로움 견딜 수 없어"(「적멸」) 시를 쓴다. 오세영의 시는 외로움 견딜 수 없음에 외로움의 그릇인 자아를 비우고자 하는 소망과, 외로움의 극한에 스스로를 유배시킴으로써 순금의 고독을 성취하려는 희원 사이에 있다. 그러나 둘 사이에는 종종 고립감의 탐닉이나 외부 세계에 대한 피해의식, 감상적 낭만주의 등의 티끌이 끼여들기도 한다.

어느덧 시력(詩歷) 30년이 넘었음에도 오세영의 감성은 기본적으로 낭만성에 있다. 외로움으로 인한 그리움과 기다림, 상실감은 낭만성의 변용으로서 오세영 시의 주조를 이루고 있다. 시집 『벼랑의 꿈』에서도 오세영이 묘사하는 자연은 초월적이기보다는 낭만적인 것에 가깝다. 탈속의 욕망과 선시적 풍취에 젖어 있기는 하지만, 오세영은 인간의 한계를 초월하려 하기보다는 차라리 인간의 숙명적 한계를 '앓는' 쪽을 택한다. 그가 찾아간 산이 실제의 산이거나 내면의 산이거나, 그는 "한나절은 산문(山門)에 기대어/싸락눈을 맞고,/한나절은 바람벽에 기대어/먼 산만을 바래고,/한나절은 활활 타오르는 화주(火酒)로/울음을 태우"(「어이할꺼나」)는 방황과 번뇌를 거듭하는 것이다.

'산'을 화두로 한 오세영의 생각은 번뇌 속에서도 많은 변화를 겪는다. 시집 『벼랑의 꿈』의 많은 시들은 이를 짧은 시구로 표현하고 있다. 시인은 먼저 "산이 어찌 항상 산이겠느냐"(「고죽도」)는 현상에 대한 부정에서 출발한다. 이는 "산이 산인들 또 어쩌겠느냐"(「겨울노래」)는 실체의 직시와 그 의미에 대한 회의를 거쳐, "바람 불면/산도 숲도 물이 되고/또 바다가 되는 것을"(「대양」)이라는 실체의 순환과 유동성에 대한 자각에 이른다. 이는 다시 "산에서/산과 더불어 산다는 것은/나를 지우는 일"(「나를 지우고」)이며, "마지막으로 말씀까지 버린다는 것"(「등신불」)이라는 일체 부정의 경지에 이르렀다가, "벼랑을 돌아 자작나무 숲을 지나/산정의 무덤에서 끝나는 길"(「길」)에서 죽음과 대면하는 것으로 종결된다. 다시 말해 이 시집의 핵은 '산에서 길 찾기'에 있는 것이며, 오세영은 그 길의 끝에서 죽음을 발견함으로써 그의 시의 새로운 단계를 가늠하게 한다. 길을 찾는 끊임없는 여정 속에서 오세영은 길은 어디에도 없고, 가도가도 끝이 없는 것이라고 말한다. 이 세상은 그에게 마음 부릴 곳도, 또 마음 부리지 못할 곳도 없는 곳이다. 그렇다면 그는 이 고독한 존재자의 길을 더 밀고 나가 "길 밖의 길을 찾아 길 안의 길을 찾아"(「대양」) 고행을 행할 것인가? 혹은 "나는 내가 아닌데/나는 이제 이름 없는 나인데/누군가 아득히 부르는 소리"(「무덤의 노래」), 죽음의 편에서 들려오는 소리에 답할 것인가? 일상에서 우주에 이르는 다양한 시적 주제를 탐구해 온 그의 편력을 돌이켜볼 때 앞으로의 향방이 궁금해진다.

6. '잘 빚어진 그릇'을 찾아서

지난 30여 년간 오세영이 걸어온 길은 끊임없는 파괴와 생성의 드라마틱한 여정이었다고 할 수 있다. 모더니즘에서 동양적 사유와 전통서정으로, 다시 연가풍의 리리시즘을 거쳐 비판적 모더니즘으로, 그리고 이제 '인간'을 간직한 자연의 세계에 이르기까지 오세영은 마치 시쓰기를 통해 한국 현대시의 주제적 고찰을 수행해 온 듯하다. 그는 다양한 시적 변화 속에서도 언제나 존재와 삶의 본질을 염두에 두고 있었다. 오세영은 여러 형태의 사유와 시적 공간을 탐색하며 그 본질을 가장 잘 담아낼 '그릇' 하나를 찾아왔다. 사실 그는 이미 그릇의 세계상, 즉 존재와 삶의 본질을 '허'와 '무', '고독'으로 파악한 바 있다.

지금까지 오세영의 시는 죽음에 대한 사유를 거의 보여주지 않았다는 점에서 특이하다. 허(虛)와 무(無), 존재와 사물의 본질, 생성과 파괴의 우주적 드라마를 한 편의 시 속에 압축하고자 했음에도, 그는 죽음 자체에는 거의 관심을 갖지 않았다. 이제 오세영은 고독의 극단에서 그 극점으로서의 죽음과 만나야 할 시점에 이르렀는지도 모른다. 현재 그는 초기에 행한 불교 및 노장적 사유를 계승하면서도 인간적인 고뇌의 깊은 내부를 통찰하는 지점에 이르러 있다. 당분간 그는 시라는 그릇에 고독의 진경을 아로새기는 일에 주력할 것으로 보인다. 그 고독의 진경에 인간의 따스한 내음이 배어 있기를, 그가 '산중'에서 홀로 그리는 그림이 혹여 고답적인 산수화로 경사되지 않기를 빈다.

꽃과 가시의 시학
—김용택론

1. 가시 박힌 시의 꽃나무

김용택의 시에는 '꽃'과 '가시'가 함께 있다. 『그 여자네 집』(1998)을 예외로 하면, 김용택 시의 대지를 가득 메우고 있는 것은 가시 돋친 꽃나무들이다. 가시는 정확히 말해 시의 내부에서 '돋친' 것이 아니라 밖에서 들어와 '박힌' 것이다. 김용택의 시화(詩花)에 박힌 가시는 폐가와 빚더미로 압축되는 농촌의 현실, 불합리한 사회 구조, 부패한 권력과 정치 행태 등 근대의 역사가 빚어낸 갖가지 모순과 병폐들이다. 서사적 연작 시집 『섬진강』(1985)으로 문단에 큰 반향을 일으킨 김용택은 가시의 현실성과 꽃의 미학을 한 편의 시 속에 용해시켜 왔다. 그의 시는 밖으로는 곱고 섬세한 서정의 꽃을 피우지만, 그 뿌리는 척박한 현실의 땅에 묻어 두고 있다. 이 거친 땅에 생명의 물을 공급해 주는 것은 맑고 깨끗한 섬진강이다. 삶의 여러 물줄기가 화합하는 섬진강은 생명력 넘치는 자연의 강이며, 아버지의 아버지로부터 이어 온 생활

풍속이 살아 흐르는 전통과 역사의 강이다. 김용택에게 섬진강은 시심의 발원지이자 행복한 의식의 수원(水原)의 역할을 한다. 오늘과 같은 자본주의의 파편화된 현실에서 '행복한 의식'의 공간을 항상적으로 소유하기란 쉽지 않은 일이다. 이 점에서 김용택은 분명 축복받은 시인에 속한다. 유려한 섬진강의 물살에는 가난한 민초들의 질박한 삶이 녹아 흐르며, 시인의 유년 시절의 기억과 현재의 삶이 겹무늬져 흐른다. 삶의 실체이자 수많은 메타포로 가득 찬 섬진강은 물적이면서도 정신적인 특성을 지니고 있다. 섬진강은 육신의 생명과 정신의 풍요로움을 함께 선사하면서 김용택의 시와 삶의 중심을 흐르고 있다.

우리 시대의 불행한 시인들처럼, 김용택은 떠돌면서 시를 쓰지 않는다. 그는 근래 우리 시단에서는 보기 드문 '토착 정주민'이다. 그가 정착한 섬진강 가의 마을에는 자연과 역사의 숨결이 살아 숨쉬며, 사람살이의 생생한 내음이 피어난다. 김용택은 이 땅에서 불혹의 세월이 지나도록 수없이 많은 시의 꽃나무를 심고 가꾸고 있다. 『섬진강』을 위시한 김용택의 초기시는 소박한 농민들의 삶이 어우러진 전통적인 세계를 형상화한다. 역사와 삶, 이야기와 시가 하나된 세계는 미학과 현실이 상승 작용을 일으키는 아름다운 장면을 빚어낸다. "가문 섬진강을 따라가며 보라"로 시작되는 「섬진강 1」이나, "사랑은 세월의 따뜻한 깊이를 눈치챘을 때 비로소 완성되어 간다"는 「섬진강 4—누님의 초상」, 농촌의 삶과 서정의 진수를 보여준 「섬진강 24—맑은 날」 등은 지금도 생생한 감동의 여운을 남기고 있다. 김용택의 초기시에서 시적 주체는 대부분 서술자나 관찰자의 입장에 서 있었다. 그는 자신의 이야기보다는 아버지, 어머니, 누이 등과 마을 사람들의 이야기를 넘치는 정감으로 들려 주었다. 교사이며 시인이기 전에 한 사람의 촌부(村夫)인 그에게 농민들의 이야기는 곧 자신의 이야기를 의미했다. 김용택은 촌부의 눈으로는 섬진강을 뜨겁게 얼싸안았고, 시인과 교사의 눈으로는 역사와 현실의 실태와 방향성을 문제삼았다. 이러한 시세계는 그가 가정을 이루고 자신의 삶에 초점을 맞추면서 조금씩 변화하게 된다. 그의 관심은 '사람들'의 이야기에서 서서히 '나'의 이야기로 이동해 간다. 시세계의 중심 공간도 '강'과 '들판'에서 '길'을 거쳐, 아내와 아이들이 있는 '집' 혹은 기억 속의 '집'으로 옮겨지게 된다. 최근작인 『그 여자네 집』(1998)은 '나'의 이야기와 '집'의 공간으로 이루어진 시집이다. 이 이야기 공간의 주요 등장 인물은 '그 여자'와 '아버지'인데, 첫사랑의 그 여자는 아름답고 몽환적인 세계로 '나'를 이끌며, 혼자 힘으로 집을 지은 아버지는 순응하는 자연인의 세계를 환기시킨다. 사랑과 추억에 헌납된 이 시집은 '느림 혹은 무시간성의 미학'으로 지칭될 수 있는 탈(脫)시간의 미학을 형상화한다. 20년 가까운 시력이 쌓인 지금, 김용택은 '시간을 벗어난 시간의 세계'를 찾아 아름다운 과거의 시간 속을 여행하고 있는 것이다.

김용택의 시세계는 꽃(미학)과 가시(현실)의 '싸움'으로 점철되어 왔다고 해도 과언이 아니다. 첫 시집 『섬진강』(1985)에서 여덟 번째 시집 『그 여자네 집』(1998)에 이르는 풍경은 꽃과 가시 중 어느 것이 더 우세한가에 따라 달라지게 된다. 이 중 『그리운 꽃편지』는 김용택의 다섯 번째 시집으로, 가시의 풍경이 우세한 시집이다. 긴 호흡과 직설화법에 기댄 이 시집은 우리 시대 '고통받는 얼굴'의 표정을 생생히 묘파해 낸다. 거친 노동과 뙤약볕에 갈라진 흙빛의 얼굴은 가난과 소외의 징표이며, 우리 사회의 어두운 그늘의 상징이다. 시름에 가득 찬 그 얼굴은 정직하게 살아온 자의 절망과 황폐한 농촌의 실상을 이야기한다. 1989년에 출간된 초판본 『그리운 꽃편지』가 가시에 찔려 고통스러워하는 꽃의 모습을 보여준 데 비해, 10년 후에 재출간되는 『그리운 꽃편지』(1999)는 가시를 많이 잘라낸, 보다 순한 꽃의 표정을 선보인다. 이번 판본에서 빠진 '가시'들, 강한 현실성을 지닌 시들은 「남주형」, 「사랑을 위하여」, 「겨울 강변에서」, 「눈 내리는 조국」, 「4월이 오면」, 「응달진 산」, 「우리들의 가을」, 「두 개의 가을」, 「살가지 잡아먹세」, 「민족통일의 새날로 가자」, 「저자들은 애국자가 아니다」, 「칠년 가뭄」, 「핏빛 날개를 치며」, 「섣달 그믐」, 「우리 대통령의 밥값」 등 15편에 이른다(「어머님께 올립니다」라는 시에서는 '농성장'이라는 어휘 하나가 삭제되어 있다). 분량에 있어서만이 아니라 내용에 있어서도 많이 축소된 형국이다. 이는 현재 김용택의 시세계가 도달해 있는 지점을 우회적으로 환기시켜 주는 것으로, 90년대의 문학 특성과 관련하여 논의되어야 할 대목이다.

2. 미적인 것과 현실적인 것

최근 들어 김용택의 시는 여전히 산문적이지만, 더 이상 서사적이라고 말하기는 어렵다. 그가 견지해 온 미학과 현실의 균형은 이제 미학성을 중심으로 재편되고 있다. 『그리운 꽃편지』 개정판(1999)에서도 현실 고발적인 시들은 상당 부분 삭제되어 있으며, '가시'보다 '꽃'을 전경에 내세우고 있다. 개정판에서 빠진 날카로운 '가시'의 풍경은 다음과 같다.

① 아, 저들이 소값을
개값으로 만들고
쌀금을 똥금으로 만들며
온갖 농산물을 수입하여
저 가난한 밭뙈기 곡식금을
똥금으로 내리고 있다

우리들의 일어설 수 없는 빚더미 위에
빚더미를 얹으며 희희덕거리는 자들
아아, 정의를 짓밟고
늙은 몸뚱이를 짓밟으며
돈과 빽과 권력이 친미반공으로 똘똘 뭉쳐
반역의 허깨비 춤을 추는 자들

—「저자들은 애국자가 아니다」에서

② 목 타 논 타 살 타 피 타
(……)
으으 아아
다 뜯어먹고
다 빨아먹고
다 갉아먹고
다 뺏아먹고
쬐끔 남았어
피 뼈 살가죽 쬐끔 남았어
(……)
분단탈은 통일탈로 털어
독재탈은 민주탈로 털어
독점탈은 민중탈로 털어
탈탈 털어버려
탈탈 털어버려
풀어
풀어

—「칠 년 가뭄」에서

③ 그리운 민주여!
물같이 고른 자유,
골짜기마다 콸콸
생수 터지던 혁명이여!
(……)
내 피는 살아 내 피는 살아
아아, 내 조국은 양갈래
내 피는 활활 미치고 있었다.

—「4월이 오면」에서

①은 착취당하는 농민들의 피끓는 분노를, ②는 분단과 독재와 독점 자본주의하에서 신음하고 수탈당하는 민중의 비참한 실상을, ③은 분단된 조국에 대한 통렬한 아픔과 민주에 대한 열망을 노래하고 있다. 모두 80년대의 시대적인 요청과 시적 지향이 잘 나타난 작품들이다. 전달하고자 하는 바 의미가 너무도 강렬하기 때문에 부연 설명이 오히려 사족이 될 정도이다. 주제의 강렬성은 시원스럽게 쏟아 붓는 말들의 형식적인 측면에서도 잘 드러난다. 시의 살풋한 맛은 아예 작파해버린 양, 비판은 대상을 정면으로 강타하고 서술의 속도는 빠르며 거침이 없다. 특히 ②의 경우, "타 타 타, 탈 탈, 털어 털어, 풀어 풀어" 등의 거센소리의 반복은 민요조의 리듬을 빌어 '억압의 분쇄'라는 주제를 효과적으로 형상화한다. 김용택의 시문법은 이처럼 개인의 말이 아닌 공동체의 말, 꾸며낸 말이 아닌 우려낸 말, 다듬은 말이 아닌 생짜의 말들을 바탕으로 한다. 이러한 서술 방식은 한국 사회의 기층 민중이 형성해 온 비판 담론의 맥을 잇는 것으로, 시적 언술과 리얼리티의 절묘한 조화를 이끌어내는 토대가 된다. 80년대에 리얼리즘 시의 실체를 논하면서 김용택이 그 알뜰한 전범이 되었던 것은 우연이 아닌

것이다.

그렇다면 김용택은 왜 이 작품들을 누락시킨 것일까? 여기에는 약간의 우회가 필요한데, 잠시 시대적인 정황을 점검할 필요가 있다. 자본주의의 세계 제국 건설과 개인의 욕망에 기초한 90년대는 80년대적인 것들을 '처형'하면서 시작되었으며, 80년대와의 차이를 강조하면서 자신의 정체성을 다져 왔다. 그러나 80년대적 진실과 90년대적 진실이 다르다는 관점은 많은 비약을 내포하고 있다. 표면적인 상황은 변하였으나 사회 구조적 모순과 문제점들은 여전히 상존하고 있으며, 어떤 면에서는 더 심각해져 있기 때문이다. 또한 상황의 변화가 반드시 진실의 변화를 촉발하는 것은 아니다. 80년대의 중요한 가치의 많은 부분은 90년대에도 변함없이 자리를 지켜 왔다. 문제는, 90년대가 80년대를 상대로 차이와 망각의 코드를 작동시키는 과정에서 대타적인 가치를 절대화시켰다는 점에 있다. 문학에 있어 그것은 개인의 내면과 미적 감수성의 신봉, 사소한 것에 대한 의미 부여로 나타났다. 이러한 시대 정황을 염두에 둘 때, 우리는 김용택의 '선택'에 대해 몇 개의 가설을 생각해 볼 수 있다. 『그리운 꽃편지』의 재간행에 따른 김용택의 선별 작업은 90년대의 암묵적인 '압력'에 영향받고 있다는 것. 최근 '그 여자네 집'을 향한 미적 방황도 이 시대의 지배적 분위기와 무관하지 않다는 것. 나아가 20세기 한국문학사에서 가장 감성적이고 심미적인 연대로 기록될 90년대는 90년대식의 억압을 창출해 왔다는 것. 다시 말해, 우리는 미적인 것이 현실적인 것을 제어하고 억압하는 기묘한 연대를 살고 있다는 것. 그리고 김용택은 이를 충실히(?) 받아들이고 있다는 것.

이러한 시대에 위의 시들은 분명 과격하고, 미적 완성도가 떨어지는 작품으로 여겨진다. 그러나 과거와 과거의 산물은 지워 버려야 할 대상이 아니라 기억해야 할 대상일 터이다. 기억은 고착이 아닌 생성의 행위이며, 지나온 삶을 지속적으로 재해석하는 정신의 능동적인 작용이다. 이 점에서 재간행되는 시집에서 15편의 시를 누락시킨 김용택의 선택은 아쉬움을 갖게 한다. 텍스트를 수정하고 보완하는 차원이 아닌 텍스트의 일부를 부정할 때, 시인의 시세계는 변형과 축소의 위험 앞에 놓인다. 「자서」에서 김용택은 "몇 편의 시들이 나를 괴롭히고, 몇 편의 시가 나를 안심시킨다"라고 썼다. 아무래도 그는 안심이 되는 시편들을 가려 놓았을 터인데, 그렇게 다듬어진 시의 나무는 유순한 모습을 지닌 대신 강렬한 비판 정신은 적지 않게 약화되어 있다.

3. '가시 박힌 꽃'과 '가시 돋친 꽃'

김용택 시의 터전은 황토빛 토종의 땅이다. 토종의 땅에서 자란 열매들은 특유의 알싸한 향기를 발한다. 이 알싸하고 매운 향기 속에는 우리 시대 농촌의 질곡과 고통이 스며 있다. 근대화 과정에서 외래종에 밀려난 '토종'은 내부적으로도 천대받는 이중의 억압을 감내해 왔다. 김용택은 근대화가 농촌에 가한 폭력의 실상에 주목하면서, 지배 권력이 조장한 제도적인 모순의 희생양이 된 농민의 삶을 사실적으로 형상화한다. 그는 농촌의 아름다운 정경을 노래하는 한편, 아름다움의 배후에 있는 모순과 피폐함을 세밀히 드러낸다. 평화로운 농촌의 자연 풍광은 황폐한 현실과 대비되어 진한 비극성을 느끼게 한다.

> 이웃 삼쇠 어르신네 마당 두엄더미 옆에 똘배꽃이 하얗게 지붕 위로 솟아나고, 밭둔덕이나 강변에 풀잎들이 돋아나며 소쩍새가 먼산에서 먼산먼산 우는, 꽃피고 새우는 봄날이었습니다 오늘은.
>
> (……)

학교 끝나고 해저무는 산과 강과 들을 보니 들판 여기저기 띄엄띄엄 보리들이 어느새 가슴까지 차올라 새파랗게 출렁이고 논두렁엔 코딱지만한 코딱지 풀꽃이 피어 눈을 시리게 했습니다. 그 들길에서 어머님을 만났습니다. 어머님은 조합에 갔다가 해가 뉘엿뉘엿 지는 지금 오신답니다. 영농자금을 일반자금으로 돌려, 본자를 이자와 함께 본자로 앉히고,

몸뻬 입고
철지난 쉐타 입고
주름투성이 흙빛 어머니의 얼굴이
지는 햇빛을 받아 울고 있었습니다.
우리집 조합빚이 얼마더라
언제나 빚 다 갚고
빚 없이 다리 쭉 뻗고 살 날이 올끄나
해설픈 들길
나는 보리잎들의
그 맑디맑은 잎맥을 보았습니다.

—「아무 일도 없었던 봄날의 일기」에서

이 시에서 감미로운 서술의 흐름을 따라가다 보면 예기치 못한 이질적인 상황과 만난다. '나'의 앞에 펼쳐진 풋풋한 봄 들판의 정취는 조합빚에 찌든 "주름투성이 흙빛 어머니의 얼굴" 앞에서 단숨에 이지러진다. '나'와 '어머니'의 시적 정황은 각기 다른 속도로 흐르면서 서로 부딪쳐 단절의 풍경을 연출한다. "꽃피고 새우는 봄날"의 따스한 정취는 어머니의 울음에 부딪쳐 이내 불협화음의 잔인한 배경으로 화한다. "해설픈 들길"을 걸으며 시인의 시선은 "보리잎들의 그 맑디맑은 잎맥"에 가 닿는다. 봄날의 아름다움과 농촌살이의 신산함은 보리잎들의 맑은 잎맥에서 하나로 용해된다. 김용택의 시적 자질이 유감없이 발휘

되는 것은 이 부분이다. 그는 먼저 미려하고 정감어린 서술로 서정의 폭을 넓힘으로써 비판적 언술이 끼어들 자리를 마련한다. 현실에 관한 이질적인 언술은 서로 부딪치는 가운데 김용택 시 특유의 조화를 형성해 간다. 아름답고 느린 흐름과 비애 서린 완강한 흐름 사이의 균열과 균형! 김용택 시의 미학은 이러한 원리에 기반하고 있다.

'맑디맑은 보리잎의 잎맥'은 김용택의 시 정신이 잘 함축된 시어이다. 맑은 날, 맑은 강, 맑은 햇빛, 맑은 눈물……. 김용택의 의식 속에서 다함없이 곡진한 것들은 '맑다'라는 시어로 표현된다. 이때 맑음은 환함과 깨끗함만이 아니라, 슬픔과 아픔까지도 환히 드러내는 순도 높은 맑음이다. 고통과 외로움마저 맑음의 이미지로 승화함으로써 김용택은 자신의 무의식적인 정향을 드러낸다. 삶에 대한 따뜻한 긍정과 어두운 현실에서 희망을 일구어내는 역설적인 힘이 그것이다. 김용택의 시에는 슬픔 속에도 신명이 있고, 좌절 가운데에도 어둡지 않은 길이 트여 있다. 신산한 삶이지만, 그 뿌리에는 인간적인 사랑과 공동체의 연대감이 살아 있음을 그는 믿기 때문이다.

공동체의 정서를 노래할 때 김용택은 주로 오래 묵은 고향의 말을 사용한다. 시골 장터나 동네 사랑방의 왁자지껄한 잡담을 그대로 옮긴 듯한 말투, 민요와 판소리 사설·마당놀이의 대사를 떠올리게 하는 어법, 봇물처럼 쏟아지는 걸쭉한 전라도 사투리, 해학과 풍자·아이러니의 활용은 긴 산문적 길이와 함께 김용택의 시에 강한 이야기성을 부여한다. 주로 초기시에 속하는 『섬진강』(1985), 『맑은 날』(1986), 『그리운 꽃편지』(1989) 등은 김용택 특유의 이야기성이 살아 있는 시집이다. 이 중 많은 이야기는 한 해 농사를 빼앗긴 농사꾼들의 슬픔과 분노를 골자로 한다. 『그리운 꽃편지』의 경우도 예외는 아니다.

소 팔고 돼지 팔고 나면 또 그렇고

온갖 채소를
다 심었다 뽑았다
개지랄병을 다 허다 봉게로
화이고 화이고 또 쌔려부네
아, 말로 혀랑게 말로 혀
아, 한두 번 그렸으면 모르겄는디
이날 평생을 그려놓고 봉게로
우리도 그 뭐시기나
인자 참을 만큼 참고 보장게
화딱지가 왜 안 나겄오
정의사회 보통사회 총화사회 뭉친 사회 다 살아도
화이고매 또 쌔려부네

―「아, 왜 쌔려」에서

가진 자에 대한 질타는 전라도 사투리의 강한 억양과 어우러져 신랄하기 그지없다. 이 시에서 혹독하고 신랄한 비판은 직설화법 외에 반복에 의존하고 있다. 반복은 풍자와 희화를 유발하는 효과적인 진술 방법의 하나이다. 동일한 대상을 다양한 말로 열거하여 허위의 핵심을 공격하는 것은 판소리와 전통 탈춤 대사의 중요한 기법의 하나였다. 반복은 대상을 다각도로 규정하고 공격하면서 그 적나라한 실체를 드러낸다. 위 시에서도 "정의사회 보통사회 총화사회 뭉친 사회 다 살아도/화이고매 또 쌔려부네"와 같은 구절에서 조금씩 변형되는 반복은 사회의 실상과 허상을 통렬하게 고발한다. 김용택은 반복을 한 축에 놓고, 상반되는 현실 상황의 대비를 다른 축에 놓음으로써 시적 대상을 실감나게 묘사한다. 그의 시에서 소위 민중적인 미덕이 잘 살아나는 것은 이 부분이다. 반복과 병치, 대비의 수법은 현실의 첨예한 문제들을 다룰 때 명료한 효과를 자아내며, 시에 담긴 메시지를 강력하게 지지하는 역할을 한다.

김용택은 많은 화자를 등장시켜 농민들의 피폐한 현실을 이야기한다. "몹쓸 사람들이지요/그렇게 늙은 몸으로 지은 농사를/이렇게 무시하다니/이러고도 우리 모두가 무사하겠습니까/어머니"라고 안타까운 마음을 편지에 쓴 '서울의 작은 딸'(「어머님께 올립니다」), "삼백만 원 빚지고/중동 갔다와 석삼 년" "좆나오게 일혔어도/내가 빚이 도로 삼백이랑게/왜 이려/왜 이려/이상혀 이상혀"! 집안이 풍비박산난 '한수 형님'(「우리 한수성님 살림살이」), 그 형님이 이장되더니 "사람이 변해도 친정부적으로 변했다고들" 혀를 차는 '동네 사람들'(「한수 형님 이장되더니」), "이따금 이렇게/돼지를 키워 잡아/고기는 서울로 올려 보내고/ 내장국물이나 얻어먹고 만다"는 '우리들'(「눈 내리는 마을」)……. 그러나 김용택의 시에 사람의 목소리만 울려 퍼지는 것은 아니다. '논'마저도 주인을 잃은 황폐함과 슬픔을 토로한다. "허연 머리 꼬부랑꼬부랑 늙은 우리 주인/시퍼렇게 날선 낫 들고/날 찾아와 /(……)/빈손으로 떠나는/저 등 굽은 뒷모습/허연 머리 이 빈 가슴에 묻습니다"(「논」). 이 땅의 가진 것 없는 사람들의 속내는 다양한 색채의 목소리가 되어 울려 퍼진다.

『그리운 꽃편지』(1999)에는 '가시 박힌 꽃'과 가시를 능동적 힘으로 전환시킨 '가시 돋친 꽃'이 함께 자란다. 그런데 이 시집의 저층에 있는 것은 아름다운 것들에 관한 깊은 사무침과 그리움이다. "저기 저 남산에 꽃 펴불며는/바작바작 타는 봄 잔디 같은 내 가슴/봄불 확 붙어 활활 타겄는디/워매, 속 탄 것"(「워메, 속 탄 것」)과 같은 표현을 보라. 가슴속의 뜨거운 열망은 정점의 순간 앞에서 더욱 요동치거나, "드러누워 이 세상 눈을 다 받는 김제만경이여/나도 이제 부를 이름을 눈에 덮고/논 한다랑지로 하얗게 숨는다"(「눈 내리는 김제만경」)에서처럼 가없는 무위 속으로 편입해 들어간다. 이 계열의 시 중 압권에 해당하는 것은 시집의 첫머리에 실린 다섯 편의 「그리운 꽃편지」 연작이다.

봄이어요.

바라보는 곳마다 꽃은 피어나며 갈 데 없이 나를 가둡니다. 숨막혀요. 내 몸 깊은 데까지 꽃빛이 파고들어 내 몸은 지금 떨려요. 나 혼자 견디기 힘들어요.

이러다가는 나도 몰래 나 혼자 쓸쓸히 꽃피겠어요. 싫어요. 이런 날 나 혼자 꽃피긴 죽어도 싫어요.

꽃피기 전에 올 수 없다면 고개 들어 잠시 먼산 보셔요. 꽃피어나지요. 꽃보며 스치는 그 많은 생각 중에서 제 생각에 머무셔요. 머무는 그곳, 그 순간에 내가 꽃피겠어요. 꽃들이 나를 가둬, 갈 수 없어 꽃그늘 아래 앉아 그리운 편지 씁니다. 소식 주셔요.

—「그리운 꽃편지 1」 전문

겨울 찬바람 속에서도
꽃망울들은 맺혀 꽃소식 기다립니다
오셔요
꽃망울 터뜨릴 꽃바람으로 오셔요
꽃바람으로 저 푸르른 산맥을 넘어
그대가 달려오면
나도 꽃망울 터뜨리며 꽃바람으로
저 푸르른 산맥을 넘어
찬바람 속을 뚫고 달려가겠어요

—「그리운 꽃편지 5」 2연

"바라보는 곳마다" 피어나는 '꽃'과, 그만치 무성해져 가는 '쓸쓸함'

은 시인으로 하여금 말(편지)을 터뜨리게 한다. '쓸쓸함' 만큼 간절한 애소(哀訴)의 언어들은 '꽃빛' 에 흠뻑 젖어 있고, '나' 또한 "몸 깊은 데까지 꽃빛이 파고들어" "견디기 힘든" 상황에 있다. 봄꽃의 아름다움은 바라보는 자마저도 꽃피게 할 정도로 강렬한 것이지만, 시인은 가능한 꽃핌의 이전에 머무르고자 한다. "나 혼자 쓸쓸히 꽃핌"은 아름다움의 절정이 아니라, 공허요 스러짐이기 때문이다. 쓸쓸함의 꽃이 되고 싶지 않은 열망은 꽃이 피어나는 순간을 계속 지연시킨다. 살짝 벌어진 꽃봉오리의 기다림과 떨림의 시간은 꽃이 활짝 핀 순간보다 더 명징하고 시린 아름다움을 발한다. 시인의 의지로 인해 시간은 흐르지 않고 한 곳에 '머문다'. 사랑하는 당신이 "제 생각에 머무시"기를 바라는 마음처럼 말이다. 한 곳에 머물러 한껏 부풀어오른 시간은 '꽃그늘'의 공간성을 획득한다. 시간이 고여 있는 꽃그늘이란, 결국 시가 탄생하는 본연의 시적 공간이 아니겠는가. 시인으로 하여금 말하게 하고 불화의 세계 속에 머무르게 하고 견딜 수 있게 하는 곳. 이곳에서 시인 김용택은 이야기하고 그리워하며 혼자 운다.

꽃그늘은 꽃으로 뒤덮인 공간이 아니다. 꽃이 피기 직전의, 꽃을 향한 열망으로 가득한, 사실은 부재의 그늘이다. "꽃망울 터뜨릴 꽃바람"으로 '당신'이 와야만 환히 열릴, 안타까움과 약간의 위기감조차 감도는 그늘이다. 아름다움으로 가득하면서도 텅 비어 있는 꽃그늘은 시인 김용택의 내면 풍경에 다름 아니다. 김용택이 머무는 곳이 항상 고운 '꽃그늘'인 것은 아니다. 그는 많은 시간을 "해 떠나버린 저 남산 응달"(「아침밥」), 봄이 오면 진달래꽃 피어날 "응달진 산속"(「그리운 꽃편지 4」), "찬바람 소리 들리는 겨울 산"(「그리운 꽃편지 5」), "벼 다 쓰러져 떠나가는 빈 들판"(「햅쌀」)의 황량하고 추운 곳에 칩거한다. 김용택 시의 기원이 되는 장소들은 대체로 그늘/응달의 공간이거나 비어 있는 공간(빈 산, 빈 들, 빈 집, 빈 가슴), 무언가가 사라졌으나 다시 도래할 중도의 지점이라는 공통성을 갖고 있다. 고요히 흐르는 섬진강의 물살처럼 김용택의 시는 부단한 흐름과 변화의 가운데 지속된다. 어쩌면 김용택이 궁극적으로 희구하는 공간은 향기 가득한 '꽃그늘'일지도 모른다. 그러나 꽃들이 만발하기까지는 많은 현실적인 어려움이 앞을 가로막고 있다. "나 혼자 꽃피긴 죽어도 싫어요"라고 김용택은 말했거니와, 꽃의 세상을 이루기 위해서는 눈물겨운 땀과 노동이 필요한 것이다.

김용택은 섬진강 들판의 차가운 바람 속을 걸어 부단히 현실의 복판으로 나아간다. 아버지의 아버지로부터 내려온 삶의 뿌리, 땅과 인간의 진한 내음, 무엇보다 시인 김용택의 삶의 거점이 모두 여기에 있는 탓이다. 또한 이 속에서 피어난 꽃만이 진정 아름다운 꽃그늘을 만들어낼 수 있기 때문이다. 자신이 피우려는 꽃의 뿌리가 척박한 땅에 묻혀 있음을 고통스럽게 인식할 때, 그 뿌리의 현실적 조건과 역사적 근거를 문제삼을 때, 김용택의 시는 서정의 깊이 속에서도 서사적 넓이를 획득한다. 이제까지 김용택의 시세계가 도달한 가장 드넓은 서사공간은 이 시집의 3부를 장식한, 무려 48쪽에 이르는 장시 「아버지의 땅—1982년 개간 일지」에서 발견된다.

"아버님은 올봄/강변 이태리 포플라를 베어내고/그 땅을 개간하기로 했다"로 시작되는 이 시는 홀로 강변의 땅을 일군 아버지의 개간 일지이다. 환갑이 넘은 아버지는 평생을 신앙처럼 받들고 살아온 땅을 위해 생의 마지막 힘을 불사른다. "뭐니뭐니 혀도 촌에선 논이 질이여"라고 믿는 아버지의 개간은 농사꾼으로서의 최대의 그리고 최상의 노동이다. 비가 오면 강물에 잠길 것을 알면서도 아버지는 홀로 강변의 잡목숲을 일군다. 삽 한 자루만을 들고 아버지는 하루도 쉬지 않고 땅속의 돌과 무성한 풀과 나무 뿌리와 싸운다. 어떤 어려움에도 꺾이지 않는 아버지는 마치 황무지를 일구는 시지프스와도 같다. "장작감이나 방천말뚝감"인 "이태리 포플라"를 베어낸 자리에 "파란 볏잎이 넘실거리는 논"을 만드는 아버지의 개간은 땅의 생명력을 회복하는 일을 넘어, 근대의 파행적인 역사를 바로잡는 의미를 지닌다. 새롭게 일구어진 몇 마지기의 논은 풍요로운 삶의 공간인 동시에 건강한 역사의 공간이다. 이로 인해 고달픈 개간의 노동으로 인해 아버지는 지쳐가는 것이 아니라, 더욱 막강한 몸과 정신을 지니게 된다.

연장들은 날이 갈수록 날카로워졌다
삽은 싱싱한 칼날처럼 하얗게 되어 번쩍였다
앵간한 뿌리는 삽이나 괭잇날로 쳐 잘라버리거나
끊어버렸다
괭이를 힘껏힘껏 내리찍을 때마다
번쩍거리는 괭잇날 빛은
강 건너 산그늘을 자르고 박혔다
(……)
아버님의 몸은 햇빛 속에서 막강했다

—「아버지의 땅」에서

아버지는 개간하고 있는 것은 단순히 '논'이 아니다. 그는 현실의 온갖 부정적인 것들을 자르고 끊어 버리고 있다. 이러한 작업은 철저히 땅의 섭리에 순응하는 가운데 행해진다. 아버지는 땅의 개척자인 동시에 땅의 아들이다. 버려진 땅을 푸른 곡식이 일렁이는 논으로 바꾸는 것은 강의 생명력을 다스리는 일과 직결된다. 지금까지 강의 물줄기는 휘어진 이태리 포플라를 키우는 부정적인 생성에 쓰였다. 이제 강물은 개간된 땅에서 생명의 곡식을 자라게 하는 데 쓰여지게 될 것이다. 강물은 자체의 맑고 풍부함만으로는 생명력을 지니지 못한다. 강물을 다스리는 인간의 의지가 강물의 생명력을 좌우한다. 아버지의 개간은 인간의 노동과 자연의 생명력을 화합하게 하고, 생명의 생명다움이 충만한 세계를 열어간다.

자연이 끊임없이 살아 움직이는 것과 같이 "아버님은 하루도 쉼없이 / 언제나 그 시간 그 속도로" 땅을 일군다. 그는 '말'의 세계가 아닌 '일'의 세계를 산다. 하루하루 틀이 잡혀 가는 '아버지의 땅'은 '강 건너 유원지'와 '텔레비전 뉴스'의 세계와는 정면으로 배치된다. 그곳에는 허위와 기만, 썩은 욕망의 '말'들이 난무하는 현실이 있다. 김용택은 아버지의 신성한 개간의 역사를 기록하는 중간중간 혼탁한 현실의 갖은 부패상을 병치시킴으로써 선명한 이중의 그림을 만든다. 강 건너 유원지엔 날마다 사람들이 "북치고 장구치고 취해 비틀고 뒹굴"고, 새마을 역군들과 사에이치 청소년들은 "농촌 근대화 선진복지 농촌을 위해 목숨을 바치자고" "오만 잡춤을 다 추어대"며, 농민들은 툭하면 무슨무슨 교육에 동원되어 경운기로 실려 다니고, "의식개혁과 정의사회가 침을 튀기는 동안" 미문화원은 불타고, 좌경화된 불순분자들의 사진이 곳곳에 나붙고, 국회의원이 치정사건으로 쫓겨나고, 광주는 은폐되고, 스포츠와 연속극은 국민을 우매한 노예로 만들었던 것이다.

이런 현실 속에서 아버지의 신성한 노동은 마침내 "논이 되는 것을 방해하는 모든 것"을 없애는 데 성공한다. 혼신의 힘을 다한 싸움은 논의 완성을 가져 온다. 칼날처럼 빛을 뿜던 '삽날'은 완성된 논가를 걷는 아버지의 어깨 위에서 노을빛에 빛난다. 논을 세상에서 제일로 치는 농사꾼이 버려진 땅에 논을 일구었다. 그가 나무 뿌리와 잡초와 돌덩이를 캐고 자르고 부수는 동안, 이 긴 시는 현실의 '오만잡춤'을 세세히 병치시켜 보여주었지만, 이상하게도 끝내 우리의 마음속에 남는 것은 아버지의 고독한 성취이다. 굳이 성취랄 것도 없는, 정직한 농사꾼의 삶의 모습은 존경심과 숭고함으로 각인된다. 섬진강변에 일구어진 '아버지의 땅'은 아름다운 노동과 자연, 생명이 화합하는 세계이다.

이는 부정부패의 파행적인 현실과는 정반대의 지점에 위치하고 있다. 이 땅에는 아버지의 아버지로부터 이어져 온 땅의 역사가 숨쉬고 있고, 섬진강과 회문산의 맑은 노을이 드리워져 있다. 장시 「아버지의 땅」은 한 인간의 정직한 노동이 개척해낸 아름다운 삶의 지평을 보여준다. 그것은 너무도 소박한 인간의 꿈이 실현되는 세계이며, 인간과 노동 · 자연이 하나되는 신화적 충일성의 세계이다. 행복하게도 김용택은 이 세계를 자신이 살고 있는 섬진강 가에서 발견하고 있다.

아버지의 삶과 역사는 땅을 개간하여 논을 만드는 일로 완성되었다. 섬진강변에 일구어진 아버지의 땅을 물려받은 아들은 이제 어떤 삶을 살고 완성시켜 나가야 할까? 지금 김용택에게는 이것이 가장 큰 과제로 남아 있다고 생각된다. 그는 아버지의 역사를 시화함으로써 자신의 삶의 뿌리를 확인하는 작업을 어느 정도 일단락짓는다. 문제는 현재의 삶의 도처에 있는 '가시'들인데, 지난 연대를 넘어서고자 하는 미학적 복원이 '가시빼기' 작업으로만 일관되어서는 안 될 것이다. 박힌 가시를 빼 버린, 흉하게 구멍난 꽃이 과연 어떤 아름다움을 발할 수 있을까? 가시의 상처를 딛고 다시 피어나는 꽃, 몸에 박힌 가시마저 양분과 무기로 삼아 피어나는 '가시 돋친 꽃'이 진정 아름다운 꽃은 아닐까? 90년대 말의 김용택은 이 점을 간과하고 있는 듯하다.

4. 고통과 아름다움의 관계

김용택은 두고두고 '섬진강의 시인'으로 기억될 터이지만, 『그 여자네 집』(1998) 이후 그는 이제까지 피운 어떤 꽃보다도 더 화려한 꽃그늘 아래에 머무르고 있다. 환한 꽃그늘 속에서 시인은 현재의 시간을 지우고, 과거의 기억들과 몽환적인 꿈들을 불러모은다. 불과 10년 만에 재간되는 시집 『그리운 꽃편지』는 이 난만한 꽃향기 위에 다시금 '가시'의 고통을 얹어 놓는다. 지난 연대에 앓았던 고통의 기록은 때로 장황하고 낯설며, 거칠게 느껴지는 면도 없지 않아 있다. 김용택이 20년 세월 동안 이룩한 시적 성취를 생각할 때, 이 시집은 분명 순금 부분에 해당하는 것은 아니다. 그러나 『그리운 꽃편지』의 소명은 '가시'의 참혹함을 드러낸 것으로도 충분한 것은 아니었을까? 김용택이 오랜 세월 추구해 온 현실적인 지향점이 여기에는—특히 초판에는—명확히 나타나 있으며, 시대와 함께 얽혀 고뇌한 흔적이 곳곳에 배어 있기 때문이다. 이런 면에서 시집 『그리운 꽃편지』는—특히 초판본은—김용택의 시세계 가운데 가장 날카롭고 묵직한 가시에 찔린 선연한 꽃의 시집으로 남게 될 가능성이 짙다.

마지막으로 하나의 비유를 들자. 환한 햇빛 속에 만발한 꽃과 가시에 찔려 고통스러워하는 꽃은 어느 쪽이 더 빛을 발할까? 그 숨막히는 처절함으로 인해, 혹독한 고통을 견디는 힘으로 인해 가시에 찔린 꽃이 더 아름다울 수 있는 것은 아닐까? 또한, 가시에 찔린 꽃은 끝내 가시의 상처를 극복할 수 있는 자생력을 자기 안에 갖고 있는 것이 아닐까? 시인 김용택은, 그리고 미의 혼곤한 마력에 사로잡힌 이 시대는 이 점을 다시 한 번 성찰해 보아야 할 것이다.

물기 없이 피는 꽃, '독한' 아름다움

—최문자론

1. 불 속에 던져진 '푸른 생솔가지'

내파(內破)! 안으로 파열하다. 최문자의 시만큼 이 강렬하고 집중적인 어휘가 잘 어울리는 예는 많지 않다. 뜨거운 불길이 치솟고, 위력적인 폭발의 파편들이 내벽(內壁)에 부딪쳐 연속적인 충돌이 일어나는 것! 최문자 시의 탄생의 풍경은 숨가쁘고 격렬하다. 실제로 그녀의 시에는 '파열음', '폭약', '독(毒)', '찢다', '뒤틀다', '부서지다', '불타다' 등의 강한 어휘들이 자주 등장한다. 고통스럽게 파열하는 최문자의 시에는 '물기'가 부족하다. 그녀는 자신이 속한 삶과 세계를 황량하고 메마른 사막으로 인식한다. 비유컨대, 최문자는 내장까지 타 들어가는 갈증을 견디며 홀로 현실의 사막을 건너는 고독한 카라반이라 할 수 있다. 지친 그녀의 짐을 덜어 주고 한계의 순간에 물을 나누어 주는 것은 '시'라는 이름의 낙타이다. 최문자에게 사막은 폐허의 공간인 동시에 생성의 환경이 된다. 물기 없는 건조한 것들은 서로 부딪쳐 부서지는 가운데 뜨거운 마찰의 불꽃을 일으킨다. 언뜻 보기에 최문자의 시는 균열과 소음에 휩싸여 있는 듯하지만, 그 속에는 메마름을 생성으로 바꾸는 내면의 불꽃이 타오르고 있다.

최문자의 네 번째 시집 『울음소리 작아지다』(1999)는 내파와 발화(發火)의 열기가 한층 뜨거워진 상태에서 태어났다. 첫 시집 『귀 안에 슬픈 말 있네』(1989) 이후 10년 만에 발간된 이 시집에서 그녀의 시적 에너지는 더 활력있고 풍부해져 있다. 1982년 『현대문학』으로 등단한 최문자는 생의 육중한 상처에서 미세한 흠집에 이르는 섬세한 내면의 지도를 그리는 데 몰두해 왔다. 이 과정에서 상처 및 치유는 주로 '불'의 이미지와 그 변형인 '연기', '피', '꽃' 등과 연관되었다. 시집 『울음소리 작아지다』는 불의 종류와 연소 형태에 있어 이전의 시집들과는 다른 모습을 보여준다. 앞서의 시집들이 불완전 연소의 미진한 단계에 머물러 있었다면, 이 시집은 활활 타오르는 완전 연소에의 꿈을 피력한다. 두 번째 시집 『나는 시선밖의 일부이다』(1993)에 실린 다음의 시는 초기시의 '불'의 양상을 잘 보여준다.

> 기를 쓰는 건
> 생솔가지를 어겨서 처넣은 아궁지에 불을 지피는 일이다.
> 빡빡 된연기를 뿜으며
> 타려고 들지 않는 분명한 것들이 있다.
>
> 억지로 태운다.
> 덜덜 떨면서 상록수의 오장이 시퍼렇게 뒤틀린다.
> 불 속에서도 물이 되려는 힘이다.
>
> 언제나 푸르렀던 생솔의 극점은

지져도 지져도 이내 재가 될 수가 없다.

—「상처 · 2」에서

'불을 지피는 일'은 상처를 극복하려는 노력이지만, 실제로는 상처를 더 깊게 만든다. 상처를 지닌 존재는 잘 마른 장작이 아니라 살아 있는 '생솔가지'이기 때문이다. '생솔가지'는 생명의 물기로 인해 불 속에서도 "시퍼렇게 뒤틀리"며 '빡빡 된연기'만을 뿜어댄다. 상처란 무엇보다 살아 있음으로 인해 빚어지는 것이다. 단호히 말해서, 삶은 곧 상처이며 상처는 삶의 가장 진한 진액이라 할 수 있다. 불 속에서도 "타려고 들지 않는 분명한 것"은 상처받은 존재, 곧 생명을 지닌 존재이다. 그것은 "억지로 태울"수록 더 처절하게 몸부림친다. 이 시에서 주목해야 할 점은 "생솔가지를 어겨서 처넣은" '불태우기'가 '억지로' 행해진다는 점에 있다. 생가지를 억지로 태우는 행위에는 외적인 불가피성과, 자학을 통해서라도 상처에서 벗어나려는 방어 심리가 내재해 있다. 외적 강제와 자학, 비애가 뒤섞인 속에 지펴진 불은 소멸과 승화와는 거리가 먼 '변형'과 '고통'의 불이 된다. 시의 제목이기도 한 '상처'는 '푸른 생솔'과 '재' 사이의 거리, 즉 살아 있음과 소멸, "타려고 들지 않는 분명한 것"과 이를 태워 무화시키려는 힘 사이에서 발생한다. 타지도 못하고 매캐한 연기만 내뿜는 '번제'의 광경은 상처의 풍경이자, 삶 자체의 풍경을 단적으로 보여준다.

변형과 고통, 훼손을 유발하는 '불'은 현실의 부정적인 속성을 표상한다. 폭력성마저 지닌 이러한 '불'은 존재를 불완전 연소의 긴 고통 속에 가둔다. 최문자의 시에서 자학과 피학이 습합된 불의 폭력은 다음의 두 가지 요소에 의해 제어된다. 하나는 위 시에 제시된 "불 속에서도 물이 되려는 힘"(생명력)이며, 다른 하나는 완전 연소의 불(승화와 완성)이다. 시집 『울음소리 작아지다』에서 전자는 몸 속의 물기로, 후

자는 내면에서 타오르는 불, 사랑으로 구체화된다. 사실, '물기'(촉촉하다)와 그 결핍인 '마르다'는 최문자의 초기시에서부터 많은 비중을 차지해 왔다. 내면에서 타오르는 불인 '사랑' 역시 중요한 주제로 자리매김되어 왔다. 이번 시집에서 최문자는 자신의 시세계의 본질적인 갈등을 날카롭게 집약한다. 스스로를 해부하는 '독한' 결기로 투명하게 자신과 대면하고 있는 것 또한 두드러지는 특징의 하나이다.

2. 생의 '마른 식사' 시간이 남긴 것

최문자의 시에서 갈등의 뼈대를 이루는 것은 자아의 내부와 외부 사이의 어긋남이다. 어긋남은 두 영역이 빚어내는 갖가지 불화들로 인해 발생한다. 그런데 문제는 불화의 내용보다는 불화의 일방적인 해소 방식에 있다. 불화를 일방적으로 수용하고 견뎌내야 하는 것은 자아의 내부이다. 외부 세계는 끊임없이 견뎌내야 할 무한의 대상이다. 이를 감내하는 시인의 내면은 세계보다 거대하며, 또한 더할 수 없이 왜소하다. 최문자는 아주 잘 견디지만, 많은 시간을 극한의 고통에 사로잡힌다. 그녀는 견딜 수 없음까지도 견뎌내고자 하며, 이 지독한 단련 속에서 정신의 극단을 수없이 오르내린다. 견딤의 대상에는 그녀 자신도 포함된다. 죽은 언어를 내뱉는 허위의 자아, 잘 길들여진 사회적 자아 및 일상적 자아 등의 가공된 자아는 그녀가 지닌 곤혹스러운 일부분이다. 목록은 계속된다. 가족을 포함한 타인, 무의미한 일상, 황량한 현실 세계 등은 지친 그녀를 겹겹이 둘러싸고 있다. 이러한 상태에서 오랫동안 견뎌온 시인의 내부는 "펴내지 않은 고통"(「길 위에서 길을 잃다」)으로 보이지 않게 파열한다. 최문자 시의 핵심어인 '마르다'는 이 내적 고통으로 인한 존재의 탈수 현상을 의미한다.

최문자의 시는 메마름에서 촉촉함으로, 불완전 연소에서 완전 연소로 상승하려는 가혹한 열망의 산물이다. 여기에 '가혹한'이라는 수식어를 붙여야 하는 것은 삶을 사막화하는 것들의 속도가 가히 위력적인 것이기 때문이다. 최문자는 현실의 폭력성과 내면의 열망 사이에서 팽팽한 긴장을 유지하고자 한다. 그녀의 시가 강렬한 파토스를 내뿜는 것은 이러한 연유에서이다. 최문자의 시집 『울음소리 작아지다』는 불꽃 튀는 정념을 일깨움으로써 90년대 막바지의 우리 시단에 긍정적인 충격을 가했다. 연쇄적인 절망과 자기 함몰, 소박한 지적 탐구, 자연의 신비화 등의 약점을 노출했던 90년대 시단에서 열정적인 파토스는 분명 미흡한 상태에 있었다. 최문자의 폭발하는 언어와 이미지들은 이 공백의 지점을 어느 정도 메워 주었다고 할 수 있다. 최문자는 자신이 열망하는 꿈으로 눈앞에 현존하는 세계의 실체를 가리지 않는다. 황량한 현실을 직시하고, 실패와 좌절을 기꺼이 인정하며, 무너짐의 순간들마저도 따뜻하게 기억한다. 그녀는 상처와 패배 앞에 다음과 같은 호의적인 헌사를 바친다. "열망할 적마다 찌무러진 그 자리가/흉할수록 좋았다", "꼭 감고 흘린/그 어두운 눈물 자국이/더 없이 좋았다"(「실명」).

현재 최문자에게 생명의 물기는 심각한 결핍 상태에 있다. 이번 시집은 물기의 유출로 인해 딱딱하게 '마른' 육체의 내부를 세밀하게 묘사한다. 생명의 물기는 '피', '눈물', '체액', '정신의 땀', '식은 땀', '혈변', '풀물', '황톳물' 등의 계열 이미지로 다양하게 분화된다. 물기가 새어나가는 방식이 여러 가지이듯 물기를 마르게 하는 원인 역시 다채로운 양상을 드러낸다.

내가 잃어버린 것은 물이었다
얼마 남지 않은 체액까지 말리고 싶은 그와

한 식탁에 마주 보고 앉아 그 동안 오래오래 마른 식사를 해왔다.
피곤의 된밥과 빡빡한 고통의 반찬들
(……)
이젠 내가 먹은 밥들이 밤마다 나를 찌른다.
칼자국을 그으며 내장을 통과한다.
가끔 깊이깊이 숨어 있는 극소량의 물을 마신 날은
물컹물컹한 검붉은 혈변을 보았다.

—「죽음에 이르는 식사」에서

물기를 마르게 하는 요인에 관해 이 시는 비교적 많은 정보를 제공한다. "얼마 남지 않은 체액까지 말리고 싶은 그", "마른 식사", "피곤의 된밥과 빡빡한 고통의 반찬들"이 그것이다. 사랑하는 사람과의 단절과 의무와 타성이 되어 버린 생존, 힘겨운 일상은 '나'에게서 물을 앗아갔다. 현실의 악조건은 이것만이 아니다. 주위 사람들과의 "부러진 관계"(「잃어버린 물」), "위벽에 붙은 깜깜한 절망들"(「캄캄한 무죄」), "몸저린 노동"(「두 번 꽃필 것도 같은 내일」), "아무 시간에도 내가 나처럼 남아 있지 않았"(「시간 밖에서 보낸 시간」)던 자아의 상실 등은 '나'를 산 채로 말려온 살인적인 기후 조건이었다. 이 열악한 삶의 환경은 현실과 일상이라는 '사막'에 의해 만들어졌다. 황폐한 실존의 조건은 시인의 몸 안에 "칼자국을 그으며 내장을 통과하"고, "검붉은 혈변을 보"게 한다. 그러므로 현실의 사막에서 "산다는 것은/모래를 낳는 일"(「사막일기 2」)이며, '모래'가 되는 일이다.

존재의 사막화 과정인 '마르다'는 '불타다'가 변주된 개념이다. 마른다는 것은 미지근한 상태에서 아주 느리게 타오르는 것을 뜻한다. 이는 앞서 살펴본 불완전 연소와 동일한 의미 체계를 형성한다. 물기가 마른 자리에는 깨끗한 '재'가 아닌, '얼룩'이나 '독'이 생긴다. '얼룩'

은 실제로는 사랑과 눈물의 흔적이며, 흙 속 깊이 "뿌리 어디엔가"에 "끈적끈적하"게 남겨진다(「마지막 감의 눈물」). 뿌리에 남겨진 얼룩은 존재의 잉여나 흠이 아닌, 생성의 씨앗을 뜻한다. 얼룩의 씨앗은 뿌리와 흙의 긴밀한 접촉을 통해 순결한 생명으로 피어난다. 최문자는 타인과의 깊은 교감을 통해 존재의 황폐함을 치유하고자 한다. 교감의 내용은 다름 아닌 사랑이다. "죽음보다 더 지독한 사랑의 예감으로/어떤 것에게/깊이 꽂히고 싶다"(「실족 1」)는 그녀의 소망은 간절하기 그지없다. 사랑의 얼룩이 다시 '지독한 사랑의 예감'을 피워내는 것은 죽은 나무에서 꽃이 피는 것과 같은 엄청난 존재적 전환이 아닐 수 없다. "저 깊은 흙을 당기는 깨끗한 뿌리"(「뿌리」)와 "순결한 흙의 입술에 정신을 대고 있는 꽃의 시간"(「헌화가」)은 시인이 진정 도달하고자 하는 사랑과 존재적 충만의 경지를 보여준다.

이 같은 자연 순환의 유기적 사고는 최문자가 메마름을 생명으로 바꾸는 첫번째 방법이 된다. 또 다른 길을 그녀는 기독교의 진리에서 발견한다. 자연 순환의 법칙이 육체와 인간적인 욕망(사랑)에 관계된 것이라면, 기독교는 영혼의 갈증에 관여한다. 타들어가는 정신을 흠뻑 적셔 줄 구원의 물은 성경의 진리인 '만나의 수액'이다. 최문자는 신이 준 '구원의 빨대'로 이를 빨아 올리려 한다. 하지만 "신이 나에게 마구 피 흘려 주는" 은총 속에서도 구원의 길은 여전히 멀리 있기만 하다(「구멍」). 메마름을 넘어서는 세 번째 방식은 인식의 획기적인 전환이다. 최문자는 '마르는' 일이 소멸이 아니라 그 자체가 성장임을 깨우치기에 이른다.

눈물도 자란다.
거짓말처럼 정말 자란다.
속맘 푹푹 파먹고도 빼빼 마르면서 자란다.

눈물 자랄 때는 이상하게 눈물 없어지면서 자란다.
바짝 마른 순결로 뱉을 것도 없이 자란다.

—「자라는 눈물」에서

'눈물'은 "빼빼 마르면서", "없어지면서" 자란다. 눈물의 성장은 "바짝 마른 순결", 눈물의 자기 실현으로 귀결된다. 이 같은 '소멸의 성장'에 이르러 '물기'와 '마르다'의 대립은 행복하게 소진된다. 이제 마른다는 것은 물기의 정수를 결정화(結晶化)하는 것이며, 결핍으로 충족을 완성시키는 일이 된다. 최문자가 소망한 완전 연소에의 꿈은 이러한 형태로 성취된다. "바짝 마른 순결"이란 존재의 생명력과 상처가 완전히 불타 승화될 수 있는 상태에 이르렀음을 뜻한다. 다르게 보면, "바짝 마른" 상태는 이미 그 자체로 소멸과 승화를 이룩한 것이기도 하다.

메마른 존재의 내부에는 '얼룩'과 함께 '독(毒)'이 만들어진다. 최문자에 의하면, "마른 것들은 독이 들어 있다"(「죽음에 이르는 식사」). '독'은 "쓰디 쓰게 숨"은 '슬픈 사랑'(「강가에서 3」)을 비롯한 삶의 모든 상처들이다. 그러나 '독'은 '독하다'는 서술어로 파생되어, '독한 희망', '독한 사랑' 등의 절정의 에너지로 뜨겁게 변주된다.

훨씬 더 독한 사랑이었더라면
우리는 없어진 듯 벌써 재가 됐겠지.
더 이상 손을 넣어
서로의 숯을 만져볼 수도 없는 재.
타오르는 재.
아직도 더듬더듬 연기가 피어오르는
오오, 영영 식을 수 없는 재가 됐겠지

—「뜨거운 재」에서

사랑은 존재의 내면에서 타오르는 불, 물기를 머금은 불이다. 사랑은 뜨겁게 타오르는 환희이면서 금세 젖어드는 아픔이기도 하다. 그러므로 "서로의 숯을 만져볼 수도 없는 재"에 이르는 완벽한 사랑은 애초에 불가능한 것인지도 모른다. 시인의 사랑 역시 실패했고, 그녀는 '훨씬 더 독한 사랑'에 대한 회한을 버리지 못한다. "영영 식을 수 없는 재가 되"는 '훨씬 더 독한 사랑'은 어떻게 가능할까? 이 지독한 사랑은 사랑의 물기(슬픔과 눈물, 아픔)마저 다 태워 투명하게 휘발시킨 사랑이 아닐 것인가. "영영 식을 수 없는" 것은 아니라 해도, 삶 속에서 사랑이 완성되는 빛나는 정점의 순간들은 있다. 최문자는 눈부신 사랑의 정점을 '꽃'과 '피'로 이미지화한다. '꽃'과 '피'는 '타오르는 물'이자 '젖은 불'이다. 환희와 비애, 상승과 하강, 생성과 소멸, 삶과 죽음이 부딪치는 사랑의 정점이다. "불을 마신 듯한 꽃의 입술"(「어떻게 열리는가?」)은 얼마나 뜨거우며 또 싱싱하게 젖어 있는가? '꽃'은 사랑의 고통으로 "철철 흐르는 내 피"(「물봉선」)이며, "억지로 빼앗긴 사랑은 폭약이 되"었다가(「무서운 흐름」), "모든 총알이 날아와 다 박힌" "붉은 피"의 '꽃'으로 다시 피어난다(「자목련」).

3. 격렬한 무위, 독한 아름다움

그러나 삶에서 완성의 순간은 있되, 완성의 지속이란 있을 수 없다. 삶은 유한 속에 펼쳐진 무한이며, 단 한 번도 같은 시간 같은 장소에 머무르지 않는다. 그러므로 사랑도, 슬픔도, 존재도, 삶의 어떠한 것도 영속적으로 완전한 상태에 이를 수는 없다. 소멸이나 승화 역시 순간적으로 가능할 뿐 완결되지는 않는다. 완결되지 못한 것들은 집요한 기억이 되어 존재의 내부에 계속 살아남는다. 최문자의 시에서 지울 수 없는 기억은 '냄새'가 되어 끊임없이 그녀에게 달라붙는다. "어쩌지 못하는 것들은 냄새의 혼이 있다./냄새 속에서 지난날의 피가 흐른다./기억을 잠글수록 비린내는 더 진동한다"(「두 번 꽃필 것도 같은 내일」), "목을 조를수록 냄새들은 다시 회상된다./아직 그 기억들과 헤어지지 못하였으므로"(「냄새 1」)……. 그러므로 기억의 귀환이 계속되는 한, 죽음의 불길조차도 존재와 삶을 소멸시킬 수는 없다.

> 나는 알아내고 말았다.
> 무엇을 태운다는 것.
> 재가 되도록 그것을 태운다는 것.
> 그것의 재까지 강물에 처넣으려 하는 것은
> <u>그것을 태웠다는 사실 하나로</u>
> <u>오히려 무엇 하나 마지막까지 태울 수 없게 한다는 것을</u>
> (……)
> 죽음에 젖지 않는 재가 쌓이게 하려고
> 너와 나는 있어야 할 만큼 다가오는 시간의 새살에다
> 손톱자국 같은 걸 내야겠다고……
> <u>태움의 시작은 단지 기억의 계속일 뿐</u>
> 불에서 나와 물에 다시 빠져버려도
> 죽음은 전부가 아닌 경솔한 끝.
> 주검 위로 푸르르 날아오른 새처럼
> 깃털 하나 젖지 말아야 한다.
> 우리는.
>
> —「느리게 떠나는 것들」에서(밑줄 강조 인용자)

이 아름답고 뛰어난 시가 확인시켜 주는 것은 완전한 소멸과 죽음의

불가능성이다. 이는 또한 삶의 완성의 불가능성이기도 하다. 죽음으로 인해 삶은 완결되지 않는다. 죽음 역시 마찬가지이다. "죽음은 전부가 아닌 경솔한 끝"에 불과하며, 그 경솔함으로 인해 죽음은 삶과 더 깊이 연루된다. 죽음은 사라지지 않으며, 자신이 가져간 것들을 기억으로 되돌려 놓는다. 그러므로 사라짐을 위해 "무엇을 태운다는 것"은 "오히려 무엇 하나 마지막까지 태울 수 없"는 것임을 절감하는 일이 된다. "태움의 시작은 단지 기억의 계속일 뿐", 죽음은 기억 속에서 여전히 삶을 지속한다. 진정 기억 속에 살아남는 것은 죽음과 부재와 상실의 내용들인 것이다. 최문자는 이 가득하고도 텅 빈 기억들에 현실의 생명을 불어 넣고자 한다. 그녀는 많은 경우 이별과 상처와 메마름을 노래하지만, 정작 그 뼈대를 이루고 있는 것은 사랑과 따뜻함과 생명력이다.

최문자에게 언어란 무형의 기억과 존재의 상처를 심지로 타오르는 등불과 같다. 그녀는 기억 속으로 퇴각한 것들에 "불 같은 언어"(「나무들」)를 매달아 "깊은 어둠의 세계, 매일 불이 꺼지"(「캄캄한 무죄」)는 절망의 현실을 환히 밝히고자 한다. 이 언어의 등불은 그녀 자신의 고통과 절망 때문에 수없이 어두워졌다가 다시 밝아지기를 거듭한다. "네 이름의 외곽에서/쓰러져 잠든 내 언어들"(「편지」), "한 가슴이/불현듯 감금한 말들"(「실어증」)을 되살려 환한 등불이 되게 하려는 최문자의 시의 여정은 있는 것과 없는 것의 경계를 무너뜨리며 끊임없이 계속한다.

이렇게 최문자의 시는 격렬함으로 시작해 따뜻함으로 끝난다. 절망에서 시작해 더 큰 절망으로 끝나고, 끊임없이 불타 오르면서도 결국 아무것도 태우지 않는다. 삶이란 그 지독한 끝에서 다시 처음과 만나는 것임을 최문자는 실체 없는 '불'과 '물'의 상상력으로 보여준다. 이 격렬한 무위(無爲)의 지속이야말로 그녀가 제시하는 삶의 본질이며, 그녀의 시가 발산하는 '독한 아름다움'의 실체이다.

새벽녘의 노동과 성찰

—백무산론

1. 새벽, 참혹한 교전의 시간

백무산의 시는 새벽에 의한, 새벽을 위한, 새벽녘의 시다. 그가 노동자의 칠흑빛 현실의 밤을 통절히 노래할 때, 그 속에는 늘 새벽의 차고 서늘한 정기가 서려 있다. 새벽은 순수하게 희망과 빛의 입자로 이루어져 있지 않다. 노동자에게 하루의 일이 시작되는 새벽은 신성하지만 더할 수 없이 고통스러운 시간이다. 어둠과 밝음이 교차하는 시간에 노동자들은 뻣뻣한 몸을 일으켜 비틀거리며 일터로 나가야 한다. 백무산의 시는 노동의 고통과 신성함이 참혹하게 교전하는 이 경계의 시간에 태어난다. 그는 현실이 지닌 양면성을 통찰하는 가운데 새로운 세상과 새로운 인간을 설계한다. 어둠과 패배와 굴욕 속에서 어떻게 새벽의 빛을 이끌어낼 것인가는 백무산 시의 핵심적인 화두가 된다.

백무산이 90년대의 대표적인 리얼리즘 시인으로 평가받았던 것은 공고를 졸업한 후 울산 공업 단지에서 노동자로 살아온 이십여 년의 삶의 이력 때문만은 아니다. 1984년 『민중시·1』에 「지옥선」 연작을 발표하며 작품 활동을 시작한 이래 백무산은 『만국의 노동자여』(1988), 『동트는 미포만의 새벽을 딛고』(1990), 『인간의 시간』(1996) 등의 탁월한 시적 성과로 우리 시단에 땀에 절은 밥 냄새와 삶의 냄새를 배어들게 했다. 백무산의 시는 강렬한 메시지로 가득 차 있으면서도 '인간'이라는 궁극적 가치에 대한 서정적 탄력을 잃지 않는다. 그의 시는 전투적이면서도 부드럽고, 살벌하면서도 따뜻한 온기를 지니고 있다. 90년대에 백무산의 시세계는 삶의 근본적인 문제를 끌어안으며 계속 발전해 왔다. 백무산은 80년대와 90년대의 판이한 현실의 축을 하나로 이은 몇 안 되는 시인의 한 사람이라고 할 수 있다. 같은 민중 시인 계열에서도 백무산의 시적 입지는 90년대 들어 더 탄탄해진 것으로 보인다. 김지하의 경우 생명 사상이라는 범사상, 범실천의 테두리를 현실의 구체성과 시적 성과로 충분히 예각화하지 못하고 있으며, 박노해 역시 출감 후 새로운 시대에 맞는 다원적인 방식과 대중성 사이에서 혼란을 겪고 있는 인상을 준다. 이를 염두에 둘 때, 투쟁의 대상과 범위를 새로이 정립하며 치열한 자기 혁신을 감행하는 백무산의 변모는 더욱 값지게 인식되는 것이다.

2. 노동의 밥, 생명의 밥

백무산에게 80년대와 90년대는 멀고도 가까운 거리를 지니고 있다. 이는 『만국의 노동자여』·『동트는 미포만의 새벽을 딛고』와 6년간의 침묵 끝에 발표된 『인간의 시간』의 거리를 통해 설명된다. 자본가에 대항하는 무산계급의 출정가인 『만국의 노동자여』와 울산 현대의 파업일지인 『동트는 미포만~』이 전사의 노래라면, 『인간의 시간』은 노동과 삶을 하나로 끌어안고자 한 겸허한 인간의 내면 풍경이라고 할 수 있다. 단적으로 말해서, 백무산은 노동자/시인/전사에서 노동자/시인/인간으로 거듭나고 있는 것이다. 그는 현실의 변화 조건을 '힘과 투쟁'에서 '쉼(틈)과 성찰'로, 그 궁극적 목적을 노동자의 해방에서 인간의 해방으로 확대시킨다. 이제 그에게 문제는 사회적 모순을 넘어 삶과 인간, 시간(역사)과 세계로 광범위하게 확산되고 있다.

노동자 시인으로서 백무산의 투쟁은 숨가쁜 노동의 현장에서 시작된다. 노동이 신성한 것은, 누구나 땀 흘려 노동해야 하는 것은 그것이 '밥'의 문제이기 때문이다. '밥'은 한갓 일용할 음식이 아닌 목숨이고 삶이기에, '밥'의 정직성은 곧 삶의 정직성과 직결된다.

피가 도는 밥을 먹으리라
펄펄 살아 튀는 밥을 먹으리라
먹은 대로 깨끗이 목숨 위해 쓰이고
먹은 대로 깨끗이 힘이 되는 밥
쓰일 대로 쓰인 힘은 다시 밥이 되리라
살아 있는 노동의 밥이

—「노동의 밥」 1연

생동하는 삶은 생동하는 '밥'에서 나온다. "피가 도는 밥", "펄펄 살아 튀는 밥", "깨끗이 목숨 위해 쓰이는 밥"은 80년대의 어떤 시구보다도 노동의 본질과 건강성을 생생히 표현해낸다. 백무산의 뜨거운 육질의 언어들은 실제 현장 노동자의 가슴에서 터져 나온 것이기에 더욱 절실하게 다가온다. '밥'을 빼앗긴 뜨거운 분노가 백무산을 시인으로 만들었다고 해도 과언이 아닐 것이다. 노동자를 억압하는 동시에 각성하고 투쟁하게 만드는 것은 자본가의 착취와 폭력이다. 자본가는 신성한 노동의 밥을 뒤엎고, 노동자의 진짜 살점과 뼈를 섞어 '피의 밥'을 짓는다. 자본가의 '피의 밥'은 노동자의 "피가 도는 밥"과는 본질적으로 차원이 다르다. 착취와 살육에 의해 대량으로 찍어낸 밥과, 성실히 땀 흘려 지은 소담스런 밥은 비교 자체를 거부한다. 백무산은 노동자의 "피가 도는 밥"을, 자본가가 검붉은 '피의 밥'으로 변질시켰음을 고발한다. 착취에 의해 대량 생산되는 '피의 밥'은 죽음의 밥이자, "빼앗긴 노동"(「노동의 추억」)의 밥이다. 그것은 노동자들에게 끊임없는 '피의 노동'을 강요한다. '피의 노동'은 "걸레조각에 감은/펄쩍펄쩍 튀는 팔 한 짝 주워 들고" 다친 동료를 쫓아가게 하고(「지옥선·2」), 혹독한 노동으로 만들어진 '쇠'에서 "에밀레 종소리가 나"(「에밀레 종소리」)게 하는 죽음의 노동이다. 자본가는 이처럼 노동자의 "창자를 발라내고/뼈를 헹궈서/햇볕에" "허옇게 말리"고 있는 것이다(「먹이 사슬」).

백무산의 첫 시집 『만국의 노동자여』는 '밥'의 이념, '밥'의 신앙으로 뭉쳐진 시집이다.

무슨 밥을 먹는가가 문제다
우리는 밥에 따라 나뉘었다
그 밥에 따라 양심이 나뉘고
윤리가 나뉘고 도덕이 나뉘고
또 민족이 서로 나뉘고

—「만국의 노동자여」에서

'밥'은 양심과 윤리와 민족과 계급을 나눈다. 또한 밥은 생존과 삶의 방식과 이념과 가치관을 결정짓는다. 그러니 진정 "무슨 밥을 먹는가가 문제"이다. 밥의 국경선으로 따지자면 "지상의 모든 노동자들"은 모두 한 '형제들'이다. 이들이 먹는 숨쉬는 노동의 밥, 불꽃 튀는 투쟁의 밥만이 "게으른 역사의 바퀴"를 힘차게 돌릴 수 있다. 밥을 위한 "일과 싸움은 하나"이며, "공구와 무기도 하나"(「공구와 무기 · 1」)이다. 지금은 비록 패배하고 쓰러질지라도, "언젠가 진정한 노동을 할 때"를 위해 "악착같이 밥을 먹어야 한다"(「해방공단 가는 길 · 2」)고 백무산은 말한다. 우리는 우리가 일구어낸 생명의 '밥'으로써 거듭나기 때문이다.

시집 『만국의 노동자여』가 봉쇄된 현실과 가열찬 투쟁 의지, 노동 해방의 당위성과 신념을 피력한 출정가라면, 『동트는 미포만～』은 현대 파업 사태의 격렬한 투쟁 경위를 담은 보고서의 성격을 지닌다. 1990년에 발간된 『동트는 미포만～』의 서두에는 「서시—생존의 전쟁」이 실려 있다. 비교적 길이가 긴 이 시는 자본가와 노동자의 계급 투쟁의 역사를 설명하면서 인간의 시간을 말살한 자본가의 죄상을 폭로한다. 시인은 파업이라는 극단적 선택의 정당성을 역사적 시각을 통해 설명하고 있다. 날것의 이념과 선동적인 언사들이 전면화되어 있기는 하지만, 「서시」는 시집의 핵심 전언을 담고 있다는 점에서 중요하다. 백무산 시의 최대 성과인 『인간의 시간』의 밑그림 역할을 하고 있는 것 또한 이 「서시」이다.

> 인간의 역사는 시간을 둘러싼 투쟁이다
> 자연의 시간과 인간의 시간을 뺏고
> 되찾는 투쟁의 역사다
>
> —「서시—생존의 전쟁」에서

백무산에게 시간은 물리적 차원을 넘어선다. 시간은 인간이 자신을 실현할 삶의 조건이자 가치이다. 백무산을 이를, 우리가 "누릴 모든 삶의 시간"과 "노동력이라는 생명의 시간", "살아 있는 인간의 시간"으로 표현한다. 시간을 빼앗긴다는 것은 타자에게 나의 존재와 삶을 점령당한다는 뜻이다. 하루 열몇 시간의 노동, 수면 부족, 고달픈 생계와 노예 같은 삶은 인간의 시간을 말살한다. 백무산을 비롯한 파업 노동자들이 자본가에게서 되찾고자 한 것은 '인간적인 물줄기'가 흐르는 인간의 시간이었다. 이것이 진정한 노동자의 시간인 것은 두말할 것도 없다. 두 달이 넘는 파업으로 쌀독은 바닥이 나고 연탄마저 떨어져도, 파업은 "당하고만 살던 때에 비하면 축제"(「파업」)이다. 백골단과 싸워 팔다리가 부러지고 머리가 터져도, 라면을 주식으로 찬 겨울비를 맞으며 농성장을 지켜도, 동지끼리 살 부비며 생사를 함께 하는 시간은 훈훈한 인간의 시간이다. 그 속에는 정의의 편에 선 자만이 가질 수 있는 여유가 걸쭉한 입담과 함께 피어난다. "네놈들 물질의 좆 뿌리를 쥐고 있는 우리가/반란을 조직하였는데/허세를 부린다고 발 뻗고 잠이 와?"(「물질의 좆뿌리를 우리가 쥐고 있는데」) 이 같은 직접적이고 노골적인 표현 속에는 승리에 대한 자신감이 깊이 배어 있다.

시집 『동트는 미포만~』에는 정규, 동호, 창수, 종훈, 서씨, 한씨 등 파업 노동자들과 정주영, 정몽헌 등의 실제 인물이 등장한다. 여기 실린 시들은 한 편의 시이기 이전에 사실의 기록이며, 하나의 사건을 공유하는 연작시의 성격을 지닌다. 생계를 건 장기 파업 사태라는 현실을 두고, 시의 형상성 여부를 운운하는 것은 종이짝에 불과한 관념의 소치일 수 있다. 그러나 시가 전달의 한 방식임을 감안할 때 미학적 면모를 완전히 배제할 수는 없다. 한 편의 예술 작품에서 사상과 실천, 미학은 어느 것 하나가 과도하면 바람직한 균형을 잃게 된다. 백무산의 두 번째 시집은 신념과 실천의 강도에 있어서는 다른 시집을 능가하지만, 그 순금의 강도가 시의 아름다움으로 그대로 전이되는 것은 아니다. 백무산 시의 아름다움은 오히려 준엄한 비판과 성찰의 산물인 『인간의 시간』에서 절정을 이룬다.

3. 존재 실현의 노동과 인간의 시간

『인간의 시간』에서 백무산의 절실한 반성과 혹독한 비판은 인간 존재와 노동의 본질을 겨냥한다. 백무산은 무엇보다 먼저 지난 시절의 패배와 오류를 자인한다. "노동이 우리를 이겼다/우리의 생애를 노동에 실어 건너가지 못했다"(「기차」), "돌아보느니, 우리는/세상의 반만 가지고 살고 싸웠느냐"(「달」), "눈에 보이는 것들 살아 있는 것들/다 쏴 죽이고서/그 시체들이나 잔뜩 쌓아두고 있는/마음이여/너를 살해한다"!(「마음을 살해하다」) 등은 백무산의 치열한 자기 반성을 진솔하게 보여준다.

이제 노동은 생계의 차원을 넘어 생애와 인간 자체의 문제로 확대된다. 제품을 생산하고 이윤을 창출하는 일만이 노동은 아니다. 사는 일 모두가 하나의 노동이다. 쉼과 틈도, 성찰마저도 삶에 귀속된 아름다운 노동인 것이다. 지난 시대의 오류는 노동의 문제를 단지 힘과 경제의 논리로 풀고자 한 점에 있었다. 임금 노동, 생계의 노동만을 문제삼았던 것이 잘못이었다. 이제 노동의 개념은 삶의 노동, 생명의 노동, 존재의 자기 실현의 노동으로 확대되어야 한다. 90년대의 변화 속에 잠시 좌표를 잃고 떠돌았던 백무산은 다음과 같은 "더 깊고 더 넓은" 노동의 세계를 발견하기에 이른다.

> 수많은 발길 속으로 나는 가네
> 불빛 속에서 어둠도 건져올려야 하네
> 나의 노동은 더 깊고 더 넓어야 하리
> 사람들 물결 속으로 불빛 속으로 나는 가네
>
> —「다시 공구를 잡고」에서

시집 『인간의 시간』의 가장 큰 특징은 기존의 노동 개념에 삶의 깊이와 넓이를 부여한 점에 있다. 백무산은 보이지 않는 성찰과 자기 갱신의 노력이 삶을 위한 진실한 노동임을 이야기한다. 육체의 노동과 마음의 노동이 아름답게 합치될 때 그가 바라는 "더 깊고 더 넓은" 노동은 실현될 수 있을 것이다. 『인간의 시간』을 출간한 후 백무산이 "불경 속으로 걸어 들어가는 맑스"(이원규)라는 별칭을 얻은 것은 이러한 맥락에서이다. 백무산은 지금 '옛 길'에서 '새 길'로 나아가는 경계에 있다. 그가 부단히 서 있으려는 '칼날 같은 경계'(「경계」)는 변화와 개선의 숨가쁜 지점을 의미한다. 이제 어떤 것은 단절되어야 하고, 어떤 것은 전복되어야 하며, 또 어떤 것은 부활하여야 한다. 단절과 전복의 움직임은 인간의 문명이 파괴한 자연의 편에서 먼저 일어나고 있다.

대지의 시간은 인간의 시간을 거역한다
소모와 죽음의 행로를 걸어온,
날로 썩어가고 황무지만 진전시켜온
죽은 시간을 전복시킨다
대지는 단절을 꿈꾼다
(……)
대지는 이렇게 조용히 혁명을 하는 것

—「인간의 시간」에서

백무산은 '대지의 시간'에 대한 성찰을 통해 '인간의 시간'의 변화의 방향을 설정한다. 그것은 지나온 '인간의 시간'의 파괴적 폭력성에 대한 반성과 단절의 의지를 내용으로 한다. '생명'이라는 미래 지향적 가치의 정점이 등장하는 것도 이 지점에서이다. "대지의 시간은 인간의 시간을 거역하"려 하는 이때, 새로운 '인간의 시간'은 '대지의 시간'을 재탈환함으로써 성취될 수 있다고 백무산은 믿는다. '더 깊고 넓은' 삶의 노동, 생명의 노동, 존재 실현의 노동을 통해 진정한 '인간의 시간'을 찾아가는 것이야말로 백무산 시의 지향점이며, 뚜렷한 좌표를 잃은 이 시대에 그가 제기하는 아름다운 목표이다.

정치, 권력, 문학의 '행복한' 일치

—백인준론

1. 정치 편력과 문학 편력의 상관성

백인준(白仁俊)은 해방 직후부터 현재까지 작품 활동을 하고 있는 북한의 대표적인 시인이다. 문학, 미술, 영화, 음악 등 예술의 각 방면에서 활발한 활동을 전개해 온 백인준은 현재 팔순이 넘은 나이에도 북한의 주요 요직에서 강력한 실권을 행사하고 있다. 그는 특히 노래 가사의 창작에 특장을 발휘하였는데, 현재 북한 영화 주제곡 가사의 20% 가량이 그의 작품인 것으로 알려져 있다. 백인준은 시인과 정치인의 면모를 두루 갖추고 있으며, 이를 문학 내·외적으로 잘 결합시킨 '모범적'인 인물에 해당한다. 그는 문학과 정치의 근본적인 통합을 지향하는 북한에서 탁월한 전범으로 평가받고 있으며, 그 자신이 제2의 생명이라고 노래한 '정치적 생명'의 광휘를 간단(間斷)없이 누려 오고 있다.

김일성과 김정일의 두터운 신임을 받은 백인준의 삶의 역정은 매우

화려하다. 정치성이 우위에 선 북한문학의 특수성과 백인준의 문학적 이력을 생각할 때, 그의 생애사적 배경은 배경 이상의 중요한 의미를 지닌다. 백인준의 문학 편력은 그의 정치적 행로와 그대로 일치하고 있기 때문이다. 그에게 있어 문학은 정치적 입지를 강화하는 효과적인 발판이며, 당의 입장을 대변하는 그의 공식적인 발언 창구이자, 주체사상에 봉사하는 실천적인 증거물이 된다. 지금까지 백인준에 관한 논의는 대체로 단편적인 언급에 머물러 본격적인 작가론은 개진되지 않은 상황에 있다. 북한에서의 높은 서열에 따른 유명세만큼 그의 문학이 잘 알려져 있지는 않은 것이다. 따라서 백인준의 문학을 논의하기에 앞서 그의 생애사를 상술할 필요가 있을 것으로 생각된다.[1] 1919년 평북 출생인 백인준은 연희전문을 2학년 때 중퇴하고, 일본 동경서립교대학에 유학하던 중 학병에 징집되었으며, 해방 이듬해인 1946년 평양에 입성했다. 그해 『조—소문화』 창간호에 시 「씨를 뿌린다」를 발표한 것을 필두로 『문학예술』, 『문화전선』 등에 이른바 사회주의 리얼리즘 계열의 시와 평론을 잇달아 발표하여 주목을 받았다. 같은 해 구상 시집 『응향』 필화 사건이 터지자, '당의 종속물로서의 문화 예술'을 강조하는 평론을 발표하여 자유 진영 시인들을 맹렬히 공격하였다. 이때의 활약을 계기로 백인준은 김일성 정권으로부터 '조선의 마야코프스키'라는 칭호를 받게 되었으며, 평론은 물론 시, 소설, 시나리오, 심지어는 가요의 가사에까지 창작 영역을 넓혔다. 1947년 북한 최초의 극영화 『내 고향』의 주제가인 「다시 찾은 내 고향」을 비롯하여, 『첫 무장대오에서 있을 이야기』, 『금강산 처녀』, 『백두산』 등 수많은 영화 주제곡을 작사하였다. 1949년에는 구 소련에 유학을 다녀왔고, 한국전쟁 때는 대위 계급장을 달고 낙동강 전선에 종군했으며, 1954~55년에는

1) 백인준의 이력에 관해서는 『북한인명사전』(1990, 1판, 서울신문사, 1998)과 최척호, 「북한의 영화인들—인민배우 홍영희와 문예계의 거물 백인준」, 『영화』(1994. 3)을 참조.

내각 문화선전성의 예술국장을 지냈다. 1974년에 김일성훈장을 서훈하였고, 1980년에는 백두산창작단 단장에 임명되었으며, 1985년 9월에는 남북이산가족 고향방문단 및 예술공연교환방문단 평양예술단 단장으로 서울을 방문하기도 하였다. 1986년에는 조선문학예술총동맹 중앙위원회 위원장과 당중앙위원회 정위원에 선임되었고, 1990년에는 북한 최고인민회의 부의장과 상설회의 부의장, 1991년에는 조선의회그룹위원회 부위원장, 1993년에는 범민족연합 북측본부 의장에 취임하여 모두 현재까지 연임하고 있다. 1995년에 '조국통일상'을 수상하였으며, 1996년에는 한국 문인들에게 투쟁의 나팔수 선동 담화문을 발표하였고, 1996년에는 한국 문인들의 파업 동참을 촉구하는 편지를 발송하기도 하였으며, 1997년에는 판문점에서 열린 제8차 범민족대회에 참석하였다. 백인준은 남한의 인사들과도 크고 작은 연관을 맺어 왔다. '통일의 꽃' 임수경을 예찬하는 시를 쓰기도 했고, 1995년에는 북한을 방문한 고 문익환 목사의 부인 박용길(朴容吉) 여사와 만남을 가졌다. 남한의 시인 고은은 「'우리들의 시'를 공동창작합시다」[2]라는 제목으로 백인준에게 공개 서한을 보낸 일이 있는데, 이는 백인준이 조선문학예술총동맹 위원장으로서 북한을 대표할 만한 문인이라는 것을 예증하는 대목이다.

백인준이 지금까지 출간한 시집은 도합 네 권이다. 『인민의 노래』(1947),[3] 『소박한 사람들의 목소리』(1953), 풍자시집 『벌거벗은 아메리카』(조선작가동맹출판사, 1961), 『백인준시선집』(문학예술종합출판사,

2) 고은, 「'우리들의 시'를 공동창작합시다—북한의 문예총위원장 백인준선생에게 보내는 편지」, 『사회와 사상』 통권 7호, 1989. 3.

3) 본 논문은 풍자시집 『벌거벗은 아메리카』(조선작가동맹출판사, 1961)와 『백인준시선집』(문학예술종합출판사, 1993)을 텍스트로 하였다. 『인민의 노래』(1947)와 『소박한 사람들의 목소리』(1953)는 자료를 구할 수 없었지만, 『백인준시선집』에 그 대부분이 선(選)하여 실려 있어 백인준의 전체 시세계를 통괄하는 데는 큰 무리가 없을 것으로 생각된다. 시집 『인민의 노래』는 『백인준시선집』 후기에는 『인민의 목소리』라고 쓰여 있으나, 이는 『인민의 노래』를 잘못 표기한 것이다.

1993)이 그것으로, 50년이 넘는 그의 창작 경력을 생각할 때 결코 많은 양은 아니다. 이른바 평화적 건설시기(1945. 8.~1950. 6.)[4]에 작품을 발표하기 시작한 백인준은 철저히 북한문학의 지배 이념인 당성, 노동계급성, 인민성에 복무하는 문학을 산출한다. 특히 그에게는 한국전쟁 참전의 경험이 압도적인 것이었던 바, 미제국주의를 타도하고 남한의 인민을 해방시키자는 요지의 작품을 다수 창작한다. 백인준은 거의 모든 시편에서 자신의 내면 세계는 철저히 배제한 채 당의 지침을 충실히 형상화하는 당문학의 전형을 보여주고 있다.

2. 백인준 시의 주제와 형식

북한의 문예정책의 근본 목표는 제국주의적 사상 문화의 침투를 막고, 김일성의 주체사상에 입각하여 혁명 위업에 힘있게 복무하는 혁명적 문학예술의 발전을 추구하는 것으로 규정되어 있다.[5] 이러한 목표 아래 모든 예술을 당의 통제와 관리하에 두기 위해 1946년에 조직된 단체가 조선문학예술총동맹이다. 조선노동당에 소속된 조선문학예술총동맹은 당으로부터 사회주의 이념의 예술적 실천을 위한 '창작 계획'을 하달받아 활동에 임한다. 문예총의 역할은 이 계획을 구체화하여 작가들을 지도하는 것이다. 당이 명령한 창작 지침에 의하면, 북한에서 작가 예술인들이 창작 실천해야 할 주제는 다음과 같이 고정되어 있다.

---

4) 김일성종합대학 편, 『조선문학개관』(인동, 1986)의 문학사 시대 구분에 따름. 이 구분에 의하면 북한의 문학사는 제1기 항일혁명투쟁기(1926. 10~1945. 8), 제2기 평화적 건설시기(1945. 8~1950. 6), 제3기 위대한 조국해방전쟁시기(1950. 6~1953. 7), 제4기 전후복구건설과 사회주의 기초건설을 위한 투쟁시기(1953. 7~1960), 제5기 사회주의의 전면적 건설과 사회주의의 완전 승리를 앞당기기 위한 투쟁시기(1961~)로 나뉘어진다.

5) 권영민, 「북한의 문예 이론과 문예 정책」, 권영민 편, 『북한의 문학』(을유문화사, 1989), p.74.

① 혁명적 전통(김일성의 항일 투쟁을 찬양함)을 다룰 것.

② 조국 통일과 혁명 과업(6 · 25 당시의 인민군의 활동을 찬양함)을 그릴 것.

③ 사회주의 사회 건설(북한 사회의 발전을 찬양함)의 위대성을 찬양할 것.

④ 제국주의의 부패상(남한의 현실 비판)과 통일의 당위성을 그릴 것.[6)]

백인준의 시를 주제적으로 고찰해 보면, 거의 대부분 이 네 가지 범주에서 벗어나지 않음을 알 수 있다. 네 권의 시집은 위의 범주에 각기 다음과 같이 대응된다. 첫 시집 『인민의 노래』는 민족 해방의 영웅인 김일성에 대한 찬양과 8·15해방의 감격, 사회주의 새 조국 건설의 기쁨을 주내용으로 하며(위의 분류에서 ①과 ③), 두 번째 시집 『소박한 사람들의 목소리』는 6·25의 전장 상황과 김일성의 지도력에 대한 예찬, 승전의 의지, 미제국주의에 대한 분노를 노래하고(①, ②, ④), 세 번째 시집 『벌거벗은 아메리카』는 굶주리고 부패한 남한의 현실과 미제에 대한 풍자와 비판, 공산주의에 의한 세계 통일의 당위성과 확신을 역설한다(④). 네 번째 시집 『백인준시선집』에는 이 세 시집 이후에 발표한 시들을 주제별로 묶어 두고 있다. '그 이름은 노래'편은 항일 투쟁을 중심으로 한 김일성 예찬과 김정일, 김정숙 찬양을(①), '조국에 대한 생각'은 인민에 의한 조국 건설의 과정과 김일성의 위대함, 조선노동당 찬양과 6·25 전투 상황에서의 애끓는 동지애를(①, ②, ③), '시와 더불어'는 투쟁하는 인민으로서의 시인의 사명과 당의 고마움, 조국의 위대함을(③), '시내물'은 사회주의 낙원인 조국에서 살아가는 기쁨을(③), '로동의 나날에'는 노동의 신성함과 노동자들의 가열차고 소박한

6) 권영민, 위의 글, p.79.

삶을(③), '북악산우에서'는 6·25 전장에서 싸운 전사들의 영웅적인 활약상과 통일에의 염원을(②), '정론시편'은 인민이 지켜야 할 규율과 증산 계획 달성의 고무와 촉구, 남한에 대한 증오심과 6·25의 교훈, 미제에 대한 복수심을(③, ④), '풍자시편'은 아메리카의 위선과 폭력에 대한 고발과 괴멸의 의지를(④), '가사편'은 김일성, 김정일의 은덕과 당과 조국에 대한 고마움을 노래하고 있다(①, ③).

시의 주제적 측면에서 볼 때, 백인준은 창작 과정에서 당의 지침을 최대한 실행하고자 했음을 알 수 있다. 여기에 한 사람의 개인이나 자기만의 세계를 갈구하는 시인의 고뇌와 갈등이 개입되어 있지 않음은 물론이다. 이러한 주제의식은 북한문학에서 설정한 서정시의 하위 갈래로도 설명될 수 있다. 북한에서 서정시는 내용의 성격 또는 창작 의도와 방법에 따라서 송시, 정론시, 풍자시로 나뉘어진다. 송시는 김일성이나 당 또는 조국을 찬양하고 충성을 맹세하는 종류의 시이고, 정론시는 사회 정치 생활에서 가장 관심사로 되는 일에 대하여 사회·정치적 평가를 의도로 하여 씌어지는 시이며, 풍자시란 대상을 조소·비판하거나 폭로하려는 의도를 지닌 시이다.[7] 백인준은 주로 송시와 풍자시를 쓴다. 양적으로는 송시가 가장 많으며, 정론시는 몇 편에 불과하다. 백인준의 문학적 재능이 가장 빛나게 발휘된 것은 풍자시로, 그의 대표 시집인 『벌거벗은 아메리카』는 풍자시집이라는 표제를 달고 있다. 풍자시는 그 풍자의 대상이 남한 사회와 미제국주의인 만큼 자연히 공격적이고 호전적인 성향을 지닐 수밖에 없다. 사회주의와 인민의 적을 가차없이 고발하고 분쇄하고자 하는 시는 인민들에게 강렬한 분노와 적대감을 심어 줌으로써 충성심과 단결을 이끌어내게 된다. 풍자시는 남한과 자본주의에 대한 대타의식을 바탕으로 인민들을 선동

---

7) 김재홍, 「북한 시의 한 고찰」, 권영민 편, 위의 책, p.227.

할 수 있는 가장 효과적인 장르인 셈이다. 백인준은 일련의 「아메리카」 연작을 통해 자본주의에 대한 격렬한 전의(戰意)를 불태우면서 가장 친체제적인 담론을 생산해내고 있는 것이다.

백인준의 시에서 당의 '창작 계획'에 속하지 않는 것은 친애하는 지도자 김정일에 대한 예찬과 충성을 노래한 시들이다. 이 창작 지침이 마련된 것이 1961년이니, 시기적으로 김정일에 대한 부분이 없는 것은 당연한 일이다. 백인준이 본격적으로 김정일에 대한 찬양시를 쓴 것은 90년대에 들어서인데, 이는 후계자로서의 김정일의 입지를 강화하고 정권 세습의 당위성을 인민들에게 유포하기 위한 선전 선동의 일환임은 두말할 나위가 없다. 백인준은 그 자신 북한의 고위급 인사로서 지배층의 이데올로기를 충실하게 구현하고 있는 것이다. 1993년에 출간된 『백인준시선집』에서 그는 김정일에 대한 사모와 경외의 염을 각별히 강조하고 있다. 오늘의 문학적 성과를 쌓게 해준 '두 분의 위대한 수령'의 은덕을 격찬하면서 그는 김정일을 김일성과 동일한 반열에 올려 놓는다.

8·15 해방후 위대한 수령님의 품속에서 비로소 시창작의 길에 들어서서 수령님의 어버이사랑속에 작가로 자라나기 시작한 나는 60년대초부터 친애하는 지도자 동지를 문학의 스승으로 모시면서 그이의 가르치심속에서 조국과 인민을 위한 진정한 문학의 길을 배우며 성장하게 되었다.

나의 첫 개인시집 『인민의 노래』가 어버이수령님의 직접적배려에 의하여 출판될수 있었는데 나의 시창작을 총화한다고 할수 있는 이 시선집은 친애하는 지도자동지의 배려에 의하여 출판되게 되였다. 생각할수록 참말 감개무량함을 금할수 없다.

작가로 태여나 한생에 이와같이 두분의 위대한 수령을 자애로운 어머니로, 문학의 스승으로 모시고 온갖 사랑과 가르치심을 받으며 창작의 길을

걸어올수 있은것은 얼마나 영예롭고 행복한 일인가![8] (밑줄 강조 인용자)

이 서문으로 볼 때 김일성이 '나'를 작가로 자라나게 해준 인도자라면, 김정일은 '진정한 문학의 길'을 가르쳐 준 '문학의 스승'에 해당된다. 또한 김일성이 첫 시집의 출판을 배려해 준 데 비해, 김정일은 '나의 시창작을 총화한다고 할 수 있는 시선집'을 출판하게 해주었다. 언어의 선택과 뉘앙스로 미루어 이 글은 오히려 김정일 쪽에 비중을 두고 있는 듯이 보인다. 단적으로 말해 백인준의 시는 김일성과 김정일에게 바치는 헌사에 다름 아니라고 할 수 있다. 여기에서 지적해야 할 것은 90년대 들어 그 찬사의 무게 중심이 김일성에게서 김정일에게로 점차 이동하고 있다는 점이다. 시의 형식에 관한 고민에서도 결정적인 계기가 된 것은 김정일의 다음과 같은 언급이었다.

언젠가 한번 친애하는 **지도자 김정일**동지께서는 요새 시들가운데는 짧게 잘라놓은 시행들을 한데 이어놓으면 산문이 되는 그런 시들이 적지 않다는 내용의 말씀을 하시였다. 가슴 찔리는 말씀이였다.

(……) 시인의 흥분이 있고 시행과 음절을 조절한다고 하여 시가 노래로 되는것은 아니다. 시의 상을 받아안을 때부터 형상을 끝내는 전과정에 시인은 소설가나 극작가와는 달리 다만 사색, 사상, 구성, 묘사뿐아니라 운률속에 있어야 한다.[9]

김정일이 제기한 문제는 시의 산문성과 '운률'에 관한 것이다. 요즘의 시가 산문과 다를 바 없다는 것, 즉 운율이 없다는 이야기인데, 백인준은 이에 대해 "가슴 찔리는 말씀이였다"고 반응한다. 백인준은 북

---

8) 백인준, 「시인의 말」, 『백인준시선집』, 문학예술종합출판사, 1993, p.11.
9) 백인준, 위의 글, p.14.

한에서 시의 한 유형으로 인정되는 노래 가사를 많이 창작하였지만, 사실상 그가 쓴 대부분의 시들은 산문성 내지는 이야기성을 많이 함유하고 있다. 순수한 의미의 서정은 거의 찾아볼 수 없고, 인민에게 전달해야 할 이념과 메시지가 과잉된 상태에서 이는 당연한 귀결이라 할 것이다. '운률'에 대한 백인준의 고뇌는 시의 서정성과 미에 대한 고뇌로 확대 해석해 볼 수 있다. 그는 운율이 단지 "시행과 음절을 조절하"는 문제가 아닌, "시의 상을 받아안을 때부터 형상을 끝내는 전과정"에 걸친 문제라고 강조한다. 운율을 단순한 형식적 외장(外裝)이 아닌, 시인의 시의식과 시 전반에 걸쳐 육화되어야 할 대상으로 인식하고 있음을 알 수 있다. 이것이 실제 시의 창작으로 이어졌는가는 별개의 문제이지만, 시인이라면 마땅히 가져야 할 이러한 인식이 김정일에 의해 이루어졌다(고 말하)는 것은 북한문학의 현주소를 단적으로 드러내는 흥미로운 부분에 속한다.

백인준은 북한 시의 형식적 구분에서 이야기성을 지닌 갈래의 시들을 다수 창작한다. 담시(「대동강에 흐르는 이야기」, 「물에 대한 이야기」, 「사과밭에 꽃핀 이야기」), 장시(「한 그루 소나무에 깃든 이야기」, 「고향에 와서」), 서정서사시(「새봄의 전설」, 「옹달샘의 전설」, 「봄노래」), 시초[10](「백두산시초」, 「정드는고장, 정드는 사람들」, 「지리산지구」)가 그것으로, 이 중 담시와 장시, 서정서사시에서는 전통 설화를 차용하여 이른바 '민족적 형식과 사회주의적 내용'[11]의 결합을 시도하고 있다. 시의 내용으로 보나 형식으로 보나, 백인준은 문학에 대해 당이 정해 놓은 노선을 충실히 따르면서 작품을 제작한다. 그는 마치 북한 시의 모범 답안을 작성하듯, 주제와 형식의 양 측면에서 각각의 하위 갈래들을 골고루 안배

---

10) '시초'는 큰 제목하에 소제목의 시들이 여러 편 이어진 연작시의 형태를 취하고 있다.
11) 이는 사회주의적 현실주의의 구체적인 창작방법론으로, 스탈린이 "내용에 있어서 프롤레타리아적, 형식에 있어서 민족적인 문화, 이것이야말로 사회주의가 겨냥한 전인류적 문화이다"라고 말한 데서 연유한다. 김윤식, 「주체 사상에 기초한 사회주의적 문예 이론」, 권영민 편, 위의 책, p.94 참조.

하면서 다양한 구색을 갖춘 시세계를 창출하고 있는 것이다.

3. 백인준 시의 전개 양상

백인준은 박세영, 박팔양, 안용만 등과 더불어 '골수 김일성파'[12]로 지칭된다. 김일성파가 정권을 장악한 것은 6·25 직후 전쟁 실패의 책임을 남로당 계열에게 덮이씌워 이들을 숙청했기 때문인데, 이 과정에서 백인준은 큰 공로를 세워 정치적 위상을 확고히 한다. 일찍이 『응향』 사건으로 김일성의 신임을 얻은 백인준은 시인으로 첫발을 내디딘 1947년 당시부터 김일성을 고무·찬양하는 시를 발표한다. 이 해에 발간한 첫 시집 『인민의 노래』에서 그는 김일성에게 바치는 「헌시」를 필두로 「그대를 불러 우리의 태양이라 노래함은」, 「나의 노래는 인민의 노래」, 「당은 나의 생명」 등 세 편의 시를 첫머리에 싣는다. 이 시들은 김일성이 정초한 『주체의 문예이론』에서 문학예술이 조선 혁명과 근로 인민에 복무하기 위한 창작 원칙으로 제시된 당성, 노동계급성, 인민성을 전면에 내세우고 있다.

그대를 불러 우리의 태양이라 노래함은
저 푸른 하늘 높이 빛나는 일륜이
언제나 대지에서 솟아 다시 대지의 품으로 돌 듯이
인민의 앞장에선 그대의 가르치심이
언제나 우리들의 가슴속에서 우러나
다시 우리들 인민의 혈관으로 뻗쳐 흐르기때문이요

12) 김재홍, 위의 글, p.246.

(……)

5천년 혈맥을 맥맥히 이어온
오, 그대는 우리의 자랑
세계 빨찌산사에 빛나는
김일성장군

—「그대를 불러 우리의 태양이라 노래함은」에서

나의 노래는 인민의 노래/끝날줄 모르는 인민의 노래/논두렁에서 읽어다오/발동기곁에서 읽어다오/기계소리보다도 높이 읊어다오

—「나의 노래는 인민의 노래」에서

당은 나를 길렀다/어머니와 같이 사랑스럽게/그러나 그보다도 억세인 품으로//(……)/당은 나의 자랑/당은 나의 행복/오, 당은 나의 생명!/그 부르는곳으로 나는 가리라

—「당은 나의 생명」에서

당성은 당과 수령을 위해 목숨 바쳐 싸우는 백절불굴의 혁명 정신이며, 김일성의 혁명 사상과 주체사상을 관철하기 위해 적극적으로 투쟁하는 가운데 예술적으로 형상화된다. 이러한 의미의 당성은 레닌이 제시한 예술성의 한 부분인 인민성의 최고 형태로서의 당파성 개념과는 많은 차이가 있다. 북한문학에서 당성은 김일성 유일주체사상에 대한 절대적인 신봉과 당의 정책에 대한 전면적인 복종을 의미하는 것이기 때문이다. 위 시에서 백인준은 김일성을 가리켜 '우리의 태양'이라고 찬양한다. "인민의 앞장에선 그대의 가르치심이/언제나 우리들의 가슴속에서 우러나/다시 우리들 인민의 혈관으로 뻗쳐 흐르기때문"이라는 것이다. 김일성에 대한 숭배의 염은 이처럼 백인준의 초기시에서부터

강하게 표출되고 있다. 김일성에 대한 외경심을 통해 이 시는 소박한 수준에서나마 당성을 표현하고 있는데, 당성은 "오, 당은 나의 생명/그 부르는곳으로 나는 가리라"는 시구에서 극대화된다. 당이 곧 '나의 생명'이라 함은 '나'의 삶을 좌우하고 결정하는 것이 '당'임을 의미한다. 그래서 당은 '어머니'에 비견되는 동시에 "그보다도 억세인 품"의 더 높은 차원으로 자리매김되는 것이다.

두 번째 시에서 백인준은 "나의 노래는 인민의 노래"라고 말한다. 자신이 쓴 시를 "논두렁에서", "발동기곁에서", "기계소리보다도 높이 읊어달"라는 요구는 인민의 사상과 감정을 표현하고, 인민의 계급적 이익에 복무하는 시를 쓰겠다는 의지의 표명에 다름 아니다. 백인준은 노동자의 계급적 이익을 철저히 옹호하는 노동계급성과 인민의 실상과 지향을 진실되게 반영하는 인민성을 시화하기 위해 계속적으로 갈등하고 고민한다. 시 「용해공과 시인」은 이러한 고뇌와 더불어 계급성과 인민성이 구현된 시란 어떤 것인가를 잘 보여주는 좋은 예이다. 용해공 '상필동무'와 시인인 '나'의 대화로 시작되는 이 시에서 용해공은 "당신의 시는 왜 그리 어려우오?/지내 《심각》만 하려드군!"이라고 불만을 토로하며, 자신이 시를 한 번 읊어 보겠다고 나선다.

팥죽이 끓듯 불쭉불쭉/전기로안에서는 쇠죽이 끓네/큰것 작은것 녹쓴것까지/한데 섞여서 강철이 끓네/불쭉불쭉 방울까지 지면서—/휘휘 젓는다/고루고루 젓는다/륙척쇠장대 가벼이 들고……//지난날 우리 어머니/팥죽가마 잘도 젓드니—/다 젓고나서 간이라도 보듯이/《시편잔》에 한잔 쑥 떠내/보기만 해도 단번에 알지/얼마쯤이나 더 끓여야 할지는……//(……)/상필동무 자작시 듣고보니/참말 팥죽이 끓듯 불쭉불쭉/전기로 안에서 강철이 끓는다/휘휘 젓는다/고루고루 젓는다/륙척쇠장대 척 들고나서/옛말에 나오는 힘장수인가/용해공 상필동무 강철가마 젓는다//다 젓고나더니 2천도 전극

밑/그 쇠물 한방울 꾹 찍어내서/《갈매기》 한대 붙여무누나/2천도 불길에 붙인 담배를/한모금 깊이 빨아 쑥 마시더니/한참후에 후 뿜어내누나

—「용해공과 시인」(1959)에서

이 시에서 '상필동무'가 실제 인물인가는 중요하지 않다. 또 그의 자작시가 실제로는 시인 백인준이 지은 것이라고 해도 큰 상관은 없다. '상필동무'가 실제 인물이든, 혹은 시인의 분신으로서의 대리적 자아이든, 중요한 것은 이 시가 노동 현장의 실감나는 형상화에 이르고 있다는 사실이다. 이 시는 태양, 신, 전설적 영웅, 불멸, 생명, 영원, 무한 등등의 갖가지 과장된 수사로 김일성과 김정일, 당을 예찬하는 시들과는 격을 달리하고 있다. 우선, 전기로 안에서 끓는 쇳물을 어머니가 끓여 주던 '팥죽'에 비유한 발상부터가 예사롭지 않다. 쇳물은 '팥죽'의 이미지와 겹쳐지면서 '쇠죽'으로 바뀌고, 광물적이고 기계적인 이미지에서 따뜻하고 인간적인 이미지로 탈바꿈한다. 지난날 어머니가 끓여 주던 '팥죽'은 어머니의 사랑이 가득 담긴 추억의 먹거리라 할 수 있다. 쇳물은 '쇠죽'으로 표현되면서 이같은 어머니의 사랑과 먹거리의 감각을 함께 획득한다. '쇠죽'은 실로 노동자들이 열과 성을 다해 지어내는 노동자의 밥이요, 인민의 먹거리인 것이다. 여기에 쇠죽이 끓고 있는 모양을 표현한 '불쭉불쭉'이라는 의태어는 힘있고 생동감 넘치는 노동 현장의 분위기를 묘사한다. 이렇게 해서 팥죽과 쇠죽, 어머니와 용해공은 동일한 의미망으로 묶인다. 어머니가 가족을 위해 팥죽을 끓이는 것처럼, 용해공은 조국과 인민을 위해 쇠죽을 끓인다. 어머니가 오랜 경험에 의해 팥죽을 "얼마쯤이나 더 끓여야 할지는" "보기만 해도 단번에 아"는 것처럼 용해공 역시 숙련된 솜씨와 감각으로 쇠죽을 '요리'한다. 이 시는 전기로 안에서 끓는 강철을 어머니의 팥죽에 비유함으로써 친근감 있는 서정성과 실감나는 형상화를 달성하고 있다.

그런데 이 시의 압권은 자작시를 읊고 난 후 상필동무가 담배를 피워 무는 마지막 연에 있다. 쇳물을 다 젓고 나서 "2천도 전극밑/그 쇠물 한방울 꾹 찍어내서/《갈매기》 한대 붙여무"는 장면은 노동의 신성함과 기쁨, 힘겨운 노동을 끝낸 뒤의 만족감과 여유를 생생히 그려낸다. "2천도 불길에 붙인 담배를/한모금 깊이 빨아 쑥 마시더니/한참후에 후 뿜어내"는 맛은 노동의 뜨거운 땀방울을 흘려 본 자만이 알 수 있는 맛일 수밖에 없다. 여기에는 어떠한 관념이나 수식어로도 표현할 수 없는 노동의 참맛이 잘 드러나 있다. 이처럼 백인준은 실제 노동 현장에서 일하는 노동자의 시각으로 '인민의 노래'를 생산하고자 한다. 노동의 본질과 그 구체적 형상화를 서정시의 핵으로 삼는 이러한 시각은 "어찌 (……)/가을의 전원에만 서정이 있다 하랴/여기는 새로운 서정의 지대!/가장 열정적인 지역이라네/조국의 공업기지—로동의 서정기지!"(「새로운 지역」, 1960)와 같은 시구에서 분명하게 돌출된다. '조국의 공업기지'는 '가을의 전원'을 넘어서는 '새로운 서정의 지대'이며, '로동의 서정기지'이다. 그러니 시인은 이 새로운 서정의 지대에서 '노동의 서정'을 형상화해야 한다. 그렇다면 '노동의 서정'과 인민의 마음을 형상화하기 위해서는 어떠한 시를 써야 하는가? 백인준은 창작 방법에 관한 이같은 고민의 과정과 나름의 해답을 시를 통해 보여준다. 무엇보다 그는 시인 역시 조국을 위해 투쟁해야 하는 한 사람의 '노동자'임을 강조한다. 그는 "우리가 한편의 시를 쓴다면/그로써 천사람이/한삽씩의 석탄을 더 캐게 하자!"(「시인들에게 보내는 전투명령 제1호」, 1948)고 주장한다. 시인의 사명은 노동자의 노동 의욕을 고취시키는 데 있으며 이것이 바로 시인의 '창작 노동'의 역할인 것이다. 물론 시인의 사명은 여기에만 있는 것은 아니다.

우리가 1년을 두고 묶어낸

한권의 시집이
우리 조국의 아름다운 장래와 인민의 승리를
얼마나 뚜렷이 보여주었는가?
인민들이 노래하고싶은
민주북조선의 행복을
얼마나 그들대신 노래하여주었는가?
이것은 우리들이 예술을 말할 때 잊을수 없는 일

시인이여
우리들이 무드기 써놓은 시가
우리 민족의 해방자!
위대한 항일투사들의 공적과 은혜를
얼마나 선명히 그리여냈는가!
이것은 우리 시의 진실성을 알아맞히는
중요한 시금석의 하나다

—「시인들에게 보내는 전투명령 제1호」(1948) 중에서

이 시는 한편의 시라기보다는 제목 그대로 "시인들에게 보내는 전투명령"이며, 당의 입장에서 시인들에게 내리는 창작 지침이라고 할 수 있다. 백인준은 한 사람의 시인으로서가 아니라 당의 대변자로서 공식적이고 집단적인 목소리를 내고 있다. 인용된 부분 외에도 시인이 쓰는 시는 미제와 그 주구들에게 "증오와 저주의 비수를 꽂"는 '전투 기록'이 되어야 하고, "인민의 심장으로 붓끝에 화력을 높인" '인민의 말'이 되어야 한다고 말한다. 미제국주의와 그 주구인 남한에 대한 백인준의 전투성은 6·25 참전 경험을 통해 더욱 심화된다. 두 번째 시집 『소박한 사람들의 목소리』(1953)는 참전 중에 쓴 시들을 모은 것으로,

'인민의 말'로 시를 써야 한다는 의식을 염두에 둔 듯 제목부터가 인민성을 겨냥하고 있다. 이 시집은 김일성을 찬양하는 점에서는 첫 시집의 심화편이라 할 것이나, 6·25 현장시가 들어 있고 백인준 시의 꽃이라 할 풍자시가 등장한다는 점에서 일정한 의미를 지닌다.

추격에 단 몸을 식히며
달빛아래 지도를 펴는 이 한때도
톱을 굴러 앞길을 재촉하는
사랑하는 나의 땅크 31호야
네우에 기대여
조국의 밤하늘을 우러러보면
어스름 초생달 나무가지우에 걸리고
별들도 짝지어 남으로 흐르는 듯

—「남으로 가는 길에서」(1950)에서

《문명》한 《신사》들이여/우리들에게서 땀내가 난다고/얼굴을 찡그리지 말라/당신들에게서는 고름내가 난다/썩어져가는 제국주의냄새!

—「소박한 사람들의 목소리」(1952)에서

백인준의 6·25 현장시는 전쟁의 참혹한 실상과 살벌한 분위기를 묘사하기보다는 전투에 참가하는 자신의 심정을 대체로 낭만성에 기대어 형상화한다. 위 시에서도 "사랑하는 나의 땅크 31호"를 타고 남진하는 시적 화자는 '어스름 초생달'과 '별들'을 보며 낭만적 감성에 젖어들며, "별들도 짝지어 남으로 흐르는 듯"이라는 비유적 시구를 통해 남조선 해방의 소망을 우회적으로 암시한다. 이러한 전투성과 낭만성의 결합은 시 「출격을 앞두고—안해에게」, 「잊지 말라 그대들이여」, 「돌아오리라 그대는 기어이」, 「봄밤」 등 6·25를 주제로 한 시에서 공통적으로 드러난다. 백인준의 시에 과격한 전투성과 공격성이 출현하는 것은 제국주의라는 '적'을 상정할 때이다. 위의 인용시에서 보듯, 그는 '우리들' 사회주의의 인민들에게는 '땀내'가 나지만, '당신들' 제국주의의 모리배들에게는 '고름내'가 난다고 말한다. '땀내'와 '고름내'는 노동과 착취, 건강과 부패, 노력과 환락 등을 상징하면서, 백인준이 인식하는 사회주의와 자본주의의 질적인 차이를 확연히 드러내고 있다. 미제국주의에 대한 분노와 저주는 세 번째 시집 『벌거벗은 아메리카』(1961)에서 극에 달한다. 이 시집은 미제와 부르주아에 대한 맹공격이며 백인준식의 총공세라 할 것인데, 시적 형상화보다는 극단적인 감정의 표출이 관건이 된 탓에 과격하고 거친 말들이 남발되고 있다.

> 내 차라리 제국주의의 배때기에
> 저주의 단도를 석 자나 박아
> 호박 속 우벼 내듯 왁왁 우벼 낸다면,
> 또는 나의 이 증오의 주먹으로
> 양키들의 턱주가리를 답새워
> 단매에 차뭇개 쩌개듯 쩌개 버린다면
> 나의 이 만신의 증오 풀릴 수도 있으리.
>
> —「저주의 노래」(1960)에서

백인준이 적으로 삼고 있는 것은 남한 사회가 아니라 '아메리카'이다. 아메리카야말로 분단을 획책한 주범이며, 남한의 지배층이 인민을 착취하게끔 뒤에서 조종하는 더러운 배후 세력이기 때문이다. 아메리카에 대한 백인준의 증오와 파괴의 욕망은 어떠한 원색적인 표현으로도 충분치 않을 만큼 과격하다. "제국주의의 배때기에/저주의 단도를 석 자나 박아/호박 속 우벼 내듯 왁왁 우벼 내"고 싶다는 말은 섬뜩할 정도의 폭력성을 띠고 있다. 표현은 비록 단순하고 거칠지만, 자본주의에 대한 백인준의 비판에 타당성이 전혀 없는 것은 아니다. 자본주의가 착취의 모순을 구조적으로 떠안고 있는 것은 부정할 수 없는 사실이기 때문이다.

> 결산을 하자! 아메리카야,
> 장부를 꺼내 놓으라, 너의 죄악의……
> (……)
> 너 살진 아메리카야,
> 너의 몸에 두른 그 보드라운 비단이
> 그 얼마나 많은 인민의 목을
> 쇠사슬보다도 무섭게, 사납게
> 조여 매고 홀치여 숨이 지게 했느냐!
>
> —「결산하라! 아메리카」(1959)에서

만약 이 시에서 '인민'이라는 단어를 '민중'이나 '피지배 계급', '가진 것 없는 사람들' 등의 말로 바꾼다면, 이 시가 북한시로서 주는 이질적인 느낌은 상당 부분 완화될 것이다. 제국주의에 저항감을 갖고 있는 남한의 시인도 충분히 이러한 시를 쓸 수 있다는 이야기이다. 그러나 시집 『벌거벗은 아메리카』는 과격한 주장과 선전 선동의 언사들로 가득 채워져 있어 제국주의에 대한 비판과 풍자가 일면적인 타당성을 확보하는 데 그치고 있다. 수사적인 기법의 측면에 있어서도 사정은 마찬가지이다. 백인준은 이 시집에 '풍자시집'이라는 명칭을 붙여 놓고 있지만, 「강아지 과거 보기」, 「동리북」, 「머리에 대하여」, 「건강진단」 등의 몇 편의 시를 제외하고는 풍자의 수법을 발견하기란 쉽지 않다. 이 시들도 지적인 비판과 위트에 기초한 풍자에 이르지 못하고, 저급한 동물에 비유해 대상을 깎아 내리거나 멸시하는 차원에 머무르고 있다.

사회주의와 주체사상이라는 특정 이데올로기로 무장된 이 시집은 그 문학적 가치를 논하기 이전에 정치적 신념의 문제를 고려하지 않을 수 없다. 여기 실린 시의 진정성은 시인이 갖고 있는 정치적 신념의 강도에 달려 있다고 보아야 하는 것이다. 시인의 사상적 믿음의 옳고 그름의 여부는 가릴 수 있지만, 시인의 정치적 성향과 사상성을 문학적 진정성과 혼동하여 평가한다면 이는 중대한 오류를 범하는 것이 된다. 북한문학을 순수하게 문학적인 잣대로 평가하기 곤란한 난점이 여기에 있다. 일례로, 백인준의 네 번째 시집인 『백인준시선집』의 주류를 이루고 있는 김일성과 김정일을 예찬하는 시들을 보자.

20세기에 이르러 인류는
위대한 수령 **김일성**동지를 모심으로 하여
인간에게는 다른 하나의 생명
정치적생명이 있음을 알게 되었나니
억만년 닫겨있던 생명의 신비는
주체의 해빛아래 비로소 밝히여졌더라

위대한 수령님께서 발견하신
그 새로운 생명의 원천을
경애하는 수령의 존함으로 이름지으시여
온 세상에 높이 알려주신
영명하신 지도자 **김정일**동지!

(……)

그이께서 나의 가슴에
그 영원하고 값높은 생의 진리 밝히여주셨기에
내 이제 당장
단두대를 향해 걸어나가도
생의 보람을 자랑높이 웨치고
억천만번 죽어도 그이의 곁에
영생할것을 굳게 믿노라

—「삶에 대한 송가」(1976)에서

이제 인간은 주체의 창공으로 날아오르는 길에
자기 스스로가 《신》으로 완성되여
인류사의 한대목에서 발생하였던
모든 《신》들의 종말을 고하게 되리라

—「상상봉에서」(1987)에서

'위대한 수령 김일성동지'는 "인간에게는 다른 하나의 생명/정치적 생명이 있음을 알게" 해주셨고, '영명하신 지도자 김정일동지'는 이를 밝혀 "온 세상에 높이 알려주"셨다. 이 시에서 백인준의 김일성과 김정일에 대한 존경과 충성심은 신념의 차원을 넘어 '신앙'의 차원으로 돌입한다. "억천만번 죽어도 그이의 곁에/영생할것을 굳게 믿"는다는 것은 김일성과 김정일을 절대 신으로 숭배할 때 가능한 일이다. 영생에의 믿음은 한 걸음 나아가 "인간은 주체의 창공으로 날아오르는 길에/자기 스스로가 신으로 완성"될 것임을 확신하는 경지에까지 이른다. 김일성과 김정일은 지금까지 인류사에 등장한 어떠한 종교의 신보다도 위대한 존재로 예찬되고 있는 것이다. 이러한 면에서 백인준의 시는 북한문학의 극단적 면모를 생생히 증거하는 하나의 모델이 된다. 바꾸어 말하면, 백인준 시의 한계를 논하는 것은 북한문학의 한계와 난점을 논하는 일과 직결되는 것이다.

4. 문학적 한계

백인준의 시세계는 거의 대부분 사적인 개인의 목소리가 아닌 공식적인 집단의 목소리로 이루어져 있다. 그는 당의 정책과 이념적 지향을 시로써 웅변하는 대변자의 위치에서 시를 쓴다. 따라서 그의 시에서 그가 살아온 삶의 내력이나 인간적인 고뇌, 정신의 편력 과정을 읽어낸다는 것은 거의 불가능한 일이다. 그의 시세계는 북한문학이 그 이념적이고 형식적인 카테고리를 형성하는 역사적인 과정을 그대로 구현하면서 전개되어 왔다. 이런 점에서 백인준은 북한 문학의 정수를 보여준다고 할 것인데, 그가 이룩한 문학적 성과를 그의 정치적 입신과 별개의 것으로 생각하기는 어렵다. 북한문학에서 한 작가가 갖는 예술적 위상은 그의 정치적 위상을 통해 더욱 견고해진 것이기 때문이다. 백인준의 시를 논함에 있어서는 이같은 프리미엄 효과와 북한문학의 특수성을 염두에 두지 않을 수 없다. 여러 가지 측면에서 백인준은 북한문학을 연구함에 있어 문제적인 인물로 우리 앞에 가로놓여 있는 것이다.

백인준의 시는 당성, 노동계급성, 인민성이라는 북한문학의 3대 강령을 철저히 준수하면서 창작되었으며, 그 가운데 미제국주의와 자본주의의 부패상에 대한 분노와 처단의 의지를 강하게 표출하고 있다. 그가 사용한 풍자의 기법이 소박한 차원에 머문 것은 사실이지만, 자본주의의 착취 구조를 대체로 정확히 꿰뚫고 있으며, 단지 남한 사회만이 아닌 자본주의 전체를 투쟁의 대상으로 삼고 있다는 점에서 일정한 이념적 정당성을 획득하고 있다고 할 수 있다. 한 가지 아쉬운 점은 「용해공과 시인」 같은 노동자의 피땀어린 서정이 살아 숨쉬는 작품들이 지속적으로 산출되지 못한 점이라 할 것이다. 이는 그가 중년 이후 당의 고위직에 오르게 되면서 노동자의 실생활과는 거리가 먼 삶을 살게 된 때문인 것으로 볼 수 있다. 북한문학은 정치성과 문학성 중 월등히 정치성을 우위에 두는 불균형의 문학이지만, 이러한 편협한 지향성 속에서도 문학성을 담보해내는 길은 분명 있기 마련이다. 그 중 하나가 노동자의 진실된 삶과 노동의 참된 가치를 시화하는 일일 터인데, 백인준은 그 가능성만을 보여준 채 시세계의 물꼬를 다른 곳으로 돌리고 있다. 김일성과 김정일의 신격화, 항일 투쟁의 영웅담과 6·25 전쟁담을 시화하는 일이 시인의 길보다 정치인의 길이 우선이었던 그에게는 훨씬 중요한 과제였기 때문이다.

이 글에서는 백인준의 담시, 장시, 서정서사시, 시초 등은 다루지 못하였다. 백인준 시의 전체적인 내용 파악에 초점이 되는 자유시만이 분석의 대상이 되었는데, 북한시의 형식적 특질을 보여주는 다양한 장르의 시에 대해서는 별도의 지면이 필요할 것으로 보인다.

제3부

불꽃의 행로

모성의 실루엣과 아버지의 그늘

—신경림, 『어머니와 할머니의 실루엣』

지난 30여 년간 신경림은 저자 거리에서 국밥 한 그릇과 막걸리 한 사발로 새된 노래의 혈통을 이어 왔다. 그의 일곱 번째 시집인 『어머니와 할머니의 실루엣』(1998)은 『쓰러진 자의 꿈』(1993) 이후 5년 만에 간행되는 시집이다. 역사에 대한 신념과 이념의 붕괴의 회오리가 몰아친 90년대 초, "쓰러질 것은 쓰러져야 한다"(「빛」)는 준엄한 현실 인식 아래 자기 갱신을 해 온 신경림은 이번 시집에서는 지나온 삶과 현실을 안타까운 시선으로 돌아본다. "꽹과리를 앞장세워 장거리로 나서면/따라붙어 악을 쓰는 건쪼무래기들뿐"(「農舞」)이었던 60년대의 서글픈 '농무'는, 90년대 초 『쓰러진 자의 꿈』에서 "내 가슴 깊은 곳에서/그 붉은 꽃잎들과 찬란한 별조각들이/밤마다 벌이는", "신바람 나는 큰 춤판(「山城」)으로 바뀌었다. 이 아름답고 열정적인 내면의 '춤판'은 『어머니와 할머니의 실루엣』에 와서는 다시 회오와 그리움의 이야기 마당으로 변모된다. 이 시집에는 찬찬히 되씹을수록 단맛이 우러나는 지나온 삶의 이야기들이 시린 삶의 아픔과 함께 펼쳐져 있다.

신경림은 더 치열하게 현실에 맞서야 한다는 의지의 한켠에서 세상살이의 신산(辛酸) 속에 깃든 허무와 만난다. 현재의 궁핍감과 내면의 쓰라림은 지나간 과거를 그리워하게 만드는 것일까? 어느새 환갑의 나이를 훌쩍 넘긴 신경림은 먼 기억 속의 어머니와 할머니, 일가붙이들을 시 속에 불러들인다. 또 중국 연변 등지의 해외 체험을 담은 시편에서는 우리 민족이 겪은 근대의 체험을 형상화한다. 하지만 신경림의 주된 시선은 여전히 위태롭고 절박한 현실에 꽂혀 있다. 뿌리 뽑힌 농민들의 삶과 파국 직전의 자연 환경, 고착화된 분단 현실 등은 신경림이 끈질기게 붙들고 있는 화두이다. 이 화두를 깨칠 날이 좀처럼 오지 않을 듯한 초조감을 견디며, 신경림은 그의 '의식의 뿌리'의 실루엣을 더듬어 따뜻한 온기를 길어 올린다.

신경림에게 현재의 삶은 '온몸에 감긴 시퍼런 멍'(「진눈깨비 속을 가다」)으로 요약된다. 이 '멍'은 파란의 역사가 남긴 고통의 유물을 의미한다. "부모한테 물려받은 누더기를 걸치고/허기 속에서 듣던 뻐꾹새 울음"의 시절과 "최루탄과 화염병으로 눈이 쓰리던"(「추운 가을」) 시간은 가난과 투쟁의 강인한 서사가 되어 우리의 의식에 남아 있다. 그러나 그 서사는 안타깝게도 지금의 현실에서 큰 힘을 발휘하지 못한다. 지난 시절의 고난과 불행은 현재의 행복으로 전환되지 않았으며, 그에 상응하는 보상을 가져오지도 않았다. '시퍼런 멍'은 타격이 가해진 후 치유되지 않은 아픔과 갖가지 훼손된 것들의 흔적이다. "누렇게 곪은 부스럼과 칙칙한 흉터"(「이슬」), "좀체 마르지 않는 피와 눈물"(「노고지리」), "버려진 꿈"(「막차」)들은 그 '멍'의 구체적 모습들이다. 신경림이 쓰러져서도 끝내 잃지 않고자 했던 '꿈'과, 실제 현실의 격차는 그에게 허탈감과 회한을 안겨 준다.

서북풍이 몰아치겠지 어두운 밤길을 더듬어 오느라

침침해진 눈에 다시 흙먼지를 끼얹으며.
기러기가 난다 내 젊은 날의 아픔을 어루만지며
검은 하늘을 난다 내 회한 속을 난다

—「가을밤은 길고」에서

무고한 사람들이 총부리 앞에
쓰러지던 날 나는
무엇을 했던가 무슨 생각을 했던가
탐욕과 위선과 궤변으로
썩어 시커먼 서울 하늘
저 뒤 깊은 곳에서는 그래도
별이 무리지어 반짝이고 있을까
내 삶의 흔적은 아무데도 없고
내가 남긴 발자국도 체취도 없고

—「별」에서

"어두운 밤길을 더듬어" 왔지만, 삶은 아직도 "서북풍이 몰아쳐" "다시 흙먼지를 끼얹"고 있다. 지난날의 뜨거운 빛은 사라졌고, 이제는 "침침해진 눈"으로 바라보아야 하는 세상은 모진 '회한'의 진원지가 된다. 이 시에 형상화된 회한의 '검은 하늘'은 신경림의 이전 시들에서는 찾아보기 어려운 절망적인 내면을 표현한다. 지난 시간에 대한 뼈아픈 회한은 자책과 허무감을 낳으며 끝내는 완강한 자기 부정으로 귀결된다. "무고한 사람들이 총부리 앞에/쓰러지던 날 나는/무엇을 했던가"라고 신경림은 스스로를 질타하면서, "내 삶의 흔적은 아무데도 없"다는 절망감에 사로잡힌다. 현실에 대한 좌절감이 실존적 회오와 결합되는 것은 신경림 시의 새로운 심리적 국면에 속한다. 이 지점에서 신경림은 자신의 삶과 존재적 기원으로 회귀하고자 하는 소망을 품는다. 신경림의 존재 근거가 되는 의식의 뿌리는 두 개의 가닥으로 나뉘어져 있다. 한 가닥은 "무리지어 반짝이"는 '별'의 세계를 가르쳐 준 '어머니'와 '할머니'의 세계이며, 다른 가닥은 "내 삶의 흔적"과 "내가 남긴 발자국"을 한발 앞서 살았던 원망스러운 '아버지'의 세계이다. 이 두 세계는 신경림의 성장 과정에서 전혀 다른 형태로 내면화된다. 어머니와 할머니의 세계가 따스한 '사랑'과 '전통' '노동'의 행복하고 건강한 의식으로 자리잡은 데 비해, 아버지의 세계는 허황되고 물욕적인 삶에 대한 증오심과 적대 의식으로 각인된다.

신경림은 먼저 그의 내면에 새겨진 아름다운 영상에 관해 이야기한다.

> 하지만 멀리 다닐수록, 많이 보고 들을수록
> 이상하게도 내 시야는 차츰 좁아져
> 내 망막에는 마침내
> 재봉틀을 돌리는 젊은 어머니와
> 실을 감는 주름진 할머니의
> 실루엣만 남았다.
>
> 내게는 다시 이것이
> 세상의 전부가 되었다
>
> —「어머니와 할머니의 실루엣」에서

유년 시절 어머니와 할머니의 '램프불 밑'의 세계는 신경림이 성장한 후에는 넓은 '대처'로 변화된다. 그러나 현실의 공간이 넓어질수록 "이상하게도 내 시야는 차츰 좁아져" 마침내 어머니와 할머니의 실루엣만이 남게 된다. 오랜 세월을 살아낸 후에 신경림은 유년 시절 경험

했던 어머니와 할머니의 세계를 '세상의 전부'라고 규정한다. 부성(父性)에 기초한 폭력적인 현실 세계와 그 속에서 살아온 시인을 뿌리에서부터 감싸고 있었던 것은 부드러운 모성의 '실루엣'이었다. 신경림은 '쓰러진 자의 꿈'을 다시 짓밟는 현실과 현실에 대한 불신을 모성적 세계의 회복을 통해 치유하고자 한다. "이제 썩어 시커먼 서울 하늘/저 뒤깊은 곳에서" "무리지어 반짝이는 별"(「별」)은 어두운 시대의 지표이자 절대 훼손될 수 없는 모성의 상징이 된다. 신경림이 그려내는 소박하지만 신성한 모성은 신화적인 색채를 지니고 있다. "밤이면 숲 속에 내려와 하늘의 비밀을 전하던 물머금은 별과 볼을 맞비비며 울던 굴참나무들"(「굴참나무들을 위하여」)은 신화적 순결성을 지닌 존재들로, '어머니와 할머니의 실루엣'을 가슴 깊이 간직한 신경림의 자아의 분신들이라 할 수 있다. 그러나 오랫동안 신경림의 삶에서 이 신성한 모성의 세계는 저 먼 원경(遠景)으로 물러나 있었다. '아버지'와 아버지에 대한 증오심이 그의 삶을 좌우하는 무거운 추가 되었기 때문이다.

아버지를 증오하면서 나는 자랐다.
아버지가 하는 일은 결코 하지 않겠노라고,
이것이 내 평생의 좌우명이 되었다.
(……)
나는 늘 당당하고 떳떳했는데 문득
거울을 보다가 놀란다, 나는 간 곳이 없고
나약하고 소심해진 아버지만이 있어서.

—「아버지의 그늘」에서

'금점판'을 떠돌며 허황된 물욕과 주색을 좇던 아버지는 신경림에게 분명한 삶의 방향을 갖게 했다. 그가 정한 '평생의 좌우명'은 간단하다. 아버지처럼 살지 않는 것이다. 신경림은 "내 꿈은 좁아빠진 느티나무 그늘에서 벗어나는 것이었다"(「더딘 느티나무」)고 술회한다. 이 그늘은 그가 깊이 증오하면서도 쉽게 벗어날 수 없었던 '아버지의 그늘'을 의미한다. 어린 시절의 신경림은 절대적인 현실 법칙인 '아버지의 법(the Law of the father)' 아래 있었던 것이 아니라, 어두운 '아버지의 그늘' 속에서 반역을 꿈꾸고 있었다. 방탕한 아버지에 대한 반발 의식은 아이러니하게도 아버지의 삶과는 정반대되는 성실한 삶을 추동하게 만든다. 기왕의 전기 비평적 관점을 좀 더 확대하면, 신경림이 폭압의 역사와 사회 현실에 맞서 투쟁한 세월은 어두운 '아버지의 그늘'에서 이탈해 온 일련의 과정이었다고 말할 수 있다. 이렇게 보면, 신경림의 시적 지향점은 '타락한 아버지의 세계'에 대항하여 '건강한 아버지의 세계'를 창조하는 것이었다고 말할 수 있다.

세월이 흘러 신경림도 역시 한 사람의 아버지가 된다. 어느 날 그는 거울을 보며, "늘 당당하고 떳떳했"던 "나는 간 곳이 없고 나약하고 소심해진 아버지만이 있"는 사실에 놀란다. 정직하고 강한 아버지가 되기 위해 분투했던 자신이 "나약하고 소심해진 아버지"가 되었다고 생각하는 것은 지금까지의 싸움의 결과에 대한 불만족과 자책감에 따른다. '타락한 아버지의 세계'를 부수고 '건강한 아버지의 세계'를 창조하는 일은 생각만큼 쉽지 않았다. 용기와 의지가 부족했기 때문이 아니라, '타락한 아버지의 세계'가 생각보다 훨씬 견고했기 때문이다. 그러나 신경림은 그 책임을 자신에게로 돌리는 일을 중단하지 않는다. 그 가운데 어머니와 할머니에 대한 추억은 흠집 많은 현재를 위무하는 신화적인 완결성의 세계로 그의 내부에 자리잡게 된다.

건강한 아버지의 세계는 "참 더디게도 자라는" '느티나무'처럼(「더딘 느티나무」) 아주 천천히 성장한다. 뚜렷하게 눈에 보이지는 않지만, 적당한 시간이 지나면 나무는 분명 자라 있을 것이다. 성장의 '느린'

속도를 바라보는 신경림의 눈에는 슬픔과 회한이 서려 있다. 오늘의 현실에서 부패와 타락의 속도는 명백히 건강한 성장의 속도를 앞지르고 있기 때문이다. "농약으로 얼룩진 상처에 병든 돼지고기를 싸"는 "내 땅 내 나라, 아니 온 세계가 이제/단숨에 흔적도 없이 날아가 버릴/마침내 그 벼랑에까지 와"(「이제 이 땅은 썩어만 가고 있는 것이 아니다」) 있는 상황은 종말을 향해 치닫는 흡사 준전쟁의 상황이라 할 것이다. 여기 비하면 「달」의 결곡한 서정이나 「귀성열차」, 「감이 붉으면」 등의 시편에 담긴 삶의 애환은 한 줄기 낭만으로 치부될 수도 있다. 이런 현실에서 여행은 대자연의 품으로 돌아가는 귀환의 여정이 아닌, 무거운 현실을 확인하고 또 확인하는 환멸의 시간이 된다. 시집의 5부에 실린 중국과 동남아의 여행 시편들은 사회주의와 자본주의를 모두 비판하는 가운데 근대의 발전 신화에 관한 강한 회의를 표출한다. 자본주의의 전철을 밟기 시작한 지 얼마 안 되는 개발도상국의 현재는 우리의 과거와 겹쳐지면서 시간차를 둔 동일한 역사적 텍스트가 된다. 신경림은 이들 모두가 "서로 다른 너무 먼 길을 돌아/예까지 온 것이/부질없는 밤"(「너무 먼 길」)의 시간에 있다고 말한다. 자본주의의 파괴적 자기 증식의 미로에 발을 들여 놓은 자는 대부분 두 번 다시 밖으로 나갈 수 없다. 더 많은 돈과 물질에 대한 욕망이 이미 그의 몸과 마음을 먹어치운 뒤이기 때문이다. 신경림에게 동남 아시아의 현재는 자본주의의 아수라에 자진해서 몸을 던지는 서글픈 자멸의 풍경으로 비춰진다.

그렇다면, 속된 자본주의의 시간은 신경림의 소원과 같이 "잔잔한 쿠다라 관음의 미소"(「잔잔한, 슬픈 微笑」)로 맑게 정화될 수 있을까? 혹시, 쿠다라 관음의 "일그러진 입술, 어두운 눈빛, 그 천오백 년의 잔잔한 슬픈 미소"는 자연의 느티나무가 근대의 기계적 욕망들보다 훨씬 '더디게' 자라고 있음을 시사해 주는 것은 아닐까? 이 한없이 더딘 '슬픈' 속도를 신경림은 어떻게 견디어내고 있는 것일까? 추억 속에서 따뜻하게 일렁이는 어머니와 할머니의 실루엣만으로는 아마도 충분치 않을 것이다. 파편화된 세계에서 '신화의 복원'이 아닌 '복원의 신화'를 창조하기 위한 신경림의 노력은 다시 다음 시집을 기약하고 있다.

운명의 수락과 필연의 길

—도종환, 『부드러운 직선』

도종환의 『부드러운 직선』(1998)은 절망의 바닥에 다다른 자의 자기 성찰로 이루어져 있다. 1985년 시 「고두미 마을에서」를 발표하며 문단에 나온 도종환은 이 시집에서 좌절과 고통 속에 길어 올린 삶의 깊이를 보여준다. 지순한 사랑을 노래한 『접시꽃 당신』(1986)으로 일약 문단의 스타(?)로 떠올랐던 그는 아직도 많은 사람들에게 '연가(戀歌)의 시인'이나 '베스트셀러 시인'으로 각인되어 있는 듯하다. 시집 『부드러운 직선』은 그러한 선입견을 녹여내면서 삶과 교육의 현장에서 외롭게 투쟁해 온 도종환의 내면을 세밀히 드러낸다. 시집 제목인 '부드러운 직선'에 잘 표현되어 있듯이 현재 그의 지향점은 아름답고 역동적인 모순의 세계를 향하고 있다. 그 세계는 "가장 아름다운 걸 버릴 줄 알아/꽃은 다시 핀다"(「다시 피는 꽃」)나, "아름다움 조금씩 저무는 날들이/생에 있어서는 더욱 소중하다"(「저무는 꽃잎」)과 같은 겸허와 수용의 시선을 통해 획득된다. 평이한 어투에 강한 설득력을 지닌 도종환식 아포리즘은 일상의 진부한 담론들마저 새로운 감성의 메시지로 바꾸어 놓는 잔잔한 힘을 지니고 있다.

이 시집에 드러난, 도종환이 겪는 혼란과 절망은 일차적으로는 시대의 변화에서 온다. 피와 죽음을 담보로 한 투쟁이 한낱 '후일담'과 '추억'(?)으로 화한 시대에 그는 또 다른 어둠의 공간을 떠돌고 있다. 잃어버린 것을 찾아 싸워 온 시간의 뒤에는 잔인하게도 더 가혹한 상실이 기다리고 있다. 꿈과 희망이 증발해 버린 시대에 길을 잃은 시인은 어둡고 후미진 '외곽 도로'를 배회한다.

> 부를 수 있는 또 다른 이름이 떠오르지 않는 밤
> 막차처럼 떠나버린 한 시대의 빈 공터에 서서
> 없는 너 사라진 너를 만나지 못해
> 나는 돌아갈 수 없었다
>
> —「외곽도로에서」에서

"부를 수 있는 또 다른 이름이 떠오르지 않는 밤"은 "없는 너 사라진 너"를 고통스럽게 확인하게 만든다. 무엇이 없고, 무엇이 사라졌는가? 자유와 정의와 평등과 사랑과 희망……. 그리운 이름들은 마치 한순간의 환각처럼 흩어져 흔적이 없다. 돌이켜 보건대, 무수한 '너'의 이름을 소리 높여 불렀던 지난 시대야말로 칠흑 같은 어둠의 시대였다. 그러나 그 어둠은 오히려 빛의 근거와 존재 이유가 되었을 뿐 아니라, 역사의 팽팽한 추동력으로 작용했다. 하지만 이 시대의 어둠은 빛을 흔적도 없이 지워 버리는 음험한 함정으로 존재한다. 그리하여 시인은 "막차처럼 떠나 버린 한 시대의 빈 공터", 지나온 고달픈 길이 의미도 없이 지워진 '빈 공터'에 홀로 서 있는 것이다. 부를 수 있는 이름조차 떠오르지 않는 '빈 공터'에서 그는 다시 "돌아갈 수"도 없는 상황에 있다. 이제 그는 지나온 길이 정녕 최선이었으며, 피할 수 없는 것이었던

가를 고통스럽게 자문한다. 회한에 찬 의문은 삶에 대한 전면적인 검토와 뼈아픈 자기 성찰로 이어진다. 도종환은 그가 지나온 길이 강요의 결과가 아닌, 바로 자신이 선택한 것이었음을 자인하기에 이른다.

> 내가 가지 않을 수 있는 길은 없었다
> 그 어떤 쓰라린 길도
> 내게 물어오지 않고 같이 온 길은 없었다
> 그 길이 내 앞에 운명처럼 파여 있는 길이라면
> 더욱 가슴 아리고 그것이 내 발길이 데려온 것이라면
> 발등을 찍고 싶을 때 있지만
> 내 앞에 있던 모든 길들이 나를 지나
> 지금 내 속에서 나를 이루고 있는 것이다
> 오늘 아침엔 안개 무더기로 내려 길을 뭉텅 자르더니
> 저녁엔 헤쳐온 길 가득 나를 혼자 버려둔다
>
> —「가지 않을 수 없던 길」에서

'내'가 걸어온 길은 '운명'과 '나'의 선택이 맞물린 필연의 길이었다는 것. 지나온 길이 자신이 수락한 필연의 소산이었다는 인식을 통해 도종환은 현실과 자신에 대한 긍정에 이른다. 이 긍정은 "내 앞에 있던 모든 길들이 나를 지나/지금 내 속에서 나를 이루고 있는 것이다"라는 자기 회귀의 경로를 통해 이루어진다. 내가 지나온 길이 '나'를 이루는 총합이라는 것. 과거의 시간을 존재의 내용과 하나로 인식할 때, '길'은 시대와 운명과 자아가 만나 이룩한 필연의 궤적이 된다. 이러한 인식에는 과거의 고통이 피할 수 없는 것이었다고 믿고 싶은 도종환의 무의식적인 욕망이 잠재해 있다. '필연'의 지위를 부여받음으로써 고통스러운 현실의 무게는 사실상 어느 정도 감소된다. 도종환의 믿음(의

욕망)을 통해 '길'은 다시 그의 앞에 모습을 드러낸다. 하지만 그 길은 가능성과 불확실성에 차 있어 혼돈과 외로운 선택을 강요한다. 길은 본질적인 특성상 이동과 변화를 속성으로 한다. 지나온 길을 필연으로 자리매김했다고 해서 앞으로의 길이 명확하게 결정되는 것은 아니다. 이제 길은 다시 불가해한 '외부'로 시인의 앞에 펼쳐진다. "안개 무더기로 내려 길을 뭉텅 자르"기도 하고, "헤쳐온 길 가득 나를 혼자 버려두"기도 하는 속에서 도종환은 전보다 더 간절하게 길을 찾아 헤맨다.

도종환은 절망과 굴복을 암처럼 전염시킨 폐허의 시대와 싸운다. 그는 분연히 마지막까지 남아 싸우는 자가 되고자 한다. 그는 "모든 것이 불타 버린 숲에서도/아직 끝나지 않았다고 믿는 나무"(「폐허 이후」)와 같다. 나무가 시인의 대리물이자 새로운 각성의 매개가 되는 것은 시집 『부드러운 직선』의 한 특징이다. 실제로 이 시집에는 나무가 많이 등장한다. 나무들에 관해 사유하며 도종환은 세계를 보는 눈을 유현하게 가다듬는다. 『부드러운 직선』은 가히 '나무'에 관해 사유한 시집이며, 나무와 동일한 상관물로서의 '꽃'과 '강물'에 바쳐진 시집이라 할 수 있다. 겨울 나무, 배롱나무, 복숭아나무, 가죽나무, 모과나무 등 생명력 강한 나무들은 동백꽃, 칸나꽃 등의 꽃, 한탄강 등의 강물과 어우러져 세계를 바라보는 새로운 시각을 촉발한다. 도종환은 생명력과 흐름, 연속의 상징인 이 상관물들을 통해 올바른 삶의 길과 방법을 발견한다.

> 제 안에 소리없이 꽃잎 시들어가는 걸 알면서
> 온몸 다해 다시 꽃을 피워내며
>
> 아무도 모르게 거듭나고 거듭나고 하는 것이다
>
> —「목백일홍」에서

낙락장송 혼자 이루는 숲은 없다
첫서리 내리면 잎을 버리고 몸 사리는 나무와
한 겨울 내내 푸른 빛을 잃지 않는 나무가
함께 모여 숲을 이룬다
작은 산 하나를 이룬다

—「숲」에서

'시들어감'은 생명 활동의 일부이며, 생명은 죽음을 이기고 부단히 '거듭나는' 과정을 통해 지속된다. 한 그루의 '목백일홍'이 백일 동안 꽃을 피울 수 있는 것은 '시들어가며 거듭남'의 비밀스러운 움직임에 의한다. 수없이 피고 지는 꽃의 무리들이 한 그루의 꽃나무를 이루듯이, 쉽게 잎 떨구는 나무와 늘 푸른 낙락장송이 모여 숲을 이룬다. 아무리 거대하고 풍성하다 해도 "낙락장송 혼자 이루는 숲은 없"다. 도종환의 '꽃나무'와 '숲'의 미학은 80년대의 이성복과 90년대의 백무산을 조화시켜 놓은 듯한 느낌을 준다. 그러나 도종환은 현실 세계가 지닌 부정적인 요소를 배격하지 않는다는 점에서 일정한 차이점을 보여준다. 그는 "시들고" "잎을 버리는" 퇴락과 소진의 움직임도 생명과 세계를 이루는 한 요소로 파악한다. 시든 꽃과 피어나는 꽃, 변색하는 나무와늘 푸른 나무가 함께 하나의 세계를 '이룬다'는—단순히 한 세계 안에 '존재한다'가 아니라—각성은 따뜻한 통찰력을 바탕으로 한다. 도종환이 폐허와 분열의 시대 속에서 거듭나게 되는 힘의 근원이 여기에 있다. "저 무량한 깊이 앞서거니 뒤서거니 하며/함께 사는 강물의 저 빛나는 발걸음/어떤 것도 쉬이 이루어지지는 않았으니/나는 멈추지 않으리라"(「겨울 금강」)는 의지는 도저한 극복의 정신 그 자체라고 할 수 있다. 신념을 지켜야 할 근거 자체가 무력화된 시대에 신념을 향해 가는 길은 험난하고도 외롭다. 외로움의 강렬성은 이전의 도종환의 시에서는 찾기 어려운 '늑대'와 같은 사나운 이미지를 만들어낸다. 늑대란 "그 무엇에도 길들여지지 않는 외로운 정신"(「늑대」)을 표상한다. 외로이 도시의 변두리를 헤매는 늑대는 야수성의 이면에 오염되지 않은 순수성을 지니고 있다. 아름다운 나무와 꽃이 자라는 도종환의 내부에는 늑대가 함께 숨어 있는 것이다. 도종환은 이 자연의 정신들이 모여 어떻게 인간의 '집'을 이루는가에 관해 깊은 통찰력을 펼쳐 보인다.

그러나 저 유려한 곡선의 집 한 채가
곧게 다듬은 나무들로 이루어진 것을 본다
휘어지지 않는 정신들이
있어야 할 곳마다 자리잡아
지붕을 받치고 있는 걸 본다
(……)
한 생애를 곧게 산 나무의 직선이 모여
가장 부드러운 자태로 앉아 있는

—「부드러운 직선」에서

"유려한 곡선의 집 한 채"를 떠받치는 것은 "한 생애를 곧게 산 나무의 직선"들이다. 살 만한 인간의 집, 부드럽고 따스한 인간의 집은 "휘어지지 않는 정신들"에 의해 지탱된다. 이 한 줄의 깨달음을 위해 도종환이 치른 고투는 적지 않다. 그 숨은 고투가 그의 여섯 번째 시집『부드러운 직선』을 더욱 빛나게 하며, 길고 유장한 시법으로 인도해 가는 것이다. "한 생애를 곧게 산 나무의 직선이 모여/가장 부드러운 자태로 앉아 있는" '집'은 시인 도종환이 꿈꾸는 자신의 존재적 형상이기도 하다. 한마디로 외유내강의 정신이라 할 수 있는 삶의 자세는 내적인 견고함이 외적인 부드러움으로 전환되는 묘법(妙法)에 기초하고 있다.

"능선이 험할수록 산은 아름답다"고 도종환은 말한다. 그는 우리에게 "모질고 험한 삶을 살아온 당신은/그 삶의 능선을 얼마나 아름답게/바꾸어 놓았는가"(「산맥과 파도」)라고 되묻는다. 도종환에게 아름다움과 부드러움은 같은 뜻을 지니며, '강인한 직선의 정신'을 알맹이로 하여 자란다. 파란의 시대를 거쳐 온 도종환의 시에서 미학과 정신은 이렇게 하나로 결합된다.

'아름답다'와 '부드럽다'는 어휘는 90년대 들어 본래의 의미가 복원된 말 가운데 하나일 것이다. 투쟁의 함성이 울려 퍼지던 시대에 '아름다움'과 '부드러움'은 일종의 결여 상태나 부정성을 뜻하는 말로 취급되는 경향이 있었다. 도종환은 아름다움과 부드러움의 본래의 뜻을 되찾는 동시에 이 말에 삶의 깊은 무게를 얹어 놓는다. 지금 그는 처절했던 고통의 경험을 '아름다운 능선'과 '부드러운 직선'으로 바꾸기 위해 애쓰고 있다. 그러나 도종환은 아직 소통보다는 고립의 편에 있으며, 고립 상태에 침잠하기를 원하는 모습을 내비치기도 한다. 시 속의 시간도 미래보다는 과거로 역류할 때가 많아 그의 지배적인 의식의 축이 과거에 더 기울어 있음을 보여준다. 도종환은 당분간 피해 의식과 퇴행의 욕망에 맞서 자신의 내면을 정련하는 일이 시급할 것으로 판단된다. 현재 그의 시에서 자신을 진정시키기 위한 위로의 언사와 감정적인 언어들이 발견되는 것은 이를 반증한다.

시집 『부드러운 직선』은 도종환이 마음의 평정을 회복해 가는 길 위에서 쓰여졌다. 시집의 끝 부분에서 도종환은 "안에서 싸우는 싸움이 진짜 싸움"(「너의 싸움」)이라고 강조한다. '안의 싸움'은 자신이 싸움의 주체이며 대상인 탓에 자기 함몰과 자기 초월의 경계를 끊임없이 오고 간다. 삶이란 결국 자신과 자신의 싸움으로 점철되는 필연의 길이며, 그 수락의 궤적이 아니겠는가. 도종환의 『부드러운 직선』은 이 수월치 않은 싸움을 현실의 가파른 길 위에서 성실하게 펼쳐 보인다.

어둠에서 적멸에 이르는 길

—이산하, 『천둥 같은 그리움으로』

거북이 한 마리가 걸어온다. 저 어두운 기억의 시대로부터 느릿느릿……. 폭압의 시대가 얹은 육중한 갑골(甲骨)과 거기 새겨진 절망의 문자를 지고 시인 이산하가 오고 있다. 90년대 내내 그는 무거운 갑골 속에서 길고 긴 침묵을 지켜 왔다. "그대 쇠먹은 목청이라도/두터운 甲옷 아래 흐르는 피의/오래인 오래인 소리 한마디만 외여라"(「거북이에게」). 일찍이 미당은 이렇게 노래한 바 있거니와, 등단 17년만에 그 '피의 오래인 소리'를 터뜨려 이산하가 첫 시집을 상재했다. 1987년 제주도 4·3사건을 다룬 장시 「한라산」으로 구속된 후 절필 11년, 1998년에 활동을 재개한 지 다시 1년 만의 일이다. 시집 『천둥 같은 그리움으로』(1999)에는 이산하의 고등학교 습작 시절부터 현재에 이르는 20여 년의 시력이 집약되어 있다. 여기에는 이상백(본명), 1982년 『시운동』 등단 시절의 이륭(필명), 「한라산」 이후의 이산하(필명) 등 최소한 세 개의 자아가 붐비며 지나온 시간을 증거하고 있다.

「자서」에서 시인은 비밀스런 자아의 일부를 누설한다. 그의 가슴속에 살고 있는 '향나무 새' 한 마리가 그것이다. 이 신비스런 상상의 새는 500년마다 한 번씩 향나무를 쌓고 그 불에 타죽어 다시 어린 새로 부활한다. 시대와 자아의 이중 갑각 안에 갇혀 있던 '거북이'는 이제 육탈의 번제를 통해 '향나무 새'로 날아오르기를 꿈꾼다. 시집의 2부에 실린 1977년에서 1985년까지의 작품들이 폭압의 시대가 구워낸 딱딱한 '갑골의 언어'에 속한다면, 시인이 '잔잔했던 최근'에 쓴 1부는 부드러운 '살의 언어' 혹은 날개의 몸짓에 해당한다. 두 시기의 시들은 상상력과 기법 등 모든 면에서 많은 차이를 보여준다. 시대에 대한 이산하의 시적 대응 방식에는 특이한 바가 있다. 그는 리얼리즘의 전성기에 현란한 관념의 미궁을 탐색하고, 모더니즘의 활황기에 오히려 서정의 본질과 '적멸'에 다가선다. 시대의 자장에서 가능한 멀리 튕겨져 나감으로써 그 중심을 뒤흔들고자 하는 것이다.

80년대 전반의 이산하는 폭력의 현실에 존재와 무에 관한 철학적 질문으로 맞선다. 그는 과도한 현실의 중력을 벗어나 '중심이 없는 곳'으로 "존재의 비상구를 통하여 탈출하고 싶"(「존재의 놀이 · 1」)어 한다. 이산하는 현실의 갖가지 외압에 부딪쳐 각질화된 의식을 현학적인 풍경으로 제시한다. 그가 시 속에 구축한 복잡한 사유의 미로는 현실에 대한 저항 기제의 성격을 지닌다. "정신 착란적인 방법적 회의" 속에서 이산하는 존재(사건, 세계)에 대한 명징한 인식을 갈구한다.

그녀의 테니스 라켓이 대각선 방향으로 안개 속을 가르자 노란 정구공이 가볍게 공중으로 뜬 다음—그녀의 냉각된 얼굴의 경사면을 따라가다 보면 딱딱하고 부드러운 두 개의 유방이 나타나—그것은 각각 균형 잡힌 감옥을 하나씩 형성하고 있는 데 그 위로 방금 매 한 마리가 숨차게 솟아오르고 있었다—힐끗 뒤를 돌아본다 흰 유니폼이 안개 사이로 유동한다 차가운 귓불은 머리카락의 측면부를 찌르며 날카롭게 밖으로 돌출되어 있는데 그것에 비해 표면에 달라붙은 작은 물방울들이 제공하는 가능성이란, 비단, 안개상자속으로 침투하는 노란 공들 뿐만 아니라 그것을 뒤집어볼 수 있는 무정형성(無定型性)까지도 허용한다

(……)

그 순간, 돌연, 나의, 머리 밖으로, 뻥, 하며 공, 하나가 튀어나가는 게 아닌가! 그리곤 공중으로 가볍게, 뜬, 다음, 뒤도 돌아보지 않은 채, 보행하는 것이었어 천천히 말야 물론, 나의 몸은 서서히 회복되어 갔지 그래서 원상대로 돌아온 난, 더욱, 스냅을 찍으려고 허리를 구부렸는데 바로 그 순간,

"아―그래, 나는 공일 뿐이야 단지, 이 세계 속의 조그만 하나의 노란 고무 제품에 지나지 않아!"

하고, 크게 외치더니 그만 아래로, 갑자기, 뚝, 떨어져 버렸어

―「존재의 놀이 · 1」에서

이 시는 "그녀의 테니스 라켓"이 쳐올린 "노란 정구공"이 "테니스 코트 경계선 바깥으로 떨어지"는 지극히 단순한 사건을 무려 23페이지에 걸쳐 서술한다. 긴 서술의 과정에는 사르트르, 라캉, 훗설, 베케트, 노자, 박상륭 등 동서양의 사유의 달인들이 줄줄이 등장한다. 그러나 이 시의 결론은 극히 단순하다. "아―그래, 나는 공일 뿐이야"라는 단 한 줄의 자기 인식이 그것이다. '공'은 시인의 존재적 대리물이다. '공'이 '그녀'의 테니스 라켓에 의해 공중에 솟아올라 반대편 코트에 떨어지는 과정은 시인이 복잡한 사유의 편력을 거쳐 존재적 확신에 도달하는 과정을 보여준다. '공'이 "나는 공이다"라는 단순한 확신을 얻는데 이렇게 긴 우회로가 필요했던 것은 무슨 까닭일까? 답은 이 시가 쓰여진 80년대 초반의 이산하의 내면 정황과 관계된다. 인간성을 말살하는 폭력과 불의가 횡행하는 현실에서 그는 눈에 보이는 모든 현상에 반발하고 저항할 수밖에 없었다. 세계에 대한 불신과 적대감 속에서 그는 자

기정체성마저 흔들리는 존재의 근본적인 혼돈 상태를 경험한다. 그는 스스로에 대해 "무정형성(無定型性)까지도 허용하"는 불안정한 상태를 끊임없이 견뎌내야 했던 것이다.

이산하가 동·서양의 철학자와 사상가들을 종횡무진 가로지르며 얻고자 했던 것은 바로 자신에 대한 존재적 확신이었다. "중심이 없는 곳, 그러한 곳으로, 난, 지금, 나를, 지우기 위하여, 끊임없이, 나를 파묻기 위하여"(「존재의 놀이·0」) 달려 가고 싶었던 그에게 '공은 공이다' 라는 , 즉 '나는 나다' 라는 일차원적인 인식은 자신의 존재를 확인하는 토대가 된다. 이와 같은 기본적인 존재 확인 절차를 거쳐야 했던 것은 시대의 중압이 그만큼 과도한 것이었기 때문이다. 시에서 '공'은 둥글게 닫힌 '감옥의 죄수'로 표현된다. 청년기의 이산하를 지배한 '갇힘'의 의식은 어두운 시대의 필연적인 소산이었다. '갇힘'의 의식은 사르트르와 노자의 사유 공간을 통과하면서 '텅 빔/무(無)'에 대한 사유로 변주된다. 사실상 꽃병과 항아리를 쓸모 있게 하는 것은 속의 빈 공간이다. 이 공간은 규정된 틀에 의해 그 공간이 '갇힘'에 의해 생겨난다. 현실이 존재를 압박해 올 때, 즉 존재가 '갇혀' 있다고 느낄 때 그는 자신의 내부에서 텅 빈 구멍을 발견한다. 아니, 존재는 태어날 때부터 운명적으로 '빈 구멍'을 소유하고 있다. 존재한다는 사실 자체가 이미 특정한 틀에 '갇히는' 일이므로, 그 안에는 필연적으로 빈 공간이 발생한다. 이 점에서 모든 존재는 '항아리'이며, 이 세계 또한 하나의 거대한 항아리에 다름 아니다. 이산하는 항아리 속의 빈 구멍에서 소멸의 공포와, 무화의 욕망을 동시에 느낀다.

항아리, 넌 죽음에 취한 구멍을 하늘로 열어 놓고 있으니
아무래도
내가 도망갈 곳은 거기밖엔 없구나

아아,

온통, 죽음으로, 가득, 찬, 숨구멍이여!

마치,

나를 송두리째 삼켜 버릴 것 같구나, 그리하여

내 얼마나 너의 빈 구멍을 막아 버리고 싶었던가

그 컴컴했던, 그 두렵고 소름끼쳤던 우물가를

돌며

돌며

—「존재의 놀이 · 2」에서

"참혹한 역사의 굴절"(「구토 · 1」) 앞에서 스스로를 매장하고 싶을 때, 항아리는 "온통, 죽음으로, 가득, 찬, 숨구멍"이 된다. 다른 한편 "조금씩 자기를 비워둘 줄 알아야 한다"고 생각할 때, 항아리는 "가득, 찰 수 있"는 생성의 공간으로 뒤바뀐다. 이 중 청년 시절의 이산하를 지배한 것은 죽음의 항아리였다. 주전자, 지하실, 거대한 항문, 배수진, 허연 거품을 뿜는 자궁, 세계의 어둠 등은 그를 포위한 갖가지 형태의 죽음의 항아리들로, 어두웠던 시대의 그의 내면 풍경을 선명하게 드러낸다. 이 '무서운' 항아리들 속에서 이산하의 내면의 항아리는 조금씩 성장한다. 1998년 봄부터 1999년 봄까지의 1년 동안 쓴 1부의 시들은 죽음의 구멍이 '사이'로 열리고, 다시 '허공'으로 확대되는 광경을 보여준다. 이제 "나,/적멸의 길로/들어선다"(「소발자국」)고 그는 선언하거니와, 소멸에서 적멸로, 어두운 내면에서 생의 환한 중심으로 나아가면서 그는 신성한 세계에 대한 지향을 드러내기에 이른다.

징검다리를 건너다가, 문득

나는 돌 하나를 들어낸 다음

큰 절 앞의 작은 절처럼
그 자리에 들어가 앉는다
누가 내 머리의 급소를
가만가만 밟고 간다
절을 밟고 절로 가는 길
무게에 깊이를 더하는 자에겐
목을 숙여 등을 넓혔고
부피에 넓이를 더하는 자에겐
목을 세워 등을 깎았다
절 위로 새 한 마리가 날아간다
허공에 생채기를 내며 날아간다
다음 새가 단청을 하며 날아간다

나는 징검다리를 다 건너지 못하고
돌아선다

—「실상사 가는 길 1」 전문

이 시에서 이산하가 추구하는 신성은 '실상사(實相寺)'라는 절로 표상된다. 실상사는 갖가지 거짓된 허상(虛相)을 양산하고 탐닉하는 현실과 정면으로 배치되는 세계이다. 실상사로 가는 길에 놓인 '징검다리'는 두 세계를 구분짓는 동시에 연결하는 역할을 한다. 띄엄띄엄 놓인 몇 개의 돌은 끊어질 듯 이어져 두 세계의 기묘한 연관을 현시한다. 그렇다면 이산하는 왜 실상사를 향해 가는가? 실상(實相)이란 또 무엇인가? 불교에서 상(相)은 세계에 존재하는 모든 것의 근본인 체(體), 그 체와 자아의 상호 인식 작용인 용(用)을 거쳐 생성되는 모든 인식의 결과물을 뜻한다. 상(相)은 반드시 두 존재의 연관 작용을 통해 생성되는 관계적 산물이다. 이렇게 만들어진 상(相)은 대부분 허구와 환각으로 채워져 있다. 인간이 겪는 모든 번뇌와 고통은 자신이 지은 거짓된 상에서 연유한다. 이 허구의 상에서 벗어나 만물의 근본인 체를 보는 것, 실상(實相)을 구현하는 것이 바로 깨달음을 성취하는 길이다.

따라서 각각의 자아는 상의 기원이자 상의 구성물로서의 이중적인 속성을 지닌다. '나'는 무수한 상 속에서 실상을 성취할 수 있는(혹은 자신도 모르게 내재하고 있는) 가능성의 존재이며, 수행의 과정에서 부정되고 방편화될 수 있는 도구적 허상이기도 하다. 수행을 위한 방편적인 장소인 '절' 역시 하나의 상이다. 이 시에 형상화된 '실상사'는 이러한 허상에서 놓여나 실상을 구현한 깨달음의 세계를 지칭한다. 그런데 시의 화자인 '나'는 실상사로 가는 길에 징검다리의 돌 하나를 들어내고 "그 자리에 들어가 앉는다". '나'는 징검다리(길)의 일부가 되며, 타인의 깨달음의 여정에 하나의 방편의 역할을 하게 된다. 실상사로 가기 위해 '나'의 머리를 밟고 가는 사람은 타인인 동시에 '나' 자신이다. 이는 이 시의 주체가 '나'에서 "내 머리의 급소를 가만가만 밟고 가는" '누군가'로 바뀌었다가 다시 '나'로 바뀌는, 의도적인 혼용(混用)에서도 드러난다. 수행이라는 측면에서 보면 모든 자아는 타인의 '징검다리'이며, 또 각자의 '징검다리'이다. '나'는 "무게에 깊이를 더하는 자에겐/목을 숙여 등을 넓"히고, "부피에 넓이를 더하는 자에겐 /목을 세워 등을 깎"는다. 정반대되는 두 부류의 인간은 한 존재 내의 진정한 자아와 거짓된 자아를 함께 의미한다. 긍정적인 것에 "목을 숙여 등을 넓히"는 겸허함과 부정적인 것에 "목을 세워 등을 깎"는 저항 사이에서 실상을 찾는 이산하의 방황은 계속된다. 그러나 실상사로 가는 길은 여전히 아득하며, 그는 끝내 "징검다리를 다 건너지 못하고 돌아선다". 그렇다면 그는 여기에서 포기하는 것일까? 다행히 이 시의 제목에는 '1'이라는 단서가 붙어 있어 그의 장정이 계속될 것임을 예고

한다.

현재 이산하의 시는 피맺힌 '생채기'가 꽃다운 '단청'으로 화하는 미적 도약의 순간에 있다. 위의 시에 등장하는, "절 위로 새 한 마리가" "허공에 생채기를 내고 날아가"면 또 "다음 새가 단청을 하며 날아가"는 모습은 이산하가 오랫동안 앓아온 '생채기'(날것의 고통)가 '단청'(고통의 미학적 승화)으로 바뀌는 장면을 선명히 보여준다. 그 바탕이 '허공'인 것은 현재 이산하가 도달해 있는 내면의 지향과 삶의 인식이 어떤 것인가를 말해 준다. 겹겹의 어둠을 지닌 '텅 빈 항아리'였던 이산하는 이제 "제 몸마저 빠져 나가버린/오직,/혼으로만 서 있는/한라산의 고사목"(「고사목(枯死木)」)으로의 존재적 전환을 시도한다. "혼으로만 서 있는" '고사목'이야말로 그의 가슴속 향나무 새가 오백 년마다 쌓아 올린다는 정결한 번제의 나무가 아닐까. 재생의 불길을 피워 올리는 향나무와 그 속에서 다시 태어나는 새는, 사실 한 몸이라고 볼 수 있다. 또한 그 나무의 향기란 오직 혼으로만 채워진, 그리하여 마침내 가득 비워진 무(無)이며 생성의 기운일 터이다.

그러나 저 빈 "허공의 바탕에 단청을 하"(「매화꽃이 보는 곳을 보라」)는 이산하의 작업은 아득하여 끝을 짐작할 수 없게 한다. 단청을 한 허공도 역시 허공일 수밖에 없을 터이니, 그 단청한 허공의 풍경을 보여주기란 쉽지 않을 것이다. 무엇보다 그는 아직 지난 시절의 회한을 다 버리지 못했고, "날개 없이도 날 수 있는"(「날지 않고 울지 않는 새처럼」) 비법을 터득하지도 못했다. 이 무한한 여정의 환희와 좌절 사이에, 지금 이산하는 있다. 시인인 그가 가슴속에 쌓아 올리는 향나무 더미란 다름 아닌 그의 시일 수밖에 없다. 거기에 그의 혼이 불을 지펴 한 마리 새를 날아오르게 할 날은 언제일까. 그와 함께 '천둥 같은 그리움'으로 기다려 볼 일이다. 시란 본디, 그리운 무한이며 아름다운 불가능이므로…….

삶의 시간이 응집된 낭만적인 풍경
—안도현, 『바닷가 우체국』

안도현의 『바닷가 우체국』(1999)은 작은 소품들로 이루어져 있다. 어쩌면 바닷가 우체국은 바다가 보이는 언덕에 위치한 아름다운 화랑의 이름일지도 모른다. 찾아오는 사람이 거의 없는, 하지만 그런 일에는 관심이 없다는 듯 평화로이 서 있는 화랑. 안도현은 그 화랑의 주인이고, 내부의 하얀 벽에는 정물화에 가까운 아름다운 풍경화들이 걸려 있다. 안도현의 시집 『바닷가 우체국』이 하나의 화랑일 수 있는 것은, 각각의 시들이 매우 선명한 그림을 펼쳐 보이기 때문이다. "한 마리 늙고 게으른 짐승처럼", 혹은 "빨갛게 달아오른 능금 같"이 서 있는 '우체통'(「바닷가 우체국」), "하늘의 구름을 불러모아 비누 거품을 만드"는 '이발관 주인'(「발관 그림」), "별똥별이 지는 밤하늘을 밤새도록 올려다보다가/ 더러는 눈물을 글썽이기도 하였을" '집의 눈동자'였던 '우물'(「오래된 우물」)……. 자신의 여섯 번째 시집에 이르러 안도현은 선명한 이미지로 채색된 시의 그림을 만드는 일에 몰두하고 있다.

아직도 많은 사람들은 안도현의 첫 시집 『서울로 가는 전봉준』

(1985)이 저 도저했던 시대에 던진 강한 울림을 잊지 않고 있을 것이다. 몇몇 사람들은 전교조 해직 교사였던 그의 『외롭고 높고 쓸쓸한』(1994) 시절을 기억하기도 할 것이다. 또 어떤 이들은 그를, 어른을 위한 동화 『연어』의 작가로서 따뜻한 지성의 소유자로 이해하기도 할 것이다. 그러나 이번 시집 『바닷가 우체국』에 이르면, 독자들은 회상적 낭만주의자로서의 안도현의 내면을 확인하게 된다.

안도현의 낭만성은 앞선 시집 『그리운 여우』(1997)에서 이미 모습을 드러내기 시작했다. 현실의 구체적인 실상과 문제점을 날카롭게 승화시켜 온 그가 자연과 추억, 그가 사는 시골을 시적 대상으로 삼으면서 변화를 겪게 된 것이다. 여기에는 시골에 터를 잡고 전업 작가로서의 삶을 살게 된 현실적인 배경도 작용했을 것으로 보인다. 그는 소소한 일상과 내면을 시화하는 '축복'을 얻은 대신, 묵직한 현실을 등에 짊어지는 '고통'은 어느 정도 잃어 버렸다. 이 축복과 고통의 대차 대조표는 시집 『바닷가 우체국』에서 확연한 양상으로 드러난다. 작고 보잘것 없는 것들, 정지한 것들, 낡고 오래된 것들이 시의 중심으로 떠오르고, 시인은 편안한 거리에서 그것을 바라본다. 이제 그에게 오랜 고통의 세월은 지나가 버렸다. 고통은 과거의 것이 되었고, 그는 격렬한 고통을 치른 사람만이 소유할 수 있는 무감(無感)한 응시의 눈빛으로 사물을 대한다. 그리하여 그가 바라보는 것들은 자꾸 하나의 '풍경'이 된다. 풍경이란, 시간은 희미해지고 공간은 전면화되는 일정한 미학적 거리를 통해 발생한다. 바라보는 모든 것이 풍경이 되고, 지나온 삶조차 하나의 풍경이 되는 자리. 시간의 아주 먼 곳까지도 금세 도달할 수 있고, 일상의 누추한 티끌들은 흔적도 없이 사라지는 곳. 우체통과 양철 지붕과 모과나무와 낡은 선풍기마저 하염없이 바라보게 되는 마음의 공간. 안도현의 시는 지금 이곳에서 자라고 있다.

그는 식구들과 둘러앉아 감자를 먹다가도, 먹는 일을 잊은 채 감자를 물끄러미 '바라본다'(「감자 익는 냄새」). 그가 바라보는 따끈한 감자알에는 '감자의 성장기'가 하나의 풍경이 되어 지나간다. 이처럼 안도현이 이번 시집에서 제시하는 풍경화들은 시간이 응축된 풍경이라는 독특한 면모를 나타낸다. 불혹을 앞둔 나이와 자신의 삶의 한 시절이 가고 있다는 생각 때문일까? 지금 그의 내면에서는 삶의 시간적 압착(壓着)이 진행중에 있다. 더 정확히는, 그는 하나의 사물에서 그 사물이 통과해 온 기나긴 시간의 흔적을 읽어내려 한다. 바닷가 우체통을 보며 오랫동안 홀로 견더 온 쓸쓸한 생을 생각하고, 낡은 선풍기 앞에서는 군대와 봉급과 민방위 소집에 끌려 다녀야 하는 현대인의 삶을 떠올리며(「저 낡은 선풍기」), 양철 지붕을 보면서는 지나온 긴 사랑의 시간을 회상하는 것이다(「양철 지붕에 대하여」). 이러한 반추와 회상의 행위는 모두 정적인 응시 속에 이루어진다. 안도현이 이번 시집에서 보여주는 응시는 시간을 농축하는 동시에 무화시키는 것이라는 점에서 이중적이다. 시간의 포화 상태는 시간이 너무 많이 용해되어 있는 탓에 그 연속적인 흐름이 무의미해져 버려, 오히려 시간이 정지한 것으로 느껴지는 상태이다.

우체국이 한 마리 늙고 게으른 짐승처럼 보였으나
나는 곧 그 게으름을 이해할 수 있었다
내가 이곳에 오기 아주 오래 전부터
우체국은 아마
두 눈이 짓무르도록 수평선을 바라보았을 것이고
그리하여 귓속에 파도 소리가 모래처럼 쌓였을 것이었다

—「바닷가 우체국」에서

우체국의 '게으름'은 우체국이라는 하나의 공간에 오랜 시간이 축적된 결과이다. 이 '게으름'은 아주 오랜 시간의 덩어리가 지닌 육중한 무게를 의미한다. 우체국의 게으름을 이해한다는 것은 거기 축적된 시간과 삶의 의미를 이해한다는 뜻이 된다. 한 곳에 오래 서 있는 우체국처럼 안도현은 과거에 대한 매혹과 그리움에 사로잡혀 많은 시간을 보낸다. 시 「내 살던 옛집 마당에」, 「가령, 네 눈동자에 눈물이」, 「홍니」, 「낙서」, 「오래된 우물」 등이 여기에 속하며, 「장날」, 「진눈깨비」, 「뜨거운 날」 등은 전통적인 삶의 방식에 대한 진한 애정을 표출하고 있다. 안도현이 행하는 시간과 삶의 풍경화(風景化), 혹은 대상화는 낭만적인 거리두기를 통해 이루어진다.

> 나 산모롱이를 오래오래 바라보리
> 문득 기적소리가 들리겠지
> 그러면 풍경 속에 간이역을 하나 그려넣은 다음에
> 기차를 거기 잠시 세워두리
>
> —「이발관 그림을 그리다」에서

현실의 시야를 넘어 저 먼 마음의 '간이역'에 이르는 아스라한 시선은 낭만적인 동경으로 가득 차 있다. 안도현의 무시간적인 응시는 미학적인 풍경을 빚어내는 한편, 지나온 삶의 상처와 균열을 점차 희미하게 만들기도 한다. 여기에는 그가 앞으로 빠져들지도 모를 많은 위험이 도사리고 있다. "사람이 없"(「이발관 그림을 그리다」)는 곳에서의 평온한 응시는 마침내 그가 보고 싶어하는 아름다운 풍경만을 보게 만들 것이기 때문이다.

지금까지 안도현은 대략 두 가지 방향에서 시를 써 왔다. 하나는 "인간도/가장 오래 헤맨 자의 발바닥이/가장 독한 냄새를 풍기는 법"(『외롭고 높고 쓸쓸한』, p.53)임을 통렬히 증명하는 것이고, 또 하나는 "오래

시달린 자들이 지니는 견결한 슬픔"(『외롭고 높고 쓸쓸한』, p.31)의 지점까지 스스로를 고양시키는 일이었다. 시집 『바닷가 우체국』은 이 두 방향 중에서 안도현이 지금 명백히 후자 쪽으로 기울고 있음을 보여준다. 그가 겪어 온 삶의 고통들은 이제 거의 희석된 상태에 있고, 시는 단순하고 짧아졌으며, 어조는 부드럽고 따스해졌다. 이 같은 시형식과 분위기의 변화에는 말해야 할 것만을 간략히 말하겠다는 의중과, 정겹고 아름다운 것만을 생각하고 싶어하는 희원이 뒤섞여 있다. 문제는 삶의 고통과 구체성을 흡수하지 못한 미학화는 결국 삶의 중요한 부분을 외면할 수밖에 없다는 사실이다. 안도현 자신조차 그 무의식적인 두려움을 이렇게 토로한다.

사랑이여, 나는 왜 이렇게 아프지도 않는 것이냐
몸 속의 아픔이 말라 버리고 나면
내 그리움도 향기나지 않을 것 같아 두렵다

—「꽃」에서

"향기나지 않는 그리움"으로 된 시의 꽃은 진정한 생명력을 지닐 수 없다. 고통의 시간을 농축하여 꽃은 피어나고, 인고와 시련의 피로 꽃은 자신만의 아름다운 향기를 만든다. 이를 인식한 듯 안도현은 두려움을 토로한 바로 뒤에 다음과 같은 처절한(?) 은유로 시를 끝맺는다.

살아남으려고 밤새 발버둥을 치다가
입 안에 가득 고인 피,
뱉을 수도 없고 뱉지 않을 수도 없을 때
꽃은, 핀다

—「꽃」에서

앞으로 쓸 시들을 놓고 안도현은 스스로의 내면을 이런 방식으로 강화하려 하는 듯하다. 사실, 한 시인이 나아가야 할 방향성을 가장 정확하게 파악하고 있는 사람은 바로 시인 자신일 수밖에 없다. 안도현의 경우도 자기 견제를 얼마나 성공적으로 하느냐에 따라 그의 시의 미래가 결정될 것임은 명백한 사실이다.

안도현은 현재 아주 편안한 자세로 시를 쓰고 있다. 그는 넉살좋게 능치듯 웃음을 자아내기도 하고, 잔잔한 독백체와 소녀 취향의 감상적 어투를 구사하기도 하며, 시골 사람의 순박한 말씨를 구수하게 들려주기도 한다. 한마디로 그는 능쳐야 할 때는 능치고, 교교히 노래 불러야 때는 노래 부르며, 운율 따위를 젖혀 두어야 할 때는 맘 놓고 질펀하게 이야기를 늘어 놓는다. 여기에는 두 가지의 서로 다른 판단이 가능하다. 하나는 그가 시를 위한 안간힘이나 불편한 자의식으로부터 멀어져 자유 자재로 시를 놀[遊] 줄 아는 법을 터득해 가고 있다는 것. 또 하나는 시적 긴장보다는 화해의 세계에 대한 심미적 자족감에 젖어들고 있다는 것. 시집 『바닷가 우체국』에는 이 두 가지 면이 모두 드러나 있다. 나즈막하고 편안하게 잘 읽히는 시의 부드러운 질감과 안도현 특유의 생동하는 비유들이 전자를 느끼게 한다면, 대부분 낭만적인 기억에 의존하는 시적 발상과 평이하고 감상적인 진술들은 후자를 감지하게 한다.

이번 시집에서 눈에 띄는 수작은 시 「오래된 우물」이다. 안도현은 이 시에서 '우물의 죽음'을 모티브로 시의 본질과 시쓰기의 의미에 관해 사유한다. 산업화된 사회에서 생명의 모태인 오래된 우물은 말라 죽음에 이르렀다. 우주를 향해 반짝이던, 인간의 집의 '눈동자'인 우물은 이제 사라진 것이다. 안도현에게 시를 쓰는 행위란, '우물의 눈알을 파먹은 몹쓸 인간'인 '내'가 "소리를 받아 주지 않는 우물에다 대고" 지르는 절망적인 소리 지르기이며, 그 '아,' 소리의 깊은 울림이라고 할 수 있다. 그러나 사라진 우물의 기억을 간직하는 있는 시는 적어도 '우주로 통하는 쥐구멍'(「시가 쓰여지지 않는 밤」)쯤은 될 수 있다. 죽은 우물에서 두레박을 찰방이며 물을 기르고, 바닷가 외딴 우체국에서 오지 않는 편지를 기다리는 일이란, '우주로 통하는 쥐구멍'을 찾는 시인의 운명을 수용하는 일일 터이다. 이 절망적인 시도가 안도현의 시를 풍성하게 할 수 있는 것은 시라는 장르가 지닌 발생적인 아이러니이기도 하다. "삶이란,/버선처럼 뒤집어볼수록 실밥이 많은 것"(「양철 지붕에 대하여」)이라고 안도현은 썼다. 앞으로 그가 잘 박음질된 '버선'보다는 버선 속의 '너저분한 실밥'을 더 많이 보여주기를 고대한다.

환상의 박스에 담긴 현실의 풍경

—김참, 『시간이 멈추자 나는 날았다』

김참의 시는 하나의 박스(box)와 같다. 박스의 외피는 '환상'이며, 박스 안에 담긴 것은 '현실'이다. 이 현실의 내용물은 특이한데, 그것은 제자리에 멈추고 지워진 마이너스의 현실이기 때문이다. 긴 산문의 형식에 첫 칸부터 글자가 들어찬 김참의 시는 외형에서부터 박스의 형상을 하고 있다. 김참의 소인이 찍힌 환상의 박스들은 '시간이 멈춘' 곳에 뒤죽박죽으로 쌓여 있다. 환상이란 현실의 시공간을 벗어난 세계이므로, 여기서 멈춘 것은, 아니 김참이 멈추기를 원하는 것은 시간만이 아닌 현실의 모든 질서이다. 그의 박스들은 환상이 지닌 연한 탄력으로 빵처럼 부풀어 오르며 가볍게 날아오르기까지 한다. 그리하여 현실을 먹어 치우고, 이상한 방식으로 지워 버리며, 그 자리에 동화와 같은 허구의 세계를 풀어 놓는다. 김참의 시에는 세계의 사실적인 재현도, 정신의 눈부신 현현도, 감동적인 시적 카타르시스도 없다. 인간을 해체하는 이 세계에 대한 공포와 그 공포에서 벗어나고 싶은 안타까운 욕망이 숨쉬고 있을 뿐이다. 거의 강박적인 공포와 이탈의 욕망은 초

현실주의 그림이나 표현주의 영화의 한 장면 같은 전위적인 시를 창출한다. 움직이는 영상에 가까운 이미지와 그 이미지들이 빚어내는 환상적인 분위기는 우리 앞에 색다른 시의 세계를 펼쳐 보인다.

김참의 시는 세계의 내적 흡입의 소실점을 지나, 그 '내적 바깥'의 황당하고 기괴한 공간에서 탄생한다. 세계를 거부하는 시인 김참은 자신의 내부에 시의 새로운 공간을 만든다. 그의 의식 속에서만 존재하는 이 공간은 직선과 사각의 미로로 구조화되어 있다. 김참의 환상의 공간에 속한 것들은 거의 대부분 현실의 품목으로 이루어져 있다. 김참 시의 새로움은 환상 자체가 아닌, 현실의 사물들을 기이한 방식으로 연관짓는 환상적인 정신 작용에 기인한다. 일례로, 그의 시에는 금발의 여자들이 아파트 벽을 수직으로 걸어 올라가고, 나무에 눈동자들이 주렁주렁 매달려 있으며, 오른쪽 귀로 날아 들어온 새가 나방이 되어 왼쪽 콧구멍으로 나가는 마술 같은 일들이 수시로 출현한다. 김참의 시에서 환상의 현실적 기원은 풍자와 알레고리, 위트의 요소로 증명된다. 이러한 지적 수사가 환상으로 연결되는 것은 김참의 현실 극복의 방식이 현실을 지우고 가볍게 무화시키는 데 있음에서 연유한다. 현실의 극소화와 시인의 내적 세계의 극대화, 그로 인한 변형과 파격! 김참의 시는 이러한 원리에 의해 지배된다. 자신의 의식 공간에 현실을 재배열하는 김참의 시는 자폐와 고립의 열망, 더 이상 세계에 연루되지 않겠다는 단호한 태도, 파괴적 실험 정신에 내재된 약간의 혁명성을 특징으로 한다. 김참이 추구하는 환상은, 인간의 완전 조작을 추구하는 21세기의 현실에서 시가 존재할 수 있는 넓고도 좁은 공간이 될지도 모른다. 조작을 피해 스스로 조작의 주체가 되는 것은 거대한 통제 속에서 인간의 자유로운 정신을 보존하는 역설적인 방법이 될 수 있기 때문이다.

1973년생 김참의 프로필은 자본의 인공 낙원에서 환상의 내면 공화

국으로의 망명으로 압축될 수 있다. 그의 첫 시집 『시간이 멈추자 나는 날았다』(1999)는 이 이상한 나라의 풍경을 담은 독특한 그림책에 해당한다.

> 시간이 멈추자 나는 날았다. 건물들은 허물어지고 길들이 지워졌다. 시간이 멈추자 공중에 비탈길이 생겼다. 나는 그 길을 따라 시간의 반대편으로 걸어 들어갔다. 시간의 반대편에는 달이 있었고 별이 있었고 둥근 기둥이 있었다. 두 마리 새가 기둥 위에 앉아 있었다.기둥 밑에는 장작이 타고 있었다. 검은 치마를 입은 처녀들이 기둥을 향해 걸어왔다. 그녀들의 얼굴에는 눈이 없었다. 코도 없고 입도 없었다.
>
> —「시간이 멈추자」에서

> 여기가 어디야? 내 머리 속 누군가 물었다 영원히 끝나지 않는 꿈의 나라일거야 내 몸속 암세포들이 일제히 대답했다 1월 21일 눈부신 햇살에 눈비비고 일어나니 들판에는 노란 꽃들이 피어나고 있었다 집으로 가려면 버스를 타야 하는데 도대체 여긴 어딜까? 버스를 타기 위해 들판을 넘어 마을을 찾아나섰다 그러나 어디에도 마을은 없었고 사람도 없었다 쥐새끼 한 마리 보이지 않았다
>
> —「마을을 찾아 나서다」에서

첫번째 시는 환상 속으로의 진입을, 두 번째 시는 현실로의 귀환을 보여준다. 환상의 문을 여는 김참의 열쇠는 '멈추다', '허물어지다', '지워지다' 등의 단절의 서술어들이다. "시간이 멈추자", 즉 현실을 지배하는 힘이 사라지자 현실은 환상의 질서로 재편된다. 현실의 견고한 법칙과 불가능성·금지들은 환상의 유동성과 자유로운 결합과 이탈의 모습으로 전환된다. '내'가 "공중에 비탈길"을 "따라 시간의 반대편으

로 걸어 들어간" 곳에는 '달'과 '별', '둥근 기둥', '새', '처녀들'의 신화적이고 동화적인 세계가 펼쳐져 있다. 그러나 김참이 상상하는 환상의 세계는 행복하거나 평화롭지 않다. 이 환상의 마을은 현실의 벽돌로 지어진, 현실의 이차적인 파생물이기 때문이다. 김참이 '공중의 비탈길'이나 '굴뚝', '계단'의 수직의 통로를 거쳐 목도하는 것은 주로 '검은' 색깔과 '없다'라는 부재의 상황이다. '검은 구름', '검은 뱀', '검은 개', '검은 몸통 검은 줄기 검은 잎을 가진 나무', '검은 날' 등은 시간이 멈춘 곳이란 삶이 멈춘 곳, 나아가 삶과 죽음의 운동성조차 멈춘 단성(單性)의 공간임을 말해 준다. '노란 꽃', '녹색 뱀', '초록빛들판' 등 다채색의 이미지들도 결코 색이 바래지 않는 모조품의 일종이라는 점에서 사정은 다르지 않다. 김참이 이룩한 환상 공간이 단성과 모조품으로 채워져 있는 것은 그가 지운 것이 현실 자체일 뿐, 현실이 그의 내부에 남긴 기억과 상처는 아니었음을 보여준다. 환상이 현실의 상처와 한 덩어리를 이루고 있는 한, 그 환상은 뒤틀리고 억압적인 형태를 지닐 수밖에 없다.

현실의 '멈춤'과 '지워짐' 속에 존재하는 환상의 본질은 궁극적으로는 '없음'이다. 이곳에 사는 여자들에게는 "눈이 없"고 "코도 없고 입도 없"다. '나'는 이곳을 떠나 '집'(현실)으로 돌아가려 하지만, "어디에도 마을은 없고 사람도 없"다. "쥐새끼 한 마리 보이지 않는"다. 환상이 다 먹어 치운 탓이다. 김참이 애초에 원한 것은 현실의 소거였지만, 그 소거 뒤에 오는 것은 자기 존재의 과잉 혹은 소멸이다. 실제로 환상은 존재(의 내부)를 확장하는 동시에 소멸시킬 위험을 안고 있다. 이로 인해 김참은 "너는 끝없이 불어났다."(「거울 속으로 들어가다」)는 자아의 팽창과 "내 몸은 순식간에 지워지고 만다"(「사차원 지구」)는 자아의 소멸 상태에 동시에 처한다. 환상의 위험한 딜레마는 환상과 현실 사이의 대립을 가져온다. "날아다니는 꿈은 얼마나 즐거운가 하지만 누군가 그녀의 발을 잡고 자꾸만 밑으로 끌어당긴다"(「날아다니는 꿈」). 환상의 부력과 현실의 중력, 자아의 팽창과 소멸 사이에서 분열된 김참은 "나는 실체일까 허상일까"(「강철구름」)를 의심하며, 두 세계 사이의 소통을 시도한다.

> 아홉 시 뉴스를 알려 드리겠습니다. 오늘 오전에 저는 강마을에서 낚시를 했습니다. 큰 물고리 두 마리를 잡았는데 두 놈 다 정상이 아니었습니다. 그 중 한 놈은 수화기를 들고 다이얼을 돌려 물 밖의 물고기에게 전화를 걸고 있었습니다. (……) 나는 상상을 하죠. 마을이 조용히 사라지는 상상, 얼마나 낭만적입니까?
>
> —「벽에서 들리는 소리」에서

'물 밖의 물고기'와 그 "물고기에게 전화를 거"는 '물고기'는 모두 김참의 분열된 자아들이다. 김참은 이 물고기들이 "정상이 아니"라고 말한다. '뉴스'라는 객관적인 눈으로 보면 환상과 현실의 소통은 정상적인 행위로 간주되기 어렵다. 여기에서 주목해야 할 것은 '아홉 시 뉴스'의 공적인 담론이 '저'라는 1인칭의 사적인 이야기로 변질되어 있다는 점이다. 분열된 세계를 소통시키려는 김참의 노력은 아직까지는 주관의 과도한 방출에 머무르고 있다. "마을이 조용히 사라지는 상상" 또한 그의 욕망의 일방성을 보여주는 것이라고 할 수 있다.

그러나 김참의 환상은 대체로 온건하다. 그는 스스로 환상에 빠진 자가 아니라, 환상을 촉발당한 자이기 때문이다. 김참의 시에서 환상의 근본적 계기는 도시의 지루한 일상과 자본의 노예로 전락한 소시민의 현실이다. 개인의 자유가 '시스템과의 끝없는 싸움'을 통해서 획득될 새로운 세기의 입구에서 환상은 매혹적인 출구로 우리 앞에 열려 있다. 김참의 시는 이 매혹적인 공간의 풍경을 세련된 화법으로 묘사한다. 무엇보다 그는 환상의 아름다움이나 효용성에만 몰두하지 않는다. 오히려 환상의 매혹이 현실적인 무력감과 자아의 변형을 동반함을 분명하게 보여준다. 무언가를 지우면서 생성되는 김참의 환상적 상상력은 환상의 불꽃으로 이 세계를 다시 구워내고 싶은 변혁의 열망을 내장하고 있다. 그가 원하는 것은 환상과 현실 사이의 긴장감을 유지하는 것, 둘 사이를 자유롭게 넘나들며 현실의 외연을 확장하는 일이다. 이는 끊임없는 자기 견제와 정신의 강인한 균형 감각을 요하는 일이 아닐 수 없는데, 김참은 특유의 언어와 상상력의 힘으로 이 '고행'을 기꺼이 감내하고자 한다.

타오르는 시의 무한

—남진우 시 작품론

남진우는 불타 버린 것, 텅 빈 것, 어둠에 잠겨 있는 것들을 응시한다. 그의 눈이 닿는 곳에는 "저 바닥없는 바닥"(「항아리에 대한 단상」)에 이르는 무수한 통로들이 입을 벌리고 있다. 다 타서 식어 가는 횃불을 들고 그는 삶이라는 길고 어두운 회랑을 통과한다. 남진우는 자신에게 남아 있는 것이 거의 없다고 생각한다. 이미 너무 뜨겁게 타올랐고, 과잉의 빛 속에서 지나치게 많은 것을 보았으며, 그리고 잃어버렸다. 간절히 열망했던 삶과 시의 가장 '깊은 곳'(「깊은 곳에 그물을」)에서 그는 암연(暗淵)만을 본다. 신화 속의 나르시스를 사로잡았던 매혹의 심연은 그의 앞에서 "검붉은 피"(「행진」)와 "음산한 향기"(「복도끝, 거울이 걸린」)의 섬뜩한 어둠으로 바뀌어 공포를 불러일으킨다.

결코 닿을 수 없는 어두운 심연 앞에서의 조용한 비명, 이것이 남진우의 시이다. 그가 터뜨리는 비명은 일정한 크기로, 끝나지 않을 것처럼 계속된다. 그러나 여기에는 어떤 놀라움도, 흥분도, 가벼운 광기마저도 배어 있지 않다. 감정 없는 건조한 음악 같은 비명은 몸 전체에서 퍼져 나와 주변의 세계를 가득 메운다. '비명 터뜨리기'는 검은 암연의 세계 속에 흡입당하지 않으려는 남진우의 본능적인 방어 행위에 속한다. 나르시스적인 자기 환각과 심연의 공포를 깨뜨리는 비명은 '균열'의 방식에 의한 각성 행위이기도 하다. 대상의 균열과 주체의 분열을 동시에 도모하며 남진우는 세계의 심연을 정면으로 응시한다. 남진우에게 세계와 자아는 마주 선 두 개의 거울이거나, 필사적으로 서로의 외곽 너머에 존재하려는 타자들이다. 그의 비명은 이미 공포를 넘어선 자의 것, 혹은 끊임없이 넘어서고 있는 자의 그것이다. 격렬하지만 무감(無感)한, 차갑기까지 한 외마디의 비명은 멈추지 않고 계속된다. 남진우의 시가 대부분 현재형의 어법을 취하고 있는 것은 그의 비명과 응시가 바로 '지금 이 시간'의 사건이기 때문이다. 남진우의 현재형의 시들은 극적인 상황 가운데에도 기이할 정도로 담담한 분위기를 연출한다.

깊은 밤 잠자리에 누우면
차갑게 식은 몸에서 비명이 스며나온다
스며나와 방바닥을 가로지른다
내 몸을 떠나가는 저 하루치의 쓰라림

(……)

비명이 다 빠져나간 몸은
침침한 어둠속에 가라앉고
지상은 눈부신 달빛 아래 사방으로 찢겨나가는 비명의 소용돌이
비명으로 뒤덮인 세상은 참으로 고요하다

—「깊은 밤 깊은 곳에」 1, 4연

깊은 밤, 자신의 몸에서 빠져 나가는 비명을 남진우는 "하루치의 쓰라림"이라고 부른다. "차갑게 식은" 삶의 시간 속에서 비명만이 그를 지탱했으니 하루치의 삶이란 그만큼의 쓰라림이 아닐 수 없다. 비명은 '깊은 밤'이 되어서야 마침내 몸 속에서 전부 빠져 나간다. 밤은 '산 자'들의 삶이 잠시 정지하고 휴식을 취하는 시간이다. 남진우의 두 번째 시집 『죽은 자들을 위한 기도』(1996)에서 이 시간은 '죽은 자'들이 묘지에서 일어서고 전화를 하며 검은 돛배를 타고 찾아오는, 심연의 범람과 타자의 침입이 허용되는 시간이었다. 그러나 지금은 역으로, '나'의 몸에서 빠져 나간 비명이 세상을 가득 "뒤덮"는 자아의 방류(放流)가 시작된다. 이 세계로 돌아오고 싶어하는 '죽은 자'들의 '고문'(「공포영화와 함께 이 밤을」)에 시달린 지난날과는 달리, 이제 '나'는 자신의 비명으로 세상을 뒤덮어 세상을 "참으로 고요하"게 만든다. '깊은 밤'은 죽은 자들의 침입의 시간에서 산 자들의 발화의 시간으로 변화된다. 비명이 모두 빠져 나간 시인의 몸은 텅 비고 가벼워져 더 이상 공포를 느끼지 않는다. "내 마지막 사랑의 복수는/처절한 외침을 이 지상에 뿌려 주는 것//내 스스로의 비명에 못박혀 나는 죽는다"(「혈귀」)고 절규했던 남진우는 최소한 자기 파멸의 강박으로부터는 벗어나 있는 셈이다. 그는 죽은 자들로 하여금 "그들끼리 어울려 잠들게 하"고 그들 스스로 "자신의 죽음을 완성시켜 나가"(「증언」)도록 도와주려 한다. 자기 분열의 지속을 통해 자아와 타자의 외곽을 동시에 탐색했던 남진우는 점차 죽은 자들에 대해 적절한 거리를 확보한다. 최근의 시 속에서 그 거리감은 우화적이거나 상징적인 공간의 출현으로 가시화된다.

우주선을 타고 갈 수 있는 곳은 아니다
혹성 솔라리스

내 마음속의 불꽃이 하나씩 꺼져갈 때
우주 저편에서 홀연 빛을 내고 타오르는

그곳에선 낯익은 손님의 방문을 받게 되지
두려워 떨며 잊고 싶은 기억속에서 악착같이 찾아오는
(……)

저늘은 우리 내면에 드리워진 그림자
죽은 어머니 자살한 연인 버려진 아이

—「솔라리스」에서

'솔라리스'는 본래 폴란드 작가 스타니슬랩의 SF소설이자, 타르코프스키 감독에 의해 각색된 영화이다. 남진우의 시에서 '혹성 솔라리스'는 현실의 한계를 넘어선 곳에 존재한다. "우주선을 타고 갈 수 있는 곳은 아닌" 솔라리스는 상상의 공간이자, 현실 세계의 보충물로서의 의미를 지닌다. 그곳에는 우리의 세계에서 잊혀지고 사라진 것들이 그대로 보존되어 쓸쓸히 존재하고 있다. 우리가 냉혹하게 저버린 것, 그리하여 "우리 내면에 드리워진 그림자"인 그들은 우주의 저편에 하나의 세계를 형성하고 있다. 그러나 '솔라리스'는 근본적으로 어두운 유폐의 세계이며, 현실의 음각 판형으로서의 이차적인 세계일 뿐이다. 우리가 축출한 그 세계가 "우주 저편에서 홀연 빛을 내고 타오르는" 것은 거기에 이 세계가 상실한 '진실'이 존재하고 있기 때문이다. 솔라리스의 음울한 거주자들, "죽은 어머니 자살한 연인 버려진 아이"들은 현실 세계로 귀환하려는 꿈을 버리지 않는다. 그들은 우리들이 "두려워 떨며 잊고 싶은 기억 속에서 악착같이 찾아온"다. 남진우는 소외된 타자들의 귀환을 위해 또 다른 상징 공간을 준비한다. '항아리'가 그것이다. 솔라리스의 거주자들, 억압받은 자들은 이제 항아리 속에 숨은 '아리바바와 사십 인의 도둑'으로 모습을 바꾼다.

깊은 밤 칼을 빼들고 집 안으로 쳐들어와
사정없이 우리의 목을 베어갈 악당들이
항아리 속에서 손톱을 깨물며 견디고 있다
(……)

서서히 항아리가 떠오른다
반짝반짝 빛나는 사십 개의 항아리가
허공에 떠올라 달빛을 빨아들인다
항아리 속에서 익어가며 그윽한 술내음을 풍기는 달빛
밤이 깊어갈수록 항아리 속엔 술이 차오르고

신호가 와도
술에 곯아떨어진 도둑들은
세상 모르고 자고 있다

―「항아리 속의 시인―아리바바와 사십 인의 도둑을 위하여」에서

사십 인의 도둑들은 항아리 속에서 밤이 되기만을 기다리고 있다. 밤은 음모와 약탈에 가장 좋은 시간이기 때문이다. 사십 개의 항아리 속에는 침입과 파괴, 살해의 욕망이 숨가쁘게 도사리고 있다. 이제 신호가 떨어지면 도둑들의 침입에 의해 가진 자들의 안온한 삶의 공간은 순식간에 붕괴되어 버릴 것이다. 하지만 밤이 되자 예기치 못했던 일이 벌어진다. 사십 개의 항아리가 일제히 허공에 떠올라 '달빛'을 빨아들이고, 달빛은 항아리 속에서 그윽하게 익어 '술'로 변한다. 도둑들은

달빛으로 빚어진 술에 취해 세상 모르고 잠들어 버린다. 근대의 뒤안길을 비추며 죽은 자들을 깨워 일으켰던 남진우의 '달빛'은 이 시에서 그 역할이 완전히 바뀌어 죽은 자들을 편히 잠재운다. 달은 더 이상 그로테스크한 '유골단지'(「달」)가 아니며, 달빛 또한 푸르스름한 인광을 내뿜는 복수의 빛이 아니다. 신기하게도 달빛은 살의로 가득찬 어두컴컴한 항아리 안에서 익어 화해의 술이 된다. '달빛의 발효'라 부를 이 아름다운 변화는 독소마저도 달디단 향훈으로 변화시키는 작은 기적을 보여준다. 죽은 자들은 달빛의 술을 마시고 행복하게 잠들었으니, 산 자들에게도 그만큼의 평온이 찾아오게 될 것이다. 하지만 남진우는 스스로 안식을 찾으려는 듯 항아리 속으로 들어간다.

3
항아리 속으로 떨어져내리며 나는
항아리 바깥을 꿈꾼다
항아리를 품고 있는 더 큰 항아리를
그 항아리를 품고 있는 더욱 더 큰 항아리를
커지고 커져 우주를 가득 채운 항아리를

(……)

5
이윽고
머리부터
항아리 바닥에 부딪혀
산산히 깨져나갈 때
온몸이 조각나

사방으로 튕겨나갈 때
나는 듣는다
항아리 바깥이 항아리 속으로
쏟아져 들어오는 소리를

—「항아리에 대한 단상」 3, 5연

어머니의 자궁을 연상하게 하는 이 항아리는 "더 큰 항아리"들, 무수히 많은 외부 세계를 지니고 있어 전우주적인 공간으로까지 확대된다. 내부의 가장 작고 은밀한 항아리에서 거대한 우주적 항아리로 거듭되는 확산은 계기적 분열에 따른 시적 자아의 자기 확산의 과정을 형상화한다. 이 도저한 '바깥에의 꿈'은 시인 남진우의 기획을 뚜렷이 보여준다. 남진우는 궁극의 '바닥'을 지니지 못한 세계의 허약함과 그 속에서 해체되는 자신의 운명에 맞서 자아 분열의 드라마를 전개한다. 그것은 분열에 맞서는 분열이며, 해체에 맞서는 해체의 방식이다. 자아와 타자의 최대한도를 번갈아 갱신하며 벌이는 팽팽한 대결은 막대한 정신적 에너지를 필요로 한다. 이때 요구되는 것은 세기말 증후군에 사로잡힌 이 시대를 돌파하는 것보다 훨씬 크고 강한 에너지일 터이다. 남진우의 인식은 존재와 세계의 근원의 지점에 이르기 위해 파열을 거듭하고 있다.

결코 한 지점에 머무르지 못하는 남진우의 부단한 자기 이탈은 그의 섬세하고 결벽적인 기질에 연유하는 것일 수도 있다. 자아의 '항아리'는 자신의 한계와 부정성에 대한 자각이 극에 달했을 때 깨어진다. 그러나 그 연속적인 파열을 감당할 수 있는 자는 많지 않다. 강인한 의지와 순도 높은 정직성을 지닌 자만이 계속되는 균열 속에서도 자신을 지킬 수 있다. 남진우는 수많은 파열과 균열의 와중에 있다. 그는 "항아리 바닥에 부딪혀 산산이 깨져나가"며 "더욱 더 큰 항아리" 속에 들어가게 된다. 이렇게 무수히 깨어지면 언젠가는 가장 큰 항아리를 자아의 집으로 삼을 수 있을 것이다. 그 길은 너무도 아득하여, "항아리 바깥이 항아리 속으로/쏟아져 들어오는 소리를" 무수히 들은 뒤에라야 도달할 수 있을 것이다. 하지만 삶에서 중요한 것은 마지막 기착점이 아니라, 변화와 갱신의 도정이다. 하나의 항아리인 남진우는 끊임없이 자신을 부수어 보다 큰 항아리가 되고자 한다. 항아리들은 순차적 크기를 지닌 러시아 인형 마트료시카처럼 안과 밖의 교차를 계속한다. 남진우가 수많은 항아리를 통해 매번 확인하는 것은 텅 빈 공동(空洞)이지만, 이 바닥 없는 허무의 게임을 멈출 수는 없다. 삶의 중심은 결국은 빈 공간, '바닥 없는 바닥'이기 때문이다. 자아를 갱신하는 힘겨운 노력이 끝내 허(虛)로 귀결되는 아득함 속에서 남진우의 '바깥에의 꿈'은 생의 막막함에 맞서는 무한의 도정이 된다. 이 싸움에서 남진우가 얻을 수 있는 것은 사실상 거의 없다. 남는 것은 겨우 부서진 자아의 조각들이거나, 그가 꿈꾸는 '바깥'이 끝내 다다를 수 없는 심연이라는 절망의 확인 정도일 것이다. 그러나 불가능한 것을 향한 싸움이야말로 삶 그 자체이며, 삶을 채울 유일한 내용이라는 점을 남진우는 분명히 인식하고 있다. 어찌 됐든 남진우는 너무 많은 것을 알고 있는 것이다.

남진우 시의 적지 않은 부분은 잃어버린 것, 복원할 수 없는 것들에 바쳐진다. 그 중 대표적인 것의 하나는 '책'이다.

> 그 옛날 난 타오르는 책을 읽었네
> 펼치는 순간 불이 붙어 읽어나가는 동안
> 재가 되어버리는 책을
>
> (……)

그 옛날 내가 읽은 모든 것은 불이었고
그 불 속에서 난 꿈꾸었네 불과 함께 타오르다 불과 함께
몰락하는 장엄한 일생을

이제 그 불은 어디에도 없지
단단한 표정의 책들이 반질반질한 표지를 자랑하며
내게 차가운 말만 건넨다네

아무리 눈에 불을 켜고 읽어도 내 곁엔
태울 수 없어 타오르지 않는 책만 차곡차곡 쌓여가네

식어버린 죽은 말들로 가득 찬 감옥에 갇혀
나 잃어버린 불을 꿈꾸네

—「타오르는 책」에서

그 옛날 '내'가 읽었던 것은 눈부신 사유의 불꽃으로 활활 '타오르는 책'이었다. 이제 '나'의 모든 감각과 정신, 영혼마저 불사르게 했던 불꽃의 책은 기억 속으로 사라졌다. 하지만 정녕 잃어버린 것은 책이 아니라, '나'의 내면의 작렬하는 감각과 열정이다. 책의 불꽃 속에서 "불과 함께 타오르다 불과 함께 몰락하는 장엄한 일생을" 꿈꾸었지만, 그 꿈은 과거의 것이 되었다. 현실의 대기는 '나'의 혼을 지펴 책을 불타오르게 할 만큼 깨끗하지 않으며, 책의 '항아리'보다 더 큰 여러 가지 항아리들을 많이 소유하고 있다. 지난날 꺼져 버린 '시의 불꽃나무' 앞에서 절망하며 흐느꼈던 남진우는, 지금은 "식어 버린 죽은 말들"의 '감옥'인 책 속에 갇혀 "잃어버린 불을 꿈꾼"다. 사그라든 시의 불꽃, 불타 버린 책, 재, 뼈(유골) 등은 남진우의 시에서 죽음의 이미지군을

형성하고 있다. 이들은 남진우가 세계(타자)의 심연 앞에서 힘겨운 응시를 행하는 가운데 폐기한 자아의 잔재들이다. 그렇다면 어두운 항아리에 담긴 이 주검의 조각들은 순연한 '달빛'을 빨아들여 향기로운 '술'로 발효될 수 있을까? 이는 남진우 시의 미래와 직결되는 중요한 문제로 생각된다.

남진우는 존재의 어두운 심연으로부터 불가해한 세계에 이르는, 미학에서 현실에 이르는, 나아가 감각에서 영혼에 이르는 지대를 유영한다. 그는 결국 삶에서 죽음에 이르는 무한의 방황을 거듭하고 있는 것이다. 그 속에서 남진우는 한없이 투명해지기를 원하며, 더욱 정밀한 시선을 가질 수 있기를 소망한다. 지금 그는 시와 책을, 삶을 불태우며 스스로 하나의 불꽃이 되어 '타오르고' 있다.

출가하는 내면의 꿈

—권혁웅 시 작품론

어떤 존재들은 지금 여기에 부재함으로써 존재한다. 그들은 이곳에 '없음'으로써 '있음'을 보장받는 아이러니한 존재들이다. 그들은 결코 이곳에 없으며, 또한 정녕 이곳에 있다. 구체적인 예를 들어 보자. 꿈과 욕망, 기원(祈願)이나 희망, 망각, 과거, 이별, 사라짐, 죽음……. 계속 추가될 이 목록은 결국 이 세계에 존재하는 모든 결핍과 부재들이다.

만일 문학을 몇 개의 핵심적인 어휘로 요약한다면, 이 결핍이나 부재의 목록과 상당 부분 일치하게 될 것이다. 문학은 자신이 꿈꾸는 세계가지금 여기에 부재한다는 것을 증명함으로써 존재하는 양식이다. 문학이 쉬지 않고 발급하는 그 무엇의 부재 증명이란 곧 자신의 존재 증명이 된다. 권혁웅 시의 존재 방식은 정확히 이런 방식에 의한다. 그는 무엇인가의 부재로 인해 시를 쓰기 시작했고, 그 부재를 질료로 시의 육체를 빚어낸다. 권혁웅에게 있어 결정적으로 지금 여기에 부재하는 것은 무엇일까? 놀랍게도 그것은 '그 자신'이며, 그의 중심에 있는 '내부'이다. 지금 여기에 자신이 부재한다는 발견, 하루하루 더 가혹하게 진행되는 이 발견은 그를 미결정의 상태로 자신의 유적지인 현실에 묶어둔다. 자신의 존재와 지나온 삶의 파편인 이 유적은 아름답지도, 깊은 적막에 싸여 적요롭지도 않다. 그가 떠난 옛 집에는 "배 고파 오래 굶었어"라고 외치는 "도둑 고양이"들이 뛰어다니고(「뜨거운 양철 지붕」), 그의 곁에는 "오래 벌 받는 자세로 서 있는 어떤 삶"이 있고(「피뢰침」), 지친 그는 "먼지로 만든 몸, 먼지가 되어 흩어지는 얼굴"(「코끼리」)이 되어 세상을 떠돈다.

권혁웅이 느끼는 자기 부재의 공백 상태는 현실이라는 제한된 테두리를 갖고 있다. 그는 자신의 진정한 자아가 현실의 내부에 존재하지 않거나 존재할 수 없다고 생각한다. 속악한 현실과 시인은 이렇듯 서로를 밀어냄으로써 공생해 왔다. 그 결과를 권혁웅은 이렇게 진술한다.

> 나는 料金別納처럼 살았어
> 내 자리 어디선가 조금씩 내가 빠져나간 거지
> (……)
> 나는 外道가 지나쳤다, 라고 木月은 말했지만
> 아니다, 나는 처음부터 저 길 너머에 있었다
> 새로 세 시에서 네 시로 지나가는 저 비처럼
> 나는 세상을 건너갈 수 없었다
> 왕십리, 십 리가 멀다 하고 찾아가던 곳
> 하지만 늘 십 리는 더 가야 하던 곳
> 내게도 밤을 디디고 가야 할 곳이 있다
> 물론 왕십리에 가기 전에, 왕십리도 못 가서
> 나는 發病이 날지도 모르지만
>
> —「往十里」에서

권혁웅은 지나온 삶을 "요금 별납", 혹은 "내 자리 어디선가 조금씩 내가 빠져나간" 과정들이라고 지칭한다. 그렇다면 그는 어디에서 별도의 생을 살았으며, 내부로부터 조금씩 유출되어 어디로 갔던 것일까? 그가 조금씩 흘러나가 가고자 한 곳은 현실의 외부에 위치한 세계이다. 한 발 더 나아가 권혁웅은 "아니다, 나는 처음부터 저길 너머에 있었다"고 말한다. 가장 안쪽에 있어야 할 내부가 가장 먼 외곽에 귀속되어 있는 모순은 그로 하여금 "세상을 건너갈 수 없"도록 만든다. 이런 그에게 세상은 '왕십리', 즉 가도 가도 "늘 십 리는 더 가야 하"는 닿을 수 없는 불가능성으로 인식된다. 우리의 삶이란 그 자체로 어떤 불가능성을 내포하며, 은밀하고 치명적인 순간일수록 심연과도 같은 불가해함을 드러낸다. 권혁웅은 삶의 불가능성에 맞서 "내게도 밤을 디디고 가야 할 곳이 있다"는 결연한 의지를 표명한다. 갈 수 없을지라도 가야 할 곳이 있다는 것, 그곳에 가기 위해 "밤을 디디고"라도 가겠다는 의지는 불가능성에 대한 가장 큰 도전이라 할 만하다. 갈 수 없음을 이미 각오했기에 길을 가는 자의 발걸음은 의연하며, 쉽게 지치지 않는다.

이 지점은 권혁웅 특유의 '안과 바깥의 전환'이 이루어지는 곳이다. 그의 내부는 현실의 외부로 조금씩 새어 나갔거나, "처음부터 길 저 너머에 있었"던 탓에 현실 속에서는 비어 있다. 시인의 자기 인식이 비극적으로 극단화된 상태는 시 「코끼리」에 잘 나타나 있다.

> 그늘의 中心이 그늘에 있지 않듯
> 내 집의 중심에는 내가 없다 아무에게도 없다
>
> (……)
> 코끼리의 몸이 둥근 것은

너무 많은 것을 기억하고 있기 때문이다
너무 많이 잊혀졌기 때문이다 네 몸 안에서
혹은 잊혀진 곳에서 불이 켜진다 나는
그 안으로 걸어 들어간다 잊혀진 곳은 아늑하므로

(……)
내 몸은 천천히 녹아 내린다 罪와
슬픔을 섞어 밥 비벼 먹고 내가 形身을 다시 갖추면
새도 나무도 마을도 만들어 내겠지만
지워진 內外에는 거주할 수가 없다
코끼리는 너무 무거워
코끼리가 지나간 곳에 아무것도 없다

—「코끼리」에서

권혁웅의 말처럼 그늘을 만들어내는 실체는 그늘의 바깥에 있다. '내 집의 중심'인 '나' 또한 집의 '안'이 아닌 '밖'에 있다. '나'의 내부에 '내'가 없다는 공허한 인식은 부재하는 내부를 에워싼 몸의 비대함으로 변용된다. 지나치게 비대해진 '나'의 몸은 육중하고 둥근 코끼리의 몸으로 표상된다. 알맹이도 없이 부풀어 오른 몸은 자신이 잃어버린 "너무 많은 것을 기억하"고 있지만, 정작 자신으로부터 "너무 많이 잊혀져" 있는 몸이다. 권혁웅은 잊혀진, 비어 있는 내부가 오히려 편안하다고 쓴다. 텅 비어 있음과 허망함은 기묘하게도 일종의 충족감을 가져다 준다. 더 이상 잃을 것이 없다는 인식은 주체를 오히려 알 수 없는 안온함에 이르게 한다. 잊혀진 '나'의 몸은 불이 꺼졌다가 환히 켜지듯, 흔적도 없이 "녹아내렸"다가 "형신을 다시 갖춘"다. 몸의 육체성은 육체성의 한계를 넘어 '없음'과 '있음'의 사이를 오가며 '안'과

'밖'의 경계를 지워 버린다. 녹아 내린 몸을 다시 형상으로 만드는 것은 '죄와 슬픔'이다. 죄와 슬픔을 먹고 끝없이 비대해지는 몸, 애초의 내용물은 텅 비워지고 부정적인 것들이 들어찬 몸은 현실에서 내부와 외부의 가치가 구별되지 않는 상태에 이른다. 죄와 슬픔, 현실의 속악함으로 "너무 무거워"진 몸이 살다간 자리에는, 그래서 "아무것도 없다".

그러나 시인의 내부는 현실로부터 멀리 떨어진 곳에 거주함으로써 자신을 그 세계의 빛깔로 물들인다. 시인이 현실을 떠나 '바깥' 세계에 이르렀을 때, 그곳에서 그는 자신이 잃어버렸다고 생각한 자아의 투명한 얼굴과 마주하게 된다. 여기에서 다시 한 번 '안과 밖의 전환'이 일어난다. 결론부터 말하자면, 바깥 세계에 속해 있던 안은 바깥의 본질을 흡수함으로써 '바깥을 내포한 안'이 된다. 조그만 내부가 거대한 외부를 흡입하여 다음과 같은 역동적인 세계를 펼쳐 보인다.

나는 方外의 시절을 달래기 위해 이곳에 오지는 않았다
내가 가는 곳마다 杜門이나 不出이 있었다고
말하지는 않겠다 저 눈의 성채들,
나의 내면은 저 산의 외면이었으므로
도열한 자작나무처럼 나는 오래 背景이었다
그러나 돌아보면 산은 제 안을 헐어
나무들을 내보내고 있다 햇살에 몸을 열어
질척이는 길을 세상에 放生하고 있다
출가하는 겨울의 긴 꿈으로
자작, 자작, 나무들
잠 못 이룬 채 뒤척이고 있다

—「출가하는 자작나무—백담사 가는 길」에서

'방외의 시절', '두문', '불출' 등의 시어는 권혁웅이 그간 현실과 화해하지 못했음을 보여준다. 그는 지금 흰 눈으로 뒤덮인 겨울 산에 홀로 서 있다. 추운 겨울 산에 고적하게 도열해 있는 '자작나무'에서 그는 자신의 내면의 형상을 발견한다. 한대 기후에 살며, 희고 단단하고 잘 썩지 않는 '자작나무'는 지조 있는 은자(隱者)의 이미지를 풍긴다. 설산의 자작나무와도 같이, 권혁웅의 내면은 그 자신과도 떨어져 이처럼 깊고 적막한 곳에 홀로 은거하고 있었던 것이다. 그런데 '자작나무'는 산의 본질이 아닌, 산을 둘러싼 '외곽'일 뿐이다. '자작나무'와 일체화된 시인은 "나의 내면은 저 산의 외면이었"다고 일종의 소외감을 표명한다. 일찍이 그의 내면은 이 아름다운 영토에 속해 있었지만, 여기에서도 외곽의 존재일 뿐임이 확인된다. 현실의 바깥에서 시인은 스스로가 '바깥의 바깥'에 불과한 존재임을 깨달으며 허탈감에 젖는다. 지나온 삶이 한낱 '배경의 삶'으로 화하는 찰나에, 그러나 권혁웅은 놀라운 인식의 전환을 보여준다. 자작나무는 한갓 산의 배경이 아니라 산이 "제 안을 헐어" 세상으로 "내보낸" 속살이며, "햇살에 몸을 열어 질척이는 길을 세상에 방생"한 결과라는 것, 즉 자작나무는 산의 외화(外化)된 내부이며, 산이 방생한 내부의 길이라는 인식이 그것이다. 권혁웅은 이를 '출가'라고 이름 붙인다. 그가 의미하는 출가란 세계를 떠남이 아니라, 세계의 깊은 내부를 자신의 몸으로 꽃 피워내는 일이다. 이 깊은 내부를 달리 진리나 아름다움, 본질, 그 밖의 다른 이름으로도 부를 수 있을 터이다.

설산의 자작나무는 산의 깊은 중심으로부터 왔다. 자작나무는 산 속 깊이 뿌리를 내리고 있으면서도 하나의 독립된 개체로 존재한다. 하루도 쉬지 않고 계속되는 자작나무의 성장은 끊임없이 이루어지는 '출가'의 행위에 해당한다. '출가하는 겨울의 긴 꿈'으로 자작나무들은 "잠 못 이룬 채 뒤척이며" 스스로를 채근한다. 출가란 한 존재의 성장과 자기 실현을 위한 고행의 출발점이다. 권혁웅은 겨울 산의 자작나무를 보며 세계와 자신의 관계를 새로이 정립한다. 이 새로운 관계는 안과 밖이 다르지 않은 일치와 혼융의 접점에서 이루어진다. 현실의 외곽으로만 돌던 '방외의 시절'은 잠정적일지라도 이곳에서는 끝이 났다. 겨울 산에서 시인은 자신의 내면이 염결한 자연과 본질적으로 하나임을 느낀다. 현실 속에 묶여 있어도 마음의 지향만은 그 어떤 신성하고 본원적인 세계를 향해 있었던 까닭이다. 문제는 내면과 외부 세계의 합일이 '겨울 산'으로 표상되는 때묻지 않은 세계에서만 가능하다는 점에 있다. 현실로 돌아오면 시인은 또다시 텅 빈 자신의 내면과 마주해야 한다. 물론 현실의 세상에도 그를 지배하는 중심은 있다. "오래된 온돌처럼 몸이 달"아오르게 하고, "그 안에 나를 방목하"고 싶도록 만드는 '그대', 뜨겁게 사랑하는 "그대가 중심"(「방과 나방」)이다. 하지만 "그대의 변경에서 그토록 파닥여"도 '나'는 결코 '그대'에게 가닿을 수 없다. '그대'는 이렇듯 '나'에게 도달할 수 없는 외부이며, 또 하나의 불가능성으로 존재한다.

이로 인해 권혁웅에게 내면의 따뜻한 거처는 여전히 미지의 것으로 남는다. 그는 자신이 정주할 거처를 현실 속에서도, 현실 밖에서도 완전히 확보하지 못한다. '겨울 산'은 잠시 머무를 수는 있지만 정착할 수 있는 공간은 아니다. 현실 속에 부재하는 내면의 행방을 찾는 여행은 어떻게든 다시 현실로 돌아와 끝나야 한다. 현실로 귀환하지 못하는 여행이나, 귀환한 후에 자신의 자리를 찾지 못하는 여행은 진정한 의미에서 완결되었다고 말할 수 없다. 겨울 산에서 도시로 돌아온 후에도 권혁웅의 여행은 쉬지 않고 계속된다. 드문 예이지만, 시 「아카시아 그늘 아래 2」는 시인 권혁웅이 현실 속에서 화해로운 내면을 확보하고 보존할 수 있는 가능성을 보여준다. 그가 자신의 자리를 찾기 위해 찾아간 곳은 밝은 햇살이 흘러드는 "아카시아 그늘 아래"이다.

아카시아 그늘 아래 앉아 나를 감시하는 그늘 속 눈들을 봅니다 그늘에도 이렇듯 빈틈이 많군요 나는 다만 盛裝한 꽃들 아래 가난한 마음을 숨겨두고 싶었는데요 이것 참, 내 放心 사이사이로 흘러드는 햇살 조각들, 저 파파라치들

(……)

아카시아 한 잎이 잠든 내 얼굴에 내려앉습니다 이상하죠, 그늘을 지나 잎새를 지나 나를 쳐다보는 햇살을 지나 환하고 텅 빈 어느 곳에서 오래 전 사람이 내게 葉書를 보낸 거죠 잘 먹고 잘 살고 있다는 한소식 전해준 거죠

—「아카시아 그늘 아래 2」에서

"아카시아 그늘 아래"에서 권혁웅은 무수한 '빈틈'을 발견한다. '그늘의 빈틈'은 어두움과 여백의 안온함으로 그의 마음을 편안히 감싸 준다. 그는 "성장한 꽃들 아래 가난한 마음을 숨겨두고 싶었는데", 그만 그 여린 마음을 들켜 버린다. 마음의 "사이사이로 흘러드는 햇살 조각들"은 그늘의 빈틈으로 스며들어와 그를 환히 비춰 준다. 권혁웅의 시에서 이처럼 따뜻한 풍경을 만나기란 쉬운 일이 아니다. 그는 주로 춥고 후미진 곳, 어두운 곳에 자신을 부려 놓으며, 그곳에서 고통과 안온의 모순된 정황 속에 시를 쓴다. 이런 점에서 아카시아 그늘과 햇살이 어우러지는 이 시의 밝은 색채는 권혁웅 시의 또 다른 가능성을 열어 놓은 것이라 할 수 있다. 마지막 연에서 그는 얼굴에 떨어진 아카시아 잎새를 두고, "환하고 텅 빈 어느 곳에서 오래 전 사람이 내게 엽서를 보낸" 것이라고 상상한다. 아마도 권혁웅의 내면이 궁극적으로 안재할 수 있는 공간은 이 같은 '환하고 텅 빈 어느 곳'이지 않을까? 그렇다면 그는 그곳을 이 세계의 어디쯤에서 찾을 수 있을까? 아직 그 향방을 정확히 가늠할 수는 없지만, 권혁웅 시의 실마리는 이 부근에서 풀려져야 할 것이다.

세계내에서 자신의 부재를 설파해 온 권혁웅의 시는 자신의 존재의 의미(혹은 무의미)와 싸워 온 고통의 흔적이자 그 기록이다. 권혁웅 시의 출발은 일차적으로 존재론적 기반 위에 서 있다. 세계내에 자신을 정초할 곳을 찾는 실존적인 방황은 젊은 날의 고뇌와 환멸 속에서 끝없이 이어진다. '끝이 없음'은 권혁웅을 앞으로 나아가게 하는 역설적인 추동력이다. 그러나 이는 때로 삶에 대한 피해의식이나 절망에 젖어들게 하는 부정적 요인이 되기도 한다.

> 돌이켜 보면 돌이킬 수 없는 것들만이
> 내 안에서 덜그럭거렸으므로
> 다치기 위해서 나는 살았다,
>
> —「피뢰침」에서

> (……) 아파트 앞 공터는 조금씩 陰陽의 자리를 바꾸지만
> 거기에도 평생 그늘인 부분이 있다
>
> —「공중누각」에서

「피뢰침」에서 "다치기 위해서 나는 살았다"는 말은 고통에 대한 과장된 수사의 느낌을 준다. 이 시가 피뢰침이라는 상관물에 화자의 감정을 이입시킨 것임을 감안해도 사정은 달라지지 않는다. 피뢰침은 다른 존재들이 감당해야 할 고통을 자신의 몸 하나로 대신하지만, 스스로도 훼손되지 않는 존재이다. 인용한 시구에 이어 시인은 "어떤 뜨거움이 나를 사로잡기를/그래서 어둠의 내부를 들여다볼 수 있기를", "그대들 심연을 단 번에 밝혀 줄 수 있기를"이라고 진술한다. 어둠의 내부를 들여다보고, 심연을 밝혀 줄 뜨거움은 어떻게 가능한가? 자신의 고통을 넘어 타인의 고통을 눈 밝혀 찬찬히 들여다볼 수 있을 때, 이 뜨거움은

점화될 수 있는 것이 아닐까? 타인을 감싸는 넉넉한 힘은 자신을 곧게 정립한 강한 자아만이 가질 수 있는 것이다. '피뢰침'처럼 고통의 정점에 있으면서도 그것을 내면화하고 극복하는 자만이 타인에 대한 진정한 사랑에 이를 수 있다. 권혁웅의 시가 보다 넓어지기 위해서는 자신의 고통과 타인의 고통에 대한 동시적 성찰이 필요할 것으로 생각된다. 이는 권혁웅 시가 보편성을 획득하는 데 중요한 항목으로, 아직은 자기의 고통을 드러내는 일에 몰두하고 있는 그가 염두에 두어야 할 부분이라 할 수 있다.

권혁웅의 말처럼 우리의 삶에는 '평생 그늘인 부분'이 있다. 또 '평생 그늘인' 존재도, 삶도 있다. 그러나 그가 간파했듯이, 그늘 속에도 수많은 빈틈으로 새어들어오는 햇살이 있음 또한 진실이다. 나는 앞으로 권혁웅이 그늘 속에서도 그늘의 빈틈에 차오르는 빛들을 끊임없이 발견하기를, 또 그것을 아름다운 시로 표현해 주기를 고대한다. 그 빛들이, 아직은 힘이 들어간 지적 수사에 치우친 그의 시들을 보다 유연하고 풍요롭게 해주리라 믿기 때문이다.